**Hans-Peter Ackermann**

**BoD**
BOOKS on DEMAND

Hans-Peter Ackermann

# NOVIZIN ANNA

Historienroman

*Bibliografische Information der Deutschen Nationalbibliothek: Die Deutsche Nationalbibliothek verzeichnet diese Publikation in der Deutschen Nationalbibliografie; detaillierte bibliografische Daten sind im Internet über www.dnb.de abrufbar.*

© 2017 Hans-Peter Ackermann

Umschlaggestaltung: Karin Kipke / Werdau/Sa.

Herstellung und Verlag: BoD – Books on Demand, Norderstedt

ISBN 978-3-7431-1874-4

Dunkle Gewitterwolken ballten sich über dem „Kloster zum heiligen Franziskus" in den Bergen Graubündens. Grelle Blitze zuckten und dumpfe Donnerschläge grollten, sich mehrfach brechend und dröhnend, durch die Nacht. Die dunstig warme Augustluft des Tages waberte noch immer durch das enge Tal in den Schweizer Alpen. Und hier, inmitten der Dreitausender, lag eingebettet in ein Tal, die zweigeteilte Klosteranlage „Zum heiligen Franziskus".

Diese Klosteranlage war ein klobiger Bau, umschlossen von hohen Mauern und einem großen weit ausladendem Park. Innerhalb dieser Mauern lebten in der einen Hälfte die Mönche des Franziskanerordens, tief verwurzelt in die strenge Beachtung der Armutsregeln, und gegründet 1210 von ihrem Ahnherrn Franziskus von Assisi.

Im anderen Teil der Klosteranlage residierten seit mehr als 150 Jahren die Franziskanerinnen vom Orden „Die heiligen Samariterinnen", deren 80jährige Ordensmutter und Lehnsherrin Brunhilde von Goisern, 1658 die Amtsgeschäfte aus Altersgründen der Äbtissin Klara von Lewante übertragen hatte. Die Klosteranlagen trennte ein fest verschlossenes eisernes Tor. Ein hoher gedungener Glockenturm ragte weithin sichtbar über das Land. Man schreibt das Jahr Anno 1673.

Die Turmuhr der nahen Kreuzkapelle schlug gerade Mitternacht. Das Matutin, die Mitternachtsmesse mit Chorgesang, war gerade vorüber, als plötzlich durch den langen dunklen Gang der Frauenabtei eine Gestalt in schwarzer Ordenstracht huschte. Diese Gestalt eilte die Stufen hinab, die in den Keller führten, und verschwand dann hinter einer schrill quietschenden eisernen Kellertür, die sie hinter sich wieder abschloss.

Dieser unterirdische Gang führte hinüber in den anderen Teil des Klosters. Und dort gelangte man direkt zu einer Wendeltreppe, die hinauf in den Wohnturm führte, in dem das Studierzimmer des Abtes Timoteo von Breswik lag. In diesem verbrachte der Abt gelegentlich auch seine Nächte. Dieser unterirdische Gang war einst geschaffen worden, um den Nonnen und Mönchen bei räuberischen Überfällen die Möglichkeit zur Flucht zu bieten.

Wieder zuckte ein greller Blitz durch die Nacht, der sich für Sekunden in den dicken Butzenscheiben widerspiegelte. Kurz darauf dröhnte ein Donnerschlag durch das Gewölbe und lies das Glas in den Fenstern klirren. Draußen heulte inzwischen ein Gewittersturm und trieb lose Äste und Laub durch den Innenhof des Klosters.
Vorsichtig schaute eine junge Novizin aus einer der vielen Wandnischen, in der sie schon eine ganze Weile still verharrt hatte. Hastig schlug sie drei Kreuze und entfernte sich dann rasch, um in der Dunkelheit des langen Korridors leise unterzutauchen. Sie beeilte sich um in ihre Klause zu gelangen und noch ein paar Stunden Schlaf bis zur Frühmesse um 6.00 Uhr zu erheischen.

In der großen Klosterküche herrschte an diesem Morgen bereits geschäftiges Treiben. Zwei junge Novizinnen schälten eifrig Kartoffeln, während die ältere, schon etwas lahm gehende Nonne Johanna, die Buchweizensuppe auf dem Herd rührte. Sie sah streng durch ihre kleine Brille zu den beiden jungen Novizinnen hinüber, die leise miteinander flüsterten und dabei immer wieder kicherten.
„Lasst lieber eure Hände so behände schaffen wie euer Mundwerk plappert!", herrschte sie die beiden Mädchen an, und zog dabei den heißen Topf vom Feuer. Wie auf Geheiß schwiegen beide, sahen sich aber, das Lachen unterdrückend, an und verdrehten dabei die Augen. Schwester Johanna war nun mal eine alte, aber liebenswerte Person, auch wenn sie hin und wieder mürrisch war und die Jüngeren doch so manches Mal ermahnte. Aber wenn es ein Anliegen gab, dann konnte man sich getrost der alten Nonne anvertrauen. Die Jüngsten sahen in ihr so etwas wie die Großmutter, mit der man über alles reden konnte.
Die beiden jungen Novizinnen schleppten den heißen Topf mit dem Buchweizenbrei nach draußen in den Hof, und stellten ihn auf einen kleinen Wagen. Novizin Anna zog ihn dann mit Schwester Theresia, immer darauf bedacht nichts zu verschütten, bis zu dem eisernen Tor in der Klostermauer. Dort erwartete sie bereits ein junger Mönch und nahm den Karren mit der heißen Suppe in Empfang.

Er schien bereits auf sie gewartet zu haben, denn er lehnte an den Gitterstäben des Tores und sah ihnen lächelnd entgegen. Als er die beiden Novizinnen mit ihrem Wagen kommen sah, öffnete er rasch das Tor.

Bruder Anton hatte die Novizin Anna von Schwanten an ihrem roten Haar unter der Haube erkannt. Anna war im Jahre 1670 im Alter von 14 Jahren in das Kloster eingetreten. An ihrer Seite lief die schon etwas ältere Schwester Theresia. Bruder Anton lächelte beiden zu, als sie sich ihm näherten und den Wagen abstellten.

„Hier habt ihr euer Frühstück, Bruder Anton! Das Brot ist noch ganz frisch und warm, das wird den Abt sicher freuen", begann Anna das Gespräch und lächelte dabei dem jungen Mönch freundlich zu. Sein markantes Gesicht mit dem schwarzen kleinen Bart am Kinn und seine dunklen, beinahe schwarzen leuchtenden Augen hatten es Anna angetan. Bruder Anton schien aber ebenfalls an dem rothaarigen Mädchen Gefallen zu finden, denn er betrachtete sie wohlgefällig und nickte dann.

„Ja, ja der gute Bruder Abt liebt nun mal einen warmen frischen Laib Brot", beeilte er sich zu erwidern. Worauf Schwester Theresia leise nuschelte:

„Oh, ja! Warmes Brot und warme Leiber liebt der alte Gottesmann noch immer! Aber der Herr sieht alles!" Und dann herrschte sie Anna an:

„Kommt endlich und hört auf zu schwatzen! Der Satan und die Sünde warten überall!" Dabei zerrte sie die junge Novizin wieder mit sich fort. Im Geheimen hoffte Anna dabei inbrünstig darauf, dass Mutter Johanna sie später wieder losschicken würde, um den Wagen zurückzuholen. Sicher würde sie Bruder Anton dann wieder treffen und Zeit für einen kleinen Plausch mit ihm haben.

Als sie sich noch einmal kurz umsah, hob der Mönch kurz die Hand zum Gruß, lächelte ihr zu und wandte sich dann mit seinem Wagen ebenfalls zum Gehen. Die junge Novizin lief züchtig, die Hände gefaltet, neben der älteren Schwester einher und lächelte vor sich hin. „Bruder Anton ist nun mal ein hübscher junger Mann", dachte sie im Stillen, schwieg aber lieber.

Das Mittagsmahl war gerade zu Ende und die beiden jungen Novizinnen Anna und Dörte waren eben von der seligen Schwester Agneta in den Garten beordert worden, um noch Melisse und Bohnenkraut zu holen. Und so schlenderten sie Hand in Hand über den schmalen Kiesweg im Garten und schwatzten lustig miteinander.

„Hast du den Bruder Anton schon mal gesehen?", fragte Anna ihre Mitschwester Dörte. Die lachte erst, nickte dann aber verlegen.

„Ja, gesehen habe ich ihn vorgestern, aber nur ganz kurz. Er gefällt dir wohl?", fragte sie zurück. Anna lächelte ihre Freundin etwas verschämt an.

„Er ist ein hübscher Bursche und immer sehr freundlich", bekannte sie leise. Schwester Dörte sah ihre Anna fragend von der Seite an.

„Aber schwärmtest du nicht für den Bruder Dagobert? Er ist immerhin ein richtiger Mann, Anna!" Die junge Novizin wurde unter ihrer Haube rot bis über beide Ohren.

„Was du immer für unzüchtige Gedanken hast, Dörte!", schalt sie ihre Freundin, lachte dann aber verlegen und wandte sich dem Bohnenkraut zu, um es abzuschneiden.
Immerhin wusste sie, dass man erst vor drei Tagen in der Nacht eine Schwester gesehen hatte, wie sie heimlich das Kloster in Richtung Park verlassen hatte. Die alte Schwester Johanna hatte diese Person auch gesehen, weil sie nicht schlafen konnte und einen Spaziergang durch die Flure gemacht hatte. Aber offenbar musste in dieser Nacht auch noch eine weitere Schwester unterwegs gewesen sein.
Anna bedeckte mit der Hand die Augen und sah hinauf zu den Gipfeln des Piz Chavalatsch, der auch im Sommer oft mit Schnee bedeckt war. Mit Sehnsucht im Herzen dachte sie an ihr heimatliches Tal in den Bergen, in dem Mutter und Vater lebten, und gemeinsam mit ihren Bruder Johannes einen kleinen Bergbauernhof bewirtschafteten.
Der Tradition folgend, hatte Anna als das jüngste Mädchen der Familie Schwanten, genau wie ihre Großmutter Augustine, den Lebensweg in eines der Klöster annehmen müssen. Schon einen Tag nach ihrem vierzehnten Geburtstag hatte sie ihr Bündel geschnürt, sich von den Eltern verabschiedet, und dann den

Weg hinauf in die Berge zum Kloster angetreten. Viele Nächte hatte sie anfangs in ihr Kissen geweint und sich zurückgesehnt auf den heimatlichen Hof, zu den Eltern und den Tieren.
Joschi war ihr damals bis zum Dorfausgang nachgelaufen und hatte zum Abschied noch leise gewinselt. Der junge Bernhardinerhund hatte ihr lange mit traurigen Augen hinterdrein geschaut, bis sie dann endgültig verschwunden war.
Seit diesem Tag waren inzwischen drei lange Jahre vergangen. Und nun kam der Zeitpunkt näher, an dem sie den Ring des Herrn an den Finger stecken würde, um dann seine Braut zu werden. Aber immer wieder hatte sie sich in den vergangenen Tagen heimlich gefragt, ob dies wirklich ihr weiterer Lebensweg sein sollte. Ob sie wirklich ein ganzes Leben lang in einem Kloster leben wollte. Natürlich wollte sie dem Herrn dienen, aber noch viel lieber wollte sie eigentlich den Menschen helfen. Denn seit gut einem Jahr beschäftigte sie sich mit Heilkräutern und las alles was es in der Klosterbibliothek dazu zu lesen gab.
In Gedanken versunken, war sie so schon die ganze Zeit wortlos neben Dörte hergelaufen, bis diese sie anstieß.

„Sag mal, träumst du von Bruder Anton?", fragte Dörte und lachte. Ihre braunen Augen leuchteten dabei in der Sonne. Anna schreckte zusammen.

„Was hast du gesagt? Entschuldige bitte, ich war gerade mit meinen Gedanken wo ganz anders", erwiderte sie erschreckt. Dörte schüttelte den Kopf.

„Was hast du nur in letzter Zeit? Du bist immer abwesend wenn man mit dir spricht." Anna hielt ihre Freundin am Ärmel ihrer Kutte fest.

„Versprich mir bitte, es niemand zu erzählen, Dörte!" Ihre Freundin sah sie kopfschüttelnd an.

„Was soll ich denn niemandem erzählen? Anna, du sprichst in Rätseln!" Die junge Novizin setzte sich auf eine kleine Bank die am Wegesrand stand und dann zog sie ihre Freundin neben sich.

„Höre zu! Ich denke dauernd darüber nach, ob mein Weg wirklich hier in diesem Kloster einmal zu Ende gehen soll", flüsterte sie und unterdrückte dabei ihre Tränen. Dörte sah sie mit offenem Mund ungläubig an.

„Du bist dir nicht mehr sicher, ob du die Braut des Herrn werden willst?", fragte diese entsetzt.

„Oh Gott, wenn das die Mutter Oberin erfährt! Jetzt so kurz vor der Profess. Sie bekreuzigte sich dabei hastig dreimal.

„Aber was willst du denn tun, Anna? In drei Monaten ist es soweit und du trittst vor die Äbtissin und leistest deinen Eid für die nächsten drei Jahre!" Anna knetete ihre Hände und sah hinauf zum Himmel, als ob dort oben die Antwort liegen würde.

„Ich weiß es doch auch nicht, Dörte! Ich weiß nur, dass ich viel lieber den Kranken helfen würde. Aber eben nicht nur mit Beten, sondern richtig. Schau, noch so viele Frauen sterben bei der Geburt. Andere wiederum können sich die Medizin nicht leisten und holen deshalb keinen Medicus. Damit würde ich doch dem Herrn auch dienen oder nicht?" Sie sah ihre Freundin verzweifelt an und diese nickte langsam und zustimmend.

„Da hast du natürlich auch Recht, aber dann musst du ja das Kloster verlassen! Was werden deine Eltern dazu sagen?" Anna stand langsam auf und sah hinüber zur nahen Bergwand, die langsam im Nebel verschwand. In ihren Augen standen Trauer und Unschlüssigkeit.

„Komm, lass uns gehen, das Wetter schlägt bald um!", meinte sie und zog Dörte am Ärmel ihrer Kutte mit sich fort.
Tatsächlich wurde es zunehmend dunkler. Jetzt, zum Ende des August, konnte es sogar geschehen, dass die ersten Schneeflocken fielen, und sich das Wetter von einer Stunde auf die andere änderte. Der Sommer schien sich in diesem Jahr schon frühzeitig verabschieden zu wollen.
Dörte schaute ebenfalls zu den dunklen Wolken hinauf und seufzte tief. Anna sah sie erstaunt an.

„Warum seufzt du denn so liebe Dörte?" Die junge Novizin ging langsam neben Anna her zurück zum Klosterhof.

„Ach, ich muss in den nächsten Tagen über den Pass, hinüber nach Samstetten! Und ich fürchte mich so vor dem langen Weg durch die rauen Berge. Besonders wenn es schon Schnee geben sollte. Aber all die alten Leute drüben im Hospiz brauchen doch unsere Kräutermedizin!" Gemeinsam strebten sie wieder die Klosterküche zu. Anna hielt mitten im Laufen inne und sah ihre Freundin an.

„Und was hältst du denn davon, wenn ich dir diesen Weg abnehmen würde?", fragte sie ihre Freundin.

„Dann könnte ich vielleicht sogar einen kurzen Umweg zu meinen Eltern machen. Die würden sich bestimmt freuen. Nur die Äbtissin darf davon auf keinen Fall etwas erfahren!" Dörtes Augen leuchteten plötzlich wieder hoffnungsvoll.

„Das würdest du für mich tun?", fragte sie erfreut ihre Mitschwester. Anna nickte.

„Na klar, ich werde gleich heute Abend mit der Schwester Johanna reden", versprach Anna. Dörte stellte den Korb mit den Kräutern ab und sah sich einen Moment um. Dann flüsterte sie:

„Ich muss dir nach der Abendmesse auch noch unbedingt etwas erzählen, aber versprich mir, es für dich zu behalten!" Anna umarmte gerade ihre Freundin herzlich, als sich auf einmal hinter ihnen eine raue strenge Stimme meldete. Wie aus dem Boden gewachsen stand die Äbtissin Klara von Lewante hinter ihnen.

„Was soll das denn werden? Seit wann umarmen sich denn die Schwestern wie Liebespaare? Schämt ihr euch nicht!" Da fuhren die beiden Novizinnen erschreckt auseinander.

„Entschuldigt, Mutter Oberin! Entschuldigt!", stotterte Anna und trat einen Schritt von Dörte zurück, die mit rotem Kopf dastand und nicht wusste, was sie sagen sollte. Doch die Äbtissin sah beide Schwestern unnahbar und streng durch ihre kleinen Brillengläser an. Dann schüttelte sie nur noch einmal wortlos den Kopf und verließ beide wieder grußlos.

Anna und Dörte waren vom ersten Tag an wie Freundinnen. Als Anna damals im Kloster ankam, war Dörte schon da gewesen. Aus ihren Erzählungen wusste sie, dass Dörte irgendwann als Säugling ins Kloster gekommen war, aber ihre Eltern nicht kannte.

Die Abendmesse war gerade zu Ende gegangen und die Glocke der Klosterkirche läutete weithin hörbar durch das Tal. Dörte und Anna strebten wieder dem Garten zu, wo es eine kleine Nische mit einer Bank gab. Dort trafen sich die Mädchen oft, wenn sie einmal allein sein wollten, so wie jetzt. Sie hatten noch eine Stunde Zeit bis zur Komplet, dem Abendgebet. Anna sah ihre Freundin fragend an.

„So Dörte, nun erzähle schon, was gibt es denn nun so geheimnisvolles?" Dörte sah sich noch einmal um und dann begann sie zu erzählen.

„Also hör zu! Ich konnte heute Nacht nicht schlafen weil Vollmond war. Also bin ich um Mitternacht noch einmal aufgestanden und in die Küche gegangen, um mir einen Topf Milch zu holen. Auf dem Rückweg hörte ich plötzlich Schritte auf dem Flur und habe mich versteckt." Sie atmete tief durch und Anna sah sie gespannt an. „Und was geschah dann?"

„Du wirst es nicht glauben! Vor mir auf dem Gang lief eine Schwester. In einen dunklen Umhang gehüllt ging sie in den Keller hinab. Dort zündete sie eine Laterne an. Und neugierig wie ich nun einmal bin, lief ich ihr nach. Der Weg führte durch einen langen Kellergang und endete an einem eisernen Tor. Die Schwester aber nahm einen Schlüssel aus ihrer Kutte und schloss das Tor auf. Auf der anderen Seite schloss sie es wieder ab, und ich stand plötzlich allein in der Finsternis. Ich brauchte eine ganze Weile, bis ich wieder zurück in meiner Stube war." Anna hatte atemlos zugehört.

„Und? Hast du die Schwester erkannt?", fragte sie nun ihrerseits aufgeregt. Doch Dörte schüttelte den Kopf und Anna dachte kurz nach, welche der Schwestern da mitten in der Nacht heimlich das Kloster verlassen hatte und welche in den Keller gegangen sein konnte. Sie sah Dörte beschwörend an.

„Das darfst du niemals jemanden erzählen, Dörte! Wer es auch immer gewesen ist von den Schwestern, sie wird ihr Geheimnis gewahrt wissen. Also sei sehr vorsichtig und schleiche nicht wieder nachts durch das Haus! Ich habe mit der Schwester Johanna übrigens gesprochen, ich darf am Samstag den Weg nach Samstetten machen. Ich habe ihr erzählt, dass du dich nicht wohl fühlst und mich angeboten zu gehen. Erst hat sie ein wenig gezögert und hat gebrummelt, aber dann war sie doch einverstanden." Dörte sah ihre Freundin dankbar an.

„Anna, ich danke dir von ganzem Herzen! Der liebe Herrgott möge dich beschützen." Anna lächelt.

„Daran glaube ich jeden Tag, Dörte. Er wird uns sicher beide beschützen, wir sind doch gute Christenmenschen", erwiderte sie und nahm Dörtes Hand in die ihre.

Und so saßen sie noch eine ganze Weile da und Anna erzählte wie schön es zu Hause gewesen war. Wie sie ihrer Mutter geholfen hatte und wie sehr sie die Tiere liebte.

Abt Timoteo von Breswik unterhielt sich angespannt mit dem jungen Bruder Anton. Beide liefen gemächlich auf dem Gang des Klosters nebeneinander her.
„Bruder Anton, wisst ihr was ihr da sagt!", ereiferte sich der Abt gerade. Bruder Anton musste immer wieder mit seinen langen Beinen das Schritttempo verlangsamen und so blieb er deshalb mehrmals stehen.
„Ich weiß was ich gesehen habe, Bruder Abt! Eine Nonne ist in der Nacht auf der Treppe aus dem Kellertrakt herauf gesehen worden! Aber leider konnte man nicht erkennen wer es war", entgegnete er und nahm den Schritt wieder auf. Der Abt rieb sich nachdenklich das Kinn und musterte seinen Mitbruder mit kleinen blinzelnden Augen kritisch von der Seite. Doch dann schüttelte der Gottesmann energisch den Kopf.
„Das kann ich nicht glauben. Wer von den Mitbrüdern sollte solch einen Frevel begehen! Ihr habt euch sicherlich geirrt! Glaubt es mir!", entgegnete er Bruder Anton.
Doch Bruder Anton schien sich die Sache nicht ausreden lassen zu wollen. Als er erneut die Rede darauf bringen wollte, schnitt ihm der Abt plötzlich brüsk das Wort ab.
„Genug! Es reicht, Bruder Anton! Gehen wir jetzt lieber in das Skriptorium und ihr zeigt mir eure Arbeiten an der neuen Chronik des Klosters", befahl er dann und marschierte schnurstracks los, so dass Bruder Anton gezwungen war, ihm rasch in die Bibliothek zu folgen.

Es war Samstag und die Sechs-Uhr-Morgenmesse war soeben zu Ende gegangen. Anna sah hinauf zum Himmel, der grau wie ein Leichentuch und noch halb dunkel war.
Nebelschwaden verdeckten die Berggipfel. Die letzten Tage im August begannen mit Nässe und kalter Luft. Wie würde es erst oben auf dem Pass aussehen, den Anna auf ihrem Weg in das Hospiz von Samstetten noch zu überqueren hatte?
Noch einmal betrat sie ihre Kammer, stieg dann mit den dicken Schafwollstrümpfen in die festen aus Leder genähten Schuhe

und warf sich das schwarze dicke Cape über, dass sie gut vor der Kälte schützen sollte. Am Bild des Heilands blieb sie kurz stehen und schlug das Kreuz, dann schloss sie die Tür von ihrer Kammer und lief zur Küche.

Schwester Johanna werkelte schon wieder am Herd und deutete bei Annas Eintreten auf das Bündel auf dem Tisch.

„Da sind die Arzneien. Sei vorsichtig und bummle nicht! Eine Wegzehrung habe ich dir in den Korb gelegt. Grüße Schwester Alice von mir, und nun beeil dich Tochter!" Sie trat gebückt an Anna heran, schlug das Kreuz und gab ihr einen kurzen Kuss auf die Stirn.

„Pass auf dich auf und beeile dich, damit du am Dienstag wieder hier bist. Gehe mit Gott, Tochter!" Ihre dünnen abgearbeiteten Hände streichelten über Annas Wange, dann wandte sie sich wieder dem Herd zu. Für Anna war sie vom ersten Tag an wie eine liebe Großmutter gewesen, der sie alles anvertrauen konnte was auch immer sie bedrückte.

Am Tor erwartete sie schon Schwester Agnes, die erst vor wenigen Wochen hier in dieses Kloster gekommen war und von der Mutter Oberin mit wachen Augen beobachtet wurde. Ihre stets lustige Art betrachtete die Mutter Oberin mit Argwohn. Schon mehrfach hatte sie die junge Novizin deswegen getadelt. Aber Schwester Agnes schien das nicht zu stören. Sie lachte als Anna näher kam.

„Na, geht ihr mal wieder rüber zu den Brüdern vom Hospiz? Verguckt euch nicht in einen von denen, Anna!", rief sie ihr zu und öffnete das Tor. Die Novizin blieb kurz stehen und sah sie dabei missbilligend an.

„Und ihr solltet wissen, dass die Mutter Oberin ein Auge auf euch hat!", entgegnete Anna lächelnd und ging weiter. Und so konnte sie auch nicht sehen, dass Schwester Agnes hinter ihr die Zunge heraus streckte, als sie das Tor wieder verschloss. Den Schlüssel in der Hand, sah sie sinnend einen Augenblick hinüber zur anderen Seite des Parks, dann aber wandte sie sich lächelnd ab, summte vor sich hin und ging langsam zurück.

Rasch ausschreitend hatte Anna bald das Kloster hinter sich gelassen und erreichte nun einen dichten Tannenwald. Der Nebel waberte zwischen den Bäumen und zauberte immer

wieder neue Spukgestalten hervor. Doch Anna war nicht furchtsam. In den Bergen aufgewachsen, kannte sie diese magischen Zeiten, wenn sich der Sommer verabschiedete und der Winter schon anklopfte.
Einen Moment hielt Anna inne und atmete tief durch. Und gerade als sie sich wieder umdrehen wollte um ihr Bündel aufzuheben, knackte es laut im Unterholz. Anna fuhr erschreckt herum und starrte auf den jungen Bruder Anton, der nun ebenso erschrocken wie sie, sein großes Bündel Holzruten zu Boden fallen gelassen hatte.

„Mein Gott habt ihr mich erschreckt, Bruder Anton!", entfuhr es Anna. Der junge Mönch lächelte verlegen und glaubte seine Holzstangen wieder zusammen.

„Das tut mir aber leid Schwester Anna, dass ich euch so erschreckt habe", stotterte er verlegen und wurde dabei sichtlich rot im Gesicht.

„Wohin geht ihr, Schwester?", fragte er leise. Sie lächelte den jungen Mönch an.

„Ich muss hinüber nach Samstetten in unser Hospiz, ich habe Schwester Dörte diesen beschwerlichen Weg abgenommen."
Bruder Anton sah Anna mit einem Mal ernst an, als zögere er noch etwas zu sagen. Doch dann meinte er aber doch: „Seit vorsichtig auf eurem Weg, Schwester Anna!" Anna lachte hell auf.

„Ich bin in den Bergen aufgewachsen, Bruder Anton. Mich schrecken sie nicht", entgegnete sie ihm. Doch der Mönch schüttelte unmerklich den Kopf.

„Das meine ich auch nicht! Aber nicht alle Menschen die so tun als seien sie Freunde, sind es am Ende auch! Gebt also acht auf euch!", wiederholte er noch mal ernst, nahm sein Bündel und trabte dann ohne eine weiteres Wort davon.
Sie sah ihm eine Weile sinnend hinterher. Was hatte er nur damit gemeint? Kopfschüttelnd machte sie sich wieder auf den Weg, der stetig bergan führte. Nach einer weiteren Stunde hatte Anna die Baumgrenze erreicht und es wurde merklich kühler. Dafür aber wurde der Himmel ein wenig heller. Sie entschloss sich eine Rast einzulegen und suchte sich ein Plätzchen an dem es noch ein wenig Gras gab. Hinter einem großen Felsen setzte sie sich und packte die Brotzeit aus. Schwester Johanna hatte

ihre Brote mit viel Schmalz geschmiert und Anna ließ es sich schmecken.

Zur Mittagszeit wurde Dörte zur Mutter Oberin gerufen. Vorsichtig klopfte sie an die Tür. Ein lautes raues „Herein!" ertönte und Dörte trat ein. Die Oberin saß an ihrem Arbeitstisch und deutete wortlos auf den Stuhl davor. Dörte setzte sich. Die Oberin musterte einen Augenblick wortlos das zarte Persönchen vor ihr, dann räusperte sie sich leise.

„Ich habe gehört, du schleichst des Nachts durch das Haus. Stimmt das?" Dörte erschrak. Gleichzeitig aber dachte sie darüber nach, wem sie alles von ihren nächtlichen Erlebnissen erzählt hatte. Dabei fiel ihr aber nur Anna ein. Aber die war ihre beste Freundin und würde doch sicher niemals der Mutter Oberin davon erzählt haben! Dessen war sich Dörte sicher. Ob sie vielleicht jemand gesehen hatte in dieser Nacht?

„Ich war vor zwei Tagen in der Nacht in der Küche und habe mir etwas Milch geholt, Mutter Oberin! Ich konnte einfach nicht einschlafen", erwiderte sie so unbefangen wie es ihr nur möglich war. Die Mutter Oberin starrte sie an und nickte dann.

„Hast du da jemand getroffen in dieser Nacht?", fragte sie weiter, und ihre Augen starrten Dörte dabei unverwandt an. Doch die schüttelte entschieden den Kopf.

„Nein, Mutter Oberin! Wen hätte ich denn mitten in der Nacht sehen sollen? Ich war ja ganz allein, und die Matutin war längst vorüber!", setzte sie noch hinzu. Und wieder nickte die Äbtissin wortlos und musterte dann unverwandt die junge Novizin. Und plötzlich, wie aus heiterem Himmel, lächelte sie und sah nun beinahe gütig aus.

„So, so, du warst also nach der Mitternachtsmesse noch unterwegs. Na gut mein Kind, du kannst dich wieder entfernen!", entgegnete sie, setzte ihre Brille wieder auf, verschwendete dann aber keinen Blick mehr für Dörte. Die zog sich tief aufatmend schnell zurück. Auf dem Flur lehnte sie sich rasch einen kurzen Augenblick an die Wand und atmete noch einmal tief durch. Hatte sie gar jemand in dieser Nacht gesehen? Wenn Anna aus Samstetten zurück kam musste sie unbedingt mit ihr darüber sprechen.

Anna erreichte in den späten Nachmittagsstunden endlich den Pass. Graue Nebelschwaden hüllten das Bergpanorama ein, und sie konnte keine fünfzig Fuß mehr weit sehen. Die in ihr aufkommende Unruhe versuchte sie durch Singen zu unterdrücken. Leise sang sie ein Lied aus ihrer Kindheit, welches ihr die liebe Mutter öfters vorgesungen hatte. Sich auf den dicken Wanderstock aufstützend, schritt sie kräftig aus. Plötzlich begann der Weg sanft abzufallen und Anna atmete auf. Jetzt war sie sich sicher, dass sie endlich auf dem richtigen Weg zum Hospiz war. Und so war es dann auch.

Das kleine gedungene graue Gebäude lag außerhalb von Samstetten auf einer Anhöhe unter einer Bergwand und wurde von drei Nonnen und einem alten Mönch geführt. Das Haus beherbergte vor allem Alte und Kranke, die kein Zuhause mehr hatten und so auf die Gnade der Kirche angewiesen waren.

Der Nebel begann sich zu lichten und Anna konnte durch die Lücken im Nebel das kleine Tal überblicken. Aus dem Schornstein des Hospizes kräuselte sich der Rauch und unten im Tal läutete eine Glocke die Sechs-Uhr Messe ein.

Erst jetzt spürte Anna wie ihr die Füße schmerzten und der Rücken wehtat. Die letzten Schritte bis zum Haus erschienen ihr wie eine Ewigkeit. Tief durchatmend griff sie nach dem eisernen Türklopfer und klopfte dreimal an die Tür, die sich ihr wenig später schon öffnete.

Schwester Ludowika strahlte sie erfreut an, und nahm das junge Mädchen in die Arme. Dabei verzogen sich ihre vielen Falten im Gesicht wie zerknittertes Papier.

„Oh, wer kommt denn heute zu uns! Seid ihr nicht die kleine Anna vom Schwantenhof?", fragte sie, und nahm der erschöpften Novizin das Gepäck ab.

„Kommt in die warme Stube und wärmt euch ein wenig auf. Und eine kräftige Suppe bekommt ihr natürlich auch gleich!", radebrechte sie und zog Anna in die Küche des Hauses. Anna legte ihren Übermantel ab, zog die Schuhe von den Füßen und streckte die Beine lang aus. Währenddessen hatte ihr Schwester Ludowika bereits eine Schüssel Suppe hingestellt. Anna atmete erschöpft tief durch und trank einen Schluck Apfelmost.

„Ich soll euch ganz herzlich von der Schwester Johanna grüßen. Sie lässt euch ausrichten, dass dies für dieses Jahr die letzten Kräuter sind. Sie meinte, dass die Kräuter aber ausreichen müssten, um genug Medizin herzustellen, die ihr über den Winter braucht", erzählte Anna zwischen zwei Löffeln Suppe. Schwester Ludowika sah die junge Novizin mitfühlend an und setzte sich zu ihr an den Tisch.

„Müsst ihr etwa Morgen schon wieder zurück, Anna?" Doch die Novizin schüttelte freudig lächelnd den Kopf.

„Nein Schwester Ludowika, nein! Ich will morgen noch meine Eltern und meinen Bruder besuchen, ehe ich übermorgen wieder ins Kloster zurückkehre." Sie zögerte einen Augenblick.

„Allerdings darf die Mutter Oberin von meinem kleinen Umweg nichts erfahren! Ich habe euch also einen ganzen Tag geholfen, ja?", erwiderte sie und sah dabei die alte Nonne bittend an. Die Schwester verzog das Gesicht etwas und sah Anna ernst an.

„Was sagt uns die Heilige Schrift Anna? Du sollst nicht lügen! Oder?", wandelte sie ein wenig das heilige Gebot ab und lächelte sanft dazu. Dann aber nickte sie.

„Ich verstehe natürlich, dass ihr Sehnsucht nach euren Lieben habt. Ich glaube, der liebe Herrgott wird die kleine Ausrede auch sicher verstehen und nicht mit euch zürnen." Schwester Ludowika sah die junge Novizin prüfend an und stand auf um den leeren Teller wegzutragen. Als sie zum Tisch zurückkam meinte sie leise: „Ihr seht aber auch nicht gerade sehr glücklich aus. Bedrückt euch etwas, ihr seid so ernst, so kenne ich euch sonst gar nicht?" Anna sah einen Augenblick betreten zu Boden, aber dann erzählte sie ihr, was ihr Dörte anvertraut hatte und was ihr schwer auf der Seele lastete. Die alte Nonne hatte stumm zugehört. Als Anna geendet hatte und ihr außerdem noch erzählt hatte, dass sie immer noch zögere Nonne zu werden, stand Schwester Ludowika langsam vom Tisch auf. Mit der Bemerkung:

„Kommt mit, meine Tochter! Gehen wir ein paar Schritte vor das Haus, die Vögel haben keine Ohren!", verließen sie gemeinsam das Haus. Draußen war es inzwischen dunkel geworden. Die kleine Laterne neben der Tür spendete fahles gelbliches Licht. Sie gingen hinüber in den Stall, der neben Ziegen auch Schafe und eine Kuh beherbergte. Als sie eintraten schlug ihnen die warme Luft entgegen, und nur das leise

Meckern der Tiere war noch zu hören. Schwester Ludowika setzte sich auf einen Schemel und sah Anna ernst von unten herauf an.

„Ihr müsst eurer Freundin Dörte unbedingt ins Gewissen reden, Anna! Sie darf auf keinen Fall irgendjemand im Kloster davon erzählen! Hört ihr, niemand!", betonte die Nonne. Während sie sprach sah sie Anna wieder sehr ernst an.

„Wenn ihr dem Herrn dienen wollt Anna, könnt ihr das auch ohne den Ring des Herrn zu tragen. Ich würde das zwar sehr bedauern, denn ihr würdet bestimmt eine gute Magd des Herrn werden. Aber was man tut, das sollte man mit reinem Herzen tun, Anna! Darüber entscheiden aber könnt nur ihr allein! Nun lasst uns wieder zurück ins Haus gehen, die Abendmesse beginnt gleich." Sie erhob sich ächzend von dem Schemel auf dem sie gesessen hatte, und beide verließen wieder den Stall.
In dieser Nacht drehte sich Anna noch lange unruhig auf ihrem Strohsack von einer Seite auf die andere und dachte darüber nach, was ihr die Nonne Ludowika geraten hatte.
Am nächsten Morgen traf sie auf Bruder Bernhard, einen älteren Mönch um die siebzig Jahre, mit weißen Haaren und einem üppigen weißen Bart. Er begrüßte Anna herzlich, und jedes Mal wenn er laut lachte, hüpfte sein beachtlicher Bauch. Und Bruder Bernhard war ein fröhlicher Mensch und lachte oft. Ausgiebig musste sie ihm vom Leben im Kloster erzählen. Und Anna bemühte sich alles in einem freundlichen Licht erscheinen zu lassen. Als sie geendet hatte, sah sie der alte Mönch sinnend von der Seite an.

„Wenn ich hinter eure freundlichen Worte schaue meine Tochter, dann scheint es so, als ob ihr da oben nicht gerade sehr glücklich seid!", erwiderte er plötzlich leise. Einen kurzen Augenblick sah er sich kurz um. Dann flüsterte er Anna zu:

„Ich kenne euren Abt Timoteo, und ich kenne auch die Äbtissin Klara von Lewante. Und ich weiß, dass sie ein Geheimnis haben. Und ich sage euch, sie sind sicher nicht umsonst vom Orden da hinauf in diese Einöde beordert worden. Passt also auf euch auf, Schwester Anna! Verlasst nie des Nachts eure Kammer, und verriegle stets gut die Tür!"
Er sah ihr dabei fest in die Augen und stand auf. Noch im Weggehen meinte er ihr wieder lustig lachend:

„Grüßt eure Eltern von mir, Novizin Anna! Ich warte schon geraume Weile auf diesen herzhaften Schlehentrunk, den euer Vater braut, und der meine müden Glieder im Winter wärmt." Anna versprach dem Mönch auf dem Rückweg noch eine Flasche dieses wärmenden Getränks vorbeizubringen.

Die Abendmesse war soeben zu Ende gegangen und alle Schwestern hatten zwei Stunden Zeit für sich. Dörte eilte hastig in den ersten Stock in das Skriptorium. Sie wollte die zwei Stunden nutzen, ehe sie wieder in ihrer Kammer sein musste, wenn die Mutter Oberin zu ihrem Kontrollgang aufbrach.
Leise öffnet sie die Tür und sah sich um. Niemand war mehr in der Bibliothek. Also zündete sie eine Kerze an und ging hinüber zu den dicken Folianten. Im fahlen Schein der Kerze buchstabierte sie was auf den Buchrücken stand.
Endlich schien sie gefunden zu haben was sie suchte. Nahm das schwere Buch heraus und trug es zu einem der Lesepulte, dann schlug sie es auf. Es enthielt die Auflistung aller Äbtissinnen, Nonnen und Novizinnen, die alle in den letzten 100 Jahren im Kloster gelebt hatten, hier gestorben und beerdigt waren.
Hastig schlug sie die Seiten um, bis sie zum ersten Mal auf den Namen ihrer Äbtissin stieß und wann diese in das Kloster eingetreten war. Zu ihrem Erstaunen las sie plötzlich keine zwei Zeilen weiter unten, ihren eigenen Namen. Sie waren beide am gleichen Tag im Kloster „Zum heiligen Franziskus" aufgenommen worden. Sie starrte auf die Eintragung unter ihrem eigenen Namen. Dörte wurde es heiß und kalt. Fand sie hier das Rätsel um ihre Herkunft? Und so las sie hastig die Zeilen die mit schöner Handschrift geschrieben waren:
„*Eintritt des Findelkindes Dörte Pflügli, Anno Domini 1658, am 11. Januar. Elf Monate alt.*" stand da geschrieben, mehr nicht.
Plötzlich hörte sie Schritte auf dem Flur. Schnell schlug sie das Buch zu, blies die Kerze aus und stellte sich dann in den engen Raum zwischen einem großen Schrank und der Wand. Dörte stieg der Rauch der erloschenen Kerze in die Nase, sie musste sich die Nase zuhalten, um nicht zu niesen.
„Hoffentlich entdeckt mich jetzt niemand hier oben. Hilf mir Herr!", betete sie insgeheim und hielt den Atem an.

Die Tür öffnete sich und eine Nonne mit einer Laterne in der Hand trat ein. Zielstrebig ging sie zu dem Regal, in dem die dicken Folianten aufgereiht nebeneinander standen. Plötzlich aber stutzte sie und schien etwas zu suchen. Kopfschüttelnd drehte sie sich herum und ging zum Tisch, um dort die Laterne abzustellen. Dabei fiel ihr Blick auf das dicke Buch welches auf dem Pult lag. Ihre Hände strichen verwundert darüber. Sie schien über etwas nachzudenken. Dann aber nahm sie es, schlug es hastig auf und blätterte eine Weile darin und las an einer Stelle. Danach trug sie es wieder zurück und stellte es sorgsam neben die anderen Bücher zurück.
Dörte hatte die ganze Zeit mit angehaltenem Atem hinter dem Schrank gestanden und nur ganz kurz einen Blick in den Raum gewagt. Da erkannte sie die Oberin! Vor Angst zitternd, presste sie sich gegen die kalte Wand und hielt den Atem an. Und prompt fiel ihr durch das Zittern ihrer Hände, die Kerze aus dem Leuchter und polterte auf dem Boden. Dörte war es, als ob ihr Herz aussetzte und sie erstarrte! Die Oberin, gerade schon im Gehen begriffen, fuhr erschrocken herum und hob nun die Laterne hoch um besser sehen zu können. Doch als sie nichts sehen konnte, drehte sie sich wieder um und brummelte vor sich hin:
„Kein Wunder dass es hier Mäuse und Ratten gibt in dem alten Gemäuer!" und verließ dann rasch wieder den Raum.
Dörte atmete auf und tastete mit der Hand den Fußboden ab, um die heruntergefallene Kerze wieder zu finden. Und endlich ertastete ihre Hand das Gesuchte. Mit zitternden Fingern zündete sie die Kerze wieder an und ging rasch zur Tür. Vorsichtig schaute sie hinaus in den Gang, doch alles war ruhig. Mit raschen Schritten strebte sie ihrer Kammer zu. Als sie diese dann endlich erreicht und die Tür hinter sich geschlossen hatte, atmete Dörte erleichtert auf und setzte sich auf ihr Bett.
Endlich hatte sie das Datum gefunden an dem sie in das Kloster gekommen war. Dörte dachte nach. Nun wusste sie, dass sie knapp ein Jahr alt gewesen war, als man sie ins Kloster gebracht hatte, so stand es im Buch. Tränen traten ihr in die Augen. Aber genau an diesem Tag im Januar, war auch die Äbtissin in das Kloster „Zum heiligen Franziskus" eingetreten. War das nicht alles seltsam? Was hatte das alles zu bedeuten? Mehrfach hatte

sie die Oberin danach gefragt, wer ihre Eltern gewesen seien, doch immer hatte sie von ihr nur eine ausweichende Antwort erhalten.

Dörte kleidete sich aus und legte sich dann in ihr schmales Bett mit dem Strohsack. Noch lange dachte sie darüber nach, woher sie gekommen war, und wer sie damals ins Kloster gebracht haben könnte. Die Auskunft der Oberin, es seien wandernde Mönche gewesen, glaubte sie nun aber inzwischen schon nicht mehr. Sie musste unbedingt mit Schwester Johanna noch einmal reden, die damals schon im Kloster gewesen war. Aber morgen musste sie schon früh in der Kapelle auf der Empore putzen. Vielleicht war es möglich, später mit Schwester Johanna noch einmal ungestört reden zu können. Womöglich konnte sich die alte Schwester noch an so manche Einzelheiten von damals erinnern.

Eiligen Schrittes strebte Anna die kleine Anhöhe hinauf, die zum Hof ihrer Eltern führte. Es war Mittagszeit und aus dem kurzen Schornstein der Kate kräuselte weißer Rauch. Mit einem Mal sah sie einen Mann, der ein Pferd in den Stall führte. Vater! Ja, das war der Vater! Sie erkannte ihn an seiner Pfeife, die er immer im Mund hatte, auch wenn kein Tabak darinnen war.

Noch einen Schritt zulegend stürmte sie die letzten Meter dem Haus entgegen. Genau in diesem Augenblick trat eine Frau aus dem Haus und rief laut:

„Johannes, Melchior, kommt zum Essen! Das Essen ist fertig!" Plötzlich gewahrte sie aber die junge Nonne, die da geradewegs auf sie zugelaufen kam. „Mutter! Mutter!", rief Anna und fiel der erschrockenen Frau um den Hals.

„Anna! Meine liebe Anna! Mein Gott, wo kommst du denn auf einmal her?", stammelte die Mutter und nahm dabei Annas Gesicht in beide Hände. Auf einmal stand der Vater daneben und lachte über das ganze Gesicht.

„Sieh an, unsere Novizin besucht uns! Ja, was treibt denn dich zu deinen Eltern nach Hause?", fragte er lachend und nahm Anna in die Arme und drückte sie ganz fest und liebkosend an sich. Anna roch den bekannten Duft seines Tabaks und freute sich, wie gesund der Vater aussah. Dann gingen alle gemeinsam ins Haus.

„Ich habe gestern die dringend benötigten Kräuter ins Hospiz gebracht, Vater. Und da war der Umweg nicht allzu groß." Der Vater schüttelte dennoch missbilligend den Kopf.

„Und deswegen schicken sie dich junges Ding über den Pass um diese Jahreszeit! Das ist eine Schande! Die Herren Mönche sind sich wohl dafür zu schade?", schimpfte er weiter. Die Mutter wehrte seine Tirade ab und schob ihm seine Schüssel zu.

„Nun sei doch froh, Melchior! Wenn sie nicht der Weg zum Hospiz geführt hätte, hätten wir sie sicher dieses Jahr überhaupt nicht mehr gesehen! Also höre auf zu schimpfen und iss mal schön!"

Im gleichen Moment öffnete sich die Tür und ein junger kräftiger junger Mann trat ein, schaute einen Augenblick ganz verdattert zum Tisch, um dann zu rufen: „Anna! Schwesterherz! Na wo kommst du denn auf einmal her? Du bist doch nicht etwa bei den Schwarzkitteln ausgerissen? Wundern würde mich das aber nicht!" Und dann lagen sich die beiden auch schon in den Armen und herzten sich. Und Bruder Johannes sah seine Schwester aufmerksam an.

„Du bist aber dünn geworden, Schwester! Gibt es etwa bei euch so wenig zu essen? Du warst mal eine stramme Maid, hinter der alle Kerle im Tal her waren, jetzt siehst du aus wie eine dünne Bohnenstange!", lachte er und schob seiner Schwester lachend sein Stück Brot zu.

„Hier iss dich satt du Bohnenstange!" Die Mutter tadelte ihn wegen seiner Ausdrucksweise, doch Johannes lachte breit.

„Ach Mutter, wir ärgern uns doch immer, das weißt du doch noch, oder?" Bauer Schwanten musterte seine Tochter von der Seite und brannte sich seine Pfeife an.

„Und? Wie ergeht es dir da oben auf dem heiligen Berg? Fühlst du dich wohl bei den Schwestern? Du scheinst mir etwas zu unruhig zu sein für eine künftige Nonne."

Anna sah zu Boden und auf einmal traten ihr Tränen in die Augen. Maria Schwanten trat ihrem Mann unter dem Tisch auf den Fuß und schüttelte unmerklich den Kopf. Johannes kniff die Augen zusammen und nickte leicht.

„Ich glaube du hast es dir anders vorgestellt, stimmt`s?", fragte Johannes seine Schwester. Da fuhr die Mutter unwirsch dazwischen.

„Nun hört doch schon auf! Ihr macht sie doch noch ganz unsicher! Der Herrgott wird sie sicher beschützen und sie wird ihren Weg schon gehen!" Melchior Schwanten lachte kurz auf und schüttelte dann belustigt den Kopf.

„Als ob es den lieben Herrgott interessiert wie es uns hier unten auf Erden geht! Diese Gottesmänner schlagen sich die Bäuche voll Bier und wir sollen schön Fasten und Arbeiten! Deshalb sage ich, bist du Gottes Sohn, so hilf dir selbst!" Die Bäuerin bekreuzigte sich rasch dreimal und schüttelte dabei entsetzt den Kopf.

„Melchior! Wie kannst du denn nur so gotteslästerlich im Angesicht einer künftigen Nonne reden! Schäme dich, Mann!" Anna wischte sich die Tränen ab und sah dabei ihre Mutter flehend an, ehe sie zu sprechen begann.

„Mutter, liebe Mutter! Ich weiß wirklich nicht, ob dies meine Bestimmung ist! Gerne will ich doch den Menschen in ihrer Not helfen. Aber ein ganzes Leben lang hinter den Mauern eines Klosters zu verbringen, das ist für mich inzwischen eine furchtbare Vorstellung!", brach es nun aus ihr heraus und sie weinte bitterliche Tränen. Da klatschte Vater Melchiors breite Hand laut auf die Tischplatte.

„Dann musst du zurückkommen, Tochter! Lieber heute noch als morgen! Deine Kräuter kannst du auch hier zubereiten. Ich habe es gleich gesagt, es war eine törichte Idee. Aber nein, ihr Weiber müsst ja euren Kopf durchsetzen! Eine aus der Familie muss unbedingt Nonne werden, so ein Unfug!", donnerte er nun tatsächlich laut los. Maria Schwanten bekreuzigte sich wieder und war ganz blass im Gesicht.

„Melchior, du bist vom Satan besessen! Wie kannst du nur so wider dem Herrn reden! Er wird dich dafür strafen!" Melchior Schwanten feixte breit, stand dann auf und setzte seinen Hut wieder auf den Kopf. Sich an der Tür kurz noch einmal umdrehend, meinte er dann sarkastisch:

„Ich bin doch schon gestraft, Frau! Der Herrgott hat mir eine Heilige ins Ehebett gesteckt, die mich dauernd piesackt!", sprachs und verließ die Stube. Die Bäuerin sah ihre Tochter streng von der Seite an.

„Was man im Leben beginnt Kind, das muss man auch zu Ende führen! Du Anna bist auserwählt eine Braut des Herrn zu

werden, vergiss das nicht! Was sollen der Herr Kaplan und die Leute im Dorf sagen, wenn du wieder zurückkommst?"
Johannes, der die ganze Zeit stumm dem Disput zugehört hatte schüttelte nun ebenfalls missbilligend den Kopf.
„Mutter! Was interessieren uns die Leute! Soll sie denn ihr ganzes Leben lang da oben verbringen? Ohne Freude, ohne Liebe, ohne lustig zu sein? Nie erfahren wie es ist, wenn sie ein Mann liebt? Das ist doch Frevel und wider der Natur!" Er stand abrupt auf und sah seine Schwester bittend an.
„Komm Schwester, lass uns ein Stück hinausgehen und uns besprechen. So wie wir es früher oft getan haben."
Und so liefen sie wenig später gemeinsam nebeneinander her, sich wie selbstverständlich an der Hand festhaltend und schwiegen sich aus. Bis Johannes stehen blieb und auf einem alten Holzstamm Platz nahm. Er sah seine Schwester von der Seite an.
„Anna, was sagt dir denn dein Herz? Denn nur das allein zählt! Immerzu reden alle dauernd von Gott, aber wo ist der denn? Warum lässt er dann soviel Leid zu? Der Herr Kaplan sagt, wir sollen duldsam und wie die Schafe Gottes sein. Und was passiert dann? Die Schafe werden geschoren und letztlich geschlachtet! Ich will aber kein Schaf sein, Schwester! Ich will leben, lieben und lachen, so wie ich es will!"
Anna hatte sich neben ihren Bruder gesetzt und sah hinauf zum Himmel, als ob dort die Antwort stehen würde.
„Ach Bruder! Du sprichst Dinge aus, die unsere Mutter Oberin zornig werden ließen. Das ist wider den Geboten! Der Mensch darf sich nicht über Gott stellen!" Johannes schüttelte den Kopf.
„Aber ist es denn gerecht, wenn die Herren drüben in der Burg und oben bei dir auf dem Berg völlern und sich an unsrem Eigentum mästen? Und zum Dank treten sie uns noch mit Füßen! Ist das Gottes Wille, Anna? Das kann ich mir nicht vorstellen, dass er so ungerecht ist, dieser unser Gott!" Er zog seine Schwester vertrauensvoll am Ärmel zu sich herüber und legte den Arm um ihre Schultern.
„Was willst du denn nun tun, Schwesterherz?" Doch noch ehe Anna antworten konnte, hörten sie plötzlich das laute Zetern

eines alten Weibes, das mit einem Korb voller Reisig den Weg entlang kam und losgeiferte.

„Unzüchtige Brut! Ihr seid vom Satan besessen! Eine Nonne wälzt sich mit einem Bauernburschen im Gras! Das ist Sodom und Gomorrha, das muss sofort der Herr Kaplan erfahren!", keifte sie und wackelte eiligst den Berghang hinab. Doch plötzlich bückte sie sich, und warf einen Stein auf die beiden Geschwister, der diese nur knapp verfehlte. Dabei fiel ihr beim Bücken die Hälfte des Reisigs aus dem Korb. Als Johannes aufstand und es aufheben wollte um es ihr wieder in den Korb zu packen, lief die Alte schreiend wie von Furien gehetzt den Weg hinab. Johannes wollte sich ausschütten vor Lachen und konnte sich kaum wieder beruhigen. Aber Anna stand plötzlich da wie erstarrt. Dann flüsterte sie:

„Sie wird es dem Kaplan erzählen, und der wird es dem Abt erzählen, und dieser der Äbtissin! Meine Strafe wird hart sein, Bruder Johannes. Ich werde nie wieder herüber zum Hospiz kommen dürfen!" Johannes aber stampfte wütend mit dem Fuß auf und schrie Anna auf einmal wütend an.

„Dann bleibe bei uns und gehe nicht zurück! Wir haben doch nichts verbrochen! Du bist meine Schwester, zum Donnerwetter noch mal!" Anna schüttelte den Kopf.

„Darum geht es doch nicht, Johannes! Sie sollten es doch nie erfahren, dass ich in der Probezeit zu Hause gewesen bin! Das ist einer Novizin streng verboten! Nun ist alles aus!" Sie sank zu Boden und weinte bitterlich. Johannes zog seine Schwester wieder resolut auf die Füße.

„Steh auf Anna! Nichts ist aus, Schwester! Ich werde jetzt sofort mit dem Kaplan reden und ihm alles erklären. Also beruhige dich, und jetzt gehen wir wieder nach Hause zurück."
Dankbar lehnte sich Anna beim Gehen an ihren Bruder und dachte darüber nach, wie schön es wäre, wenn sie immer so zusammen sein könnten. Die Arbeit auf dem Hof hatte ihr Spaß gemacht. Voller Liebe hatte sie sich um all die Tiere gekümmert, hatte mit den Eltern Heu gemacht, und dann im Winter mit der Mutter die Schafswolle gesponnen, und es hatte ihr an nichts gemangelt. Ihr Leben war bis dahin schön und voller Fröhlichkeit gewesen. Sie erinnerte sich an den Tanz zur Sonnenwende oder zum Erntedankfest. Und jetzt? Jetzt war das

Leben freudlos, trist und ohne Lachen. Tagein, tagaus, hieß es nur beten und arbeiten!

Die fahle Septembersonne war gerade über die Gipfel der Berge aufgestiegen, als Anna sich schon wieder auf den Weg zum Kloster begab. Der Vater sah ihr noch sinnend hinterdrein, ehe er noch einen besorgten Blick hinauf zum Himmel schickte. Anna drehte sich noch einmal um und winkte ihm lachend zu. Dann schritt sie kräftig aus.
Schon wenig später verschleierten graue Wolken den Blick auf die Sonne. Fahles bleiches Licht bedeckte die Bergwelt und die ersten Flocken tanzten in der Luft.
„Sie läuft mitten hinein in das Unwetter", brummte der Bauer besorgt. Doch er vertraute seiner Tochter die hier oben in den Bergen aufgewachsen war und sich auskannte. Wenn sie schlau war, kehrte sie vorerst im Hospiz ein, ehe sie weiter lief und wartet dort das Unwetter ab.
„Ich hätte ihr Johannes mitgeben sollen", sinnierte er, wandte sich dann aber ab und ging in den Stall, denn die Kühe mussten gemolken werden und waren schon unruhig.

Als Anna den Abzweig zum Hospiz erreichte, kam ihr ein kleiner zerzauster Bub entgegen. Sie hielt ihn an.
„Bringst du bitte diese Flasche dem Bruder Bernhard im Hospiz und sagst ihm schöne Grüße von Schwester Anna?"
Der Bub nickte und strahlte, als ihm Anna eine Süßigkeit in die Hand drückte. Dann lief er los und winkte Anna noch einmal fröhlich lachend zu.
Sie schritt kräftig aus und erreichte schon wenig später den Steig, der hinauf zum Pass führte. Das Hospiz hatte sie trotz des Wetters doch linker Hand liegen gelassen, um nun den ausgewaschenen Weg hinauf auf den Pass in Angriff zu nehmen. Doch der Schneefall war dichter geworden. Die zuerst kleinen schwebenden Flöckchen wurden abgelöst von großen dicken schweren Flocken.
Anna hielt einen Moment inne und sah sich um. Aber ihr Blick reichte keine zehn Schritte mehr weit. Den Blick starr auf den Boden geheftet, schritt sie weiter. Noch konnte sie den Weg sehen den sie nehmen musste. Doch wenn erst der Schnee alles

zugedeckt hatte war es beinahe aussichtslos, sich zurecht zu finden. Unruhe stieg in ihr auf. Wäre es nicht besser gewesen erst im Hospiz einzukehren und dort das Unwetter abzuwarten? Zumal nun auch noch der kalte Wind aufkam. Dieser ließ die Flocken beinahe waagerecht dahinfliegen. Doch Anna versuchte sich an den schemenhaften Felsenformationen zu orientieren durch die sie gerade schritt. Irgendwo musste sie nach links abbiegen, sonst lief sie geradewegs auf eine steile Abbruchkante zu!

Sie begann ein Lied zu singen um sich Mut zu machen, doch gleichzeitig musste sie sich eingestehen, dass es wohl unmöglich war, weiter zu gehen. Sie blieb kurz stehen und tastete dann mit dem langen Wanderstock den Weg ab. Unversehens stand sie vor einer riesigen Felswand, in die ein schmaler Gang hinein führte. Sie erinnerte sich dunkel daran, dass sie auf dem Herweg daran vorbei gelaufen war.

Kurz entschlossen ging sie leicht gebückt in den engen Gang hinein und erreichte alsbald eine kleine dunkle Höhle. Der liebe Herrgott hatte ihr einen Unterschlupf gewährt und sie bedankte sich artig bei ihm dafür. Dann setzte sie sich auf einen trockenen Stein und ruhte sich aus. Notfalls musste sie eben hier drinnen warten bis dieses Unwetter vorbei war. Die Mutter hatte ihr vorsorglich eine kleine Wegzehrung eingepackt. Aber ohne Feuer würde es hier oben in der Nacht schnell sehr kalt werden.

Sie stand wieder auf und trippelte umher um sich ein wenig zu erwärmen. Dabei begann sie wieder zu singen, alles was ihr gerade einfiel. Besonders angetan hatte ihr aber das Ave Maria, dass sie schon vergangenes Weihnachten zur Messe an Heiligabend in der Klosterkirche zur Freude aller Schwestern und Mönche gesungen hatte. Und während sie das Lied anstimmte, lief Anna langsam hinaus aus der Höhle, um nachzusehen wie das Wetter war. Aber immer noch fielen dicke Flocken, nur der Sturm hatte nach-gelassen. Und als wenn sie gegen dieses Unwetter mit aller Kraft ansingen müsste, erhob Anna ihre Stimme und sang nun, in Mitten des Flockenwirbels stehend, noch lauter als vorher. Der Wind wehte ihr die Worte von den Lippen.

Schwester Johanna hatte bereits am Vorabend vergebens auf Annas Rückkehr gewartet. Unruhig geworden, war sie nach der Morgenmesse zur Oberin gelaufen. Die hatte sich angehört was die alte Nonne vortrug, dann hatte sie Schwester Agneta zum Tor geschickt, um dort zu läuten. Kurz darauf war auch schon Bruder Anton erschienen. Schwester Agneta hatte ihm aufgetragen, dem ehrwürdigen Abt auszurichten, dass er einen Bruder hinauf zum Pass schicken sollte, um die Novizin Anna zu suchen.
Keine halbe Stunde später war Bruder Anton selbst mit der Sennenhündin „Heidi" aufgebrochen. Im immer noch dichter werdenden Schneetreiben bahnte sich die Hündin zielstrebig ihren Weg. Heidi trabte, die Nase dicht auf dem Boden, mit ziemlichem Tempo den Berg hinauf. Offenbar machte es ihr Spaß wieder einmal in der Natur zu sein. Bruder Anton hatte einen Sack mit zwei Decken, einer Brotzeit, einem kräftigen Schnaps und einer Laterne bei sich. Er kam ordentlich ins Schwitzen, weil die Hündin sich immer wieder bellend nach ihm umschaute, als wollte sie ihn zum schnelleren Laufen auffordern.
Inzwischen war es schon am späten Nachmittag als beide die Passhöhe erreichten. Von Anna aber war weit und breit nichts zu sehen wegen des dichten Schneefalles. Anton bekam langsam Angst, dass er Anna vielleicht doch nicht finden würde. Vielleicht war sie ja aber auf Grund des Unwetters erst gar nicht losgelaufen? Heftig prustend und schwitzend blieb er nur einen kurzen Moment stehen, um zu verschnaufen. Heidi jaulte leise und stupste ihn mit ihrer warmen Schnauze an, als wollte sie ihn zum Weitergehen ermuntern. Ganz plötzlich aber lauschte Anton angestrengt in das Schneegestöber hinein. Sang da nicht jemand? Die Hündin wurde ebenfalls unruhig und trippelte erst hin und her, dann begann sie zu bellen. Anton schalt sie ruhig zu sein. Und wieder hörte er eine helle Stimme singen. Mein Gott, waren das die Berggeister? Zitternd vor Furcht war Anton schon drauf und dran wieder umzukehren. Doch die Heidi bellte erneut und rannte dann einfach los, so das Anton ihr unweigerlich folgen musste, wenn er sie nicht verlieren wollte.

Anna hatte gerade die letzten Töne des Ave Maria beendet als sie Hundegebell hörte. Sie formte die Hände zu einem Trichter und rief so laut sie konnte „Hallo! Hallo!" Und plötzlich tauchte aus dem Flockenwirbel ein großer gefleckter weißbrauner Hund auf und bellte sie unversehens schwanzwedelnd an. Kurz darauf kam auch schon Bruder Anton überglücklich auf sie zugelaufen.

„Schwester Anna! Da seid ihr ja!", rief er außer Atem. Beinahe automatisch breitete sie die Arme aus und fing den heranstürmenden jungen Mann mit ihren Armen auf. Einen Augenblick presste er sie ganz fest an sich und Anna ließ es geschehen, froh darüber endlich gerettet zu sein. Verschämt ließ er Anna schnell wieder los.

„Ihr habt mich gesucht, Bruder Anton? Ich war schon ganz verzweifelt und dachte, ich muss die ganze Nacht hier oben verbringen!", sprudelte Anna freudig erregt heraus.

Bruder Anton sah besorgt zum Himmel hinauf. Denn in den letzten Minuten war das neblige Grau in Grau gewichen, dafür aber begann wieder ein heftiger Wind zu blasen, der die Flocken wie kleine Geschosse waagerecht durch die Luft fliegen lies.

„Wir müssen schnell loslaufen, Schwester Anna! Wenn der Sturm noch stärker wird, kommen wir hier oben nicht mehr weg!", schrie er gegen den orgelnden Sturm an. Er nahm ein Seil, um es Anna um die Hüften zu schlingen. Dann nahm er ihr Bündel zu dem seinen auf den Rücken und dann stapften sie gemeinsam los. Mühsam mussten sie nun gegen den Sturm ankämpfen und kamen nur langsam vorwärts. Heidi lief wenige Schritte vor ihnen und bellte immer wieder mit ihrer kräftigen dunklen Stimme, als wollte sie die beiden Menschen auffordern, schneller zu gehen. Anna war klar, dass sie ohne die Hündin Heidi schon längst verloren gewesen wären. Heidi schnupperte immer wieder am Boden und lief dann weiter.

Inzwischen begann es schon zu dämmern und noch immer war kein Ziel in Sicht. Anna ließ sich völlig erschöpft zu Boden gleiten um ein wenig auszuruhen. Doch der Bruder Anton versuchte sie wieder hoch zu zerren und war ganz verzweifelt.

„Steht bitte auf, Schwester Anna! Steht doch auf! Wenn ihr hier sitzen bleibt erfriert ihr doch!", schrie er verzweifelt gegen den Sturm an, umfasste Anna unter den Achseln und versuchte sie wieder hochzuziehen. Doch sein Körper, durch den Marsch geschwächt, verweigerte ihm die Kraft die er brauchte, um Anna wieder auf die Füße zu ziehen. Und so setzte er sich neben die Novizin in den Schnee, umfasste sie dann mit beiden Armen und legte eine Decke über sich und Anna. Die Hündin begann wütend zu bellen und sprang um beide herum. Doch als die Beiden sich nicht bewegten, legte sie sich eng an die Körper der Menschen. Ihre warme Zunge fuhr über Annas und Bruder Antons Gesicht, dann legte sie ihren zottigen Kopf auf Annas Schoß und sah sie traurig mit ihren großen braunen Augen an.

Sie wussten nicht mehr wie lange sie so dagesessen hatten, und es war schon dunkel, als plötzlich gedämpfte Stimmen zu hören waren und Laternen in der Dunkelheit sichtbar wurden.

Als Anton bei Anbruch der Dunkelheit immer noch nicht zurück war, hatte der Abt noch drei Mönche auf die Suche geschickt.

Bruder Anton stand mühsam auf und schüttelte den Schnee ab. Um ein Haar wäre er eingeschlafen, und so kamen die Mitbrüder gerade noch rechtzeitig, um ein Unglück zu verhindern. Sie hatten warmen Tee und etwas Brot dabei. Nach einer kurzen Brotzeit fühlte sich Anna wieder wohler und so brachen sie auf. Nur mit halbem Ohr dem Gespräch der Brüder zuhörend nahm sie war, dass wohl im Kloster ein Unglück geschehen sein musste. Doch Anna hatte mit sich selbst zu tun, um gegen den inzwischen abflauenden Wind anzukämpfen.

Nach zwei weiteren Stunden Weg konnten sie endlich ins Tal absteigen und erreichten dann wenig später erschöpft das Kloster. Bruder Anton übergab Anna am Tor einer jungen Novizin, die erst am Vortage ins Kloster gekommen war. Diese führte Anna zuerst in die Küche zu Schwester Johanna. Erschöpft ließ sich Anna auf die Holzbank sinken, um dann die Kleidung ein wenig zu öffnen. Schwester Johanna hatte ihr heißen Tee und einen Teller Suppe hingestellt. Dann setzte sie sich neben die Novizin und sah sie mitfühlend an.

„Du hattest einen schweren Weg. Aber der Herr hat dich beschützt", bemerkte sie und ihre schwielige Hand strich über das Haar des jungen Mädchens. Dabei hatte sie Tränen in den Augen, was Anna sehr verwunderte. Denn die liebe Schwester

Johanna hatte noch nie solcher Art Gefühlsausbrüche gezeigt. Anna löffelte den Teller leer und trank einen Schluck Tee.

„Die Brüder haben auf dem Weg hierher davon erzählt, dass es ein Unglück gegeben haben soll?", fragte Anna und sah die alte Frau fragend an. Schwester Johanna nickte und schlug ein Kreuz.

„Ja, die Novizin Dörte ist vergangene Nacht urplötzlich verschwunden", erwiderte Schwester Johanna. Anna stieß einen dumpfen Schrei aus.

„Nein, nein! Wohin ist denn die Dörte gegangen, Schwester Johanna?", fragte sie weinend. Und Schwester Johannas Gesicht verzog sich ärgerlich.

„Ich weiß es doch auch nicht! Niemand weiß es! Sie ist noch am Morgen in der Kirche beim Fegen der Empore und der Treppen gesehen worden. Am Nachmittag sah ich sie in Richtung Garten gehen. Zur Abendmesse war sie dann aber plötzlich wie vom Erdboden verschwunden. Wir haben bis in die tiefe Nacht hinein vergeblich jeden Winkel nach ihr abgesucht."

Sie nahm die weinende Anna in die Arme und versuchte sie zu trösten. In diesem Augenblick ging die Tür auf und die Oberin trat ein.

„Was soll denn das Geflenne hier?", fragte sie herrisch und stemmte beide Arme in die Hüften. Dabei musterten ihre kalten Augen das junge erschöpfte Mädchen. Sie schüttelte den Kopf.

„Warum kommt ihr eigentlich so spät, Anna? Ihr hättet doch eigentlich schon gestern wieder bei uns eintreffen müssen! Nun musste man extra noch einen Suchtrupp nach euch schicken. Ihr habt nicht etwa einen kleinen Umweg zu den Eltern gemacht, he?" Sie sah das junge Mädchen erst streng an und dann schüttelte sie erneut den Kopf.

„Auf euch junges Volk ist eben kein Verlass mehr. Ihr habt immer nur das Vergnügen im Kopf. Kein Wunder, dass man diese junge Schwester aus Xanten als Hexe verbrannt hat! Auch sie hatte in ihrer Eitelkeit Gott dem Herrn Schande gemacht. Wie deine Freundin Dörte, die einfach davon gelaufen ist!", rief sie zornig aus.

„Nein, und nochmals Nein! Dörte war dem Herrn immer eine treue Dienerin", schrie Anna plötzlich die Äbtissin an und sprang wütend auf. Blass und verschreckt verließ die Äbtissin eilends die Küche, nicht ohne draußen auf dem Gang noch zu rufen: „Der liebe Herrgott wird dein vorlautes Mundwerk noch strafen, du undankbares Geschöpf!"

Gemeinsam gingen Anna und die alte Johanna zurück zum Mutterhaus. Es gab im ganzen Haus aber nur noch einen Gesprächsstoff, das Verschwinden der Novizin Dörte.
Die Äbtissin hatte für alle das stille Gebet angeordnet. Und so hörte man im ganzen Haus an diesem Abend keinen Ton. Plötzlich klopfte es leise an Annas Tür und ein Kopf steckte sich herein. Es war die neue Novizin Agnes, die sie am Tor in Empfang genommen hatte.
„Darf ich herein kommen?", fragte sie leise. Anna nickte ihr lächelnd zu.
„Natürlich, komm nur herein, machen wir uns bekannt!" Agnes schlüpfte rasch ins Zimmer und Anna bot ihr einen Platz an. Einen Moment schwieg die Neue.
„Du warst die Freundin von Dörte?", fragte die Neue plötzlich und sah Anna fragend an. Die nickte und war schon wieder den Tränen nahe.
„Ja, Dörte war meine beste und einzige Freundin. Ich kann es einfach immer noch nicht glauben, dass sie uns heimlich verlassen hat, ohne sich noch von mir zu verabschieden." Agnes sah Anna eigentümlich an.
„Gegangen ist? Wie kommst du denn darauf, Anna?" Sie sahen sich einen Augenblick in die Augen, bis Agnes ihrem Blick auswich und zur Seite schaute. Und Anna erwiderte:
„Die Schwester Johanna hat es mir bei meiner Rückkehr erzählt". Agnes lachte gehässig auf.
„Ach ja, die Alte redet immer solchen Unsinn daher. Ich selbst habe noch kurz vor Einbruch der Dunkelheit den Bruder Barnabas aus dem Chorstift herauskommen sehen. Und dieser Bruder Barnabas hatte es sehr, sehr eilig aus dem Kloster zu verschwinden! Er trug auf seiner Schulter ein großes schweres Bündel mit sich." Anna sah die neue Novizin ungläubig an.
„Du meinst doch nicht etwa, er ..." Sie sprach den Satz nicht zu Ende und hielt die Hand erschrocken vor den Mund. Doch

Agnes verzog das Gesicht zu einem Grinsen, dabei rieb sie sich laufend an den Armen.

„Ich meine gar nichts, Schwester Anna!", antwortete sie auf einmal schnippisch zu Annas Anmerkung. Den Kopf leicht zur Seite geneigt, musterte sie Anna mit zusammengekniffenen Augen, ehe sie sich wieder zum Gehen wandte.

„Ich muss jetzt zurück! Die Äbtissin wird mich bestimmt schon suchen, ich muss ihre Kammer noch säubern."

Sie nickte Anna noch einmal kurz zu und huschte wieder zur Tür hinaus. Anna saß nachdenklich auf ihrem Bett und sah hinaus in den Garten, wo bereits alle Bäume ihr Laub verloren hatten. Und sie dachte darüber nach, was ihr Agnes soeben angedeutet hatte, und ein Schauder überkam sie. Doch sie nahm sich vor stark zu sein und heraus zu finden, wo Dörte abgeblieben war. Sie hielt das für ihre christliche Pflicht gegenüber ihrer Freundin. Und Bruder Anton würde ihr dabei sicher behilflich sein.

An diesem Sonntagabend im September herrschte auf der Lehensburg des Bischofs von Chur auf Balcun At, große Aufregung. Die direkt am Berghang gelegene Burg war eine Besitzung des Herrn Bischofs von Chur, und wurde seit Jahren von einem Franziskanerpater geleitet. Ihm hatten die Bauern des Umlandes den Zins zu zahlen. Wer dazu nicht in der Lage war, kam in den Schuldturm.

Aber noch viel schlimmer war die Tatsache, dass dieser Franziskanerpater Anselm von Arnim ein großer Eiferer war, der hinter allem was geschah, ein Hexenwerk sah.

Und so war die Magd Veronica von ihm angeklagt worden, in der Walpurgisnacht mit den Hexen gebuhlt zu haben. Ihr Herr, der reiche Landbesitzer Willibald Kerner, hatte auf Befragung bestätigt, dass die Veronica Heilpasten und Tees angefertigt hatte. Viele der Leute, denen sie ihre Pasten und Tees schon verabreicht hatte, waren anschließend gesund geworden und hatten von bunten wilden Träumen berichtet, während sie sich gesund schliefen. Dass sie ihm aber mehrmals den Beischlaf verweigert hatte, behielt er allerdings lieber für sich.

Und so hatte die Magd nach der dreifachen Folter dann auch gestanden, mit den Hexen im Bunde zu sein. Und nun sollte sie

am heutigen Abend, drüben im Burghof, im Feuer sterben. Abt Timoteo von Breswik und auch die Äbtissin Klara von Lewante hatten auf Betreiben des Bischofs angeordnet, dass aus jedem Kloster drei Mönche bzw. Nonnen dieser Verbrennung beiwohnen sollten.
Und so waren schon am Nachmittag zahlreiche Menschen aus Valchava, Fuldera und Lü herbei geeilt um sich das Spektakel anzuschauen. Mit Kind und Kegel lagerten sie vor der Burg, ehe die Wachen das Tor öffneten.
Die Schwestern Agneta und Juliane sowie die Novizin Anna waren extra von der Oberin auserwählt worden daran teilzunehmen. Von den Mönchen waren Bruder Dagobert, Bruder Wilhelm und der junge Bruder Anton ausgesucht worden, zumal ihr Abt die Zeremonie leiten und seinen göttlichen Segen der armen Veronica spenden sollte.
Der Scheiterhaufen war tags zuvor bereits errichtet worden. In seiner Mitte stand ein dicker Holzstamm, an dem dann die Verurteilte gefesselt werden sollte. Die Knechte brachten immer mehr Reisig und Stroh damit das Feuer besser brennen sollte. Schwester Anna und Bruder Anton standen etwas abseits in einer Nische der Burgmauer und beobachteten das Geschehen auf dem Burghof und die Menschen ringsum.
Bruder Anton war schlechter Laune, weil ausgerechnet ihn der Abt beauftragt hatte, sich das Feuer anzusehen, um dann davon im Klosteralmanach zu berichten. Seit bekannt geworden war, dass Bruder Anton des Schreibens kundig war, musste er im Skriptorium Schreibarbeiten verrichten. Doch diesmal hatte er vergeblich versucht, von der Pflicht an dieser Hexenverbrennung teilnehmen zu müssen, befreit zu werden.

„Da verbrennt man eine Frau, nur weil sie den anderen Menschen geholfen hatte, sowas ist doch ungerecht", raunte er Anna soeben zu, die neben ihm stand.

„Nun ja, sie hat aber gestanden mit den Hexen im Bunde zu sein", erwiderte Anna ebenso leise. Doch Bruder Anton schüttelte den Kopf und lehnte sich dann mit verschränkten Armen gegen die Wand.

„Wenn jemand die dreifache Folter ertragen muss, gesteht er am Ende alles, nur damit man damit aufhört!", brummte er mürrisch. Anna nickte vor sich hin.

„Die Kräuter sind nun mal Gottes Werk! Aber wisst ihr warum der Abt immer Petersilientee mit Hanf gemischt trinkt, Bruder Anton?" Der junge Mönch sah die Novizin neben sich an und musste schmunzeln.

„Das wisst ihr nicht?" Anna schüttelte den Kopf und sah ihn fragend an.

„Nein, die Schwester Johanna meinte letztens zu mir, dass der Tee der Gesundheit des Abtes dienen würde. Ich fand das aber komisch, ausgerechnet Petersilie und dann noch mit Hanf." Bruder Anton lachte leise vor sich hin.

„Ihr seid aber noch ziemlich dumm, Schwester Anna! Jeder weiß doch, dass mit dem Petersilientee und noch etwas Hanf beigemischt die Manneskraft steigt!", erwiderte er ebenso leise lachend. Novizin Anna bekreuzigte sich dreimal.

„Was für gottloses Zeug redet ihr denn da! Er ist doch der Abt, ein Gottesmann! Das ist doch unmöglich!" Doch Bruder Anton sah seine Begleiterin an und lächelte Anna wieder an.

„Ich kann euch sogar sagen, dass eure Mutter Oberin auch dieses Zeug trinkt! Bevor Schwester Agnes kam, hat nämlich der Bruder Wilhelm den Garten bearbeitet. Und der hat es uns erzählt!" Wieder bekreuzigte sich Anna und wollte gerade noch etwas erwidern, als plötzlich laut die Fanfaren erklangen.

Unten auf dem Burghof ging es los! Zwei Landsknechte zogen die Verurteilte mit einem Strick an den Händen gefesselt, hinter sich her zum Scheiterhaufen. Die Menge begann zu murmeln, während die arme Magd, den Kopf kahl geschoren, weinend hinter den Landsknechten herlief. Dann wurde sie von ihnen gepackt und an den Schandbaum gefesselt. Unten wurde es mit einem Schlag lauter. Einige ganz Eifrigen riefen:

„Lasst sie brennen! Sie hat mit den Hexen gebuhlt! Verbrennt sie!" Doch die Mehrheit wiederum schimpften lauthals:

„Ihr Mörderbande! Lasst sie wieder frei!" Und schon drangen sie langsam auf den Scheiterhaufen zu. Die Landsknechte hatten alle Mühe, sich gegen die andrängenden Leiber zu behaupten. Immer wieder bekamen sie aus der Masse heraus Schläge ins Gesicht und in den Nacken, so dass sie anfingen die Leute mit der langen Pike abzuwehren, was dem einen oder anderen allzu Vorwitzigen, Blessuren einbrachte. Die Sache

schien aus dem Ruder laufen zu wollen, denn der Tumult wurde immer größer.
Abt Timoteo von Breswik stand breitbeinig auf der Mitte des Weges und hielt mit hocherhobenem Arm das Kreuz der Menge entgegen und rief immer wieder mit sich überschlagender Stimme:

„Der Herr hat uns befohlen diese Hexe dem Feuer zu übergeben! Versündigt euch nicht, Leute! Haltet ein! Haltet ein! Gott wird euch dafür strafen!"
Doch während der Abt und die Landsknechte immer noch versuchten die vorwärts drängende Masse zurückzuhalten, hatten zwei andere Büttel bereits mit Fackeln das Reisig in Brand gesteckt. Die Menge schrie auf! Und ehe sie noch weiter voran dringen konnten, brannte mit einem Mal der ganze Scheiterhaufen lichterloh.
Die Äbtissin Klara von Lewante hatte eigenhändig einen großen Topf Öl in die Flammen gegossen. Die Flammengarben schossen in den Himmel und übertönten das Schreien der bereits brennenden Magd. Doch die Äbtissin stand aufrecht da und hielt dem Scheiterhaufen mit beiden Händen das Kreuz entgegen und schrie immer wieder laut und kreischend:

„Weiche von uns Satanas, weiche von uns!" Dabei drehte sie die Augen weit heraus und schien sich jeden Augenblick noch weiter dem Feuer nähern zu wollen, so dass sie von einem Landsknecht in ihrem Eifer mit aller Kraft zurück gehalten werden musste.
Anna wandte sich ab und musste sich übergeben, dann sank sie ohnmächtig zu Boden. Da nahm sie Bruder Anton kurz entschlossen auf seine Arme und trug sie von diesem Ort des Grauens weg in einen angrenzenden leeren Stall.
Als Anna wieder erwachte lag sie im Stroh und eine Hand streichelte ihr Haar und ihr Gesicht. Sie fuhr empor und starrte in die braunschwarzen Augen von Bruder Anton.

„Was tut ihr, Bruder Anton?", flüsterte sie, weil seine Hand erst ihren Hals und dann aber auch ihre linke Brust berührte. Sie wehrte ihn ab und wollte sofort aufspringen, doch Bruder Anton stand auf und hielt sie sanft zurück.

„Anna, ich will dir doch nichts tun! Aber merkst du denn nicht, ich liebe dich schon seit dem ersten Tag an dem ich dich

sah", flüsterte er heiser und gab ihr einen kurzen Kuss auf die Wange. Plötzlich, Anna glaubte ihren Ohren nicht zu trauen, meinte er bestimmt:
„Lass uns hier weggehen! Irgendwohin wo uns keiner kennt! Du bist doch auch nicht froh im Kloster und ich auch nicht! Lass uns gemeinsam gehen! Bitte, Anna!"
Einer plötzlichen Regung folgend, schmiegte sie sich an ihn und begann zu schluchzen. Es brach aus ihr heraus wie ein Schwall Wasser, das einen Damm durchbricht.
„Wie kann Gott das nur zulassen, dass man Menschen verbrennt, Bruder Anton? Hast du gehört wie sie geschrien hat die arme Frau?" Bruder Anton legte einen Arm um sie und sah Anna ernst an.
„Die Magd hatte nichts mit den Hexen zu tun! Aber sie hatte sich mehrmals dem Bauern widersetzt. Der adlige Herr wollte sie besteigen! Sie hatte sich geweigert und ihm gedroht, alles seiner Frau zu erzählen. Das ist der wahre Grund!", entgegnete Anton.
Anna saß wie versteinert da und ihre Lippen bebten noch, unfähig zu glauben was sie gerade gehört hatte. Doch der Bruder Anton nickte bekräftigend.
„Ich habe vor einigen Tagen ein Gespräch zwischen dem Domherrn und unserem Abt mitgehört, was nun zu tun sei. Deine Oberin war auch dabei, Anna! Sie ist es übrigens, die des Nachts euer Kloster durch diesen unterirdischen Gang verlässt! Sie treibt es heimlich mit dem Abt, Anna! Beide leben in Sünde und uns erzählt man Märchen. Und deshalb musste die Dörte wohl auch schnell aus dem Kloster verschwinden oder gar sterben. Sie hatte ganz bestimmt etwas gesehen oder in Erfahrung gebracht, was ihr nun auch zum Verhängnis geworden ist!"
Anna machte sich aus seiner Umarmung frei. Dann sah sie Bruder Anton an, der gut einen Kopf größer war als sie.
„Dann sind alle in Gefahr die davon wissen! Also du auch, Bruder Anton!" Der junge Mönch nickte mürrisch.
„Ich weiß, Schwester Anna. Genau deshalb will ich bald hier weggehen. Sie werden jeden beseitigen der ihre Schandtaten kennt. Also vermeide es des Nachts deine Kammer zu verlassen! Hörst du mich, Anna!" Er sah sie so eindringlich an, dass

Anna lächeln musste. Ein seltsames Gefühl hatte sich ihrer bemächtigt seit sie mit Bruder Anton in der Scheune zusammen war. Ein Gefühl, welches sie noch nicht kannte, sie aber sehr froh machte. Plötzlich hörten sie Stimmen und erschraken.

„Schnell, versteck dich Anna! Wir treffen uns heute Abend nach der Messe im Garten!", flüsterte Anton und huschte rasch durch eine kleine Seitenpforte hinaus. Anna aber presste sich atemlos in eine Nische unter dem Heu, während gerade eine junge blonde Frau und ein junger Mann hereinkamen.

Die Frau warf sich lachend ins Heu und der junge Mann warf sich auf sie. Wenig später stöhnten beide heftig auf. Anna hielt sich die Ohren zu und Gänsehaut überzog ihren Körper. Lange hockte sie im Verschlag und wartete darauf, dass die beiden jungen Leute endlich wieder verschwinden würden. Doch es dauerte eine ganze Weile bis die Beiden ihr Liebesspiel beendet hatten und wieder gingen. Danach kletterte sie aus ihrem Verschlag heraus und trat benommen den Heimweg zum Kloster an.

Noch kurz vor der Abendmesse erreichte sie endlich die Klosterküche, in der Schwester Johanna schon ihre Arbeit beendet hatte. Sie sah die junge Novizin beim Eintreten sehr ernst an.

„Wo hast du dich herumgetrieben, junge Frau? Ich hoffe, du hast nichts getan wofür dich der Herr strafen müsste", meinte sie aber schmunzelnd. Anna schüttelte den Kopf.

„Nein liebe Schwester, aber ich höre immer noch diese grässlichen Schreie der armen Magd. Dabei war sie eine fromme gottesfürchtige Frau", erwiderte Anna leise, mehr zu sich als zu Schwester Johanna. Doch die fuhr auf wie von der Tarantel gestochen.

„Was redest du für gottloses Zeug, vorlaute Göre! Sie hat mit dem Teufel gebuhlt! Das ist doch ein sehr schweres Verbrechen wieder dem Herrn Jesus!", fauchte sie Anna an. Und Anna ritt auf einmal der Teufel, denn sie antwortete leise aber bestimmt:

„Nun gut, das mag ja richtig sein. Aber Petersilientee mit Hanf-blättern hat sie dabei bestimmt nicht getrunken!"

Die alte Schwester Johanna hielt sich mit einem Mal am Tisch fest und erbleichte. Sie musste sich plötzlich hinsetzen. Ihre

Lippen begannen zu zittern und dann sah sie Anna durchdringend an und flüsterte:

„Das behalte lieber für dich, wenn dir dein Leben lieb ist!", dann stand sie wieder auf und wandte sich zum Gehen. An der Tür drehte sie sich noch einmal um.

„Komm, folge mir zur Abendmesse Novizin Anna". Dann watschelte sie von dannen und Anna folgte ihr wortlos.

Die Messe war soeben vorüber als Anna mit Agnes gerade an der Kreuzkapelle vorbei ging und plötzlich ein Käuzchen mehrmals schrie. Agnes sah hinüber zu den Bäumen und schüttelte den Kopf.

„Seit wann rufen denn um diese Zeit schon die Käuzchen, das ist aber seltsam." Anna erschrak. Stimmt ja, der Bruder Anton wartete sicher im Garten auf sie. Sie hielt Agnes am Ärmel fest und blieb stehen.

„Sei mir bitte nicht böse liebe Agnes, aber ich muss noch eine Weile allein sein und noch etwas spazieren gehen. Der Tag heute war zu aufregend, sonst kann ich bestimmt wieder nicht einschlafen. Geh voraus, ich komme bald nach."
Nachdem sie sich von Agnes verabschiedet hatte, eilte sie in den Garten. An dem gemauerten Brunnen saß tatsächlich Bruder Anton und lächelte als er sie auf sich zukommen sah. Anna sah sich um, ob ihr auch niemand gefolgt war und näherte sich erst dann dem jungen Mönch. Vom Turm schlug die Uhr gerade die siebente Stunde.
Einen Augenblick sahen sie sich nur wortlos an, bis Anton plötzlich ein Blatt Papier aus seiner Kutte zog und es Anna in die Hand drückte.

„Hier, das ist ein Gebet von Balthasar Kupfer. Er schrieb es zum Todestag seiner Frau Marie. Wenn dich jemand fragt was wir hier gemacht haben, sagst du dann einfach wir haben über dieses Gedicht gesprochen. Ich habe es extra für dich in der Bibliothek heraus gesucht." Anna sah den jungen Mönch schmunzelnd an.

„In Ausreden bist du jedenfalls nicht verlegen, Bruder Anton! Aber es würde uns bestimmt so manche peinlichen Fragen ersparen." Sie sah ihn zögernd von der Seite an.

„Du willst wirklich hier weggehen?", fragte sie ihn leise. Bruder Anton nickte, dann wandte er sich ihr zu.

„Aber nur wenn auch du mitkommst, Schwester Anna." Lächelnd nahm er auf einmal zu Annas Überraschung ihre Hand in die seine.

„Ich möchte, dass du mit mir hier weg gehst, so schnell wie möglich." Anna schüttelte verzweifelt den Kopf.

„Aber das geht doch nicht so einfach. Wo willst du denn hin? Es wird bald Winter!" Bruder Anton scharrte mit der Fußspitze im Sand des Weges.

„Also gut! Würdest du mitkommen wenn wir erst im Frühling aufbrechen?", fragte er sie erneut und sah dabei Anna bittend an. Sie zuckte zunächst mit den Schultern, doch dann meinte sie lächelnd: „Und warum willst du ausgerechnet auf mich warten?" Er drehte sich zu ihr herum, fasste sie plötzlich sanft an beiden Armen und sah ihr in die blauen Augen.

„Ich habe es dir doch schon vor Tagen da in der Scheune gesagt warum." Anna zuckte mit den Schultern, lächelte ihn aber neckisch an.

„Ich weiß nicht was du meinst, Bruder Anton". Da zog er sie auf einmal plötzlich heftig an sich und gab ihr einen Kuss. Anna fuhr zurück und wischte sich rasch den Mund ab, dann bekreuzigte sie sich hastig.

„Bruder Anton! Das darfst du nicht tun! Ich werde bald eine Braut des Herrn!" Bruder Anton lachte auf einmal ungehalten und verzog ärgerlich das Gesicht.

„Was redest du da für einen Quatsch! Du weißt genauso wie ich, dass wir beide nicht hierher gehören! Wach doch endlich auf Anna!" Sie sah ihn einen Augenblick nachdenklich an, doch dann nickte sie auf einmal.

„Du hast ja Recht, Bruder Anton! Mein Herz ist zerrissen seit ich hier bin. Ich will den Menschen helfen, aber ich will nicht mein ganzes Leben hinter diesen Mauern verbringen müssen. Ich werde dir folgen wenn es Frühling wird! Aber jetzt ist es zu gewagt über den Pass zu gehen, wir haben es ja unlängst erlebt. Also lasst uns noch warten, lieber Bruder Anton." Und dann ließ sie es geschehen, dass er sie in seine Arme schloss. Und diesmal erwiderte sie scheu seinen Kuss. Doch dann machte sie sich schnell wieder frei.

„Sehen wir uns morgen um die gleiche Zeit wieder hier?", fragte sie ihn. Anton nickte lächelnd, und Anna winkte ihm noch einmal kurz zu und lief eilig zurück zum Haus.
Sie wäre wahrscheinlich weniger glücklich gewesen, wenn sie gesehen hätte, wie Agnes von einem Sims herunter sprang, von dem aus sie den ganzen Garten überblicken konnte. Das Gesicht zu einem hämischen Grinsen verzogen und die Hände reibend, lief sie zurück zu ihrer Stube. Das Lob der Mutter Oberin war ihr gewiss, wenn sie ihr erzählte, was sie soeben im Garten beobachtet hatte.

Es war Ende September. Über Nacht hatte es plötzlich richtig geschneit, und dicke Flocken hatten die Natur von einem Augenblick auf den nächsten mit einem weißen Tuch bedeckt.
Bruder Anton war gerade auf dem Weg zum Skriptorium, als ihm der Abt über den Weg lief und ihn anhielt. Gerade, als hätte er auf ihn gewartet. Der füllige Mann schnaufte vom Treppensteigen und sein Gesicht war rot angelaufen. Seine kleinen hellgrünen Schweinsäuglein hinter den Brillengläsern wirkten größer als sie waren. Er starrte Bruder Anton einige Sekunden an als sie sich begegneten und blieb dann stehen.
    „Äh Bruder Anton, schön dass ich euch treffe! Folgt mir rasch in die Bibliothek, ich habe mit euch zu reden!", schnarrte er und lief voran. Im Skriptorium angekommen, ließ er sich schnaufend auf den ersten besten Stuhl fallen. Einen Augenblick lang betrachtete er seine Fingernägel, doch dann sah er mit seinen kleinen Schweinsäuglein zu Anton auf.
    „Bruder Anton! Man hat mir zugetragen, dass ihr euch des Öfteren mit der Novizin Anna trefft. Stimmt das?" Anton hielt kurz die Luft an. Sie waren also doch beobachtet worden, das war Bruder Anton sofort klar! Seine nächsten Gedanken galten Anna. Wie konnte er sie warnen? Doch er schüttelte lächelnd den Kopf und sah den Abt unbefangen in die Augen.
    „Wer zum Teufel Bruder Abt, verbreitet solch eine Lüge? Ich habe der Schwester Anna ein Gebet aus dem Buch des Pfarrers Balthasar Kupfer ausgesucht und im Garten übergeben, mehr nicht! Sie hatte mich darum gebeten." Der Abt verzog das Gesicht zu einem undefinierbaren Grinsen.

„Und wohin habt ihr sie denn auf euren Händen am Tage der Hexenverbrennung getragen?", fragte er sofort nach und lächelte dabei süffisant. Doch Bruder Anton zeigte sich wieder erbost und schüttelte zornig den Kopf.

„Bruder Abt! Ihr war übel geworden und sie war hingefallen. Sollte ich die Novizin vor aller Augen einfach im Schmutz liegen lassen? Ich habe nur meine Christenpflicht getan!"
Der beleibte Gottesmann rieb sich das Kinn und sah den Mönch von unten herauf an, doch dann nickte er gnädig.

„Gut, gut, aber haltet euch in Zukunft von der Novizin fern! Diesmal will ich euch glauben. Aber gibt es jemand unter den Brüdern der euch missgestimmt ist?", fragte er leise und musterte dabei den Mönch. Bruder Anton zuckte mit den Schultern.

„Ich wüsste keinen der mir Böses wollte, Bruder Abt." Der Abt erhob sich mühsam wieder von seinem Stuhl, nickte noch einmal kurz und verließ die Bibliothek. Doch Bruder Anton dachte angestrengt nach. Wie sollte er Anna warnen? Nach einer Weile des Nachdenkens fasste er dann einen waghalsigen Plan. Er musste heute Nacht durch den Keller hinüber in das Kloster der Nonnen schleichen, um Anna zu warnen!

Die Turmuhr des Klosters schlug gerade zwölf Mal. Die Matutin würde gleich beginnen, die Mitternachtsmesse mit Chorgesang. Also galt es sich zu sputen. Eine dunkle Gestalt betrat auf leisen Sohlen das Kellergewölbe, nahm die brennende Laterne von der Wand und öffnete mit einem Schlüssel die eiserne Tür. Leise schlich sich die Gestalt den langen Gang entlang. Der Kutte nach, musste es ein Mönch sein der da lief.
Wieder versperrte ihm eine eiserne Tür den Weg. Auch diesmal hatte der Mönch den passenden Schlüssel parat und schloss leise auf. Dann blies er die Kerze der Laterne aus und stellte sie neben der Tür auf den Boden. Vorsichtig öffnet er die Tür einen Spalt und sah hinaus. Auf der Treppe war es stockdunkel, doch das hinderte ihn nicht daran, die Treppe hinauf zu eilen. Oben angekommen konnte man den Gang gut überblicken, da drei Laternen fahles Licht spendeten. Mit raschen Schritten ging der Mönch den Gang entlang, so dass man glauben konnte, dass er schwebe.

Endlich erreichte der Eindringling den Trakt der Novizinnen. Auch hier brannten zwei Laternen und spendeten so viel Licht, dass er sich orientieren konnte. Es waren fünf Türen, aber hinter welcher war die Kammer der Novizin Anna? Der Eindringling nahm eine Laterne von der Wand und leuchtete die Türen der Reihe nach ab. Er wusste aus Annas Erzählungen, dass an ihrer Tür ein kleines Bild mit einer Ährengarbe angebracht war. Tatsächlich, hier war er am Ziel!
Leise klopfte er an die Tür. Einmal, zweimal, dreimal! Endlich regte sich etwas hinter der Tür, und schon hörte er eine wispernde Stimme. „Wer ist da draußen mitten in der Nacht?"
„Ich bin es, der Bruder Anton! Mach rasch auf!", flüsterte der Mönch leise zurück. Der Schlüssel drehte sich im Schloss und die Tür öffnete sich einen Spalt. Bruder Anton huschte hinein und schloss die Tür rasch hinter sich. Anna war außer sich und bemerkte dabei nicht einmal, dass sie noch im Nachtgewand war.
„Bruder Anton! Um Himmelswillen, warum treibt ihr euch mitten in der Nacht hier bei uns im Kloster herum?" Statt einer Antwort umfasste Anton sie einfach und gab ihr rasch einen Kuss. Dann erzählte er ihr leise von dem Gespräch mit dem Abt.
„Wenn man dich fragt, musst du das Gleiche erzählen wie ich, Anna! Sonst sind wir beide in größter Gefahr! Sie werden uns getrennt in ein anderes Kloster schicken!" Anna zitterte am ganzen Körper und musste sich auf das Bett setzen. Dann meinte sie traurig:
„Wir dürfen uns in der nächsten Zeit nicht sehen!" Aber plötzlich schien ihr etwas einzufallen und sie konnte bereits wieder lächeln.
„Hör zu! In der Kreuzkapelle hängt doch ein Bild unseres Bischofs in der Eingangshalle. Dort kommen wir alle jeden Tag zum Gebet vorbei, genau wie ihr, nur eine Stunde später. Hinter diesem Bild könnten wir Nachrichten verstecken und uns unterrichten." Sie strahlte Bruder Anton an, und der nickte.
„Eine sehr gute Idee, Anna! So werden wir es machen und es wird niemand auffallen. Aber trotzdem muss uns jemand verraten haben!" Anna nickte nachdenklich.

„Ich glaube es war Agnes! Sie hat heute so komisch über Treue und Liebe zum Herrn gesprochen. Das wunderte mich schon ein wenig. Aber nun musst du wieder gehen! Bitte! Auch wenn es mir lieber wäre du könntest bleiben", erwiderte sie scheu. Anton umarmte die junge Novizin noch einmal. Durch das Nachthemd spürte er ihre festen Brüste und erschauerte. Rasch löste er sich wieder von ihr. Anna öffnet leise die Tür und sah hinaus. Dann machte sie mit der Hand eine Geste.

„Komm, es ist niemand zu sehen!" Und noch einmal umarmten sie sich und küssten sie sich hastig, dann eilte der Mönch mit raschen Schritten wieder den Gang entlang zum Keller. Doch gerade als er um die Ecke bog, um die Stufen in den Keller zu betreten, stand ihm plötzlich wie aus dem Boden gewachsen eine Nonne mit einer Kerze in der Hand gegenüber! Bruder Anton, dessen Kapuze das Gesicht verdeckte, aber breitete gedankenschnell die Arme aus und röhrte dumpf:

„Oh höret, ich bin der Geist des Herrn der über euch allen hier wachet! Hebe dich hinweg und schweige Tochter, sonst wird dich der Herr strafen und du wirst im Höllenfeuer schmoren und für ewig stumm sein! Bete drei Vaterunser und sage drei Tage lang kein Sterbenswörtchen!"

Die alte Schwester Johanna stieß einen Seufzer aus, ließ dabei die Kerze fallen und sank ohnmächtig zu Boden. Bruder Anton griff der alten Nonne unter die Arme und lehnte sie dann im Sitzen vorsichtig gegen die Wand. Schnell drückte er ihr wieder die Kerze zwischen die gefalteten Hände, und rannte so schnell er konnte die Treppen hinunter, zündete unten angekommen wieder die Laterne an und lief in den unterirdischen Gang hinein. Als er die eiserne Tür hinter sich schloss, atmete er auf und lächelte glücklich. Er würde mit Anna im Frühling von hier weggehen! Der Tag würde kommen, wo sie sich beide gemeinsam auf den Weg machen würden. Jetzt war er sich sicher, dass Anna Wort halten und mitkommen würde.

Schon am frühen Morgen fand man Schwester Johanna in der Kirche beim Beten. Und auf alle Fragen schüttelte sie nur den Kopf und schwieg beharrlich. Erst am vierten Tag erzählte sie dann aufgeregt, dass sie in der Nacht den Erzengel des Herrn getroffen hatte, der sie sanft berührt hatte und sie dabei in

Ohnmacht gefallen war. Als das die Mutter Oberin erfuhr, bat sie die alte Nonne am vierten Tag zu sich zu einem Gespräch.

„Erzählt mir genau Schwester Johanna, was euch damals in der Nacht widerfahren ist", bat sie die alte Nonne und bot ihr Platz an. Die bekreuzigte sich noch einmal, ehe sie dann zu erzählen begann.

„Nun Mutter Oberin, ich war um Mitternacht noch einmal auf dem Weg zur Küche, als mir urplötzlich im Gang ein riesiger schwarzer bis zur Decke reichender Engel gegenüber stand! Und noch ehe ich etwas sagen konnte, hob er beide Arme in Höhe und sprach mich mit dumpfer Stimme an. Da glitt mir der Leuchter aus der Hand und ich fiel in eine tiefe Ohnmacht. Als ich wieder erwachte, saß ich an die Wand gelehnt auf dem Fußboden. Mehr als das ich drei Tage schweigen sollte und drei Vaterunser beten sollte, weiß ich auch nicht mehr, Mutter Oberin". Die nickte nur und dachte darüber nach, wer sich denn des Nachts in ihrem Kloster herumtrieb. Die Geschichte vom Engel des Herrn glaubte sie auf keinen Fall. Blieb die Frage, welche der Nonnen bekam des Nachts Besuch? Sie sah die Schwester an und lächelte ein wenig.

„Nun, meine liebe Schwester Johanna, da ist euch ja nichts geschehen. Gehet hin in Frieden, und danket dem Herrn mit zehn Vaterunser."

Als sich die Tür hinter Schwester Johanna geschlossen hatte, dachte sie angestrengt darüber nach, wer dieser Engel gewesen sein konnte. Plötzlich kam ihr eine Idee und so griff sie zur Glocke und läutete. Eine Nonne trat ein.

„Schickt heute Abend die Novizin Anna mit einem Beutel Petersilienkraut und etwas Hanfblätter zum Bruder Abt. Er wartet bereits darauf", befahl sie ihr. Die Nonne nickte wortlos und entfernte sich wieder.

Die Oberin lehnte sich in ihrem Stuhl zurück und lächelte vor sich hin. Egal ob ihr der Besuch gegolten hatte, aber das würde der aufmüpfigen Novizin sicher ein Leben lang eine Warnung sein! Sollte sie jedoch diejenige sein, die des Nachts Besuch bekam, wäre sie sicher gewarnt es nochmals zu tun. Der in diesen Dingen rührige Abt würde ihr die Flausen schon austreiben!

Anna saß verschüchtert in der Küche und musste die Tränen zurückhalten. Soeben hatte sie erfahren, dass sie heute Abend hinüber zum Abt gehen sollte. Nachdem was ihr Bruder Anton erzählt hatte, wusste sie was passieren würde. Aber was konnte sie dagegen tun? Anna war vollkommen aufgelöst und weinte. Schwester Johanna, die schon die ganze Zeit in der Küche am Herd herum gewerkelt hatte, drehte sich zu ihr herum und wischte sich den Schweiß aus dem Gesicht. Sie sah das junge Mädchen am Tisch an, der die pure Verzweiflung ins Gesicht geschrieben stand.
Schnaufend schüttelte sie den Kopf, ging zu einem großen Schrank und nahm dabei eine Büchse mit Kräutern heraus. Anschließend kam sie zum Tisch zurück und begann dem Petersilientee einige zerriebene Hanfblätter beizumischen. Zum Schluss aber nahm sie einen gesonderten Beutel mit roten Beeren aus dem Schrank, zerrieb eine Handvoll von ihnen und steckte diese in einen kleinen Beutel. Beides schob sie Anna zu und sah sie an, wie eine Großmutter ihre Enkelin ansehen würde.

„Das hier ist der Tee, mein Mädchen! Und höre mir jetzt gut zu! Diesem Tee mischst du eine kleine Handvoll dieser roten Beeren bei. Dann brühst du ihn auf und lässt ihn zehn Minuten ziehen. Der Abt muss die Tasse austrinken, hörst du!" Sie lächelte ehe sie weitersprach.

„Wenn der Abt dann im Bett liegt und schläft, nimmst du den Rest der zerriebenen Beeren hier und reibst ihn unten herum damit ein. Dann legst du dich neben ihn hin, er wird dich in dieser Nacht in Ruhe lassen! Wenn er aber erwacht, wird er fürchterlich jammern. Dann aber wird es Zeit für dich, rasch zu gehen! Ich bin mir sicher, die Mutter Oberin wird dich nie wieder hinüber schicken, meine Tochter!" Anna nickte beklommen und wischte sich die Tränen ab.

„Danke Schwester Johanna, ihr seid wie eine Mutter zu mir. Ich danke euch aufrichtig dafür." Die alte Schwester Johanna sah das junge Mädchen lächelnd an und strich ihr über die Haare und machte dann ein Kreuz auf die Stirn.

„Hab keine Angst Anna, ich passe schon auf, damit dir kein Leid geschieht. Aber ich glaube, dein Weg ist nicht der einer Nonne. Du solltest dein Wissen von den Kräutern noch vertiefen und dann den Menschen da draußen helfen. Aber sei dabei vorsichtig! Es gibt böse Menschen, die aus Bosheit Lügen über die Wissenden verbreiten." Unsicher sah Anna die alte Nonne an.

„Woher wisst ihr denn, dass ich den Weg der Nonne nicht gehen will?" Schwester Johanna lächelte ein wenig.

„Das spüre ich schon seit einiger Zeit, meine Tochter! Denn du passt besser auf einen Bauernhof oder auch an die Seite eines Medicus. Sei sicher, der Herrgott wird dir den richtigen Weg weisen! Du musst nur auf dein Herz hören."

In der bereits anbrechenden Dunkelheit nach der Abendmesse machte sich Anna auf den Weg zum Nachbarkloster. Beklommen ging sie zum Tor und wollte dort läuten, als sie Bruder Anton bereits dort stehen sah. Der stand am Tor um sie einzulassen. Er war in höchstem Maße erregt und sehr zornig.

„Deine Oberin ist eine Hexe! Sie hat dich sicher bewusst ausgesucht. Und unser Abt hat extra mich ausgewählt, um dir das Tor zu öffnen. Das kann kein Zufall sein, Anna! Diese Beiden haben etwas Schlimmes vor mit dir! Aber ich werde heute Nacht kein Auge zumachen, solange ich dich da oben im Turm weiß!" Anna nahm dankbar kurz seine Hand und drückte sie fest.

„Hab keine Angst um mich, Bruder Anton! Mir wird nichts geschehen was mir schaden könnte! Die Schwester Johanna hat vorgesorgt. Ich werde diesen Weg wohl nie wieder machen müssen, also sei beruhigt. Alles wird gut werden! Bleib wenn du kannst in meiner Nähe. Vielleicht musst du mich eher wieder hinauslassen, als wir beide es uns denken können. Aber nun muss ich mich eilen! Leb wohl, lieber Bruder Anton!" Und dann eilte Anna in der Dunkelheit davon und betrat das Haus.
Bruder Anton sah ihr nachdenklich hinterher. Was hatte sie damit gemeint, es würde nichts geschehen was ihr schaden könnte?" Er beschloss in dieser Nacht unter dem Fenster des Abtes zu wachen. Das hatte Anna wohl gemeint, als sie sagte, er solle in ihrer Nähe bleiben und wachen.
Abt Timoteo von Breswik saß in seinem mit Fellen weich ausgelegten Lehnstuhl am Fenster und aß etwas Fasan, als es an der

Tür zaghaft klopfte. Er bedeckte rasch seine nackten Beine unter dem Morgenmantel aus Samt.

„Kommt herein!" Seine Stimme hatte den typischen Klang eines Sechzigjährigen. Er krächzte schon längere Zeit ein wenig und litt gelegentlich, besonders im Herbst, unter Atemnot.

Langsam drehte er sich herum und sah dann zur Tür als die Novizin Anna eintrat. Sie hatte eine große Tasse heißen Tee in der Hand, den sie vorher noch rasch in der Küche zubereitet hatte und stellte diese nun wortlos auf den Tisch. Der Tee roch stark nach Vanille und Ingwer. Der Abt musterte mit gefälligen Blicken die junge Novizin von Kopf bis Fuß mit seinen kleinen Augen und leckte sich die schmalen Lippen. Er nickte ein wenig und bat Anna dann neben ihm ebenfalls Platz zu nehmen. Dann nahm er die Tasse zur Hand. Genießerisch zog er den Duft des Tees ein und nickte dabei langsam.

„Ich sehe, du verstehst dein Handwerk, Schwester Anna", bemerkte er und nahm vorsichtig einen Schluck. Dabei schmatzte er und hob einen Finger hoch.

„Wirklich ein göttlicher Tropfen, beinahe so gut wie mein Burgunder!", bemerkte er. Gehorsam hatte Anna neben dem Abt am Tisch Platz genommen. Er lachte leise vor sich hin und musterte sie immer wieder eindringlich.

„Du sprichst wohl nicht viel, he? Aber das kann sich im Laufe des Abends ja noch ändern, nicht wahr!", meinte er und sah sie mit lüsternen Blicken an. Und ehe sich Anna überhaupt versah, glitt plötzlich seine Hand durch den Schlitz ihrer Kutte, um dann rasch die Oberschenkel hinauf zu gleiten. Anna hätte in diesem Augenblick aufschreien mögen, doch die junge Frau besann sich und biss die Zähne zusammen. Sie saß starr wie ein Stein da.

„Ihr müsst erst euern Tee ganz austrinken, Bruder Abt! Oder wollt ihr nur die halbe Wirkung dieses Lebenssaftes auskosten?", entgegnete Anna ihm einschmeichelnd, und wunderte sich im gleichen Augenblick, woher ihr plötzlich diese Worte einfielen. Der Abt kniff sie dabei kräftig in den Oberschenkel, ließ dann aber plötzlich davon ab, seine Hand in ihr Höschen schieben zu wollen. Er nickte grinsend und nahm die Tasse wieder zur Hand. Dabei lächelte er ihr einschmeichelnd zu.

„Ihr habt ja Recht Novizin Anna, man soll nichts davon vergeuden. Die Nacht ist lang!", echote er krächzend, und man sah ihm an, was er den Rest der Nacht noch zu tun gedachte. Die Tasse in der Hand, stand er auf und sah sich nach Anna um.
„Kommt Schwester, folgt mir nun in mein Schlafgemach! Ihr könnt mich inzwischen ein wenig mit dem Öl da drüben einreiben!"
Er zeigte auf eine Anrichte, auf der eine Glasphyiole mit gelblichem Öl stand. Anna roch daran, es duftete stark nach Kampfer und Fichtennadeln. So folgte sie dem Abt zögernd in sein Schlafgemach. Der ließ den schweren Morgenmantel zu Boden gleiten, um sich dann ächzend in sein Bett fallen zu lassen. Keuchend entledigte er sich im Sitzen rasch seines Nachthemdes. Trank noch den Rest des Tees in einem Zug aus und legte sich dann auf den Bauch. Anna erstarrte als sie den nackten Leib des Abtes sah. Völlig nackt lag der alte Mann vor ihr auf dem Bett. Sie schüttelte sich innerlich. Welk und runzlig war seine Haut und hatte braune Flecken. „Beinahe wie eine frisch gebrühte Sau", dachte sie im Stillen. Dann stellte sie sich neben das Bett und begann seinen Rücken einzuölen. So wie es oft ihre Mutter mit dem Vater gemacht hatte, wenn ihm von der schweren Arbeit der Rücken wehtat.
Langsam und gründlich massierte sie das Öl ein und lauschte plötzlich erstaunt. Der liebe Bruder Abt schnarchte tatsächlich bereits in einer beachtlichen Lautstärke. Anna hielt inne, und dann entsann sie sich der frischen zerriebenen Brennnesselblätter mit dem Rest roter Beeren in ihrer Tasche. Rasch versuchte sie nun den alten Mann auf den Rücken zu drehen. Endlich, nach mehrmaligen Versuchen gelang es ihr auch.
Sein Anblick verursachte ihr Entsetzen und sie musste sich einen Moment abwenden. Sein langes Glied lag quer über dem Oberschenkel, und Anna erschauerte bis ins Mark. Doch sie besann sich wieder und schüttete den Inhalt des Beutels auf ein Tuch, um dann kräftig aufdrückend diese Mischung zwischen seine Schenkel und vor allem aber über dieses Ungetüm, welches da auf seinem Oberschenkel lag, einzumassieren. Als sie damit fertig war, wusch sie sich in einer Schüssel neben dem Bett die Hände. Sie atmete erleichtert auf. Einen Augenblick hielt sie inne, dann raffte sie ihre Sachen zusammen. Schwester

Johannas zutreffende Voraussage hatte sich bis hierher erfüllt, und tatsächlich schlief der alte Lüstling den Schlaf des Gerechten.

Anna erhob sich leise, ging auf Zehenspitzen zum Fenster um hinunter in den Klosterhof zu schauen. Wie gerne wäre sie jetzt schon wieder in ihre Klosterzelle zurückgegangen! Mit einem Mal stutzte sie! Stand da nicht jemand mit einer Laterne auf dem Hof unter dem Fenster? Sie öffnete es leise und sah hinunter. Tatsächlich! Es war Bruder Anton der da unten stand!

„Kannst du mich wieder zurück bringen?", rief sie leise zu ihm hinab. Bruder Anton nickte und schwenkte die Lampe zum Zeichen, dass er sie verstanden hatte.

„Ja, komm schnell!", rief er halblaut zu ihr hinauf und schwenkte wieder die Laterne. Anna raffte schnell alle ihre Sachen zusammen und verließ leise das Zimmer des Abtes. Sie rannte die Treppen hinab und fiel an der Tür in Antons Arme.

„Bring mich rasch zurück, er schläft schon!", hauchte sie und gab ihm einen Kuss. Dann liefen sie flink zum Tor. Dort verabschiedeten sie sich noch einmal mit einem Kuss.

Wenig später lag Anna in ihrem Bett und dachte darüber nach, wie es nun weitergehen sollte. Ganz sicher würde der Abt es der Mutter Oberin erzählen. Der Ärger kam wohl unausweichlich auf sie zu, aber das war ihr inzwischen egal. „Nur nicht wieder da hinüber gehen!", war ihr einziger Gedanke.

Im Kloster auf der anderen Seite des Gartens herrschte am frühen Morgen großer Lärm und hastiges Gerenne. Zuerst wurde eine Wanne in den Turm getragen und danach mehrere Eimer kaltes Wasser. Denn der Bruder Abt hatte am frühen Morgen schreiend neben seinem Bett gestanden. Mit überschlagender Stimme hatte er nach dem Mönch gerufen, der am Morgen die Aufsicht hatte.

Als Bruder Dagobert eintrat, blieb dieser mit aufgerissenen Augen in der Tür stehen.

„Um Himmels Willen Bruder Abt, was ist denn mit euch geschehen?", stieß er hervor und trat langsam näher. Der Abt stand breitbeinig und zitternd neben dem Bett. Seine gesamte untere Körperhälfte war feuerrot und dick angeschwollen. Er stöhnte wie ein weidwundes Tier.

„Schafft mir einen Medicus herbei, Bruder Dagobert! Schnell, ich werde noch rasend vor Schmerzen!" stöhnte er weinerlich. Dann entsann er sich, warum er den Mönch noch zu sich gerufen hatte.
„Bringt mir eine Wanne mit kaltem Wasser herauf, schnell!", bellte er hustend. Bruder Dagobert machte auf dem Absatz kehrt und eilte mit wehenden Rockschößen die Treppe des Turms hinab, um die Anordnung des Bruders weiterzugeben. Auf die Frage von Bruder Anton, was denn dem Abt wiederfahren sei, bekam er die Auskunft, dass dem Bruder Abt wohl über Nacht eine heimtückische Krankheit befallen habe. Bruder Anton verzog das Gesicht zu einem heimlichen Grinsen. Da hatte die gute Anna tatsächlich ganze Arbeit geleistet. Insgeheim hoffte er mit Anna noch im Laufe des Tages reden zu können.
Eine Stunde später ritt der Medicus des Bischofs von Chur durch die Klosterpforte und stieg vom Pferd. Von Bruder Dagobert geleitet, ging er in den Turm hinauf zum Bruder Abt. Der lag wimmernd vor Schmerzen in seinem Bett.
Doktor Sebastian Kneifel besah sich sprachlos diesen noch feuerroten Unterleib des Abtes und schüttelte ungläubig den Kopf.
„Was ist euch denn da wiederfahren, Bruder Abt? Wenn ich es nicht für unmöglich halten würde, würde ich sagen, ihr habt in einem Brennnesselfeld gesessen! Ihr müsst versuchen kalte Umschläge zu machen, damit die Entzündung abklingt. Aber woher kommt diese Entzündung, Bruder Abt?" Timoteo von Breswik dachte nach. Er hatte doch den Tee getrunken, danach musste er eingeschlafen sein. Die junge Novizin musste ihm etwas in den Tee getan haben, es gab keine andere Lösung! Aber was war danach geschehen? Als er von den Schmerzen gepeinigt aufgewacht war, war die Novizin nicht mehr da. Aber das alles konnte er doch dem Medicus nicht auf die Nase binden! Er zuckte mit den Schultern.
„Ich weiß es nicht Doktor! Ich weiß nicht, warum mich der Herr so straft", gab er zurück und stöhnte wieder leise.
Inzwischen hatte der Bruder Dagobert auf Anweisung des Medicus mehrere große Stücke Leinen geholt und machte sie im kalten Wasser nass. Dann nahm der Arzt die Tücher und

legte sie vorsichtig auf den Unterleib des Abtes. Der schrie, wie von einem Schwarm Bienen gestochen, auf.

„Oh tut das weh! Oh Herr erbarme dich meiner!", jammerte er immer und immer wieder laut. Diese Prozedur wiederholte sich den ganzen Vormittag lang. Gegen Mittag lag der Abt wie tot in seinem Bett und keuchte vor sich hin. Alle waren in Sorge, dass er nun sterben könnte. Und diese traurige Nachricht erreichte wenig später auch die Äbtissin auf der anderen Seite des Tores.

Als Anna am Morgen die Küche betrat, sah ihr Schwester Johanna schon lächelnd entgegen und zwinkerte ihr zu.

„Man erzählt sich heute Morgen, dem Bruder Abt geht es gar nicht gut", meinte sie und lachte leise. Und dann fügte sie noch hinzu: „Es wird ihm hoffentlich eine Lehre sein, diesem alten Bock!"
Danach bekreuzigte sie sich dreimal und schob Anna eine Tasse Tee über den Tisch.

„Erzählt Tochter, ging es sehr schnell bis der Bruder Abt einschlief?", fragte sie. Anna nickte.

„Ja Schwester Johanna, es dauerte gar nicht lange. Aber noch mal möchte ich diesen Weg nicht machen müssen. Er sah so eklig unten herum aus. Ich musste mich wirklich sehr überwinden!" Schwester Johanna lächelte in Gedanken versunken ein wenig vor sich hin.

„Ja, ja, wenn sie noch schön jung sind, sehen sie weitaus angenehmer aus. Wenn sie erst die Verderbnis heimsucht, sehen sie weitaus schlechter aus." Sie schmunzelte wieder vor sich hin, um dann listig zu lächeln.

„Man erzählt sich, der Bruder Abt habe ein besonders großes Stück da zwischen seinen Beinen. Stimmt das?", fragte sie flüsternd. Anna wurde rot bis über beide Ohren und nickte wortlos. Schwester Johanna stand vom Tisch auf.

„Nun kommt mit mir Novizin Anna, gehen wir beide nun zur Morgenmesse und beichten dem Herrn unsere Sünden." Doch kaum hatten sie die Kreuzkapelle betreten, stand ihnen schon die Mutter Oberin gegenüber. Ihre hellgrünen Augen funkelten Anna bösartig an.

„Was hast du hinterlistige Dirne denn mit dem Bruder Abt gemacht?", zischte sie Anna wütend an. Mit zuckenden Mundwinkeln und zusammengekniffenen Lippen trat sie ganz dicht vor Anna hin, so dass Anna ihren Atem roch.

„Merke dir, so wie du mir, so ich dir", heißt das alte Sprichwort! Der Herr wird dich strafen, Novizin Anna! Wobei ich mir noch gut überlege, ob ich dich zur zeitlichen Profess zulassen werde. Du hast in dem vergangenen Jahr nicht gerade den Eindruck erweckt, als ob du überhaupt einen feierlichen Profess ablegen willst. Also werden wir noch einmal eindringlich darüber sprechen müssen. Nun gehe mir aus den Augen!"

Abrupt wandte sie sich ab und ließ Anna einfach stehen. Schwester Johanna nahm sie an die Hand und zog sie in die nächste Bankreihe.

Während die Nonnen auf der rechten Seite im Chorraum saßen, saßen die Mönche auf der linken Seite. Und so konnte Anna den Kopf von Bruder Anton von hinten sehen, der zwei Reihen weiter vor ihnen auf der linken Bankreihe saß. Als wenn er Annas Blick gefühlt hätte, drehte er sich kurz um. Ihre Blicke begegneten sich und Bruder Anton nickte ihr unmerklich zu.

Schwester Johanna hatte die Szene wohl bemerkt und sah Anna von der Seite an. Als Anna ihren Blick erwiderte, nickte Johanna und verzog ein wenig den Mund, als wollte sie sagen: „Ja ich habe alles gesehen. Das ist also der Grund deiner Unruhe!" Anna wurde rot und griff schnell zum Gesangbuch. Es war ihr peinlich so ertappt worden zu sein.

Einerseits hatte sie ja ein schlechtes Gewissen, andererseits aber gestand sie sich ein, dass der Weg zur Nonne wohl nicht ihr Weg sein konnte. Bis zur Ablegung des zeitlichen Profess hatte sie noch wenige Wochen Zeit und da würde sich entscheiden, ob sie sich noch einmal drei Jahre an das Kloster binden wollte. Sie musste sich, so oder so, also bald entscheiden!

Gerade just als der Choral begann, drückte ihr plötzlich die Schwester Johanna rasch eine kleine Mappe in die Hand.

„Versteck es gut!", flüsterte sie leise und sang weiter. Anna erkannte sofort, dass sie Dörtes Tagebuch in der Hand hielt. Die hatte es ihr einmal gezeigt. Dörte schrieb immer alles auf, was sie im Kloster erlebte. Hastig steckte Anna das kleine Heft unter ihre Kutte.

Nach dem Kirchgang beeilte sie sich dann, um rasch in ihre Klause zu gelangen. Von ein Uhr bis drei Uhr hatten alle

Nonnen und Novizinnen Ruhe zu halten und im Gebet zu verweilen. Anna setzte sich auf ihr Bett und schlug Dörtes Tagebuch auf. Dann begann sie zu lesen.

### Dörtes Tagebuch

Anna buchstabierte leise Wort für Wort, alles was Dörte im Laufe der Zeit aufgeschrieben hatte.

*„Ich habe mich immer als Aschenbrödel gefühlt, das darauf wartet, von einem Prinzen auf einem weißen Pferd in ein schönes Leben geführt zu werden. Also begann ich, alles was ich im Kloster erlebe und was ich träume, aufzuschreiben.*

*Als erstes erinnere ich mich daran, dass ich noch ganz jung bei den Schwestern aufgewachsen bin. Sie waren in dieser Zeit meine Eltern und meine Großeltern. Denn meine richtige Mama und meinen richtigen Papa habe ich nie kennengelernt, obwohl ich oftmals die Schwestern danach gefragt habe.*

*Einzig der alte Antonio, ein weißhaariger alter Mann aus dem Süden, gab sich ab und zu mit mir ab. Er reparierte alles was im Kloster entzwei ging. Eines Tages saßen wir auf der Bank im Garten und er zeigte mit seinen knorrigen Fingern auf eine alte Weide, die auf halber Höhe am Stamm einen dicken Ast hatte, der aber schon kahl und dürr war.*

*„Schau hin Kind, siehst du da an der Weide den dicken Ast? Er biegt sich nicht, egal wie stark auch der Sturm bläst. Eines Tages aber wird er brechen! Denn wer dem Sturm nicht nachgibt und sich nicht biegt, der muss eines Tages brechen! Und so liebe Dörte ist das auch mit uns Menschen, also biege dich lieber, ehe auch du gebrochen wirst!", sagte er zu mir, wohl darauf anspielend, dass ich schön öfters uneinsichtig war und den Schwestern widersprochen hatte. Und jedes Mal wurde ich dafür bestraft. Mal bekam ich kein Abendbrot, mal musste ich auf den Knien in der Kirche den ganzen Vormittag lang zum lieben Gott beten. Und dabei konnte ich nicht begreifen, warum der liebe Herrgott da oben so böse auf mich sein sollte. Ich wollte ja nur wissen, wer meine Eltern waren.*

*Jede Woche einmal brachte man mich zur Äbtissin. Dort musste ich aufsagen, was ich an frommen Sprüchen gelernt hatte. Eines Tages war gerade vor mir der Bruder Abt gekommen. Als ich ins Zimmer gerufen wurde, sah er mich freundlich an und streichelte mir plötzlich über das Haar. Danach schenkte er mir sogar noch eine kleine Puppe aus Stoff. Der Nachmittag war sehr schön. Die Äbtissin und der Bruder Abt gingen mit mir im Garten spazieren und zeigten mir allerlei Blumen und Gräser. Doch der Mutter Oberin schien das alles nicht sonderlich zu gefallen, den sie kniff beim Reden immer die Augen zusammen. Das tat sie auch immer, wenn sie mir etwas sehr Wichtiges mitteilen wollte. Denn sie war immer herrisch und gab mir nie ein gutes Wort, das man als Kind ja so nötig hat, wie die Blumen das Licht.*

*Als ich sie dann einmal bei einem solchen Spaziergang an meinem zehnten Geburtstag fragte, wer denn nun meine leiblichen Eltern seien, antwortete sie mir böse: „Warum interessiert dich das, dumme Göre! Du bist als Braut Christi auf diese Welt gekommen. Und du wirst immer die Braut des Herrn hier bleiben."*

*An diesem Abend weinte ich bitterlich in mein Kissen. Ich wollte doch nur wissen wer meine Eltern waren. Und da ich erst zehn Jahre alt war, musste ich mich mit der Auskunft der Mutter Oberin zufrieden geben. Aber vergessen habe ich diese Frage mein ganzes bisheriges Leben nicht.*

*Seit ich lesen und schreiben kann, schleiche ich mich immer wieder heimlich in die Bibliothek des Klosters. Ich suche nach dem Buch, in dem mein Eintritt in das Kloster vermerkt ist. Aber meine Suche war bis jetzt erfolglos.*

\*\*\*\*\*\*\*\*\*\*\*\*\*\*\*\*

*Heute habe ich endlich ein Buch gefunden, in dem alle Nonnen stehen, die in diesem Kloster bisher gelebt haben. Der Tag des Eintritts und der Tag des Todes sind bei allen vermerkt. Aber die Nonnen haben alle viele Jahre vor meiner Geburt hier gelebt.*

\*\*\*\*\*\*\*\*\*\*\*\*\*\*\*\*

*Endlich! Ich habe es gefunden! Ganz oben auf dem Regal lag ein einzelnes verstaubtes Buch. Nun weiß ich endlich, dass ich am gleichen Tag wie die Mutter Oberin in dieses Kloster*

*gekommen bin! Am 11. Januar anno Domini 1658. Doch ich verstehe nicht, warum die Mutter Oberin mir das nicht gesagt hat. Warum verschweigt sie mir dies?*
*Aber nirgendwo gibt es einen Eintrag, wer mich in das Kloster gebracht hat. Ich bin also immer noch nicht am Ende meiner Suche angekommen.*
*Ich habe mich entschlossen die Mutter Oberin noch einmal darauf anzusprechen. Ich will endlich eine Antwort, woher ich komme, wer ich bin und wer mir den Namen Dörte gab. Das große Buch habe ich gut versteckt, damit es keiner wegnehmen kann. In der Kräuterkammer im Garten wird es sicher niemand vermuten und dort suchen."*

Anna schlug das Tagebuch zu und dachte nach. Sie entschloss sich, Anton zu unterrichten und das Buch so schnell wie möglich zu holen. Vielleicht bot sich noch eine Möglichkeit nach der Abendmesse für einen kleinen Spaziergang in den Garten.

Als die Abendmesse zu Ende war, blieb Anna noch sitzen und betete, während die anderen Nonnen und Mönche die Kapelle verließen. Nur Bruder Anton sah kurz zurück und bemerkte, dass Anna sitzen geblieben war. Hastig versteckte er sich hinter den dicken Säulen der Vorhalle und wartete auf sie. Sie hatten sich nun schon drei Tage nur zum Gebet gesehen und kein Wort miteinander reden können. Plötzlich hörte er ihre Schritte und trat aus seinem Versteck hervor.
„Hallo, Schwester Anna!", grüßte er leise. Anna schrak für einen Moment zurück, lächelte aber dann. Schnell erzählte sie dem Bruder Anton, was sie aus Dörtes Tagebuch erfahren hatte. Er schaute kurz zur Tür hinaus, aber es war niemand zu sehen. Er winkte Anna zu, sie solle schnell nachkommen. Hastig liefen sie hinüber zum Garten.
Zum Glück lag das Kräuterhaus gut geschützt hinter einer mit Efeu überwucherten Mauer und wurde von zwei alten Weiden gedeckt. Rasch begannen sie nach dem Buch zu suchen. Anna wollte sich gerade tief enttäuscht abwenden, als sie Bruder Anton halblaut jubeln hörte. Er hatte das Buch unter einem Dielenbrett gefunden. Anna verstaute es in einem alten Henkelkorb, legte einige der getrockneten Büschel Pfefferminze darüber und wandte sich Bruder Anton zu.

„Ich gehe jetzt allein wieder zurück. Ich bitte dich einen Blick in eure Bibliothek zu werfen. Schau bitte nach, wann der Abt Bruder Timoteo in das Kloster eingetreten ist. Ich glaube, dass wir einer großen Ungerechtigkeit auf der Spur sind, Anton!"
Bruder Anton umarmte Anna und drückte sie einen Augenblick fest an sich.

„Ich werde nachschauen und dir berichten. Du findest morgen nach der Abendmesse eine Nachricht hinter dem Bild des Bischofs. Ich bin den ganzen Vormittag allein in der Bibliothek und kann in Ruhe suchen. Leb wohl, liebe Schwester Anna und vergiss mich nicht", setzte er noch hinzu und gab ihr einen Kuss auf die Stirn. Anna lachte leise.

„Wie könnte ich dich denn vergessen, mein lieber Bruder Anton" antwortete sie. Dann entfernte sie sich eilends.
In ihrem Zimmer angekommen, verriegelte sie rasch die Tür. Dann schlug sie das große braune Buch auf und blätterte Seite um Seite um. Plötzlich lag ein Lesezeichen im Buch. Anna begann die schwer zu entziffernde Schrift zu buchstabieren. Und dann las sie Dörtes Namen!

*„11. Januar anno Domini 1658 – Klostereintritt der Schwester Klara von Levante. Sie bringt das elf Monate alte Kind Dörte aus dem Ort Chur mit in die klösterliche Gemeinschaft ein."*

Anna dachte nach und las den Eintrag wieder und wieder. Doch woher kam Dörte? Chur war der Bischofssitz, also musste sie auch dort geboren sein. Aber wie sollte sie herausfinden wer dort Dörtes leibliche Eltern waren? Anna war gespannt, ob Bruder Anton etwas über den Klostereintritt des Abtes herausgefunden hatte. Sie verstaute das schwere dicke Buch unter ihrem Bett und schob den kleinen Koffer davor. Dann legte sie sich in ihr Bett und dachte über ihre Zukunft nach. Wie einfach wäre es gewesen in Chur zum Kirchenamt zu gehen und im Geburtsregister nachzuschauen. Aber eine solche Reise kam für sie ja nie in Frage.
Draußen war es inzwischen kalt geworden. Jede Nacht fiel nun reichlich Schnee, der die ganze Landschaft wie mit einem dicken weißen Tuch bedeckte. In den Klosterzellen war es kalt, und Anna war froh, dass ihr die Mutter zwei schöne große

Schaffelle mitgegeben hatte. So musste sie zumindest des Nachts nicht frieren und konnte warm eingepackt schlafen.

Am nächsten Tag fand sie nach der Abendmesse eine Nachricht von Bruder Anton hinter dem Bild des Bischofs. Er schrieb ihr: „In den Büchern steht tatsächlich, dass Bruder Timoteo am 11. Januar anno Domini 1658 in das Kloster eingetreten ist. Er war früher Domherr in Chur. Unser Bruder Wilhelm hat angedeutet, dass man damals den Bruder Timoteo nach Müstair versetzt hat. Er soll eine Freveltat begangen haben. Ich denke jeden Tag an dich, Anton." Anna legte erschrocken das Blatt beiseite. Was hatte das zu bedeuten – eine Freveltat? Wieso waren sowohl Dörte, als auch die Mutter Oberin und der Abt am gleichen Tag im Kloster angekommen? Alles Fragen, die wie ein großer Haufen Fäden, ein großes Wirrwarr bedeutete. Aber wo war der Anfang und wo das Ende dieses Knäuels?

Ein paar Tage später erfuhr Anna von einer Schwester, dass die Novizin Agnes Birnauer offenbar alles was im Kloster geschah, der Mutter Oberin zutrug. Anna war froh, dass sie Agnes nichts von ihren Nachforschungen erzählt hatte. Jetzt wusste sie aber auch, wieso die Mutter Oberin sie vor Tagen wegen Bruder Anton angesprochen hatte. Agnes musste sie beobachtet oder gar belauscht haben! Nur gut, dass sie das Gedicht von Bruder Anton vorweisen konnte.

Von Bruder Anton erfuhr sie dann, dass der Bruder Barnabas genau zu der Zeit aus der Kapelle geeilt war, als ihre Freundin Dörte das Putzen auf der Empore beendet hatte. Außerdem erzählte er ihr, dass eben dieser Bruder Barnabas früher ein übel beleumdeter Mann gewesen sei, dem der Herr Abt später hier im Kloster Unterschlupf gewährt hatte. Das Bild wurde immer verworrener und Anna sehnte den Frühling herbei. Dann würde sie endlich das Kloster für immer verlassen können.

Inzwischen hatte sie sich längst an den Gedanken gewöhnt, dass Bruder Anton auch mitkommen würde. Über die Kräuterkunde hatte sie inzwischen schon sehr viel gelernt. Denn immer wieder kamen besonders die jungen Schwestern zu ihr, wenn es ihnen einmal nicht gut ging. Besonders dann, wenn sie ihre unreinen Tage hatten. Dann verabreichte Anna ihnen eine Tee-

mischung aus Frauenmantel, Gänsefingerkraut, Brennnessel, Scharfgarbe und Hirtentäschel.
Selbst die Mutter Oberin sah sich genötigt sie deswegen in ihrer Predigt zu erwähnen und sie als ein wertvolles Mitglied des Stifts zu bezeichnen. Das war das erste Mal seit sie im Kloster war, dass sie tatsächlich öffentlich von der Mutter Oberin gelobt worden war.

Und so vergingen die Tage im Kloster in der Winterzeit 1673/74 träge und mit wenig Freude. Erst wenn wieder die Sonne schön warm schien und man draußen arbeiten konnte, würde es wieder besser werden. Anna nutzte diese Tage, um sich in ihrem Studium der Kräuter weiter zu vervollkommnen. Schwester Johanna, die Annas besondere Gabe für die Heilkunde mit Kräutern erkannt hatte, unterstützte sie nach Kräften dabei.
Vor allem aber verzichtete die Mutter Oberin darauf, sie nochmals hinüber in das Kloster der Mönche zu schicken. Der Abt hatte drei Tage mit schlimmen Schmerzen im Bett gelegen und gejammert. Danach hatte er der Mutter Oberin die heftigsten Vorwürfe gemacht. Das Vorkommnis aber hatte sich unter seinen Mitbrüdern herumgesprochen. Und so mancher von ihnen rieb sich heimlich schadenfroh die Hände und lachte über ihn. Denn beliebt war der Abt bei seinen Mitbrüdern nicht. Dazu war er zu herrisch und hatte in all den Jahren viel zu wenig Nächstenliebe gezeigt. Eigentlich war ein Abt ja der Mittler zwischen dem Herrn und den geistlichen Brüdern, hatte ihre Sorgen und Nöte ernst zu nehmen, und ihnen mit Rat und Tat zur Seite zu stehen.
Anna verzichtete aber seitdem darauf, nachts ihre Kammer zu verlassen. Doch dann erhielt sie eines Tages von Bruder Anton eine Nachricht, die ihren Glauben stark erschütterte. Was er berichtete war so gotteslästerlich, dass sie es kaum zu glauben vermochte.

An einem Freitagabend, kurz nach dem Gebet um Mitternacht, begab sich der Bruder Anton noch einmal in seine geliebte Bibliothek, um sich noch ein Buch zu holen. Auf dem Rückweg in seine Kammer hörte er plötzlich leise Schritte in der Dunkelheit. Rasch blies er seine Kerze aus und lauschte. Die Geräusche kamen aus dem Gästehaus des Klosters, dessen Gang genau in den mündete, in dem nun Bruder Anton stand. Es mussten mehrere Stimmen sein, die sich leise unterhielten und die Treppen hinab gingen. Kurz entschlossen folgte ihnen Bruder Anton mit einigem Abstand.

Und tatsächlich, jemand öffnete die Tür zum Kellergewölbe und die vier Kuttenträger traten ein. Bruder Anton packte die Neugierde. Also stieg er rasch auf leisen Sohlen die Stufen hinab. Dort angekommen, verharrte er einen Augenblick. Vorsichtig sah er durch die Gitterstäbe eines kleinen Fensters in einen nur wenig erleuchteten Gang hinein, in dem eben der rote Mantel des Abtes um eine Ecke verschwand.

Er öffnete so leise er konnte die eiserne Tür und schlich den Gang entlang. Am Ende angekommen, machte dieser einen Bogen nach links. Er hörte Gelächter von Männern und von Frauen. Vorsichtig schob er den Kopf um die Ecke der Mauer und erstarrte. Durch den Spalt der noch nicht ganz geschlossenen Tür sah er nackte Leiber von jungen Frauen. Eine von ihnen schien gerade von einem Bruder bestiegen zu werden. Auf dem Schoß des Abtes saß ein junges nacktes Weib, und seine Hand lag gerade zwischen ihren Schenkeln, während er mit der anderen aus einem Glas Wein trank. Er erkannte auch Bruder Barnabas, der soeben von dem jungen Weib abließ, welches er eben noch bestiegen hatte. Und all das geschah bei hellem Kerzenschein im Antlitz Gottes!

Zwei andere Brüder mit Gesichtsmasken begannen eine Art Teufelsaustreibung und piesackten ein junges Weib. Sie war offenbar volltrunken. Sie schlugen sie immer wieder heftig mit den Weidenruten. Als sie damit fertig waren, begann einer der maskierten Mönche sich wieder an ihr zu vergreifen. Da die junge Frau an Händen und Füßen gefesselt war, konnte sie dieser Tortur nicht entfliehen. Bruder Anton bekam Gänsehaut und schüttelte sich.

Plötzlich aber hörte er das eiserne Tor leise quietschen, es kam noch jemand! Hastig versteckte er sich hinter einem Pfeiler in der Dunkelheit und hielt den Atem an. Und dann erkannte er die Mutter Oberin des Klosters von nebenan! Als sie eintrat wurde sie vom Abt euphorisch begrüßt, umarmt und dann auch noch geküsst. Der Abt scheuchte das junge nackte Weib von seinem Schoß und zog die Mutter Oberin auf denselben. Und schon verschwand seine Hand unter ihrer Kutte und sie schnurrte wie eine Katze und küsste seinen Hals.

„Hallo, meine liebe Klara! Ich habe schon mit Sehnsucht auf dich gewartet", nuschelte der Abt und begann ihr die Kutte aufzuknöpfen und sie lachten beide dabei.

„Wie ich sehe, hast du ja schon eine junge Vertretung für mich gehabt, Bruder Abt! Pass auf, dass dir dabei nicht wieder ein Missgeschick widerfährt, wie vor Jahren! Immerhin hat das uns beide ja leider hier in diese Einöde gebracht!", erwiderte sie und gab dann dem Verlangen des Abtes nach, nachdem der den kleinen Topf Tee, den sie mitgebracht hatte, mit einem langen Zug geleert hatte.

Bruder Anton zitterten die Knie, von dem was er da gerade noch gesehen hatte. Was für eine Unzucht! Sie trieben es wie die Tiere da drinnen! Aber nun wusste er auch, warum man den Abt hierher versetzt hatte! Hastig eilte Anton zurück. Noch im Laufen entschloss er sich Anna aufzusuchen. Die Gefahr jetzt entdeckt zu werden war nicht sehr groß. Jetzt, wo die Mutter Oberin und der Abt hier unten ihr Unwesen trieben, war er ziemlich sicher.

Anna war gerade eingeschlummert, als sie wieder durch ein Geräusch wach wurde. An ihrer Tür schien jemand zu sein! Sie richtete sich auf und lauschte. Dann hörte sie eine Stimme, die sie sofort erkannte.

„Anna! Anna wach auf, schnell! Öffne die Tür!" Sie sprang aus dem Bett und öffnete leise die Tür einen Spalt. Draußen stand Bruder Anton. Rasch huschte er in ihre Kammer. Sie sah ihn ungläubig staunend an.

„Was machst du hier um diese Zeit, Bruder Anton? Wenn man uns ertappt, wird es uns schlecht ergehen", flüsterte sie. Doch Bruder Anton grinste nur und gab Anna plötzlich und völlig überraschend einen Kuss. Er lachte wieder leise.

„Es wird uns heute niemand überraschen, Anna!" Und dann erzählte er ihr, was er soeben im Keller gesehen hatte. Als er geendet hatte, sah ihn Anna ungläubig staunend an und schüttelte den Kopf.

„Was für eine Schande! Aber jetzt wissen wir jedenfalls, warum die Mutter Oberin und der Bruder Abt damals hierher in dieses Kloster gekommen sind. Weitab von allen Menschen. Aber wir haben immer noch keine Ahnung, wie meine Freundin Dörte hierhergekommen ist." Er setzte sich auf Annas Bett und winkte ab.

„Das werden wir sicher auch noch erfahren, glaube es mir", erwiderte er und gähnte.

„Komm her zu mir, Anna! Setzt dich bitte neben mich", bat er sie. Anna setzte sich neben den Mönch und bedeckte rasch mit dem langen Nachthemd ihre nackten Knie. Sie sah ihn an, und nach einer Weile meinte sie leise:

„Du würdest es jetzt sicher dem Abt nachmachen wollen, sei ehrlich zu mir, Bruder Anton", flüsterte sie und sah ihn scheu an. Doch Bruder Anton schüttelte langsam den Kopf.

„Nicht hier in dieser Kammer, und nicht hier in diesem Haus, Anna!", erwiderte er leise und ernst dreinschauend. Er legte seinen Arm um ihre Schultern und Anna lehnte sich voller Vertrauen an ihn. Sie sahen sich in die Augen, und Bruder Anton strich ihr eine rote Haarsträhne aus dem Gesicht. Dann gab er ihr zuerst einen Kuss auf die Nasenspitze und anschließend einen Kuss auf ihre vollen Lippen. Anna erschauerte dabei und stand rasch auf.

„Du musst jetzt wieder gehen, Bruder Anton! Wir werden später noch viel Zeit miteinander verbringen. Aber jetzt musst du gehen!" Er nickte lächelnd.

„Du hast Recht, ich gehe jetzt lieber, ehe mich das Fieber der Liebe zu dir übermannt. Schlafe gut weiter, Schwester Anna!", entgegnete er und streichelte lächelnd ihre Wange. Dann aber zog er seine Kapuze wieder über den Kopf und Anna ließ ihn leise aus ihrer Kammer hinaus auf den Flur.

Die Novizin Agnes konnte nicht schlafen in der gleichen Nacht, weil der Vollmond in ihre Kammer hinein schien. Also stand sie wieder auf, zog einen Umhang über und verließ ihre Kammer. Sie schlich gerne des Nachts durch die leeren Gänge und lauschte bei den anderen Nonnen an den Türen. Und so hatte sie es auch mitbekommen, dass die Mutter Oberin kurz vor Mitternacht ihre Kammer verlassen hatte. Wie eine Katze war sie hinter ihr hergeschlichen. Als dann die Mutter Oberin aber den

Keller betrat, war sie aus Angst umgekehrt und begab sich nun auf den Heimweg zu ihrer Kammer. Was machte die Mutter Oberin nur des Nachts unten im Keller? Das war doch sonderbar! Und von ihrer eigenen Neugier getrieben, kehrte sie doch noch einmal um und schlich hinab in den Keller.
Sie hörte lautes Lachen und man schien zu trinken. Plötzlich vernahm sie die Stimme der Mutter Oberin! Was sie nun hörte ließ ihr das Blut in den Adern gefrieren. Gerade in dem Moment, als sie sich wieder abwenden wollte, bekam sie plötzlich einen Schlag vor die Stirn. Lautlos glitt Agnes zu Boden und es wurde schwarz um sie herum. Jemand trug sie eilig davon.

Bruder Anton hatte indessen schon wieder wohlbehalten seine Kammer erreicht und legte seine Kutte ab. Plötzlich schoss ihm ein Gedanke durch den Kopf. Anna musste doch unbedingt ganz schnell den Almanach zurück in die Bibliothek bringen! Wenn man erst danach suchte, konnte es gut passieren, dass man natürlich auch die Zellen der Nonnen durchsuchen würde. Mit dem Buch unter dem Bett, war Anna in großer Gefahr! Er dachte eine Weile nach und sprang plötzlich auf, ging zu einem kleinen Regal und nahm ein schmales Büchlein heraus.
Geschrieben hatte es ein gewisser Pater Ronald Arvidson. Er hatte viele Jahre weit im Norden bei den Nomaden gelebt und ihnen das Evangelium gebracht. In der Dunkelheit der Polarnacht, hatte er eine Methode entwickelt, wie man sich mit Licht über weite Entfernungen Nachrichten zukommen lassen konnte. Dazu benötigte man nichts weiter als eine Laterne und zwei Glasscheiben. Eine mit rotem Glas und eine mit gelbem Glas. Er schlug das Buch auf und begann zu lesen. Für jeden Buchstaben gab es eine Kombination von Gelb und Rot, die Zahlen wurden nur mit einer Farbe übermittelt.
Es war schon kurz vor dem Hellwerden, als Bruder Anton alle Buchstaben und Zahlenkombinationen aufgeschrieben hatte. Jetzt musste er nur noch Schwester Anna darin unterweisen. Und sie brauchte eine Laterne mit zwei farbigen Scheiben, dann konnten sie sich in der Nacht Nachrichten austauschen. Das Fenster von Schwester Anna lag ja genau dem gegenüber von Bruder Antons Zelle im ersten Stock.

Erschöpft legte er sich anschließend in sein Bett und schlief sofort ein.

Schwester Anna war gerade mit Schwester Johanna auf dem Weg zur Morgenmesse, als sie plötzlich jemanden auf dem angrenzenden Friedhof schreien hörten. Völlig aufgelöst kam Schwester Juliane herbei gelaufen. Und immer wieder rief sie völlig aufgelöst:

„Eine Untat ist geschehen, Schwester Agnes ist zu Gott gegangen! Kommt herbei, schnell!"

Die Schwestern umringten die weinende Nonne und zwei begaben sich dann auf den Weg zum Friedhof. Tatsächlich! Die Novizin Agnes Birnauer steckte kopfüber in einer großen Regentonne, die das Wasser vom Dach des Kräuterhauses auffangen sollte, und um diese Jahreszeit eigentlich leer war. Doch die Sonne der vergangenen Tage hatte den Schnee auf dem Dach tauen lassen und das Fass gefüllt. Und da es über Nacht wieder gefroren hatte, steckte ihr Kopf nun unter einer dünnen Eisschicht im Wasser.

Entsetzt verließen die beiden Nonnen wieder den Ort des Verbrechens und rannten zur Mutter Oberin. Auch diese war wenige Minuten später am Ort des Geschehens.

„Nun zieht sie doch endlich mal aus der Tonne!", fuhr sie die Umstehenden an, und packte dann selbst dabei mit an.

Gemeinsam zogen sie die Agnes vorsichtig aus der Tonne heraus und legten sie auf den Boden in den Schnee. Dann fühlte die Mutter Oberin den Puls und schüttelte den Kopf. Schneeweiß im Gesicht und schon starr wie ein Eisblock, so lag die junge Novizin auf dem Boden. Die Agnes Birnauer war tot! Inzwischen waren auch ein paar Mönche der Abtei herbei geeilt und schauten sich in der Umgebung um. Doch nirgendwo konnte man etwas Auffälliges entdecken. Etwaige Spuren hatte der Schnee in der Nacht zugedeckt.

Bruder Antons Blick traf sich mit dem von Schwester Anna. Er gab ihr ein unmerkliches Zeichen mit dem Kopf und nickte dann. Unauffällig entfernte er sich vom Friedhof und ging zur Kreuzkapelle zurück. In einer geschützten Ecke, die zum Aufgang der Empore führte, trafen die beiden aufeinander. Bruder Anton gab Anna ein Blatt Papier.

„Ließ es gut durch Anna! Heute Nacht um Punkt 11 Uhr probieren wir es aus! Du musst dir nur noch eine Laterne besorgen, hier sind dafür zwei farbige Glasscheiben! Verwahre sie gut!"
Einen Moment sahen sie sich in die Augen, dann meinte Anna:
„Anton, ich glaube ganz fest daran, dass Agnes ihre Neugierde zum Verhängnis geworden ist!" Bruder Anton nickte nachdenklich.
„Da kannst du wohl recht haben, vielleicht hat sie das gesehen, was auch ich gesehen habe!", flüsterte er erregt. Anna biss sich auf die Lippen. Dann meinte sie plötzlich:
„Ich glaube, man müsste den Bischof informieren! Zuerst verschwindet Dörte, und nun stirbt auch die Agnes." Anton dachte kurz nach.
„Das ist eine gute Idee, aber jetzt geh bitte wieder zurück zu den anderen Schwestern, damit dein Fehlen ihnen nicht auffällt. Ich werde sehen was ich tun kann, um einem der Bediensteten des Bischofs eine Nachricht zukommen zu lassen. Ob das allerdings eine Aufklärung bringen wird, werden wir ja sehen. Leb wohl, liebe Anna!" Sie berührten sich kurz liebevoll mit den Händen, dann schlich sich Anna zurück in den Betsaal. Sie war dort noch ganz allein und setzte sich in die letzte Bankreihe. Sie wusste ja, dass Bruder Anton dann nur eine Reihe vor ihr auf der anderen Bankseite sitzen würde. So konnten sie manchen verstohlenen Blick tauschen.
Der Tod der Novizin Agnes war dann auch erstes Thema der Predigt, die diesmal vom Prior des Klosters gehalten wurde. Und zum Abschluss der Morgenmesse hielt die Oberin diesmal doch ein Totengebet und der Chor der Franziskanermönche sang für Agnes ein Requiem.
Doch Anna wunderte sich, wie kühl der Abt und die Mutter Oberin mit dem Tod der jungen Novizin umgingen. Kein Wort der Dankbarkeit, der Zuneigung oder gar der Wertschätzung kam über ihre Lippen. In sich gekehrt und traurig verließen Anna und die Mitschwestern wieder die Kirche.

Eine Woche später, an einem Montag früh, hielt eine Kutsche am Tor und man verlangte Eintritt. In der Kutsche saß der Abgesandte des Bischofs, Monsignore Aurelius. Wie sich schnell

herausstellte, sollte er den plötzlichen Tod der jungen Novizin Agnes Birnauer aufklären.
Die Äbtissin war völlig überrascht von diesem Besuch des hohen geistlichen Herrn. Und sie stellte sich insgeheim die Frage, wer denn dem Herrn Bischof von diesem Fall berichtet hatte. Denn das es nun Nachforschungen geben würde, war ihr sofort klar. Und so sann sie nach einer Möglichkeit, mit dem Abt in Verbindung zu treten. Wenig später unternahm sie einen offiziellen Besuch bei ihrem Klosterbruder. Dieser schien ebenfalls über den Besuch des Abgesandten besorgt zu sein.
Anna hatte bereits vor einigen Tagen den Almanach rasch wieder zurück in die Bibliothek gebracht. Sie hatte es aber nicht versäumt, die für sie wichtige Seite zu kennzeichnen. Auch sie musste an diesem Vormittag, wie alle anderen Nonnen, zur Befragung durch den Monsignore Aurelius.
Anna bemerkte sehr schnell, dass sich seine Fragen immer wieder um die Neugier von Agnes drehten. Der Monsignore sah sie durch seine kleine runde Brille mit seinen glasklaren hellblauen Augen an.

„Sagt Novizin Anna, hat euch die Novizin Agnes etwas im Geheimen anvertraut, so wie das zwischen Mädchen doch so üblich ist?", fragte er sie mit leiser Stimme und hielt dabei seinen Kopf etwas schräg. Anna schüttelte den Kopf.

„Nein Hochwürden, das hat sie nicht. Wir waren auch nicht unbedingt beste Freundinnen", setzte sie noch extra hinzu. Der Monsignore hob die Augenbrauen ein wenig an.

„Warum wart ihr keine Freundinnen?", fragte er zurück und sah dabei Anna wieder durchdringend an. Da erschauerte sie unter seinem kalten harten Blick und zuckte mit den Schultern.

„Sie war mir einfach viel zu geschwätzig, Monsignore!", erwiderte Anna kurz.

„Du meinst also damit, man konnte ihr kein Geheimnis anvertrauen?", legte der Monsignore fragend nach. Anna nickte.

„Ja, genauso ist es wohl, Hochwürden", antwortete Anna wieder. Der hohe geistliche Herr bedankte sich lächelnd und Anna war entlassen.
Draußen auf dem Flur wurde sie von den anderen Mitschwestern bestürmt, was der Monsignore denn alles wissen wollte. Doch Anna gab sich zugeknöpft und so gut wie keine Auskunft.

„Er wollte nur wissen, wie gut wir Agnes alle mochten, mehr nicht!", antwortete sie kurz und ging dann ihres Weges. Die Befragung dauerte den ganzen Vormittag an. Und nach einem reichlichen Mittagsmahl verließ der hohe Herr dann wieder das Kloster. Grundlegend Neues hatte er wohl nicht erfahren.

## *Ein sonderbarer Auftrag*

Der Abgesandte hatte kaum das Kloster wieder verlassen, als kurz darauf zwei Dinge beinahe gleichzeitig geschahen. Zum einen wurde die junge Novizin Anna plötzlich zur Mutter Oberin befohlen. Zum zweiten holte ein Mönch den Bruder Anton aus dem Refektorium ab und geleitete ihn dann zum Bruder Abt.
Beide erhielten den Auftrag, unverzüglich gemeinsam über den Pass zu gehen, um für einige Tage drüben im Hospiz auszuhelfen. Dort litten angeblich seit einer Woche zwei Nonnen an einer recht sonderbaren Krankheit. Anna sollte ihnen mit ihrer Kräutermedizin helfen, und Bruder Anton sollte so gut es ging im Hospiz mitarbeiten. Dies geschah auf den ausdrücklichen Wunsch des Abtes von Breswik. Denn wie ihm vom Abgesandten des Bischofs mitgeteilt worden sei, habe wohl selbst der Arzt des Bischofs nichts ausrichten können.
Die Mutter Oberin wiederum war über diesen Sachverhalt vom Abt informiert worden, und so bat sie Schwester Anna zu sich.
„Hört zu, Novizin Anna! Ihr erhaltet von uns einen außerordentlich wichtigen Auftrag! Der Herr Bischof hat mich durch den Abt gebeten, dich hinüber nach Samstetten zum Hospiz zu schicken. Durch deine großen Erfolge beim Heilen Kranker hat der Herr Bischof dich auserkoren! Mache also unserem Kloster alle Ehre und hilf auch diesmal. Der liebe Herrgott wird dich auf deinem Weg beschützen. Der Bruder Anton wird dich mit seinem Hund Heidi begleiten, damit du sicher über den Pass kommst. Morgen früh, wenn es hell wird, brecht ihr mit Gottes Segen auf. Gott sei mit dir, meine Tochter! Geh jetzt in deine Klause und bereite dich im Gebet auf diese große Aufgabe vor."
Die Äbtissin schlug ein Kreuz über Anna, die sich sehr artig bedankte und wieder das Zimmer verließ, und eine doch sehr

nachdenkliche Äbtissin zurück ließ. Denn den Auftrag des Bischofs hatte ihr der Abt ausrichten lassen, was sie ein wenig verwunderte. Immerhin hätte er ihr das ja auch selbst sagen können, als er in ihrem Hause war. Dieser Auftrag war natürlich umso verwunderlicher, dass er ausgerechnet jetzt im Dezember kam, wo doch der Weg über den Pass sehr gefährlich war, weil es immer wieder Lawinen gab.

Doch in Annas Inneren aber jubelte es! Sie ging also mit Bruder Anton für einige Tage hinüber ins Hospiz! Der liebe Herrgott meinte es wirklich gut mit ihnen. Sicher würden sie dann kurz vor Weihnachten wieder im Kloster zurück sein.

Nicht weniger froh gelaunt, wartete daher am nächsten Morgen kurz nach Sonnenaufgang auch Bruder Anton mit der Sennen Hündin Heidi am Tor. Bruder Anton nahm Anna das große Päckchen mit den Kräutern ab und gab ihr dafür Heidis Leine. Gemeinsam machten sie sich frohen Mutes auf den Weg in die Berge.

Bruder Anton begann plötzlich ein Lied aus seiner Heimat italienisch zu singen und Anna lauschte verzückt seiner klaren schönen Stimme. Er stammte aus dem kleinen Weiler Santa Maria drüben im Italienischen.

Jedoch keine halbe Stunde nach dem Weggang von Schwester Anna und Bruder Anton, verließ auch der Mönch Barnabas das Kloster in Richtung der Berge. Er trug ausreichend Verpflegung und warme Sachen bei sich, als er sich hinkend auf den Weg machte. Schwester Johanna, die gerade am Fenster der Küche stand, sah ihm nach und wunderte sich insgeheim, vergas es aber dann auf Grund der vielen Arbeit in der Klosterküche.

Mühsam stapften sie durch den hohen Schnee. Selbst die starke Heidi hatte alle Mühe durch den meterhohen Schnee voran zu kommen. Immer wieder mussten die Novizin und der Mönch eine Ruhepause einlegen.

Schon gegen Mittag verschwand die Sonne langsam hinter den Wolken und es wurde sofort merklich kühler. Wetterveränderungen dieser Art waren hier oben im Hochgebirge keine Seltenheit. Und innerhalb einer halben Stunde war der am Anfang noch blaue Himmel zu einer nebelverhangenen grauen Fläche geworden.

Bruder Anton sah sorgenvoll zum Himmel hinauf. Noch hatten sie kaum die Hälfte des Weges geschafft und es sah so aus, als wenn zu allem Übel auch noch ein Unwetter über sie hereinbrechen wollte.

„Anna, sieh mal hinauf zum Himmel! Du bist doch auch in den Bergen groß geworden. Bekommen wir etwa ein Unwetter?", fragte er die junge Novizin. Anna blieb stehen um ein wenig zu verschnaufen und sah zum Himmel empor.

„Ja, das sieht nicht gerade gut aus, Bruder Anton! Wenn die Sonne sich so mit einem grauweißen Schleier überzieht, dann bedeutet das nichts Gutes! Suchen wir uns lieber schnell eine Unterstellmöglichkeit. Soweit ich weiß, muss etwas weiter oben eine kleine Hütte sein", antwortete sie und stapfte auch schon weiter. Wenig später waren sie gerade dabei ein großes Schneebrett zu überqueren, das sich über einem Steilhang zwischen zwei hohen Felsstürzen hinzog.

Mit einem Mal begann es weit entfernt über ihnen leise zu donnern und der Boden unter ihren Füßen begann zu beben.

Anna sah bestürzt den weißen Hang hinauf. Denn dieses Geräusch kannte sie von zu Hause! Und dann sah sie das Unheil kommen! Eine Lawine ging nieder und kam geradewegs auf sie zu! Sie wollte gerade noch Bruder Anton eine Warnung zurufen, als die Lawine auch schon wie eine hohe Welle über den Scheitelpunkt des Schneebrettes hinweg fegte und nun direkt auf sie zukam! Sie hörte Heidi noch laut bellen und Bruder Anton irgendetwas rufen, doch da war die Schneelawine schon über ihnen. Anna fühlte, wie sie mit großer Kraft wieder rückwärts den Hang hinab geschoben wurde, um dann urplötzlich mit dem Rücken gegen einen Felsen zu prallen. Der Schmerz war für den Moment so groß, dass ihr schwarz vor Augen wurde und sie laut aufschrie. Dann war es dunkel um sie und Anna spürte nichts mehr.

Als sie leise stöhnend versuchte wieder die Augen zu öffnen, kniete Bruder Anton neben ihr und hielt ihr gerade sein Riechfläschchen unter die Nase. Sein Gesicht war blutverschmiert und er konnte nur einen Arm bewegen, der andere hing schlaff herab. Heidi schnupperte an Anna und plötzlich leckte sie ihr mit ihrer großen Zunge quer über das Gesicht und begann zu winseln und mit dem Schwanz zu wedeln. Sie freute sich offenbar, dass Anna noch am Leben war. Anna richtete sich mühsam und stöhnend wieder auf.

„Was ist geschehen Bruder Anton?", flüsterte sie heiser und musste husten. Bruder Anton setzte sich mit schmerzverzerrtem Gesicht neben sie in den Schnee.

„Wir können froh sein, dass wir die Heidi dabei hatten! Sie hat dich gefunden, Anna! Ohne sie hätte ich dich wahrscheinlich nie und nimmer aufgespürt, doch unsere Heidi hat eine feine Nase. Sie hatte dich schon nach wenigen Minuten aufgespürt und begann mit ihren Vorderpfoten kräftig zu kratzen. Da wusste ich genau, dass du darunter liegen musstest", entgegnete er mit kratziger Stimme. Sich etwas aufrichtend, sah er sich um und schüttelte dann fassungslos den Kopf.

„Aber wenn mich nicht alles täuscht, habe ich oben am Grat einen Menschen gesehen." Er zeigte nach links oben zu einer Bergflanke hinauf. Ganz da oben war der Schnee losgebrochen und dann zu Tal gestürzt. Anna sah Bruder Anton unsicher an und verzog dabei schmerzhaft das Gesicht, weil ihr der Rücken schmerzte.

„Du meinst da oben war jemand und hat dann die Lawine ausgelöst?", fragte sie Bruder Anton reichlich erschrocken. Der nickte wortlos. Anna stand mühsam auf und zog nun auch Bruder Anton am rechten Arm auf die Füße.

„Was ist mit deinem linken Arm? Kannst du ihn etwa nicht bewegen?", fragte sie besorgt. Bruder Anton nickte wieder und stöhnte leise mit schmerzverzerrtem Gesicht.

„Ja, der Arm tut mir höllisch weh, wenn ich versuche ihn zu bewegen. Es ist aber hier oben am Gelenk, wo es schmerzt." Er deutete auf sein linkes Schultergelenk. Anna sah ihn ernst an und wischte sich eine rote Haarsträhne aus der Stirn.

„So kannst du aber nicht weiter bergauf kraxeln und den Stab zum Abstützen festhalten! Lass mich doch bitte einmal nachsehen, ja?" Bruder Anton sah sie einen Moment skeptisch an, doch dann nickte er zustimmend und zog mit Annas Hilfe seine Sachen aus, bis er mit freiem Oberkörper vor ihr im Schnee saß. Anna befühlte vorsichtig das Gelenk und nickte.

„Ich habe es mir doch gedacht, das Gelenk ist zum Glück nur ausgekugelt! Wir müssen es schnellstens einrenken." Er sah sie unsicher an.

„Zum Glück sagst du? Und kannst du das denn überhaupt? Du bist doch kein Medicus!" Anna zuckte mit den Schultern und sah in verschmitzt an.

„Willst du lieber mit den Schmerzen noch bis ins Hospiz laufen? Wir werden es heute nicht mehr schaffen und hier oben wohl oder übel nächtigen müssen. Du wirst die ganze Nacht Schmerzen haben. Überleg es dir also gut, Bruder Anton."
Anna hatte ja Recht, es wurde bereits langsam dunkel und sie standen noch immer auf diesem Steilhang. Bruder Anton atmete tief durch und nickte dann entschlossen.

„Also gut! Was muss ich tun?", fragte er sie noch immer ein wenig unsicher.

„Du musst dich jetzt hinlegen, Bruder Anton. Und dann muss ich dir leider noch einmal richtig wehtun", antwortete sie lächelnd. Trotz des großen Schmerzes lächelte Anton tapfer zurück und versuchte sogar einen Scherz.

„Das lasse ich aber nur zu, wenn du endlich den Bruder weglässt und mir sofort einen Kuss gibst, Anna!" Die junge Novizin sank auf die Knie und beugte sich zu ihm herab. Dann gab sie ihm einen Kuss auf die Stirn. Anton lächelte mit schmerzverzerrtem Gesicht.

„Na gut, betrachten wir das als sehr guten Anfang, und nun fangen sie schon endlich an, Frau Medicus!"
Anna nahm seinen Unterarm in die linke Hand. Die rechte Hand legte sie auf das stark geschwollene Gelenk. Dann setzte sie sich in den Schnee. Sie stemmte den rechten Fuß gegen seinen Brustkorb und holte noch einmal tief Luft. Und plötzlich meinte sie zu Anton:

„Oh, schau mal Anton, da drüben steht ein Gamsbock und schaut uns tatsächlich zu!" Anton sah über die Schulter.

„Ja, der wird sich wundern was wir hier treiben", antwortete er. Und als Anton den Kopf drehte, um in die Richtung zu blicken, wo der Gamsbock stehen sollte, gab es urplötzlich einen gewaltigen Ruck in seinem Arm. Er schrie vor Schmerz so laut auf, das es von den Bergwänden zurückschallte. Dann schaute er in Annas lächelndes Gesicht und wollte schon losschimpfen. Doch mit einem Mal spürte er eine wohlige Wärme in seinem Schultergelenk und er begann ganz vorsichtig seinen Arm zu bewegen. Und tatsächlich, es ging! Dann aber musste er sich umlegen, weil ihm übel wurde. Nach einer kurzen Weile richtete er sich wieder auf und zog sein Hemd mit Annas Hilfe wieder an. Anna nahm etwas Schnee und packte ihn in ein kleines Tuch, dieses schob sie Anton unter das Hemd auf das Schultergelenk. Er verzog das Gesicht.

„Oh je! Was machst du!", stöhnte er leise. Anna zog eine Schnute.

„Na komm, das kühlt jetzt schön. Es macht nichts wenn der Schnee zerläuft und das Hemd nass wird. Aber so geht die Schwellung rascher zurück. Komm steh auf, wir müssen jetzt weiter!", setzte sie noch hinzu, zog ihn dann wieder am gesunden Arm in die Höhe und half ihm beim Richten der Kleidung. Endlich stand Anton wieder auf seinen, doch noch zitternden, Beinen.

Langsam stapften sie nun weiter durch den tiefen Schnee. Heidi, endlich froh, dass es wieder weiter ging, sprang laut bellend wie eine Gams umher und wedelte mit dem Schwanz dabei. Während sie weiter durch den Schnee schritten, dachte Anna nach. Wenn Anton tatsächlich jemand oben auf dem Grat noch kurz vor dem Lawinenabgang gesehen hatte, dann hieß das aber doch, dass dieser Jemand die Lawine sicher mutwillig ausgelöst hatte! Aber wer und warum sollte das überhaupt jemand tun?

Im letzten Licht des Tages sahen sie auf einer flachen Stelle, dicht an einer Felsenwand, eine kleine Hütte. Anna jubelte, und Heidi stürmte allen voran auf die Hütte zu. Gott sei Dank, sie waren gerettet!

Wenig später knisterte ein Feuer in dem kleinen Ofen. Die Hütte war für Wanderer errichtet worden, die es bei Tag nicht mehr schafften, hinüber ins Tal zu kommen. So hatten sie über Nacht eine warme Bleibe.

Anna hatte noch etwas Schnee von draußen geholt und taute ihn auf dem Ofen auf, um Wasser zum Waschen und für einen Tee zu erhalten. Anton wandte sich ab und überließ Anna eine kleine Schüssel, damit sie sich waschen konnte. Als er trotzdem kurz aufsah, sah er die tiefblauen Flecken an Annas Beinen und auf ihrem Rücken. Als wenn sie seine Blicke gespürt hätte, drehte sie sich lächelnd herum.

„Anton, kannst du mir bitte die kleine rote Dose da aus meinem Rucksack holen. Ich möchte mir die schmerzenden Stellen einreiben", bat sie ihn. Anton stand auf und reichte Anna die kleine Dose mit der Salbe. Anna stand da, nur mit dem weißen langen Hemd bekleidet, und sah Anton mit ihren großen blauen Augen an.

„Salbst du mir bitte die Stellen auf dem Rücken ein?", bat sie ihn. Dafür zog sie nun das Hemd über die Schultern herab und entblößte so ihren Rücken. Anton nahm etwas von der stark riechenden Salbe und begann ganz vorsichtig die blauen Stellen damit einzureiben. Seine Hand schien dabei zu zittern, als er ganz vorsichtig Annas nackte Haut auf dem Rücken berührte und sie dabei mit geschlossenen Augen, den Kopf auf die Seite gelegt, ganz still hielt und Antons vorsichtig kreisenden Bewegungen sichtlich genoss.

Anschließend zog sie das Hemd wieder über die Schultern und raffte es nun von unten herauf. Anton starrte einen Augenblick auf ihren runden Po und das weiße Höschen, welches sie trug. Langsam, und dabei jede Berührung auskostend, massierte er sanft die Salbe auf ihren blauen Stellen ein. Als er damit fertig war, drehte sie sich plötzlich herum und sah ihn mit ihren großen blauen Augen wortlos und lächelnd an. Sie öffnete die Schlaufe und zog ihr Hemd ganz aus, nahm seine Hand in die ihre, tat etwas Salbe auf seine Finger und begann nun auch die Blessuren auf dem Bauch und oberhalb ihrer Brüste mit der Salbe einzureiben. Als sie damit fertig waren, nahm Anton sie einfach in seine Arme.

Eine ganze Weile standen sie so eng aneinander gepresst wortlos im Raum. Das Feuer im Kamin knisterte und erhellte den Raum mit flackerndem Lichtschein. Anton sog den Duft ihrer roten langen Haare und ihrer Haut ein, und eine grenzenlose Liebe zu Anna überkam ihn. Langsam löste sich die ein Meter sechzig große junge Frau aus seinen Armen und lächelte Anton mit ihren Sommersprossen schalkhaft an.

Ihre kleinen Brustwarzen bildeten kleine dunkle Beulen. Anton trat einen Schritt zurück. Seine Augen strahlten und er atmete heftig ein und aus, als er sie so nackt dastehen sah. Doch dann meinte er plötzlich zu ihr:

„Du solltest dich wieder anziehen, Anna", und seine Stimme war belegt. Er hielt ihr eine Decke vor, hinter der sich das nackte Mädchen wieder ankleiden konnte.

Und während draußen der Sturm heftig um die Hütte fegte, knisterte drinnen das Feuer im Ofen, wo es sich Heidi schon erschöpft bequem gemacht hatte. Sie legten sich auf das Lager aus Decken und ihren Mänteln. Anton löschte die Kerze und spürte, wie sich Anna plötzlich neben ihn legte und sich in seinem gesunden Arm an seine Brust schmiegte. Er spürte ihren Atem am Hals und streichelte sanft ihre Haare. Arm in Arm schliefen sie so ein und Ruhe und Frieden lagen über der Hütte. Selbst der Sturm hatte inzwischen aufgehört, als wollte er den Schlaf der beiden Liebenden nicht stören.

Als Anna wach wurde, war es draußen hell und die Sonne lachte durch das kleine Fenster. Der Platz neben ihr war leer. Sie legte sich die Decke über und trat vor die Hütte. Anton saß im hellen Sonnenlicht auf der Holzstange, an der man sonst die Mulis oder die Pferde anleinte. Und er hatte keine Kutte an! Nur mit einer langen Hose bekleidet, saß er mit geschlossenen Augen da und ließ sich von der Sonne bescheinen.

Anna sah seine kräftigen Arme und seinen muskulösen Oberkörper. Einen Moment beobachtete sie ihn. Dann lachte sie leise und trat aus der Tür hinaus.

„Hast du die Nacht auf der Stange verbracht, Anton?", fragte sie mit Schalk in der Stimme. Er öffnet die Augen, sah sie wortlos an und lächelte. Dann meinte er:

„Dann wäre ich ja ein Hahn, wäre dir das lieber?" Anna schüttelte leise lachend den Kopf.

„Nein Anton, ich bin froh, dass du so bist wie du bist! Du hast dich heute Nacht wie ein guter Christ verhalten, und darüber bin ich sehr, sehr froh", antwortete sie und gab ihm schnell einen Kuss, ehe sie wieder in die Hütte zurück ging um sich anzukleiden. Anton sah ihr schmunzelnd hinterdrein und rutschte von der Stange herab. Er befühlte das Schultergelenk und nickte zufrieden. Es tat kaum noch weh. Die Novizin Anna hatte wirklich ganze Arbeit geleistet!

Um die Mittagszeit sahen sie endlich im Tal das Hospiz, das wie ein Vogelkäfig auf einem kleinen Plateau an der Felswand zu kleben schien. Aus dem Schornstein stieg weißer Rauch in den Himmel empor. Zwei Sennen Hunde umsprangen einen Mönch, der gerade vor der Tür den Schnee wegfegte, und bellten freudig.

Anton gab einen lauten weithin schallenden Jodler von sich. Der Mönch mit dem Besen hielt inne, legte die Hand über die Augen und sah suchend in ihre Richtung. Dann hatte er sie erkannt und winkte mit dem Besen zurück. Heidi stutzte erst, doch dann rannte sie wie der Wind mit großen Sprüngen zu den anderen beiden Artgenossen und wurde von ihnen bellend begrüßt.

Anna nahm den kleinen Korb auf, der ihr nach dem Sturz durch die Lawine noch geblieben war. Sie seufzte.

„Schade, dass wir nun leider auch noch einen Teil der Kräuter verloren haben, Bruder Anton. Der Rest ist eigentlich viel zu wenig, um noch den vielen Menschen helfen zu können."

Anton sah Anna plötzlich ernst an und nahm sein Bündel und ihren Rucksack wieder auf den Rücken.

„Wieso sprichst du mich jetzt wieder mit „Bruder Anton" an, Anna?", fragte er sichtlich unwillig. Anna schob ihre Haube zurecht, stemmte die Hände in die Hüften und sah Anton dabei lächelnd an.

„Anton! Es muss doch nicht jeder im Hospiz wissen, dass wir schon wie Mann und Frau zusammen sind? Ich bin ja immer noch eine Novizin und du der Mönch Bruder Anton, oder?"

Doch Anton schüttelte widerstrebend den Kopf.

„Nein! Das stimmt nicht ganz Anna! Wir sind noch nicht wie Mann und Frau zusammen. Dann hätten wir heute Nacht nicht so sanft und ruhig geschlummert", erwiderte er schmunzelnd. Anna wurde rot bis über beide Ohren, stapfte dann aber einfach los und murmelte dabei noch halblaut:

„Was du nur immer für dummes Zeug redest, Bruder Anton!" Sie lächelte vor sich hin und man sah ihr an, dass sie frohen Mutes war.

Eine viertel Stunde später traten sie durch die schmale Eingangspforte des Hospizes und klopften sich den Schnee von Schuhen und Kleidung ab. Die Schwester Ludowika kam angelaufen und blieb ganz überrascht stehen.

„Schwester Anna! Was für ein überraschender Besuch! Und ihr habt diesmal sogar einen Begleiter dabei! Ja was verschlägt euch denn zu uns in diese Einöde? Und das bei so viel Schnee!" Anna sah erst die Schwester mit offenem Mund staunend an und dann Bruder Anton.

„Was? Wieso seid ihr überrascht, Schwester Ludowika? Ich denke bei euch sind zwei Schwestern erkrankt und wir beide sollen euch ein paar Tage helfen! Die Mutter Oberin hat mir das extra aufgetragen und Kräuter mitgegeben. Und Bruder Anton wurde extra deswegen vom Bruder Abt mit dazu erwählt!" Schwester Ludowika schüttelte erstaunt den Kopf.

„Das verstehe ich jetzt aber nicht, niemand hat um Hilfe gebeten. Aber natürlich freuen wir uns über jede helfende Hand. Aber nun kommt erst mal herein und wärmt euch am Ofen. Ein Teller Suppe wird bestimmt auch noch da sein. Setzt euch bitte!" Sie sah Bruder Anton freundlich an.

„Und ein paar kräftige Arme können wir natürlich schon gebrauchen. Es muss Holz gespalten werden und auch zwei Türen klemmen im Haus. Also Arbeit gibt es genug. Bruder Bernhard schafft es in seinem Alter nicht mehr", setzte sie mit einem Blick auf Anton noch hinzu. Anna unterbrach den Redeschwall der Schwester.

„Schwester Ludowika, Holz hacken kann Bruder Anton die nächsten Tage noch nicht, sein Arm war ausgekugelt."
Und dann erzählte sie die ganze Geschichte von der Lawine, die sie überrascht hatte. Die Schwester hörte aufmerksam zu und schüttelte ab und zu mit dem Kopf. Sie überlegte einen Augenblick nachdenklich.

„Ja, das stimmt! Ein Handelsmann hat uns erst heute früh erzählt, dass er gestern auf der Südseite eine Lawine niedergehen sah. Außerdem habe er wenig später die Gestalt eines Mannes gesehen, der schnell ein wenig hinkend zwischen den Felsen verschwunden war."

„Also habe ich mich doch nicht geirrt! Ich habe doch auch einen Mann gesehen", brummte Bruder Anton mit vollen Backen kauend.

„Und wenn der Mann gehinkt hat, dann ..." Er vollendete den Satz nicht, weil der Gedanke so ungeheuerlich war. Er sah Anna fragend an.

„Was für eine seltsame Geschichte", wunderte sich Schwester Ludowika und nahm die verbliebenen Kräuter aus Annas Korb. Plötzlich hörten sie es draußen vor der Tür winseln. Anna sprang rasch auf.
„Oh Gott, da haben wir doch unsere Heidi bei dem ganzen Getratsche hier drinnen vergessen. Komm meine kleine Lebensretterin, komm herein!", rief sie und rannte zur Tür um sie zu öffnen. Als sie die Tür wieder schloss lachte sie.
„Sie hat nicht nach uns gewinselt! Sie hat schon Freundschaft mit euren Hunden geschlossen und sich wohl darüber so gefreut."
Dann kam Heidi aber doch noch in die Küche und schnüffelte um den Herd herum, um sich dann artig hinzusetzen und mit ihren großen Augen den Topf auf dem Herd unverwandt anzustarren. Schwester Ludowika lachte.
„Ja komm meine Schöne, du bekommst auch eine warme Suppe. Du kleine Lebensretterin, komm her zu mir!"
Heidi stand auf und leckte Schwester Ludowika die Hand, als ob sie alles verstanden hätte. Und dann machte sie sich rasch laut schmatzend über die Schüssel mit der Suppe her und leerte sie in Windeseile bis sie spiegelblank war.
Bruder Bernhard trat ein und begrüßte die Gäste. Bruder Anton sah er einen Augenblick länger an und gab ihm dann lächelnd die Hand.
„Schön, dass ihr mir helfen wollt Bruder Anton. Ja, wir können hier immer ein paar starke Arme gebrauchen. Ich hatte den Herrn Bischof schon vergangenes Jahr einmal darum gebeten, dass er uns eine Hilfe schickt. Aber jetzt zeige ich euch erst einmal eure Kammer, ihr werdet sicher müde sein vom langen Marsch." Mit einem Blick zurück auf Anna, verließ Bruder Anton mit Bruder Bernhard die Küche.
Schwester Ludowika hatte die ganze Zeit Anna von der Seite betrachtet. Und sie hatte Bruder Antons Blick gesehen und schmunzelte. Dann aber räumte sie schweigend Annas Teller ab und sah die junge Novizin dabei freundlich an.
„Nun kommt, ihr werdet sicher auch müde sein", war alles was sie noch sagte und Anna folgte ihr mit müden Beinen.
Als sie sich auf ihr Bett legte und sich wohlig ausstreckte, dachte sie darüber nach, was alles in den letzten zwei Tagen

geschehen war und ihr Herz in Wallung gebracht hatte. Aber wieso schickte sie die Mutter Oberin ins Hospiz, und der Bruder Abt schickte sogar Bruder Anton als Hilfe mit? Und nun stellte sich heraus, dass man hier eigentlich gar keine Hilfe brauchte. Über diesen Gedanken schlief sie aber ermattet ein.

Als Anna wieder erwachte, wurden gerade die kargen Mahlzeiten an die Hausbewohner verteilt. Schnell eilte sie hinab in die Küche und übernahm einige Arbeiten. Hier musste ein Teller gehalten werden, da musste jemand gefüttert werden. Vor allem erkannte sie aber, dass doch viele der Bewohner krank waren. Einige hatten Ausschläge oder schlecht heilende Wunden. Anna bat Ludowika um einen kleinen Raum, in dem sie ihre Kräuter ansetzen konnte. Anstandslos zeigte ihr die Schwester ein kleines Zimmer und Anna begann sofort mit der Arbeit.

Bruder Anton hatte währenddessen damit begonnen, auch kleinere Reparaturen im Hospiz auszuführen. Obwohl ihm am Abend sein Arm ziemlich schmerzte, tat er alles um sich nützlich zu machen.

Aber über allem stand die Frage, warum hatten der Abt und die Mutter Oberin sie beide losgeschickt?

Als die abendliche Messe im Hospiz zu Ende war, trafen sich Bruder Anton und Bruder Bernhard in der Gemeinschaftsstube. Eine Weile saßen die beiden Mönche wortlos nebeneinander, ehe Bruder Bernhard das Gespräch begann.

„Warum um Himmels Willen schickt euch euer Abt in dieser Jahreszeit noch über den Pass? So etwas nenne ich unverantwortlich, und jeder hier oben weiß das. Ich kann das einfach nicht verstehen." Bruder Anton rieb sich sein Kinn mit dem kleinen Bart.

„Ich habe mir auch schon den Kopf darüber zerbrochen. Um ein Haar hätte uns die Lawine das Leben gekostet. Wir haben es nur Heidi zu verdanken, dass ich Schwester Anna so schnell wieder gefunden habe. Zum Glück lag sie nicht sehr tief verschüttet und eine kleine Felswand hat sie aufgehalten. Aber ich könnte schwören, dass ich kurz vor dem Abgang der Lawine oben am Pass auch eine dunkle Gestalt gesehen habe!"

Bruder Bernhard zog an seiner Pfeife und stieß ein paar Qualmkringel gegen die Zimmerdecke.

„Deine Vermutung dürfte nicht ganz falsch sein, Bruder Anton! Der Handelsmann der uns besuchte, hat ja auch da oben jemand gesehen. Und er konnte den Mann auch ganz gut beschreiben. Er meinte der Kerl habe gehinkt." Bruder Anton nickte mechanisch.

„Er hat gehinkt, sagt ihr?", fragte er noch mal nach. Bruder Bernhard nickte. „Ja, das waren seine Worte!" Bruder Anton war aufgestanden und lief hin und her. Dann setzte er sich wieder ächzend in den großen alten Sessel.

„Schwester Ludowika hatte das Hinken schon erwähnt. Ich kenne jemand aus unserem Kloster, der ebenfalls hinkt! Und dass ist dieser undurchsichtige Bruder Barnabas, eine zwielichtige Gestalt und ein ziemlicher Vertrauter des Abtes. Wenn der oben am Pass war, dann ..."

Er vollendete den Satz nicht und dachte nach. Er musste unbedingt mit Schwester Anna morgen noch einmal darüber sprechen. Bruder Bernhard klopfte seine Pfeife aus und legte ein paar Scheite Holz auf das Kaminfeuer.

„Wenn man das alles in Ruhe überdenkt, könnte man doch meinen, dass euch jemand ans Leben will, oder?" Bruder Anton nickte mechanisch und drehte sich in seinem Sessel zu ihm herum.

„Das habe ich auch gerade gedacht, Bruder Bernhard! Es muss mit den Nachforschungen von Schwester Anna zum Verschwinden der Novizin Dörte zusammenhängen!"

Und dann erzählte er Bruder Bernhard die ganze Geschichte vom plötzlichen Verschwinden der Novizin Dörte, und was er in der Nacht im Keller gesehen hatte. Als er geendet hatte schüttelte der alte Mönch fassungslos mit offenem Mund den Kopf.

„Was sind das nur für Christenmenschen! Sie predigen von der Kanzel über Demut, selber aber sind sie auf keinen Fall demütig. Im Gegenteil, sie prassen und völlern und sie geben sich mit zwielichtigen Weibern ab. Das ist doch eine Schande und wider dem Herrn!"

Er brannte sich eine neue Pfeife an und sah Bruder Anton mit seinen kleinen braunen blinzelnden Augen an.

„Mir scheint Bruder Anton, ihr und die Novizin Anna, ihr versteht euch gut. Ich meine, das ist ja eigentlich kein Verbrechen, aber ihr solltet trotzdem vorsichtig sein! Vor allem aber auf die kleine Anna müsst ihr gut aufpassen. Schon so manches Weib, welches sich mit den Kräutern auskannte, landete später auf dem Scheiterhaufen der Inquisition. Und der hiesige Bischof ist ein gefährlicher Eiferer und hat auch in diesem Herbst schon zwei Frauen verbrennen lassen. Ihm sollte man lieber nicht auffallen, hört ihr!" Anton nickte.

„Ich weiß Bruder Bernhard, unser Abt und die Äbtissin unseres Klosters haben im Herbst auf Veranlassung dieses Bischofs eine Magd verbrennen lassen. Ihre ganze Schuld bestand darin, dass sie sich ihrem Dienstherrn nicht hingegeben hat und sich gut mit Kräutern auskannte." Bruder Bernhard gähnte herzhaft und stand mühsam aus seinem Sessel auf.

„Es ist schon spät Bruder Anton, lasst uns schlafen gehen. Ich würde vorschlagen, ihr bleibt vorerst hier bei uns, denn hier seid ihr sicher! Denn wer nun auch immer euch unter dieser Lawine begraben sehen wollte, wird irgendwann merken, dass seine schändliche Tat nicht geglückt ist. Es kann also sein, dass er es noch einmal versuchen wird. Also passt gut auf euch auf! Gute Nacht! Der Herr segne euch!" Dann stapfte er aus der Gemeinschaftsstube. Bruder Anton tat es ihm gleich und ging ebenfalls in seine Kammer.

In der Nacht wachte Anton plötzlich schweißgebadet auf. Er hatte geträumt in einer Höhle gefangen gehalten worden zu sein. Und die Novizin Anna hatte man ebenfalls eingesperrt. Sie trug nur noch ein zerfetztes Nachtgewand am Leib und man konnte ihre Brüste sehen. Anton hatte sie umarmt und diese Brüste geküsst. Und gerade als er seine Hand unter ihr Nachthemd schieben wollte, war er erwacht. Er atmete heftig ein und aus. So einen wollüstigen Traum hatte er noch nie gehabt! Erst seit er Anna kannte, fühlte er sich als Mann. Er musste sie unbedingt zu seiner Frau machen! Seine Eltern würden das zwar niemals begrüßen, denn sie waren sehr gottesfürchtige Menschen. Wenn er nun gar eine Nonne mit nach Hause brachte, würde das sicherlich Zank und Streit geben. Doch er wollte es Anna zuliebe ausstehen, und Papa war zum Glück kein Eiferer und würde ihm sicher beistehen.

Bruder Anton legte sich wieder hin und versuchte weiter zu schlafen, was ihm auch nach kurzer Zeit gelang.

Etwa zur gleichen Zeit schreckte Anna ebenfalls aus ihrem Schlaf auf. Verwirrt sah sie sich um und zündete eine Kerze an. Die Decke war ihr von ihrem Nachtlager gerutscht. Offenbar war sie zu unruhig während sie schlief. Einen Augenblick verweilten ihre Gedanken bei Bruder Anton und sie lächelte verträumt vor sich hin. In Gedanken sah sie seinen kräftigen Oberkörper, der in der Sonne glänzte. Sie schalt sich eine dumme Kuh, die mitten in der Nacht lüsterne Gedanken hatte und blies die Kerze wieder aus. Dennoch nahm sie ihr Kopfkissen in beide Arme, umfasste es und streichelte es ein wenig bis sie einschlief ...

Spät in der Nacht hatte Bruder Barnabas wieder das Kloster erreicht und sich ungeachtet der späten Stunde, sofort bei Abt Timoteo von Breswik gemeldet. Er fand ihn wieder im Keller. Diesmal ganz allein mit einer jungen Frau aus der nahen Stadt. Sie war bestimmt nicht älter als fünfzehn oder sechzehn Jahre alt und hatte eine üppige Figur.
Als er beim Abt nach mehrfachen Klopfen eintrat, scheuchte dieser die junge Gespielin aus seinem Bett, zog seinen Mantel über und schenkte sich ein Glas Wein ein.
„Nun Bruder Barnabas, wart ihr erfolgreich?", fragte er sanft lächelnd. Der Mönch verbeugte sich tief und nickte dann ergeben.
„Ja Bruder Abt, eine Lawine hat sie begraben. Ich glaube beide sind tot, ich habe sie jedenfalls nicht mehr gesehen. Eine halbe Stunde später hätten sie die kleine Hütte da oben auf dem Kamm erreicht." Der Abt nickte mit zufriedenem Gesichtsausdruck und warf dem Mönch einen kleinen Beutel mit Münzen zu, die dieser geschickt auffing und in seiner Kutte verschwinden ließ.
„Sehr gut Bruder Barnabas. Sehr gut! Schließen wir sie also beide in unser Gebet ein. Ihr dürft euch nun entfernen." Sich mehrmals verbeugend, verließ der Bruder Barnabas das Kellergewölbe.
Timoteo von Breswik rieb sich schmunzelnd die Hände. Nun war das kleine Geheimnis endlich sicher. Alle Beteiligten waren außer Gefecht gesetzt worden. Was aber der Bischof mit der kleinen Dörte anstellen würde, war nicht mehr sein Problem. Er

hatte jedenfalls das Seine getan, um das Geheimnis zu wahren, welches sie alle in Verruf gebracht hätte. Er trank sein Glas leer und rief wieder nach seiner jungen Gespielin. Als er sie in ihrer nackten Pracht wieder eintreten sah, bedauerte er es insgeheim, dass wohl auch sie eines Tages unauffindbar verschwinden müsste, wie schon so manche vor ihr ...

Zum ersten Mal seit Tagen schien die Sonne wieder durch das kleine Fenster in ihrem Kerker. Dörte versuchte sich aufzurichten, soweit das die Fesseln an ihren Fußgelenken und dem linken Handgelenk zuließen. Das dünne Stroh auf dem sie lag war feucht. Nicht mehr lange, und sie würde krank werden und eines Tages wahrscheinlich hier unten sterben. Denn dass sie hier noch einmal lebend aus diesem Kerker herauskommen würde, diese Hoffnung hatte sie schon lange aufgegeben. Mit Schaudern dachte sie daran, das demnächst sicherlich wieder die Landsknechte kommen würden, um sie in des Bischofs Schlafgemach zu führen. Dann würde er wieder versuchen, sie gegen ihren Willen zu nehmen. So war es schon einmal geschehen. Doch sie hatte sich so heftig dagegen gewehrt, dass sie der Bischof wütend aus seinem Bett geworfen und dann auch noch verprügelt hatte.
Was hatte sie nur verbrochen, dass das Schicksal so derb mit ihr umging? War es da nicht besser zu sterben? Eines Tages würde sie wohl nachgeben müssen, und dann würde der Samen des alten Bischofs in ihrem Schoß das Wunder vollbringen. Dann aber würde sie sterben müssen, dessen war sie sich sicher. Dörte begann leise zu weinen.
„Ich muss schon bei meiner Geburt verflucht gewesen sein", flüsterte sie vor sich hin und schluchzte wieder.
Über ihr, im Prunksaal der Burg, feierte man gerade den achtzigsten Geburtstag des Bischofs. Zahlreiche Gäste aus nah und fern waren angereist. Sogar ein Gesandter des Papstes war am Morgen angekommen. Nun saß man an der Mittagstafel, die sich voller edler Speisen beinahe bog. Der Wein floss in Strömen und immer wieder wurde Fleisch und Fisch herein getragen und man feierte ausgelassen.
Am Abend kam eine Gauklertruppe in den Saal, die allerlei alberne Späße trieb, um die Gäste zu unterhalten.

Mehrmals im Jahr reiste der Herr Bischof von seiner Residenz in Chur nach Balcun At. Blieb aber auch manchmal wochenlang in seiner kleineren bischöflichen Residenz am Rand von Müstair.

Der Bischof und Graf von Putzlitz saßen beieinander und plauderten angeregt. Bis der Graf, mit Blick auf den Kamin, lächelnd meinte: „Nun Herr Bischof, euer Palast scheint in diesem Nest wohl der einzig warme Flecken zu sein. Mein Weg durch die Stadt heute früh war grau und kalt." Der Herr Bischof lächelte süffisant.

„Wenn ihr wollt lieber Graf, dann kann ich euch für heute Nacht eine blonde langbeinige Wärmflasche überlassen. Wir müssten sie nur ein wenig baden, damit sie euch auch gefällt und vor allem gut duftet." Dabei sah er den alten Grafen aufmunternd an und nickte leicht. Der schon ältere Graf von Putzlitz zwirbelte geschmeichelt seinen ausladenden Schnauzbart und blinzelte dem Bischof über den Tisch hinweg zu.

„Das würdet ihr tun, Exzellenz? So uneigennützig? Oder hat dieses Angebot einen Preis?" Der Bischof schmunzelte wieder, nahm einen Schluck Wein, drehte das Glas einen Augenblick zwischen den Fingern, dann hob er es, um seinem Gast zuzuprosten.

„Ihr habt eine schnelle Auffassungsgabe, Graf! Trinkt mit mir auf das Wohl des hiesigen Waisenhauses, dass ihr doch nicht tatsächlich auflösen wollt! Denn geschähe das, wäre es äußerst schwierig, künftig eine schöne blonde und langbeinige Wärmflasche in euer Bett zu legen. Außerdem, was sollte die Mutter Kirche mit all den elternlosen Kindern dann machen?" Graf von Putzlitz grinste und nickte verstehend.

Er hatte vorgehabt, aus diesem ehemaligen Gutshaus eine Sommerresidenz für sich und seine Familie zu machen. Aber wenn man er es recht bedachte, mit dem Bischof durfte man es sich nicht verscherzen. Nach kurzem Nachdenken hob er wieder sein Glas und lächelte den Bischof an.

„Trinken wir also auf euer neues, altes Waisenhaus, Bischof, Prosit!" Der geistliche Herr nickte gnädig und trank seinem Gast zu.

## Dörtes Rettung

Bruder Anton hatte soeben einen Arm voller Holz in die Küche getragen, als er draußen vor dem Fenster einen kleinen Jungen herumlungern sah. Der kleine blonde Kerl war ziemlich zerlumpt und schmutzig, und spähte durch die Scheiben. Er war barfuß, und das im Winter! Anton warf die Scheite in den Korb und ging wieder hinaus. Doch der Kleine war weg. Anton schlich leise den Fußspuren nach, die um das Haus herum führten und erreichte die Rückseite, dort wo es in den Keller hinein ging. Dort gab es einen kleinen Stall für die Ziegen. Als er vorsichtig die Tür öffnen wollte, sah er sofort, dass der Riegel nicht vorgeschoben war. Im Stall war es dunkel und warm, und die Ziegen meckerten leise. Und da sah er den kleinen Strolch. Er kauerte unter einer der Futterraufen und sah ihn angstvoll an. Bruder Anton bückte sich zu ihm herunter und lächelte.

„He, komm heraus Junge!", rief er ihm leise zu. Der Kleine sah Anton unschlüssig an.

„Na komm schon heraus, Junge! Ich will dir doch nichts tun. Komm heraus, du kriegst sicher einen Teller Suppe von den Schwestern. Na komm schon, hab keine Angst." Anton redete eine Weile leise auf ihn ein und das schien dem kleinen Besucher Vertrauen einzuflößen. Er kroch langsam unter der Raufe hervor und klopfte sich die Hose ab. Verlegen dreinschauend stand er vor Anton, knüllte seine Mütze mit den Händen zusammen und trat von einem Fuß auf den anderen. Sicher hatte er kalte Füße, den er war barfüßig.

„Wie heißt du denn?", fragte Bruder Anton freundlich. Der Junge sah ihn einen Augenblick mit großen Augen an.

„Ich heiße Benjamin, Hochwürden", erwiderte der leise. Und Bruder Anton wollte wissen:

„Und wo kommst du her?" Der Kleine sah ihn an, als ob er überlegen müsste, ob er das preisgeben konnte.

„Ich komme unten vom Dorf herauf. Meine große Schwester arbeitet dort auf der Burg des Herrn Bischof. Aber der ist ein böser Mann", setzte der Kleine noch sehr ernsthaft hinzu. Anton schmunzelte, noch einer der böse auf den Bischof war, dachte er bei sich.

„Warum ist er denn böse, Benjamin?", fragte er nun den Kleinen. Der Junge schluckte mehrmals ehe er antwortete.

„Dieser alte Mann will sich immer an meiner Schwester Hildegard und auch an den anderen Mägden vergreifen. Und eine von ihnen ist sogar im Kerker, sie soll sich geweigert haben, dem Bischof zu Willen zu sein, sagt meine Schwester." Anton horchte auf. Dieser Kleine schien eine Menge zu wissen, also bat er ihm an, mit in die Küche zu kommen. Dort trafen sie auf Schwester Anna, die gerade die Küche fegte. Bruder Anton stellte ihr den kleinen Kerl vor. Anna nahm ihn freundlich an der Hand und führte ihn zum Tisch.

„Komm Kleiner, setz dich zu uns an den Tisch. Und nun bekommst du erst einmal eine warme Suppe und dann erzählst du uns vielleicht, wer da unten beim Bischof alles lebt. Und ich werde dir inzwischen ein paar Schuhe suchen." Die Augen des Kleinen leuchteten, als er den Teller Suppe sah. Hastig stopfte er sich das Brot in den Mund und kaute mit vollen Backen. Anna lachte.

„Du musst nicht alles auf einmal in den Mund stopfen, du bekommst noch mehr, wenn du willst. Iss schön langsam, sonst wird dir nur übel." Genussvoll löffelte Benjamin die Suppe auf, danach leckte er den Löffel blitzeblank. Anna setzte sich neben ihn.

„So, wenn du willst kannst du heute Nacht hier schlafen, Benjamin", begann sie das Gespräch. Anton gab ihm noch ein gekochtes Ei, auch das verschwand mit einem Biss in seinem Mund. Er kaute mit vollen Backen und sah Anna mit seinen großen braunen Augen an. Plötzlich aber strich er Anna über die Hand, nahm diese auf und hielt sie an seine magere Wange. Anna streichelte den Kleinen über das Haar, der sicher nicht viel älter als acht Jahre war. Auf einmal begann er mit Tränen in den Augen zu erzählen.

„Ich wohne nachts bei meiner Schwester im Gesindehaus des Bischofs. Ich muss mich aber immer verstecken, damit mich niemand sieht, sonst würde meine Schwester ausgeschimpft und aus dem Haus gejagt. Ich schlafe unter einer Treppe im Stall. Manchmal bringt mir Hildegard etwas zu essen, aber oft hat sie selber nichts." Anna nickte mitfühlend.

„Hildegart ist also deine Schwester?" Der Kleine nickte erneut sehr traurig.

„Du hast vorhin Bruder Anton etwas von einem Mädchen erzählt, die im Kerker eingesperrt ist?", fragte sie ihn weiter. Benjamin nickte.

„Ja, sie heißt Dörte. Ich schleiche mich öfters zu ihr und gebe ihr etwas von meinem Essen ab. Sie weint so oft und ist sehr verzweifelt." Anna fuhr empor.

„Was sagst du da, sie heißt Dörte? Anton hörst du, das muss unsere Dörte sein!", entfuhr es Anna. Der Kleine war ganz erschrocken von Annas plötzlichem Ausbruch, und so musste sie ihn erst wieder beruhigen.

„Würdest du ihr eine Nachricht von uns bringen?", fragte Anna plötzlich voller Hoffnung. Der Kleine sah sie ganz erschrocken an.

„Ich soll noch mal dorthin zurück?", fragte er weinerlich. Und Anna nickte.

„Ja Benjamin, Dörte ist meine beste Freundin und wir müssen ihr helfen. Aber dazu muss sie wissen, dass wir ganz in ihrer Nähe sind. Aber danach kommst du wieder zurück. Dann kannst du hier bleiben, solange du nur willst! Und schließlich musst du ja auch deiner lieben Schwester Bescheid geben wo du bist." Anna stand auf und ging hinaus. Nach einer Weile kam sie mit einer Decke und ein paar alten Schuhen für Benjamin wieder zurück.

„Hier Benjamin, gib Dörte diese Decke und auch dieses Pergament. Und hier ist ein Kohlestift dazu. Dörte soll uns aufschreiben, wie wir ihr helfen können."
Benjamin zog die Schuhe an und strahlte, weil sie so gut passten. Dann verabschiedete er sich von Anna und Anton und trabte wieder in die Dunkelheit hinein. Er war plötzlich ein freudiger Bub geworden, der wieder etwas Sonnenschein in seinem grauen Alltag sah.

Im Kerker unter dem Bischofspalast herrschte feuchte Kälte und die Luft roch muffig. Zwei kleine Öllampen erhellten den Raum, in dem die beiden Aufseher saßen. Immer wieder legte einer von ihnen einige Scheite Holz auf das Feuer und sofort

sprangen die Funken lustig in dem Kamin. Die beiden Landsknechte würfelten, um sich die Zeit ihrer Wache zu vertreiben.
Aus den Gemächern des Bischofs klangen die Musik und das Lachen bis zu den Inhaftierten in den Kerkern.
Dörte lauschte und stellte sich dabei vor, wie schön es jetzt wäre, da oben zu tanzen. Das Seil der Handfessel hatte ihr die Haut am Handgelenk wund gerieben. Das linke Fußgelenk war durch die Fessel ebenfalls entzündet und schmerzte. Dörte starrte auf den leeren Blechnapf der neben ihr auf dem Boden stand. Ein paar Brotkrumen hatte sie sich aufgehoben und steckte sie nun in den Mund, um sie dann ganz langsam zu zerkauen. Wie lange sollte sie noch hier unten in diesem Rattenloch zubringen? Und Ratten gab es tatsächlich. Es war nicht ratsam Brotkrumen aufzuheben, denn die Biester schienen sie zu riechen und kamen besonders nachts, um die Menschen zu überfallen und die letzte Nahrung zu stehlen. Manchmal bissen sie sogar zu und verletzten die Insassen.
Immer wieder stellte sie sich die Frage, warum man sie heimlich aus dem Kloster entführt und hierher in diesen Kerker gebracht hatte. Sie hatte doch nichts verbrochen und nur wissen wollen, wer ihre Eltern waren. Mit einem Mal schreckte sie aus ihren Gedanken auf. Hatte es nicht gerade geklopft oder hatte sie geträumt? Dörte richtete sich mühsam auf, und sah in das lachende Gesicht ihres kleinen Freundes im Halbdunkel des Ganges.

„Dörte, he Dörte! Ich bringe dir Grüße von Schwester Anna und Bruder Anton! Hier sind Kohle, ein Pergament und eine Decke. Du sollst aufschreiben, wie sie dir helfen können", flüsterte er und schob ihr rasch alles durch die Gitterstäbe. Dörte hätte in diesem Moment am liebsten vor lauter Freude aufgeschrien. Hastig nahm sie die Kohle und das Pergament und begann mühsam auf dem Fußboden zu schreiben.

*„Liebe Anna, lieber Bruder Anton!*
*Ich werde im Kerker des Bischofs gefangen gehalten. Immer wieder versucht er mich in sein Bett zu zerren. Lange halte ich das alles nicht mehr aus. Lieber möchte ich tot sein, als noch länger diese Schande zu ertragen. Wenn ihr mir irgendwie helfen könnt, dann rettet mich bald. Benjamin wird euch zu mir führen.*

*Meine Gedanken sind bei dir, liebe Freundin Anna. Gott segne dich und Bruder Anton.*
*Eure Freundin Dörte"*
Sie rollte das Pergament sorgfältig zusammen und steckte es dem Jungen wieder durch das Gitter zu.

„Hier Kleiner, verstecke es gut und nun eile dich! Aber lass das Pergament nicht nass werden, sonst ist alle Schrift verwischt! Sag, wo ist denn die Anna?", flüsterte sie leise zurück.

„Sie ist vor zwei Tagen mit Bruder Anton oben im Hospiz angekommen", berichtete der Junge. Dann winkte er Dörte noch einmal zu und verschwand sofort wieder lautlos in der Dunkelheit.

Gegen ein Uhr in der Nacht klopfte es heftig an der Pforte des Hospiz. Die Nachtschwester Aurelia ging nach vorn, um zu öffnen. Als sie vorsichtig die Tür einen Spalt breit öffnete und die Lampe hoch hielt, sah sie einen kleinen Knaben, der halb erfroren Einlass begehrte.

„Ich habe eine Nachricht für Schwester Anna und Bruder Anton", meinte der Kleine bestimmt und stellte einen Fuß zwischen die Tür. Schwester Aurelia ließ ihn eintreten, dann ging sie Schwester Anna und Bruder Anton wecken. Beide kamen schon nach kurzer Zeit in die Vorhalle. Der kleine Benjamin übergab ihnen das Pergament. Hastig las Anna was ihre Freundin geschrieben hatte und ihr kamen die Tränen. Sie reichte das Pergament Bruder Anton. Der las es und murmelte dann halblaut:

„So eine Schande, und das wollen Christenmenschen sein! Wir müssen uns überlegen, wie wir sie da ganz schnell herausholen können." Dann sah er Benjamin freundlich an.

„Du hast deine Sache sehr gut gemacht! Und nun komm mit mir! Du hast dir ein Stück Brot und einen Schlafplatz verdient. Morgen früh sehen wir dann weiter."
Benjamin bekam eine Schlafstelle im Ziegenstall, wo es schön warm war. Und Anna und Anton berieten noch eine Weile, wie sie Dörte helfen konnten. Sie entschlossen sich am nächsten Morgen Bruder Bernhard einzuweihen, vielleicht wusste der Rat.

Am nächsten Morgen erzählte Bruder Anton dem Bruder Bernhard von Dörtes Aufenthalt beim Bischof. Der alte Mönch hörte geduldig zu und schmauchte dabei seine Pfeife. Als Bruder Anton geendet hatte, nickte er zunächst nachdenklich, schien aber eine Idee zu haben.

„Wenn man sie dort nicht schnell heraustholt, wird sie im Kerker sterben. Dieses Mädchen umgibt ein Geheimnis, welches sie mit sich herumträgt, ohne zu wissen was es ist! Warum sonst sperrt man sie da unten ein? Sie hat niemand umgebracht und niemand betrogen, also muss es mit ihrer Vergangenheit zu tun haben." Bruder Anton schnaufte schwer bei dem Gedanken, dass sich dieses zarte Mädchen in einem Kerker befand und welche Angst sie ausstehen musste.

„Ich verstehe nicht, warum man verhindern will, dass sie nach ihren Eltern forscht. Aber wie können wir sie retten? Ob man mit dem Bischof reden könnte?" Bruder Bernhard winkte ab und lachte verächtlich.

„Wenn sie da unten eingesperrt ist, dann kann das nur der Bischof selbst veranlasst haben, Bruder Anton!" Anton nickte.

„Dann wäre es für Dörte sogar verderblich, ihn fragen zu wollen, da habt ihr sicher Recht, Bruder Bernhard."
Die Glocke läutete zum Morgengebet. Bruder Bernhard erhob sich ächzend und sah hinauf zu den Berggipfeln, die alle in Wolken gehüllt waren.

„Es wird noch mehr Schnee geben", murmelte er vor sich hin und sah dann Bruder Anton an.

„Hört zu Bruder Anton! Ich weiß, dass ihr ein ehrlicher Christ seid und der Novizin helfen wollt. Ich kenne ein paar junge Leute unten aus dem Dorf. Ich werde mit ihnen noch heute über unseren Fall reden. Habt ihr ein paar Geldstücke übrig?" Bruder Anton nickte.

„Klar, ich werde auch mit Schwester Anna reden. Also, in Gottes Namen gehen wir es an!"
Beide stapften durch den Schnee hinüber zum Haupthaus, wo im Gemeinschaftsraum der Gottesdienst stattfand. Da Schwester Anna schon anwesend war, erzählte er ihr kurz, was er und Bruder Bernhard beschlossen hatten. Annas trauriges Gesicht hellte sich mit einem Mal auf und sie dankte dem alten Mönch für seine Hilfe.

Nachdem Bruder Bernhard bereits gegen Mittag unten im Dorf gewesen war, trafen sich am Abend vier junge Männer in der Dorfschenke. Ludwig, Peter, Karl und Xaver waren alle etwa gleichaltrig und kannten sich schon von Kindesbeinen an. Jetzt wo sie alle schon um die siebzehn Jahre alt waren, bis auf Xaver, der mit seinen Sechzehn der Jüngste war, hielten sie immer noch zusammen wie Pech und Schwefel.
Der Wirt brachte gerade einen Humpen Bier für alle vier und verlangte sofort sein Geld.

„Ihr zahlt mal lieber gleich, sonst vergesst ihr es noch nach dem zweiten Humpen. Eure Väter sollten euch lieber mal das Fell versohlen!", setzte er noch hinzu und wandte sich zum Gehen. Doch Ludwig, ein großer breitschultriger blonder junger Mann, lachte laut.

„Aber unser Geld nimmst du schon jedes Mal, was? Alter Halsabschneider!", rief er dem Wirt hinterher. Die Jungs tranken sich zu. Peter sah sich einen Augenblick um, aber die Gaststube war, bis auf zwei alte Männer am Stammtisch, leer.

„Hört zu Leute! Der kleine Benjamin wird uns heute Nacht zeigen, wie wir oben in der Burg in den Kerker kommen. Und dann müssen wir die Wachen schnell außer Gefecht setzen und die Novizin befreien. Jemand aus dem Hospiz erwartet uns dann an der dicken Eiche, drüben am Weiher", flüsterte er und sie steckten die Köpfe noch dichter zusammen. Peter zählte das Geld auf die Tischplatte.

„Hier, das haben die vom Hospiz gesammelt! Ich meine aber, wir sollten es ihnen wiedergeben. Sie müssen fliehen, wenn ihre Freundin frei ist, und dazu brauchen sie das Geld! Seit ihr damit einverstanden?" Alle nickten einstimmig und Xaver lachte auf einmal laut.

„Wir haben den Spaß, wozu brauchen wir da noch das Geld!", posaunte er los. Ludwig gab ihm einen Stoß vor die Brust.

„Halt die Klappe, du Milchgesicht! Sonst weiß es gleich das ganze Dorf!" In diesem Moment ging die Tür auf und der Kaplan Mechtiner betrat die Schankstube und setzte sich an den Stammtisch. Sogleich kam Hanna, die dralle pausbäckige Tochter des Wirtes und fragte ihn nach seinem Begehr. Die Jungs lachten verhalten und der Gottesmann sah streng zu ihnen herüber.

„Was treibt ihr euch denn zu dieser Zeit in der Schenke herum, ihr Lausbuben?", fragte er streng und bekam gerade sein Bier von Hanna hingestellt. Die Jungs lachten wieder.

„Uns dürstet es genauso wie euch, Hochwürden! Wir mussten den ganzen Tag schwer arbeiten!", rief Ludwig zurück. Und Karl, ein langer aufgeschossener Kerl, dozierte laut: „Ja ja, sie säen nicht und sie ernten nicht, aber sie leben trotzdem gut!" Unter dem Gelächter der Jungs warf ihnen der Gottesmann einen giftigen Blick zu und begann dann demonstrativ ein Gespräch mit den beiden älteren Tischnachbarn.

Inzwischen war die Nacht hereingebrochen. Im Prunksaal der Burg über dem Kerker hörte man noch immer Gelächter und trunkene Stimmen. Die Geburtstagsfeier des Bischofs dauerte nun schon den dritten Tag.
Unten im Kerker dagegen herrschte düsteres Schweigen und Kälte. Nur die beiden Wächter, die gerade um Geld spielten und sich die Zeit damit vertrieben, hatten ein Feuer in einem kleinen Kamin. Die Zellen daneben waren kalt und feucht. Da das Stroh nur alle paar Wochen einmal gewechselt wurde, war auch das klamm und wärmte nicht mehr.
In der durch eiserne Gitterstäbe abgegrenzten Zelle neben Dörte, musste ebenfalls eine Frau ausharren. Seit Tagen war ihr immerwährendes Wimmern und Stöhnen unüberhörbar. Am Tage, als die Wächter gerade einmal nicht da waren, hatte Dörte versucht, mit ihr zu sprechen. Dabei hatte sie erfahren, dass sie Mechthild hieß, eine Magd war und demnächst auf dem Scheiterhaufen sterben sollte. Man hatte sie der Hexerei angeklagt und sie solange gefoltert, bis sie eingestanden hatte, mit den Hexen im Bunde gewesen zu sein. Dabei hatte sie nur in ihrem Bergdorf die Alten und Kranken mit ihren Kräutern versucht zu heilen. Doch ein Medicus hatte sie angezeigt, weil Mechthild im Gegensatz zu ihm, kein Geld für ihre Dienste verlangt hatte. Mechthild hatte zwei kleine Kinder, die nun mit dem Vater allein auskommen mussten.
Dörte selbst hatte bisher noch keine Anklage erhalten, und war auch nicht vernommen worden. So saß sie nun schon seit mehreren Wochen in diesem Kerker. Doch vor ein paar Tagen hatte plötzlich am Morgen der Herr Bischof vor ihrer Zellentür

gestanden und sie durch die Gitterstäbe wortlos beobachtet. Danach war er ebenso wortlos wieder gegangen. Er hatte sie dabei so merkwürdig angeschaut, als er da vor der Zellentür gestanden hatte. Seit diesem Tag jedoch war sie nicht mehr nach oben zu ihm beordert worden.
Dörte döste vor sich hin. Ihr Fuß war angeschwollen und schmerzte. Das Stroh auf dem sie lag, war nach dem Besuch des Bischofs plötzlich erneuert worden und wärmte sie so ein wenig mehr.
Durch das Gitter ihres Zellenfensters hörte sie plötzlich ziemlich laut ein Käuzchen schreien, dem sofort ein anderes antwortete. Dörte stellte sich vor, wie es jetzt wäre, wenn sie auf einer sonnenüberfluteten Wiese spazieren gehen könnte. Vor ihrem geistigen Auge tauchten große Bäume auf, ein Wildbach rauschte zu Tal, und sie hörte die Ziegen meckern. Plötzlich aber schreckte sie auf! Kamen nun doch wieder die Landsknechte um sie zu holen? Doch stattdessen sah sie wieder den kleinen blonden Wuschelkopf des Knaben durch die Gitterstäbe schauen. Und mit einem Mal hörte sie laute Stimmen und Geräusche, die wie Schläge klangen und lautes Stöhnen. Vor Angst zitterte sie am ganzen Körper, als plötzlich drei Gestalten vor ihrer Zellentür standen. Einer von ihnen schloss ihre Zelle auf. Ein anderer großer Mann mit Gesichtsmaske löste ihre Fesseln. Dann sprach er sie an.
„Hab keine Angst Dörte, wir kommen im Auftrag deiner Freundin Anna! Wie holen dich jetzt hier heraus!", wisperte er und zog sie behutsam auf die Füße. Ein großer blonder Kerl nahm sie einfach auf seine Arme und trug sie aus der Zelle hinaus. Doch da erinnerte sich Dörte an ihre Zellennachbarin Mechthild.
„Könnt ihr die arme Magd nicht auch befreien, sie sitzt unschuldig hier unten und soll verbrannt werden! Rettet sie doch bitte auch!", bat sie die Jungs inständig. Die zögerten nicht lange und öffneten sofort auch Mechthilds Zellentür. Wenig später hasteten sie alle durch den dunklen Gang, stiegen über die gefesselt und geknebelt am Boden liegenden Landsknechte und betraten den Säulengang, der auf den Burghof führte.
Der kleine Benjamin lief als erster und schaute ob die Luft rein war. Schnell liefen sie im Dunkel der Nacht an der Mauer ent-

lang und erreichten endlich einen schmalen Spalt, durch den man sich hindurch zwängen musste. Nun waren sie schon außerhalb der Burgmauern. Der Weg führte von nun an bergab durch ein kleines Wäldchen.

Der Blonde lachte Dörte immer wieder an und meinte, sie sei leicht wie eine Feder. Minuten später verließen sie das kleine Waldstück, wo auf einmal ein älterer Mönch aus der Dunkelheit trat. Bruder Bernhard führte ein Muli mit sich, auf das man Dörte setzte. Die Jungs verabschiedeten sich lachend von dem Mädchen und wünschten ihr alles Gute. Nur der Blonde hielt Dörtes Hand einen Moment länger fest und sah sie auf einmal ganz sonderbar an.

„Sag Dörte, darf ich dich morgen oben im Hospiz besuchen kommen?", fragte er leise und seine Hand strich sanft über ihr struppiges Haar. Und leise sagte er zu ihr:

„Du bist sehr schön Dörte, ich möchte dich unbedingt wiedersehen! Darf ich kommen?" Aber noch ehe das verdutzte Mädchen ihm antworten konnte, zerrte Bruder Bernhard schon am Seil und der Muli marschierte los. Als sie zurück sah, stand der Blonde immer noch da und sah ihr hinterher. Dörte winkte ihm kurz zu.

Der Weg ging in der dunklen Nacht nun immer stetig bergauf. Der Mönch und der kleine Benjamin unterhielten sich beim Laufen leise und der Schnee knirschte unter ihren Füßen. Je höher sie in die Berge kamen, umso kühler wurde es. Die Decke, die Dörte über ihren Schultern hatte, wärmte zwar ein wenig, aber ihre nackten Füße wurden langsam taub vor Kälte. Mit zarter Stimme rief Dörte halblaut:

„Bruder Mönch haltet bitte an! Ich will absteigen und ein wenig laufen!" Der Mönch blieb stehen und half ihr beim Absteigen. Da erst sah er ihre nackten Füße.

„Mein Gott Mädchen, dir erfrieren ja die Füße in dieser Kälte! Warum hat denn keiner darauf geachtet, dass du keine Schuhe an hast!", erboste er sich. Schnell nahm er ein wollenes Tuch aus der Satteltasche, zerteilte es in zwei Hälften und band es dann Dörte um die Füße.

„So, das wird zwar nicht ewig halten, aber du kannst ja wieder aufsteigen", erwiderte er und lächelte zum ersten Mal Dörte an. Schon nach kurzer Zeit fühlte Dörte, dass ihre Füße wieder

warm wurden und sie schritt kräftig mit aus. Als ihre Füße wieder nass und kalt wurden setzte sie sich doch wieder auf den Rücken des Mulis. Kurz nach Mitternacht erreichten sie endlich das Hospiz. Bruder Bernhard brachte Dörte hinüber zum Ziegenstall, wo bereits der kleine Benjamin sein Lager hatte. Irgendjemand hatte bereits ein schönes Bett für sie im Heu hergerichtet.
Neben ihr lag der kleine Benjamin und schnarchte schon ganz leise vor sich hin. Dörte streichelte dankbar seine Wange und dankte dem lieben Herrgott für ihre Errettung. Zum ersten Mal seit langer Zeit fühlte sie wieder so etwas wie Freude im Herzen, als sie die Augen schloss. Und so schlief Dörte unter den warmen Decken rasch ein.

Im Morgengrauen betrat die Ablösung der Wache den Gang zum Kerker. Landsknecht Leonhard wunderte sich, warum die Tür offen stand. Sein Kamerad Xaver stolperte genau in diesem Augenblick in der Dunkelheit um ein Haar über seine gefesselt am Boden liegenden Kameraden. Rasch entfernte er deren Knebel.

„Ruft den Hauptmann der Wache! Jemand hat heute Nacht die beiden Frauen befreit!", krächzte der eine von ihnen und richtete sich mühsam auf.

„Es muss eine ganze Horde gewesen sein, die uns überfiel! Plötzlich waren sie da und fesselten und knebelten uns", stöhnte der andere und rieb sich seine schmerzenden Fußgelenke. Minuten später schon kam der Hauptmann der Wache herbei. Erbost sah er was geschehen war.

„Ihr elenden Hammel, warum habt ihr euch so einfach überrumpeln lassen? Habt wohl wieder gesoffen, was! Das wird ein Nachspiel haben! Was soll ich jetzt dem Herrn Bischof berichten?", brüllte er mit sich überschlagender Stimme los. Hochrot im Gesicht machte er auf dem Absatz kehrt und stürmte wieder davon, um sich beim Kammerherrn des Herrn Bischofs anzumelden. Und er wusste, dieser Monsignore konnte höchst ungehalten werden in seinem Zorn! Am Ende würde das Versagen seiner Leute wieder ihm angelastet werden.

Anna betrat gerade im Hospiz die Küche, um das Frühstück für die Bewohner vorzubereiten, als sie ein ziemlich struppiges Mädchen mit kurzen blonden Haaren am Tisch sitzen sah, das gerade herzhaft in einen Apfel biss. Das Mädchen drehte sich bei Annas Eintreten herum, und beide starrten sich sekundenlang an. Dann sprang das blonde Mädchen auf und fiel in Annas ausgebreitete Arme.

„Anna, liebste Anna! Ich bin wieder frei!", schluchzte sie und beide begannen gleichzeitig zu weinen vor Freude. Wenig später trat auch noch Bruder Anton ein. Beide begrüßten sich herzlich. Und dann erzählte Dörte, wie sie vor Wochen aus dem Kloster entführt worden war.

„Stellt euch vor, ich kam gerade vom Kehren der Empore und ging in den Garten zum Kräuterhaus, weil ich dem kleinen Kater Leo ein wenig Milch bringen wollte, als ich plötzlich im Kräuterhaus etwas rumoren hörte. Kaum hatte ich die Tür geöffnet und war eingetreten, als mir jemand einen Sack über den Kopf stülpte, mich hochhob und wegtrug. Danach fuhren wir eine ganze Weile in einer Kutsche oder einem Wagen. Wieder wurde ich aus dem Wagen gehoben und weggetragen. Und dann dauerte es eine Ewigkeit bis ich wieder auf die Füße gestellt wurde und man mir die Augenbinde abnahm. Da sah ich, dass ich in einem Kerker saß. Es war dunkel und kalt und ich fror fürchterlich. Und einmal am Tag bekam ich etwas Suppe. Zwei Tage später holte man mich. Ich musste mich baden und neue Sachen anziehen. Und dann führte man mich in ein schönes großes Zimmer, mit einem großen breiten Bett unter einem Baldachin. Kurz darauf trat ein alter Mann in einem weißen Nachthemd ein."

Dörte hörte auf zu sprechen und begann zu weinen. Ein wenig später sprach sie leise weiter:

„Ich kann es nicht erzählen, was er mit mir gemacht hat, es war so furchtbar. Weil ich mich aber wehrte, stieß er mich zornig aus seinem Bett, schlug mich mit einem Stock und die Bediensteten brachten mich wieder zurück in meine Zelle. Einer der Landsknechte flüsterte mir dann im Kerker zu:

„Wenn du das noch einmal machst und dich verweigerst, wird man dich als Hexe anklagen und verbrennen, genau wie die Mechthild da nebenan!" Dörte schluchzte wieder herzzerreißend. Nach einer Weile hatte sie sich doch etwas beruhigt und erzählte nun weiter.

„Am nächsten Abend habe ich mich dann aber trotzdem wieder gewehrt. Der Bischof war aber so betrunken, dass er recht bald einschlief." Und dann erzählte sie noch von dem Besuch des Bischofs an ihrer Zellentür, und das sie ab diesem Tage nicht mehr geholt wurde und auch neues Stroh in ihre Zelle bekam.

Schwester Ludowika, Bruder Bernhard, Anna und Bruder Anton hatten still zugehört und versuchten Dörte zu trösten. Die Schwester Ludowika nahm Dörte mit sich und kleidete sie wieder neu ein. Wenig später war aus dem kleinen struppigen Mädchen wieder eine Novizin in Ordenstracht geworden.

Schon nach kurzer Zeit, hatte sich Dörte gut im Hospiz eingearbeitet und ging überall zur Hand, wo Hilfe gebraucht wurde. Sie wusch die alten Leute, fütterte sie und las ihnen sogar aus der Bibel vor.

Novizin Anna aber widmete sich von nun an intensiv ihren Kräutern, setzte Tinkturen an und stellte Salben her. Und so war es kein Wunder, dass es sich schnell herumsprach, dass im Hospiz eine Novizin weilte, die allen Hilfe brachte, die krank waren und sich keinen Medicus leisten konnten. Von Tag zu Tag wurden es immer mehr die kamen und sie um Hilfe baten.

Kurz entschlossen hatte Bruder Bernhard die ehemalige Milchküche neben dem leeren Kuhstall in einen Behandlungsraum umgewandelt.

Der Ruf der Novizin Anna breitete sich bald über das ganze Tal aus, selbst aus weit entfernten Tälern kamen sie herbei und brachten die Kranken. Uns so erreichte eines Tages auch den Bischofspalast die Kunde von der überaus erfolgreich heilenden Novizin.

Schwester Ludowika stand am Fenster der Küche und schaute schon eine ganze Weile hinaus, als sich hinter ihr die Tür öffnete und Anna eintrat.

„Ihr habt mich rufen lassen, Schwester Ludowika. Da bin ich, habt ihr einen Wunsch?" Die Schwester machte ein ernstes Gesicht und nickte ein wenig betrübt.

„Ja, Schwester Anna! Euer heilsames Wirken bei den Kranken hat sich weit herum gesprochen. Wir haben die Nachricht

erhalten, dass demnächst jemand aus dem Palast des Bischofs zu uns kommen wird, um Euch zu sehen. Ich halte es für notwendig, das ihr uns nun verlasst, so sehr es mich auch traurig macht, zumal auch Schwester Dörte und Bruder Anton mitgehen müssen. Wir können euch drei schwerlich entbehren."
Schwester Ludowika lief still ein paar Schritte auf und ab und schien nachzudenken. Dann blieb sie vor Anna stehen und hob mit dem Zeigefinger ihr Kinn hoch.
„Schwester Anna! Es darf niemand erfahren, dass Schwester Dörte hier bei uns ist! Warum auch immer, der Bischof lässt sie bereits suchen. Er hat Reiter in die Dörfer geschickt, die Erkundigungen einziehen sollen." Anna stöhnte leise auf und wischte sich dann schniefend die Tränen ab.
„Schwester Ludowika, lasst uns bitte noch eine Weile hier bleiben. Wenn es Frühling wird, werden wir euch verlassen, auch wenn wir noch nicht wissen, wohin wir gehen sollen. Bis dahin kann ich meine Salben noch fertigstellen, die ihr so dringend braucht. Ich würde aber doch zu gerne hier im Hospiz bleiben." Schwester Ludowika schmunzelte leicht.
„Hm, und wahrscheinlich auch bei Bruder Anton, stimmt`s?" Anna wurde rot über beide Ohren. Doch dann nickte sie mutig.
„Ja, Schwester Ludowika, auch wegen Bruder Anton! Er hat mich gebeten mit ihm wegzugehen. Woanders hin, wo uns niemand kennt, als Mann und Frau. Seid ihr jetzt böse auf mich?" Doch Schwester Ludowika lächelte stattdessen gütig auf Annas Frage.
„Das habe ich mir schon gedacht, Schwester Anna! Es ist sicher auch besser für euch, wenn ihr die Schwesterntracht ablegt und wieder ein bürgerliches Leben führt. Bei all den vielen guten Taten, die ihr bereits vollbracht habt, wird euch der Herr nicht zürnen. Zumal ja auch das Vorkommnis bei eurer Ankunft immer noch nicht aufgeklärt ist. Und zurück ins Kloster könnt ihr auf keinen Fall gehen, denn ihr wäret dort sicher in größter Gefahr!" Sie lächelte Anna zu, der ein großer Stein vom Herzen zu fallen schien. Dann wandte sie sich um und eilte mit fliegenden Rockschößen erst zu Dörte und danach zu Anton, um ihnen die Neuigkeit zu berichten, dass sie nun doch erst im kommenden Frühling weggehen würden.

Und das Frühjahr kam und die Bergwiesen wurden wieder bunt. Die Sonne schien an diesem Vormittag zum ersten Mal richtig warm vom Himmel, der Schnee war weitgehend abgetaut und die ersten Blumen reckten ihre Köpfchen heraus. Es war Karfreitag vor Ostern, und Anna, Dörte und Anton hatten sich schweren Herzens entschlossen, nach Ostern das Hospiz zu verlassen.

Plötzlich wurde es am Eingang zum Hospiz laut. Einer der Hunde bellte und eine kräftige laute Männerstimme meldete sich zu Wort.

„Hallo! Hallo! Will denn niemand in diesem Haus den Herrn Bischof empfangen?" Sofort liefen die Schwestern herbei und öffneten die Pforte. Tatsächlich! Draußen saß auf einem Pferd der Herr Bischof in seinem roten Mantel und einer Pelzkappe auf dem Kopf, und mehrere seiner Bediensteten halfen ihm gerade beim Absteigen. Bruder Bernhard und Bruder Anton verständigten sich mit einem Blick, dann lief Bruder Anton sofort los und suchte nach Dörte und Anna. Er fand Dörte in der Waschküche.

„Schnell! Wir müssen uns verstecken, der Herr Bischof ist zu Besuch gekommen! Er darf uns hier nicht sehen!" Dörte wurde kreidebleich, ließ die Seife fallen, wischte sich die Hände trocken und dann huschten sie durch die Hintertür hinaus, wo sie auf Bruder Bernhard trafen. Gemeinsam liefen sie rasch zu Anna, und fanden sie in ihrer Kräuterkammer.

„Komm schnell, Anna! Der Bischof ist im Hause! Wir laufen hinten hinaus und zum Heustadl hinauf!" Anna ließ alles liegen und stehen. Gemeinsam liefen sie den kurzen Weg bis zum Heustadl hinter dem Hospiz hinauf und verschlossen die Tür von innen. Bruder Anton sah die beiden jungen Frauen ernst an.

„Wir müssen uns bald überlegen, wohin wir zusammen gehen. Erstens sucht man nach dir, Dörte. Und zweitens hat man versucht uns zu töten und wird es wieder versuchen, wenn sie merken, dass wir noch leben. Aber wohin sollen wir nur gehen?" Anna und auch Dörte wussten ebenfalls keine Antwort auf diese Frage, so sehr sie auch überlegten.

Der Herr Bischof besichtigte die Räumlichkeiten, sprach hier und da mit einem der Kranken, und erkundigte sich, ob es den

Insassen an etwas fehlen würde. Eine alte Frau, die nicht einen einzigen Zahn mehr besaß, fragte dann der Herr Bischof als erste, ob ihr etwas fehlen würde. Sie küsste den Ring des Bischofs und meinte dann:

„Oh nein, Herr Bischof! Oh nein! Alle sind hier gut zu uns, und besonders die Schwestern Anna und Dörte pflegen uns alle liebevoll und haben immer ein gutes Wort für uns." Bei dem Wort „Dörte" hatte der Bischof für einen Augenblick aufgemerkt. Schwester Ludowika davon erschreckt, mischte sich aber sofort in das Gespräch ein, als sie sah wie der Bischof nun aufmerksam geworden war.

„Oh Eminenz! Sie meint natürlich die Schwestern Anita und die Dorothea, die gute Frau! Ja sie verwechselt uns schon so manches Mal, sie ist eben schon sehr alt und auch sehr krank. Ihr Geist ist manchmal auf Wanderschaft!" Der geistliche hohe Herr nickte verstehend und machte sein Kreuz über der alten Frau, die ihn selig ansah. Der Rundgang endete mit einem kleinen Mahl, das man dem Bischof rasch in der Küche zubereitet hatte. Den Messwein hatte er in weiser Voraussicht selbst mitgebracht, und so labte er sich an Brot und Wein. Nach einer Weile sah er die neben ihm sitzende Schwester Ludowika an.

„Sagt ehrwürdige Schwester, bei euch soll es wohl eine Heilerin geben, erzählt man sich überall im Tal?"
Seine kleinen blauen Augen blinzelten die alte Nonne fragend an. Und in seiner Stimme klang ein gewisser Unterton, den Schwester Ludowika sofort bemerkt hatte. Und so lächelte sie demutsvoll.

„Ach wisst ihr, Herr Bischof, wir sind alle Dienerinnen des Herrn! Jede von uns hat ihre Stärken und auch ihre Schwächen. Aber natürlich haben wir wenig Geld und so müssen wir die Gaben der Natur zur Heilung unserer Kranken nutzen. Wie ihr sicher wisst Hochwürden, für jede Krankheit hat der liebe Herrgott ein Kräutlein geschaffen." Die Miene des Bischofs war schlecht zu deuten. Er saß da und starrte einen Augenblick aus dem Fenster hinaus. Dann aber verzog sich sein rundes Gesicht zu einem Lächeln.

„Gewiss, gewiss liebe Schwester Ludowika, da habt ihr schon Recht. Aber wo ist denn nun eure Schwester, die sich so gut mit den Kräutern versteht?", fragte er die Schwester und sah sie wieder durchdringend an. Schwester Ludowika wurde etwas blass, zuckte aber tapfer mit den Schultern.

„Unsere Schwester Anita ist seit zwei Tagen schon unterwegs zu den Kranken, Herr Bischof. Sie besucht jene, die es nicht mehr bis zum Hospiz schaffen. Gerade jetzt im Winter ist das für so manchen Kranken die einzige Hilfe, die er bekommen kann." Der Bischof merkte auf.

„Ihr sagtet gerade Anita. Hieß diese Schwester nicht Anna, ehrwürdige Schwester? Und war sie nicht zu Winteranfang über den Pass herunter gekommen, vom Kloster des „Heiligen Franziskus?" Schwester Ludowika schüttelte nun ihrerseits resolut den Kopf.

„Oh nein, Herr Bischof! Oh nein! Da muss man euch falsch informiert haben. Unsere Schwester heißt Anita und stammt aus dem Tessin! Aber es stimmt wohl, dass vorigen Winter eine Novizin und ein Mönch oben in den Bergen durch eine Lawine ums Leben gekommen sein sollen. Der liebe Herrgott hat sie zu sich geholt." Dabei schlug sie rasch ein Kreuz.

Der Bischof sah die Ordensschwester einen Augenblick von unten herauf an, dann aber nickte er und schien über etwas nachzudenken.

„Nun gut, lassen wir es dabei bewenden. Hauptsache den Kranken wird geholfen. Aber ein Kräutlein gegen meine Gicht hätte ich schon ganz gerne mitgenommen, liebe Schwester", erwiderte er. Schwester Ludowika stand rasch auf, glättete ihre Schürze und ging zum Wandschrank, um ihm ein kleines Fläschchen zu entnehmen.

„Hier, Herr Bischof! Nehmt dieses Öl und reibt die schmerzenden Stellen am Abend ein, bevor ihr euch zur Ruhe legt. Es wird euch gut tun!" Der Bischof erhob sich, setzte seine rote Fellkappe wieder auf und nahm die kleine Flasche in Empfang. Und mit der Linken legte er der Schwester zwei Geldstücke in die Hand.

„Hier nehmt es Schwester und habt tausend Dank. Der Herrgott wird es euch vergelten." Sprachs und wandte sich dann zum Gehen.

Als die Kolonne des Bischofs langsam wieder dem Tal zustrebte, klopfte Bruder Bernhard auch schon lachend gegen die Tür des Stadls.

„Kommt heraus, der Herr Bischof ist wieder weg!", rief er und begleitete die Drei zurück zum Hospiz.

Er hatte die ganze Zeit an einem der Fenster gestanden und alles mit angehört, was drinnen gesprochen worden war, und so berichtete er ihnen von den Fragen des Bischofs. Die Drei sahen sich beklommen an. Was sollten sie nun tun?

Als Anna, Dörte und Anton wieder in die Küche traten, saß dort bereits Schwester Ludowika und erwartete sie mit traurigen Augen. Sie setzten sich zu ihr und eine Weile war tiefes Schweigen im Raum. Dann aber wandte sich die Schwester Ludowika an die jungen Leute. Einen Moment musterte sie alle drei der Reihe nach.

„Der Herr Bischof ist nun wieder weg, aber die Gefahr ist nicht vorbei! Ich glaube ihr drei müsst uns nun verlassen! Dieser Besuch des Bischofs heißt nichts anderes, als das man in Zukunft immer ein Auge auf unser Hospiz haben wird. Aber ich weiß immer noch nicht, warum der Bischof so nach Dörte suchen lässt. Und nun hast auch du die Aufmerksamkeit des Bischofs auf dich gezogen, liebe Anna. Jeder im Kloster wusste, dass ihr Freundinnen wart." Anna wischte sich die Tränen von den Wangen und nickte.

„Aber warum hat man versucht uns umzubringen? Wir haben doch niemanden etwas getan?", brach es aus Anna heraus. Schwester Ludowika umfasste beide Novizinnen mit den Armen und hielt sie einen Moment fest an sich gedrückt und sah beide gütig lächelnd an.

„Ich weiß, ich weiß, Anna. Aber die liebe Dörte umgibt ein Geheimnis, und jeder der mit ihr zu tun hat, ist mit in Gefahr! Ihr müsst uns jetzt verlassen! Geht in die Berge, dahin wo euch niemand kennt! Wenn dann genügend Gras über die Sache gewachsen ist, könnt ihr sicher wieder zurückkehren. Aber ich habe da eine Idee, die euch helfen wird!" meinte sie geheimnisvoll und holte mit spitzen Fingern ein zusammengerolltes Pergament aus ihrer Schürzentasche.

„Seht her! Das hier ist ein Papier, welches bestätigt, dass der kleine Bauernhof oben in Tschierv, ein neues Hospiz werden sollte. Abgestempelt ist es von der Reichsgräflichen Kammer. Das bedeutet aber auch, dass eben dieser Hof kein Eigentum der Kirche ist. Ich hatte es mir vor zwei Jahren ausstellen lassen, als

Sicherheit für unser Hospiz hier. Es war einst der Bergbauernhof meiner Großeltern. Und was das Gute ist, die ganze Gegend da oben um Tschierv herum ist zum größten Teil protestantisch und untersteht nicht dem hiesigen Bistum." Sie sah die beiden Novizinnen und den Mönch sanft lächelnd an.

„Den Bruder Bernhard schicke ich euch natürlich für den Anfang mit einem kleinen Wagen und einem Muli mit. So habt ihr zumindest am Anfang etwas Unterstützung. Er muss aber nach ein paar Tagen wieder zu uns zurückkehren. Morgen früh brecht ihr dann bitte zusammen auf!"
Schwester Ludowika übergab Anna das Papier, die es mit großer Dankbarkeit entgegen nahm.

„Ich weiß nicht, wie wir euch jemals diese Hilfe vergelten können, Schwester Ludowika. Aber wir werden euch und dem Hospiz ewig dankbar sein und für euch beten", entgegnete sie gerührt. Schwester Ludowika nickte freundlich lächelnd und streichelte Annas Wange.

„Ihr Drei habt immer einen Platz in unseren Herzen, Anna. Wir sehen uns morgen früh bevor ihr abreist. Gute Nacht!"

Der Aprilmorgen war grau, feucht und kalt. Und über den Bergen waberten der Nebel wie geisterhafte Schemen und verdeckte die noch verschneiten Bergspitzen. In der Nacht hatte es tatsächlich nochmals leicht geschneit und die Landschaft unter ein weißes Tuch getaucht, das jeden lauten Ton dämpfte.
Der Muli scharrte mit den Hufen, iaahte immer wieder laut und kläglich, als wollte er dagegen protestieren, in diesem ungemütlichen Tag hinaus in die Welt zu müssen. Dann aber trottete er einfach los. Alle die laufen konnten waren an der Tür des Hospizes versammelt, um die Abreisenden zu verabschieden. Manche hatten ihnen eine kleine Gabe mitgebracht, die sie den beiden Schwestern und dem freundlichen Bruder Anton übergaben.
Bruder Bernhard lief dem Muli hinterdrein und hielt ihn noch zurück. Doch dann ging es endlich los. Noch lange winkten die Insassen des Hospizes den Reisenden hinterher, bis sie der Nebel auf ihrem Weg verschluckt hatte.

Abt Timoteo von Breswik sah die Äbtissin des Nachbarklosters von unten herauf an. Seine kleinen flinken Augen wanderten hin und her. Die Hände über seinen beachtlichen Bauch gefaltet, schüttelte er missmutig seinen feisten Schädel, weil die Äbtissin nun schon zum dritten Mal eine Frage stellte, die er partout um keinen Preis zu beantworten gedachte.

„Wieso kann uns niemand sagen, wo unsere Novizin Anna und euer Bruder Anton abgeblieben sind? Vor Weihnachten schickten wir sie beide rüber nach Samstetten zum Hospiz, weil man dort ihre Hilfe brauchte, wie ihr mir ja damals ausdrücklich versichert habt. Ihr habt doch extra euren Mönch Anton mitgeschickt, Bruder Abt! Außerdem habt ihr mir immer noch keine Erklärung abgegeben, was mit unserer kleinen Dörte geschehen ist!" Die Äbtissin stampfte dabei zornig und leicht verzweifelt mit ihrem Stock auf den Holzboden auf, sodass es im ganzen Raum hallte. Sie sah den Abt mit zornig funkelnden Augen erregt an.

Abt von Breswik aber schüttelte mitleidig den Kopf und verzog missmutig, beinahe gelangweilt das Gesicht. Diese aufdringliche Alte nervte ihn nun schon seit einer halben Stunde mit dem gleichen Thema. Und so versuchte er ihr nochmals gut zuzureden.

„Ich verstehe natürlich eure Sorgen, Schwester! Sie sind aber leider durch eine Lawine ums Leben gekommen. Das müsst ihr nun wohl oder übel akzeptieren. Gottes Wille ist nun mal nicht immer zu unserer Zufriedenheit! Und was die kleine Dörte betrifft, habe ich eine endgültige Entscheidung getroffen, die ich nicht mit ihnen diskutieren muss! Basta!" Klara von Lewante wurde mit einem Mal hellwach. Sie richtete sich in ihrem Stuhl kerzengerade auf und sah ihren Gegenüber mit zusammengekniffenen Augen an.

„Was ist mit ihr passiert?", kam es rau aus ihrer Kehle. Der Abt lächelte süffisant.

„Nichts, überhaupt nichts ist ihr geschehen, liebe Klara! Alles ist in bester Ordnung! Im Übrigen glaube ich, ihr wisst nicht alles über diese Novizin Anna und den Bruder Anton!" Wieder starrte die Äbtissin den Abt an und flüsterte diesmal:

„Was weiß ich nicht über die Beiden, Timoteo? Sprecht es doch endlich einmal aus!" Abt Breswik grinste breit und schenkte sich und auch seiner Besucherin ein Glas Wein ein.

„Nun, ihr scheint es tatsächlich nicht zu wissen. Denn die Beiden waren ein Liebespaar! Wie man hörte, wollten sie unsere Gemeinschaft für immer verlassen. Ich fand diesen Wunsch verständlich und habe ihn deswegen unterstützt. Also habe ich sie nach Samstetten geschickt. Was dann aber geschah, war Gottes Wille! Und ihr und ich sind nur seine demütigen Diener. Wir sind nun mal die Soldaten Gottes, und als solche müssen wir uns in Gehorsam üben und seine Befehle befolgen!" Wieder grinste er hinterhältig. Die Äbtissin beugte sich leicht nach vorn und ballte die Fäuste. Dann fragte sie ihn noch einmal, mit vor Erregung zitternder Stimme.

„Dann frage ich euch wieder, was ist mit der Novizin Dörte geschehen, Bruder Abt? Ihr müsst es mir sagen! Bitte!" Aber diesmal klang ihre Stimme eher weinerlich. Abt Timoteo von Breswik drehte sein Weinglas in den Händen und starrte auf den dunklen Inhalt des Kelches. Dann sah er plötzlich die Äbtissin drohend an.

„Nun gut! Wie ihr wollt! Schwester Dörte ist in der Obhut des Bischofs! Sie kann dort auch weiterhin gute Dienste für den Herrn verrichten. Und dabei sollten wir es nun aber auch belassen! Hört ihr!" Seine kleinen Schweinsäuglein starrten die Äbtissin böse an. Die war bei der Erwähnung des Bischofs plötzlich bleich ge-worden und ihre Hände zitterten.

„So ist das also!", kam es leise über ihre zusammengepressten Lippen. Der Abt nickte und grinste breit.

„Sehen wir uns heute Abend, verehrte Schwester?", fragte er und starrte die groß gewachsene Äbtissin lüstern an. Diese schob den Stuhl zurück und stand auf. Dann stützte sie beide Hände auf die Tischplatte und sah den Abt mit blitzenden Augen an. Ihre Stimme klang plötzlich sehr leise und drohend, als sie erwiderte:

„Sollte ich je erfahren, dass ihr sie ins Unglück gestürzt habt, wird dies nicht ohne Folgen für euch bleiben!" Dann wandte sie sich ab und schritt hoch aufgerichtet zur Tür. Dort angekommen, drehte sie sich noch einmal um.

„Ich sollte es vielleicht auch einmal so machen wie die Novizin Anna damals! Ihr wisst doch was ich damit meine, oder?", dann fiel die Tür hinter ihr ins Schloss. Timoteo von Breswik verzog das Gesicht zu einer Grimasse und hob sein Glas. Dann knurrte er böse grinsend:
„Ein Hoch auf euren geilen Leib, Schwester Klara!", und schüttete den Inhalt des Glases mit einem Zug hinunter. Was wollte ihm diese von Gott verdammte Nonne schon anhaben! Seine Verbindungen zum Bischof waren seither nie abgerissen, als er damals freiwillig hier herauf in die Berge gegangen war. Ganz im Gegenteil zu dieser Äbtissin, die nur die Wahl hatte lebendig eingemauert zu werden oder als Äbtissin hier oben in der Einsamkeit dieses Kloster zu verweilen. Und hier würde sie auch bleiben bis zu ihrem Ableben. Der Bann des Bischofs hatte das so festgelegt. Und er selbst, der hochlöbliche Abt von Breswik, hatte die Aufgabe erhalten, auf diese Ordensschwester aufzupassen. Für ihn war diese Versetzung damals keine Strafe gewesen, für sie aber schon. Immerhin war sie einst eine einflussreiche Schwester in der Glaubenskongregation gewesen, ehe sie zu Fall kam. Er aber dagegen würde, wenn es Gott gefiele, eines Tages dem Herrn Bischof in seinem Amt folgen.

Drei Tage waren sie nun schon unterwegs. Stoisch zog der Muli Jacob denn Karren der kleinen Wandergruppe. Ihr Weg hatte sie über viele steile Pfade und dunkle bewaldete Täler geführt. Die Nächte hatten sie in den Heustadeln der Bergbauern verbracht, die ihnen auch Milch und Brot geschenkt hatten. Zum Dank dafür, hatten Anna und Dörte so manche Wunde versorgt, und Bruder Anton oder auch Bruder Bernhard hatten mit ihnen gebetet. Und so waren sie ihrem Ziel, dem Weiler Tschierv, doch inzwischen langsam näher gekommen.
Am frühen Abend des vierten Tages standen sie dann auf einer kleinen sonnenüberfluteten Anhöhe und sahen hinüber auf die wenigen Bauernkaten die ihr Ziel waren. Und sie fielen auf die Knie und dankten dem Herrgott, dass er sie bis hierher beschützt hatte. Bruder Bernhard deutete auf ein niedriges Gebäude, das sich etwas abseits kurz vor dem Waldrand an einen Berghang schmiegte.

„Seht, das da drüben am Waldrand, das ist euer neues Heim! Lasst uns eilen, damit wir vor dem Sonnenuntergang noch die Schlafstätten richten können", mahnte er dann seine Begleiter zur Eile. Und schon trabte der gute Jacob weiter, als ob er es genau verstanden hätte, dass er sich nun recht bald in einem Stall ausruhen konnte.

Wenig später standen sie vor der Kate mit Blumenkästen an den Fenstern, an die sich ein kleiner Stall und eine Scheune sowie ein kleiner Bauerngarten anschlossen. Die Kate selbst hatte drei kleine Zimmer und eine Küche. Über einen Gang gelangte man in den Stall, aus dem man leises Meckern hören konnte.

Müde und erschöpft traten die Wanderer ein und sahen sich um. Anna belegte mit Dörte ein Zimmer, das andere wurde von Bruder Anton und Bruder Bernhard belegt. Recht schnell hatten sie die Betten gerichtet und sich noch eine kleine Mahlzeit zubereitet, ehe sie sich zum Schlafen niederlegten.

Katharina, die Frau des Bauern Balthasar Birgler, hatte das Haus bisher in Ordnung gehalten, und so sah es trotz der langen Zeit in der es leer gestanden hatte, recht sauber aus. Im Stall nebenan standen vier Ziegen und fünf Schafe sowie eine Kuh, die der Bauer jeden Tag gemolken hatte.

Am Morgen des ersten Tages im neuen Heim hörte man schon beizeiten Bruder Bernhard draußen mit den Ziegen reden, die er gerade auf die Wiese führte, und die nun ihre neugewonnene Freiheit ausnutzen wollten. Schnell standen nun auch Dörte und Anna auf, um das Frühstück zu richten, während Bruder Anton bereits mit einem Arm voller Holz in die Küche trat, um den Herd anzuheizen. Dabei blinzelte er Anna lächelnd zu, die ihn erstaunt ansah. Zum ersten Mal sah sie Bruder Anton wieder ohne seine Kutte. Aus dem Hemdausschnitt quoll schwarzes gekräuseltes Haar. Verwirrt wandte sich Anna ab. Wenig später saßen alle vier in der Küche am Tisch und frühstückten.

An diesem Morgen sprach man zum ersten Mal darüber, wie es nun weiter gehen sollte. Bruder Bernhard musste bald wieder die Heimreise antreten, da man ihn im Hospiz dringend benötigte. Zwischen Dörte und Anna entbrannte ein Disput darüber, ob sie nun weiter in ihrer Schwesterntracht oder doch lieber wieder in normalen Kleidern herum laufen sollten. Und dabei zeigte sich recht schnell, dass sie gerade in diesem Punkt doch unterschiedlicher Meinung waren.

„Ich will nicht länger Novizin sein, das wisst ihr doch alle", verteidigte sich Anna, weil Dörte sich enttäuscht zeigte über Annas Ansinnen, die Kutte auszuziehen. Und weil die beiden sich immer heftiger stritten, mischte sich Bruder Anton ein.

„Ja, Dörte das stimmt! Anna wollte sowieso das Kloster verlassen, genau wie ich. Und nun sind wir drei schon so weit geflohen, um endlich so leben zu können, wie wir es uns vorstellen. Und du Dörte, du solltest auch froh sein, der Kutte entkommen zu sein! Oder hast du schon vergessen wer dich im Kerker gefangen gehalten hat und immer noch nach dir sucht?" Er sah Dörte durchdringend an und hob dabei ein wenig die Augenbrauen.

„Wenn wir Gutes tun wollen, können wir das auch ohne die Schwesterntracht und die Mönchskutte", setzte er noch ernst hinzu. Dörte senkte beschämt den Kopf und war kurz davor zu weinen. Anna umarmte ihre Freundin.

„Du musst nicht weinen, Dörte! Du warst gerne Novizin, das weiß ich. Aber bedenke was die Leute im Dorf sagen würden, wenn hier ein Mönch mit zwei Nonnen in einem Hause leben würde. Also müssen wir uns etwas einfallen lassen! Ich weiß aber im Moment auch noch nicht, wie wir ihnen das erklären sollen. Denn selbst wenn wir die Kutten ausziehen, leben immer noch zwei junge Frauen und ein junger Mann gemeinsam im Haus." Bruder Bernhard, der die ganze Zeit dem Disput still zugehört hatte, begann plötzlich zu lachen und alle sahen ihn verwundert an. Offenbar belustigte Bruder Bernhard ihr Streit. Er legte sein Messer beiseite und sah die Drei an.

„Was lacht ihr Bruder Bernhard?", fragte ihn Anna. Der alte Mönch sah Anna an, dann erwiderte er:

„Nun ja, es ist doch ganz einfach! Wie wir alle wissen, mag Bruder Anton euch doch gar sehr, und ihr mögt ihn auch. Also seid ihr ein Paar und die Dörte ist eure Schwester, liebe Anna! Und schon sind die Leute zufrieden gestellt." Anna war bei den Worten von Bruder Bernhard puterrot im Gesicht geworden und senkte verschämt den Blick. Doch im gleichen Augenblick stand Bruder Anton auf, kniete sich neben Annas Stuhl hin und hielt ihre Hand fest. Bewegt und mit rauer Stimme fragte er sie:

„Liebste Anna, willst du mein Weib werden? Sage doch bitte ja!" Er sah sie zugleich lächelnd und bittend an. Dörte hielt vor Überraschung die Hand vor den Mund und Bruder Bernhard tunkte schmunzelnd sein Brot in die Milch und lächelte vor sich hin. Anna sah Bruder Anton einen Augenblick erschrocken an und stand dann vom Stuhl auf. Doch Bruder Anton blieb einfach weiter vor ihr knien und sah sie bittend an. Da nickte Anna auf einmal und zog Anton wieder auf die Füße.

„Natürlich will ich deine Frau werden, Anton! Nur dann müssen wir einen Priester finden, der uns traut! Aber alle hier sind ja Protestanten", erwiderte sie. Anton schloss Anna in die Arme und drückte sie fest an sich. Und dann gab er ihr vorsichtig den ersten richtigen Kuss und Anna erwiderte ihn. Als sie sich dann wieder voneinander gelöst hatten, sahen sie ihre Begleiter glücklich an.

„Wollt ihr unsere Trauzeugen sein? Bitte, lieber Bruder Bernhard! Bitte liebe Dörte!" Die beiden nickten einhellig, und so beschlossen sie, sich am kommenden Pfingstsonntag trauen zu lassen. Bruder Bernhard versprach ihnen, sich auch rasch im Dorf umzuhören, wo man einen katholischen Priester finden konnte. Allerdings gab er noch einmal zu bedenken, dass die Menschen hier alle Protestanten seien. Da würde es mit dem Pfarrer nicht so einfach werden, wie er meinte.

Und als wenn es der Zufall gewollt hätte, klopfte es plötzlich draußen an der Eingangstür, und alle sahen sich erschrocken an. Anton ging rasch zur Tür, um zu öffnen. Draußen standen der Bauer Birgler und seine Frau. Die Bäuerin hatte einen frischen duftenden Laib Brot mit einem weißen Tuch zugedeckt, und der Bauer hatte eine Flasche Schnaps in der Hand. Anton bat sie einzutreten und bot ihnen einen Platz an. Die Bäuerin überreichte Anna den frischen Laib, als wenn es die natürlichste Sache der Welt sei, und sie in Anna die Hausfrau sah. Anna bedankte sich artig und bat sie nun ebenfalls doch Platz zu nehmen.

„Habt Dank liebe Bäuerin für das frische Brot. Wir sind erst gestern spät am Abend eingetroffen und so konnte ich noch kein Brot backen." Die Bauersfrau nickte freundlich und ihre gütigen blauen Augen musterten Anna von oben bis unten.

„Ihr seid noch sehr jung. Habt ihr schon Kinder?", fragte sie ungeniert weiter. Anna wurde rot und sah dabei Anton hilfesuchend an. Doch Bruder Bernhard setzte sich rasch neben die Bauersfrau und übernahm nun den Fortgang des Gesprächs.

„Seht liebe Frau, die Anna und die Dörte hier, haben eine sehr schlimme Zeit hinter sich. Anton und ich haben beide, wie man so schön sagt, aus großer Not befreit. Nun aber wollen die Anna und der Anton demnächst heiraten, damit sie wie Mann und Frau zusammenleben können. Dörte hier ist die kleine Schwester von Anna, und ich habe die Drei im Auftrag meiner Oberin Ludowika, die ihr ja kennt, hierher begleitet." Die Bauersfrau sah erst Anna und dann Anton an. Dann nickte sie freundlich.

„Das verstehe ich liebe Anna, dass ihr nicht über euer großes Leid sprechen wollt. Der Balthasar und ich werden euch helfen wo wir können. Und wenn ihr einen Priester braucht, mein lieber Bruder lebt im Nachbardorf und ist der einzige katholische Priester hier. Er wird euch sicher mit Freude trauen. Hier sind sie zwar alle protestantisch, aber ein paar der Unsrigen gehören dem katholischen Glauben an. Ihr seid also nicht allein hier, und wir leben alle in Frieden zusammen und helfen uns gegenseitig."

Inzwischen hatte Anton die Schnapsflasche geöffnet und schenkte jedem ein Stamperl ein. Gemeinsam tranken sie auf das neue Heim, und das dem Haus immer Glück und Frieden beschieden sei.

Als die Bauersleute später wieder gegangen waren, atmeten alle erleichtert auf und fanden, dass sie doch angenehme Nachbarn seien. Nur Bruder Bernhards Begeisterung hielt sich etwas in Grenzen. Und als Anton ihn fragte, weshalb er so nachdenklich sei, antwortete er:

„Ich rate euch, erzählt ihnen möglichst nicht zu viel aus eurer Vergangenheit. Und der Bruder der Bäuerin muss ebenfalls nicht alles wissen, auch wenn er hier der Pfarrer ist. Er könnte euch nämlich zur Beichte bitten und dann müsstet ihr lügen. Und niemand braucht zu wissen, woher ihr kommt, merkt euch das bitte!", wies er die jungen Leute noch einmal eindringlich darauf hin. Dann schaute er aus dem kleinen Fenster hinaus auf den Garten hinter dem Haus, dort wo die Ziegen grasten, und dabei wandte er sich an Anton.

„Bruder Anton, ihr werdet euch ja künftig um die Tiere kümmern müssen. Es wäre sicher gut einen Pferch zu bauen, wo man sie am Tage frei laufen lassen kann. Sonst fressen sie euch das Gemüse ab, dass ihr anbauen wollt." Anton lächelte dankbar über die Fürsorge des alten Mönches, der ihnen inzwischen ein guter Freund geworden war.

„Keine Angst Bruder Bernhard, ich werde mich um alles kümmern. Der Zaun muss auch gerichtet werden, und auch einige kleine Beete für die Kräuter müssen wir bald noch anlegen. Es gibt im Frühjahr also noch reichlich Arbeit", erwiderte er. Bruder Bernhard nickte, legte freundlich einen Arm um Antons Schulter und meinte dann leise zu ihm:

„Ich bin mir ganz gewiss, dass ihr gut auf Haus und Hof aufpassen werdet. Beschütze die beiden jungen Frauen. Es wird nicht ausbleiben, dass die jungen Kerle aus dem Dorf sehen wollen, wer da neu in ihr Dorf gekommen ist. Und deshalb war der Hinweis, dass ihr bald Annas künftiger Ehemann seid, schon ganz hilfreich. Vor allem aber müsst ihr auch auf die Dörte gut aufpassen, versprecht mir das. Denn ich habe sie sehr in mein Herz geschlossen." Und dann meinte er noch augenzwinkernd:

„Und vergesst nicht Bruder Anton, nur die eine, die Anna, wird euer Weib!" Da bekam Anton einen roten Kopf und holte tief Luft.

„Aber Bruder Bernhard! Eine solche Ermahnung ist doch nicht notwendig, das ist doch selbstverständlich! Natürlich werde ich auf beide gut aufpassen. Es wäre allerdings noch schöner, wenn ihr hier bei uns bleiben könntet!" Sie wandten sie wieder den beiden jungen Frauen zu, die sich inzwischen in der Küche beschäftigten und von ihrem Gespräch nichts gehört hatten. Bruder Bernhard sah sich etwas traurig in der Runde um und meinte dann etwas nachdenklich:

„Ja, das würde mir sicher auch gefallen, hier einen solch schönen Platz gefunden zu haben, aber die Schwestern brauchen mich im Hospiz. Wenn es Gottes Wille ist, sehen wir uns vielleicht wieder. Aber am Montagmorgen muss ich wieder die Heimreise antreten. Nutzen wir also die Tage, um noch das Wichtigste zu ordnen. Ich werde den Bruder der Bäuerin aufsuchen und ihn befragen, ob er Anna und Anton am Pfingstsonntag noch trauen kann."

Während sich Bruder Bernhard und Bruder Anton um den Garten und das Haus kümmerten und dort die notwendigen Reparaturen erledigten, begannen Anna und Dörte zuerst die Zimmer des Hauses wohnlich herzurichten, ehe sie dann darangingen, im Garten neue Beete anzulegen.

### 13. Mai 1674 - Pfingstsonntag

Und so stand Pfingsten vor der Tür. Am Pfingstsonntag wollten Anna und Anton vor den Altar treten um Mann und Frau zu werden. Die Bäuerin hatte Anna ein altes, aber noch immer sehr gut erhaltenes Trachtenkleid aus ihrer Jugend geschenkt, so dass Anna am Sonntag zur Trauung sogar ein Hochzeitskleid tragen konnte. Der Bauer seinerseits hatte seinen Schrank ebenfalls durchsucht und dabei noch einen Anzug gefunden, der Anton einigermaßen passte. Und die Bäuerin fand sogar auch noch ein Kleid ihrer inzwischen erwachsenen Tochter Marie und schenkte es Dörte.

Auf dem Bauernhof der Familie Birgler hatte man in der Scheune einige Tische und Bänke aufgestellt und aus Stroh und bunten Bändern eine Dekoration angefertigt. Katharina Birglers Mann Balthasar und ihr Sohn Samuel hatten Fiedel und Dudelsack mitgebracht, um zum Tanz aufzuspielen.

Anna stand vor dem Spiegel und besah sich in ihrem neuen Kleid, dabei rannen ihr ein paar Tränen über die Wangen, während Dörte ihr einen Haarkranz flocht. Dörte sah Anna erschrocken an.

„Warum weinst du denn Anna? Ich dachte immer, wenn man heiratet ist man fröhlich. Was bedrückt dich, sag es mir!" Anna wischte sich rasch die Tränen ab und schnäuzte sich.

„Ach weißt du, ich habe gerade an meine Eltern und meinen Bruder zu Hause gedacht. Wie würden die sich freuen, wenn sie jetzt bei meiner Hochzeit dabei sein könnten." Dörte nickte ernst.

„Das verstehe ich, liebe Anna. Aber du hast wenigstens Eltern, ich habe gar keine, und sollte ich einmal heiraten, wird sich niemand mit mir freuen", erwiderte sie traurig. Anna umarmte ihre Freundin.

„Entschuldige, ich bin eine Närrin. Daran habe ich in diesem Moment nicht gedacht. Verzeih mir, Dörte." Das junge blonde Mädchen lächelte schon wieder und umarmte ihre Freundin.

„Entschuldigen muss ich mich, heute geht es um dich und um dein Glück. Anton ist dir bestimmt ein guter Mann. Aber Hauptsache du vergisst deine Freundin Dörte nicht!" Anna lachte schon wieder.

„Wie könnte ich meine liebste und beste Freundin denn je vergessen. Eines Tages werden wir sicher auch auf deiner Hochzeit tanzen", sagte Anna gerade, als es plötzlich an der Tür klopfte und jemand draußen rief:

„Kommt heraus, wir wollen zur Kirche fahren!" Es war die Bäuerin, die sie zum Aufbruch rief. Tatsächlich stand im Hof schon der geschmückte Wagen mit einem Pferd davor. Der Bauer saß in seinem Sonntagsstaat neben Anton auf dem Kutschbock und wartete schon ungeduldig. Als alle aufgestiegen waren, schnalzte er mit der Zunge und die Fahrt ging los. Nach wenigen Minuten hatten sie die kleine Kapelle des Nachbardorfes erreicht. Pfarrer Suttner erwartete das junge Brautpaar bereits vor der Kirchentür. Er bat sie, sich an der Tür aufzustellen. Anna und Anton bildeten den Anfang und dahinter kam Dörte mit Samuel, der Sohn der Nachbarin Birgler. Ihnen folgte die Bauersfamilie Birgler und am Schluss des kleinen Zuges betrat Bruder Bernhard die Kapelle.

Als sie vor dem Pfarrer standen, begannen Anna plötzlich die Knie so zu zittern, dass sie sich bei Anton einen kurzen Augenblick festhalten musste. Der schaute sie erstaunt an. Gutmütig lächelnd, zwinkerte er ihr zu und dann lauschten sie der Predigt des Pfarrers. Und dabei schweiften Annas Gedanken einen Moment ab und sie dachte an ihre Eltern und ihren Bruder. Als sie plötzlich Anton neben sich „Ja" sagen hörte, schreckte sie auf und beantwortete die Frage des Pfarrers, ob sie Anton eine liebe Frau sein wolle, ebenfalls mit „Ja". Danach erklärte sie der Pfarrer zu Mann und Frau und sie durften sich vor aller Leute küssen. Fest eingehängt in Antons starken Arm, verließ Anna wieder die Kirche. Jetzt war sie tatsächlich die Frau von Anton Pontini, wie Bruder Anton im zivilen Leben hieß. Mit einem

Mal schien ihr die Sonne heller zu scheinen, die Vögel lauter zu zwitschern und eine große Freude überkam sie. Auch Anton bemerkte die Unruhe seiner Frau neben sich und sah sie an.

„Was ist mit dir, Anna?", fragte er sie besorgt. Anna lachte und meinte dann leise und schalkhaft: „Ich bin gerade einmal richtig glücklich, Bruder Anton!" Anton hielt ihren Arm fest und stupste sie in die Seite.

„Das mit dem Bruder ist aber jetzt vorbei, liebes Weib!" Annas blaue Augen blitzten, als sie leise meinte:
„Natürlich Liebster!" Als sie wieder auf dem Hof der Birglers ankamen und feierten, bemerkte Anna im Laufe des Abends, dass sich Samuel sehr aufmerksam um Dörte bemühte und ihr öfters ein Glas Most brachte. Auch dass er ziemlich lange Dörtes Hand festhielt, entging Anna nicht und sie machte Anton darauf aufmerksam. Doch Anton, der Bräutigam, lächelte nur und gab seiner Braut einen Kuss.

„Lass sie doch! Warum sollen sie nicht auch die Freude haben und vielleicht ein wenig verliebt sein", flüsterte er Anna ins Ohr. Und dann wurde zum Tanz aufgefordert. Anna und Anton mussten den Tanz eröffnen und traten sich dabei mehrfach auf die Füße. Doch sie hatten so viel Freude daran, dass sie keinen Tanz mehr ausließen. Als ein Freund von Samuel den Dudelsack übernahm, konnte dieser nun endlich auch mit Dörte tanzen und überließ sie den ganzen Abend keinem anderen Jungen mehr.

Als die Sterne am Himmel standen und es Zeit war nach Hause zu gehen, bedankten sich Anna und Anton bei der Bauersfamilie sehr herzlich. Katharina und Balthasar wünschten ihnen einen guten Heimweg und schlossen das Brautpaar noch einmal herzlich in die Arme. Von diesem Tage an waren sie so etwas wie die Ersatzeltern für Anna und Anton hier in der Fremde geworden.

Eingehängt und lustig ein Lied singend, strebten sie ihrem neuen Heim zu. Nur wenige Meter hinter ihnen liefen Dörte und Samuel, und man hörte sie immer wieder kichern. Als sie am Tor ankamen, brannte noch die kleine Laterne, die Bruder Bernhard vorsorglich hatte brennen lassen, ehe er zu Bett gegangen war. Nun war es auch an der Zeit, dass sich Dörte und Samuel verabschieden mussten, und sie tauschten ihren ersten zarten Kuss. Als Dörte dann das Tor schloss, sich einen Augenblick mit dem Rücken dagegen lehnte und glücklich vor sich hin lächelte, stand plötzlich Anna vor ihr.

„Na, habt ihr euch endlich trennen können?", fragte sie lächelnd ihre Freundin. Dörte nickte und umarmte Anna plötzlich im Überschwang der Gefühle.

„Ich glaube ich habe mich richtig verliebt", flüsterte sie Anna ins Ohr. Anna lachte leise.

„Siehst du, was habe ich dir heute Morgen noch gesagt, irgendwann kommt die Liebe. Na und der Samuel ist ein kräftiger Bursche, er kann dich gut beschützen", erwiderte Anna. Dörte atmete tief durch und lächelte wie befreit.

„Er hat mich gefragt, ob er mich wiedersehen darf." Anna hob die Augenbrauen ein wenig an.

„Na und, was hast du ihm geantwortet, Dörte?", fragte Anna neugierig.

„Na ja, dass ich erst meine große Schwester fragen muss", entgegnete Dörte verlegen. Anna lachte mit einem Mal lauthals los, so dass Anton plötzlich hinter ihnen in der Diele erschien und beide fragend ansah und flüsterte:

„Was lacht ihr beiden denn mitten in der Nacht so laut? Der Bruder Bernhard schläft schon!". Doch seine Anna winkte ab.

„Das erzähle ich dir später, Anton!" Der nahm die Hand seiner Frau und zog sie mit sich.

„Komm endlich Weib, die Hochzeitsnacht wartet auf uns!", erwiderte er und zwinkerte Anna dabei zu.

In dieser Nacht wurde die ehemalige Novizin Anna Schwanten endgültig das Weib des Mönches Bruder Anton Pontini. Aber die schwarzen Wolken zogen ihnen noch immer und unaufhörlich hinterher, und sollten das kleine Tal in den Bergen bald erreichen.

Als Bruder Bernhard sich noch einmal umgedreht und ihnen zugewunken hatte, bevor er hinter dem nächsten Hügel verschwand, sahen sich alle drei etwas traurig an. Es war so, als ob sie plötzlich ein Familienmitglied verlassen hatte. Doch Anton ließ keinen Abschiedsschmerz aufkommen, dazu gab es jetzt im Frühjahr viel zu viel Arbeit.

Das Wetter hatte sich inzwischen auf den nahenden Sommer eingestellt. Der Schnee im Tal war längst weggetaut, nur weit oben in den Bergen lag er noch und leuchtete so in der Frühlingssonne. Anton hatte die Ärmel aufgekrempelt und sah sich tatendurstig um.

„Kommt Schwestern, lasst uns in den Garten gehen und die Beete für die Kräuter anlegen. Es gibt noch viel zu tun!", so versuchte er die beiden jungen Frauen aufzumuntern. Und so arbeiteten sie den ganzen Vormittag im Garten. Sie jäteten das Unkraut und legten die ersten Beete an.

Anna hatte bereits am Vorabend alle Parzellen genau eingeteilt. Und so gab es vielerlei Kräuter gegen Magen- und Darmleiden, Fieber, Gicht und Rheuma, Husten, Frauenleiden, Herzleiden und vieles, vieles andere mehr.

In der Klosteranlage zum „Heiligen Franziskus" herrschte an diesem Morgen bei den Nonnen große Aufregung. Die Äbtissin hatte festgestellt, dass ausgerechnet das Jahrbuch fehlte, in dem ihr Eintritt in das Kloster vermerkt war. Und sofort ließ sie alle Räume durchsuchen, doch das Buch blieb unauffindbar.

Und so eilte sie am späten Abend nach der Komplet in den Keller und von dort zu der Treppe, die in die Gemächer des Abtes Timoteo von Breswik führte. Außer Atem klopfte sie mehrmals gegen die Tür, ehe sich drinnen etwas regte. Endlich wurde die Tür einen Spalt weit geöffnet und der Abt sah heraus. Erstaunt und erschrocken zugleich flüsterte er:

„Was wollt ihr um diese Zeit hier oben, Klara? Ich hoffe, es hat euch niemand gesehen!" Die Äbtissin verneinte und huschte dann rasch in das Schlafgemach des Abtes. Als sie ihn im Kerzenschein so dastehen sah, in seinem langen weißen Nachthemd, war sie im ersten Moment versucht zu lachen. Doch sie unterdrückte diese Anwandlung und setzte sich außer Atem auf den Rand des Bettes, während der Abt sich kurz entfernte. Sie sah sich im Raum um, in dem sie schon heimlich mehr als eine Nacht verbracht hatte. Timoteo von Breswik kam mit zwei Gläsern Wein zurück und reichte dann eines davon der Äbtissin.

Sie tranken sich kurz zu, und die kleinen Schweinsäuglein des Abtes musterten den Gast. Er lächelte süffisant vor sich hin.

„Treibt euch gar die sündhafte Glut in eurem Becken zu dieser Stunde in mein Schlafgemach oder gibt es noch einen anderen Grund?", fragte er die Äbtissin leise. Die schüttelte etwas gequält den Kopf.

„Nein, heute treibt mich eher ein Verlust zu euch!", erwiderte sie etwas unwirsch, obwohl sie im Geheimen schon daran gedacht hatte, diesen nächtlichen Besuch nun auch anderweitig zu nutzen. Der Abt stellte sein Glas vorsichtig ab und sah sie erstaunt an.

„Von welchem Verlust redet ihr?" Sie legte ihre Kutte ab, die sie rasch vor dem Weggehen noch über ihr Nachthemd gezogen hatte.

„Bei einem zufälligen Besuch in unserem Skriptorium habe ich festgestellt, dass ausgerechnet das Jahrbuch fehlt, in dem mein Eintritt in das Kloster vermerkt ist!", stieß sie aufgeregt hervor. Der Abt verzog das Gesicht, als wenn er Zahnweh bekommen hätte. Gab es denn immer noch keine Ruhe in dieser Abgelegenheit. Hatte er nicht alles getan, dass niemand mehr an dieser alten Geschichte rühren konnte?

„Seid ihr euch dessen sicher oder ist es nur verlegt worden?", war seine nächste Frage. Doch Klara von Lewante schüttelte vehement den Kopf.

„Nein, es ist so wie ich es euch sage! Ich habe sofort alle Räumlichkeiten durchsuchen lassen! Es ist weg! Einfach verschwunden!", stieß sie erregt hervor. Sie sah den Abt erregt an.

„Es geschehen in letzter Zeit sonderbare Dinge! Zuerst verschwinden die Novizinnen Anna und Dörte spurlos. Dann verschwindet der Bruder Anton auch noch, und dann fehlt plötzlich ausgerechnet dieses Jahrbuch. Ausgerechnet dieses Buch!", betonte sie nochmals erregt. Obwohl der Abt begriff, worauf die Äbtissin hinaus wollte, schüttelte er den Kopf. Das Thema Dörte umschiffend meinte er nur:

„Sagt mir doch, wer sollte denn ein Interesse daran haben, ausgerechnet dieses Jahrbuch zu stehlen?" Und während er sie lüstern ansah, rutschte er mit einem Mal von seinem Sessel zu ihr auf den Rand des Bettes, umfasste sie mit beiden Händen und drückte sie rücklings in die Kissen ...

Es war noch früh am Morgen, als es laut an der Klosterpforte klopfte. Ein Mönch zu Pferde bat bestimmt um Einlass und verlangte den Abt zu sprechen. Man ließ ihn ein und bat ihn in den Vorraum zum Arbeitszimmer des Abtes. Dort musste er dann noch eine geschlagene Stunde warten, bis der ihn empfing. Timoteo von Breswik saß hinter seinem breiten Arbeitstisch und sah den Besucher mit eisiger Miene an.
Diese Unterbrechung seines Schlafes, nach einer so unruhigen, kräftezehrenden Nacht, machte ihn reichlich wütend.

„So so, der Bischof schickt euch also. Aber weder der Mönch Anton, noch die Novizin Anna sind meines Wissens je wieder aufgetaucht. Immerhin hat sie ja wohl eine Lawine getötet. Mehr kann ich euch auch nicht sagen! Warum ist der Bischof denn so interessiert an diesen beiden Deserteuren?", knurrte er seinen Besucher an. Der Mönch, ein Mann um die 60 Jahre, verbeugte sich leicht.

„Darüber darf ich euch leider keine Auskunft geben, Bruder Abt! Mir ist nur aufgetragen worden, mich nach dem Verbleib dieser Zwei zu erkundigen. Der Bischof nahm an, die Beiden seien inzwischen doch wieder zurückgekehrt." Der Abt schüttelte missmutig den Kopf. Er dachte gar nicht daran, dem Abgesandten die Umstände des Ablebens der Beiden näher zu erklären. Viele Antworten ergaben, nach seiner Erfahrung, immer viele Fragen, und die wollte er nun auf jeden Fall vermeiden.

„Wie gesagt, da kann ich euch leider nicht helfen. Und die Mutter Oberin vom Kloster nebenan wird auch nichts Neues wissen. Aber das man euch wegen der Beiden auf diesen so beschwerlichen Weg über den Pass schickt, ist mir ehrlich gesagt unverständlich." Bruder Amadeus erhob sich wieder langsam und verbeugte sich nochmals leicht.

„Entschuldigt meine frühe Störung, Bruder Abt. Ich werde dem Bischof berichten, dass ihr auch nichts über den Verbleib der beiden wisst. Habt Dank für euer Angebot, mich bis morgen früh zu beherbergen, ich nehme es auch dankend an." Dann verbeugte er sich noch einmal kurz und verließ den Raum, um sich auf den Weg zur Klosterküche zu begeben.

Abt Timoteo von Breswik saß in seinem großen Sessel und sah sinnend auf die Tür, die sich langsam hinter dem Gast geschlossen hatte. Was bewegte den Bischof eigentlich auf einmal nach den Beiden suchen zu lassen? Er musste, wie es schien, unbedingt mit der Äbtissin darüber reden! Er stand auf und sah aus dem Fenster hinab auf den Hof. Dort lief gerade hinkend Bruder Barnabas zu den Ställen hinüber. Wenn einer Auskunft zum Verbleib von Bruder Anton geben konnte, dann war er es! Aber er würde sicher nichts aussagen, was ihn als Abt in Misskredit bringen könnte. Dafür hatte er in der Vergangenheit viel zu viel für dieses Hinkebein getan! Kurz entschlossen griff er deshalb zur Glocke auf seinem Tisch und läutete. Kaum hatte er diese wieder abgestellt, als sich auch schon leise die Tür öffnete und Bruder Wilhelm eintrat. Er verbeugte sich kurz.

„Schicke unverzüglich den Bruder Barnabas zu mir herauf!", befahl er kurz angebunden. Bruder Wilhelm verbeugte sich wieder leicht und verließ beinahe lautlos den Raum. Gerade als der Abt erneut zum Fenster ging, sah er doch, wie unten der Bote des Bischofs zum großen Tor ging, um dort zu läuten. Er gab sich also mit seiner Auskunft noch nicht zufrieden und wollte die Äbtissin sprechen. Timoteo von Breswik verzog ärgerlich das Gesicht. Er hasste es, wenn man seine Autorität in Frage stellte.

Aber noch vielmehr beschäftigte ihn das Verschwinden des Jahrbuches drüben bei den Nonnen. Er nahm sich vor, sofort nach dem Gespräch mit Bruder Barnabas, zur Bibliothek zu gehen und das Buch seines Eintritts zu suchen. Wie es schien, hatte jemand versucht, in seiner und der Äbtissin Vergangenheit herumzuwühlen. Das musste unbedingt unterbunden werden! Und dabei glaubte er, die Sache schon bereinigt zu haben!

Kurze Zeit später klopfte es erneut an der Tür und Bruder Barnabas trat ein. Seine Augen huschten flink durch den Raum, als wenn er prüfen wollte, ob sie allein waren. Timoteo von Breswik sah ihn streng an.

„Bruder Barnabas! Ihr könnt mir doch versichern, dass die Novizin Anna Schwanten und Bruder Anton das Hospiz nicht erreicht haben?", fragte er den Mönch mit seinem struppigen schwarzen Vollbart ernst. Bruder Barnabas nickte erleichtert.

„Natürlich, Bruder Abt! Es ist so wie ich euch berichtete. Eine Lawine hat sie überrascht und niemand am Leben gelassen, Bruder Abt". Der Abt nickte zufrieden.

„Gut, Bruder Barnabas! Sehr gut! Ich habe einen neuen Auftrag für euch. Geht doch noch morgen hinüber zum Hospiz, gebt euch dort als Bettelmönch aus und erkundigt euch doch nach diesen Beiden. Ich muss Gewissheit haben, dass sie auch wirklich nie angekommen sind! Geht morgen früh mit dem Boten des Bischofs und versucht ihn ein wenig auszuhorchen. Denn er hat sich nach Bruder Anton und der Novizin erkundigt. Ich habe ihm gesagt, dass diese in einer Lawine umgekommen sind. Ihr habt mich verstanden, Bruder Barnabas?" Bruder Barnabas nickte demütig und mit undurchdringlicher Miene.

„Ich habe verstanden, Bruder Abt! Alles wird geschehen wie ihr es wünscht!" Dann verbeugte er sich noch einmal kurz und verließ wieder den Raum. Der Abt sah ihm sinnend nach, als sich die Tür hinter dem Mönch schloss. Die Frage, warum der Bischof so ein großes Interesse an der verschwundenen Novizin Anna und Bruder Anton hatte, und wer sich offenbar mit seiner und der Äbtissin Vergangenheit beschäftigte, ließ ihn sehr rasch zum Skriptorium eilen. Dabei dachte er darüber nach, dass es nun nur noch einen einzigen Menschen außer ihm gab, der von dieser Angelegenheit mit der Nonne Anna und dem Bruder Anton wusste, und das war Bruder Barnabas selber. Sozusagen der letzte Zeuge!

Nach kurzer Suche fand er dann das Jahrbuch, mit der Notiz seines Eintritts in das Kloster „Zum heiligen Franziskus". Plötzlich stutzte er. Ein kleiner Schnipsel eines Pergaments ragte aus den Seiten heraus. Er schlug das Jahrbuch an der Stelle auf, es war die Seite, auf der auch sein Name und das Datum seines Eintritts standen. Nach einer Weile klappte er das Buch sinnend wieder zu und stellte es in das Regal zurück. Timoteo von Breswik dachte angestrengt nach. Eigentlich gab es nur einen außer ihm selbst, der Zutritt zum Skriptorium gehabt hatte. Und dieser eine hieß Bruder Anton! Hatte der ihn etwa ausspioniert? Aber aus welchem Grund sollte er das getan haben? War etwa sein Geheimnis inzwischen schon kein Geheimnis mehr? Bei diesem Gedanken lief es ihm kalt den Rücken hinab.

„Wer versucht hier immer noch Schmutz aufzuwühlen?", knurrte er leise vor sich hin und verließ dann nachdenklich wieder die Bibliothek und ging unverzüglich zurück in sein Arbeitszimmer.

Am späten Nachmittag eines Freitags im Mai näherten sich zwei Mönche dem Hospiz in Samstetten. Einer von ihnen führte ein Pferd mit sich, wobei der Andere auf einem alten Muli saß. Schwester Alice sah die beiden den Weg herauf kommen und schaute gespannt noch aus dem Fenster. Dann drehte sie sich zu ihrer Mitschwestern herum.

„Schwester Aurelia, wir bekommen Besuch! Geht die Pforte öffnen und lasst die beiden Pilger eintreten."
Die junge Schwester ließ den Wischeimer stehen, trocknete sich die Hände ab und ging rasch zur Tür. Als sie die Pforte öffnete, standen ihr zwei Mönche gegenüber. Ehrerbietig bat sie beide einzutreten und bemerkte dabei, dass einer von ihnen leicht hinkte, als er an ihr vorüberging. Sie führte die beiden Mönche in die Küche und bat sie dort Platz zu nehmen. Schwester Ludowika trat ein und begrüßte die Gäste.

„Seit herzlich willkommen, Brüder. Ich hoffe, ihr hattet einen halbwegs beschwerdefreien Weg", begann sie sogleich das Gespräch und stellte beiden einen Teller Suppe und etwas Brot auf den Tisch.

„Gelobt sei Jesus Christus, ehrenwerte Schwester! Ja, es ging recht gut. Der Weg über den Pass ist zwar noch nicht ganz frei von Schnee, aber wir sind durchgekommen. Dem Herrn sei gedankt!", erwiderte der etwas gepflegter aussehende Mönch. Während sein Mitbruder mit dem Vollbart und der Narbe über der rechten Wange eher schon weniger angenehm aussah. Außerdem hatte der bis jetzt noch kein einziges Wort gesprochen. Wortlos löffelte der Bärtige seine Suppe. Dann leckte er den Löffel ab, wischte ihn noch einmal am Ärmel seiner Kutte blank und legte ihn zurück auf den Tisch. Kurz darauf stand er auf und verließ ebenso grußlos wieder die Küche. Schwester Ludowika sah ihm erstaunt hinterdrein und bemerkte dabei im gleichen Augenblick sein Hinken. Mit der kurzen Bemerkung, sie müsse noch etwas Holz für den Herd holen, verließ sie rasch die Küche und eilte zu Bruder Bernhard.

Nach einigem Suchen fand sie diesen hinter dem Haus im Garten. Aufgeregt berichtete sie ihm von den beiden neuen Besuchern.

„Stellt euch vor Bruder Bernhard, der eine von den beiden Mönchen hat doch tatsächlich gehinkt! Erinnert euch das nicht an etwas?", fragte sie ihn aufgeregt.

„Er hinkt? Oh ja, das erinnert mich allerdings an den Bericht des Kaufmanns und an die Lawine, die um ein Haar Bruder Anton und Schwester Anna verschüttete." Er rieb sich nachdenklich das Kinn und dachte einen Augenblick nach.

„Ich weiß nicht recht, ob er derjenige ist, der damals beim Lawinenabgang gesehen worden war. Und wenn er es ist, was will er jetzt hier?" Er sah die Schwester fragend an. Schwester Ludowika machte ein bedenkliches Gesicht und zuckte mit den Schultern.

„Warten wir es ab, was die Beiden wollen. Wenn sie nur eine Rast einlegen wollen, dann müssen wir uns sicher keine Gedanken machen. Wenn sie aber Fragen nach Schwester Anna und Bruder Anton stellen, dann müssen wir schweigen wie ein Grab!" Sie sah kurz zur Tür hinaus. Bruder Bernhard nickte derweil zustimmend, und Schwester Ludowika sah hinauf zum Himmel, als ob dort die Antwort auf alle Fragen stünde. Dann wandte sie sich wieder ab und ging zurück zum Haus.

„Hoffentlich hat der Herr ein Auge auf unsere Lieben!", murmelte sie, und traf an der Tür auf den hageren sehr gepflegt aussehenden Mönch. Er saß auf der kleinen Bank neben der Tür. Als Ludowika an ihm vorbei gehen wollte, sprach er sie plötzlich an.

„Hallo Schwester, habt ihr vielleicht einen Augenblick Zeit für mich?" Er deutete auf den freien Platz neben sich, und die Schwester Ludowika sah sich gezwungen, nun neben ihm Platz zu nehmen.

„Ihr habt ein ziemlich großes Haus Schwester, aber nur sehr wenige, die euch helfen können", begann er das Gespräch. Die Schwester nickte zustimmend.

„Ja, da habt ihr wohl Recht, Bruder! Die viele Arbeit lässt uns kaum Zeit zum Beten. Die Kranken wollen ja auch jeden Tag versorgt werden, aber die bischöfliche Kurie gibt uns keine Hilfe", antwortete Schwester Ludowika vorsichtig. Der Mönch strich sich erst mit der Hand über seinen kahlen Kopf und dann den kurzen spitzen Bart.

„Seit zuversichtlich Schwester, ich werde dem Herrn Bischof berichten, dass ihr und eure Schwestern hier ein gottgefälliges Werk tut. Vielleicht hat er ein Einsehen. Aber hattet ihr nicht den Winter über eine Hilfe. Wo ist die Schwester denn jetzt?" Schwester Ludowika sah den Mönch erstaunt an, und ohne auf seine Frage einzugehen, meinte sie nur:

So, ihr werdet dem Bischof also berichten. Hat er euch nur deswegen zu uns geschickt?" Der Mönch schüttelte den Kopf.

„Nein, wir sind eher zufällig hier vorbeigekommen. Mein Mitbruder aus dem Kloster drüben hinter dem Pass, hat mich auf euer Hospiz aufmerksam gemacht. Es war eben schon etwas spät, und der Weg bis zur bischöflichen Residenz ist doch noch ziemlich weit." Dabei musterte er mit wachen Augen die Schwester. Schwester Ludowika horchte erschrocken auf. Wenn der schweigsame Mönch aus diesem Kloster kam und hinkte, dann konnte es nur dieser Bruder Barnabas sein! Aber was wollte der hier? Sie erhob sich und lächelte dem Mönch freundlich zu.

„Verzeiht, aber meine Pflichten rufen mich wieder. Wann wollt ihr wieder abreisen Bruder? Nicht dass ihr glaubt, wir wollten euch drängen, es geht nur um die Mahlzeiten. Die Küche muss wissen, wie viele Esser es gibt." Der Mönch lächelte milde.

„Oh liebe Schwester, so habe ich diese Frage doch auch nicht verstanden. Ich reise morgen früh ab, aber meinen Mitbruder müsst ihr selbst fragen." Schwester Ludowika eilte wieder davon, auf der Suche nach Bruder Bernhard. Als sie seine Werkstatt betrat, fand sie dort den hinkenden Mönch im Gespräch mit ihm vor.

„Oh entschuldigt! Aber ich würde rasch eure Hilfe in der Küche brauchen, Bruder Bernhard", brachte sie überrascht heraus. Bruder Bernhard sah wie die Schwester die Augenbrauen hob und nickte.

„Natürlich liebe Schwester, ich komme sofort", und er verabschiedete sich von dem anderen Bruder und ging mit Schwester Ludowika in die Küche. Dort angekommen schlossen sie rasch die Tür, und leise berichtete Schwester Ludowika von ihrem Gespräch.

„Stellt euch vor, dieser Bruder Amadeus reist im Auftrag des Bischofs. Er hat mich gerade nach Anna und Anton gefragt. Und dieser hinkende Mönch muss dieser Bruder Barnabas sein!" Bruder Bernhard nickte mit ernster Miene.

„Ja das stimmt, Schwester. Auch er hat mich eben gerade nach Bruder Anton und der Novizin Anna ausgefragt! Ich hoffe, ihr habt geschwiegen, Schwester?" erwiderte Bruder Bernhard fragend. Schwester Alice trat plötzlich ein und sah die Beiden erstaunt an.

„Gibt es irgendwelche Neuigkeiten, ihr seht so erregt aus", fragte sie. Die Schwester war eine zierliche alte Frau um die siebzig Jahre und lächelte immer.

„Nun, verschweigt ihr uns etwas Bruder Bernhard?" Der schüttelte den Kopf und sah zur Tür, als wollte er sich auch vergewissern, dass niemand mithören konnte. Dann wandte er sich an Schwester Alice.

„Unsere beiden Gäste sind auf der Suche nach der Novizin Anna und Bruder Anton. Der hinkende Bruder mit dem Vollbart heißt Barnabas, er hat keinen guten Ruf!" Die alte Schwester Alice bekreuzigte sich rasch.

„Oh, was sagt ihr da? Dieser abscheuliche Kerl da ist Barnabas? Als ich einen Barnabas kennengelernt habe, hinkte der noch nicht. Aber da war er auch noch kein Bruder, sondern ein Dieb und ein Räuber!" Sie schüttelte bekümmert den Kopf.

„Der Schnaps hatte ihn vom rechten Weg abgebracht. Doch Bruder Timoteo hatte ihn mit ins Kloster gebracht, als er dort Abt wurde. Und jetzt trägt dieser Barnabas sogar eine Kutte!", setzte sie verwundert hinzu, schüttelte den Kopf und ging wieder zur Tür. Gerade als sie diese öffnete, stand sie plötzlich Bruder Barnabas gegenüber. Einen Augenblick starrten sich beide an, dann senkte Bruder Barnabas den Blick und gab den Weg frei.

„Ich wollte euch nur mitteilen Schwester, dass ich morgen früh auch abreise", kam es stockend aus seiner rauen Kehle. Dann wandte er sich wieder um und stapfte den Gang entlang in Richtung des Hauptsaales. Bruder Bernhard sah ihm kurz nach und wandte sich wieder an Schwester Ludowika.

„Ich werde ihn nicht mehr aus den Augen lassen bis er abreist. Es kann sein, dass er die Bewohner ausfragt. Aber weiß jemand von ihnen, wohin die Novizinnen und Bruder Anton gegangen sind?" Schwester Ludowika schüttelte den Kopf.

„Nein, ich glaube nicht. Außer Schwester Alice und wir beiden weiß niemand wohin sie gegangen sind!" Und Bruder Bernhard nickte befriedigt und folgte dann rasch diesem Bruder Barnabas, der sich eilig entfernt hatte.

Inzwischen war es Ende Mai geworden. Die Sonne lachte von einem wolkenlosen Himmel und wärmte die Erde, und in Annas Beeten standen die ersten zarten Pflänzchen.
Zum ersten Mal war es Anna am Morgen plötzlich übel geworden und sie hatte sich übergeben müssen. Anton machte sich Sorgen um seine Frau. Doch schon nach kurzer Zeit war Anna wieder auf den Beinen und werkelte in ihrer Kammer, die für die Kräutermedizin hergerichtet worden war, herum.
Inzwischen hatte es sich auch in dem kleinen Tal herumgesprochen, dass es in Tschierv eine junge Frau gab, die gegen jedes Wehwehchen einen Kräutertrunk oder eine Salbe hatte. Und so standen beinahe jeden Tag Leute an der Tür und baten Anna um Hilfe. Da die meisten aber kein Geld hatten, füllte sich die Speisekammer rasch mit Brot, Geflügel, Obst und Gemüse. Und so brauchte Anton nur einen kleinen Teil des Gartens für Kartoffeln und Gemüse herzurichten.
Während Anna in der Kräuterkammer Ordnung schaffte, waren Dörte und Anton gerade dabei, im Garten Unkraut zu jäten. Plötzlich wurden sie über den Gartenzaun hinweg von einer Männerstimme angesprochen.

„Hallo! Hören sie mich?", fragte der Mann. Anton drehte sich herum und stand langsam auf. Der Mann am Zaun war noch nicht sehr alt, trug die Kleidung eines Städters und sah gepflegt aus. Er lüftete kurz seinen breitkrempigen Hut.

„Entschuldigt bitte, ich suche hier im Ort ein junges Weib, welches sich gut mit Kräutern auskennen soll. Man hat mir gesagt, sie wohnt hier oben am Waldrand." Anton ging zu den Fremden an den Zaun und nickte dann.

„Ja, das stimmt, dieses junge Weib wohnt hier. Sie ist mein Weib! Bitte kommen sie doch da vorn durch das kleine Tor herein." Anton zeigte auf die Pforte neben dem Stall. Dörte und Anton sahen sich kurz an, dann ging er mit dem Gast in den Hof. Anton schüttelte unmerklich den Kopf. Dörte, die ihnen gefolgt war, verschwand flugs im Ziegenstall. Der Fremde sah sich interessiert um.

Anton bat ihn ins Haus und bot ihm in der Küche einen Platz am Tisch an. Dann rief er nach Anna, die kurze Zeit später die Küche betrat. Sie sah wie Anton kurz die Augenbrauen hob, zum Zeichen das Vorsicht geboten war. Anna lächelte den Fremden an, der sich rasch bei ihrem Eintreten erhoben hatte.

„Gestattet, dass ich mich ihnen vorstelle! Mein Name ist Ortinger. Ich bin seit einem Jahr als Medicus hier im Tal ansässig. Man hat mir viel Gutes über sie erzählt gute Frau. Und so habe ich mich auf den Weg gemacht, um sie einmal persönlich kennenzulernen." Anna bat ihn doch wieder Platz zu nehmen und setzte sich ebenfalls an den Tisch neben Anton. Gespannt sahen sie den Fremden an, der offenbar gerade nach den richtigen Worten suchte.

„Nun, ich habe vor einem Jahr meine Prüfung als Arzt abgelegt, ich interessiere mich aber auch sehr für die Heilkräuterkunde. Ich muss ihnen ehrlich sagen, ich bin auf diesem Gebiet noch ein Lernender", begann er dann das Gespräch.

„Ich weiß natürlich, dass viele, besonders die älteren Ärzte, eine solche Behandlung ablehnen. Aber auch meine Großmutter hat mich als Kind des Öfteren mit ihren Kräutern von vielen Beschwerden geheilt. Leider ist sie schon viele Jahre tot und ich konnte ihr Wissen damals nicht aufschreiben", fuhr er weiter fort. Anna lächelte geschmeichelt.

„Und nun soll ich ihnen etwas über die Kräuter erzählen, ja?", fragte sie den jungen Arzt. Der nickte und strahlte Anna an.

„Das wäre sehr nett Frau Pontini. Denn ich beabsichtige unten in Tschierv bald ein kleines Haus für die Kranken zu eröffnen, die dort einige Tage verbleiben können und gesund gepflegt werden sollen", erzählte er weiter. Anton, der die ganze Zeit still zugehört hatte, nickte interessiert.

„Das ist zwar ein löbliches Vorhaben, Herr Medicus, aber die Leute hier in den Bergen sind ja meist alle sehr arm", entgegnete er dem Doktor. Der nickte und sah dann einen

Augenblick aus dem Fenster, als ob dort die Lösung dieses Problems zu finden sei. Dann wandte er sich wieder Anton zu.

„Das weiß ich natürlich, aber als gute Christenmenschen, sollten wir doch erst helfen und dann an den Lohn denken, oder?", entgegnete er freundlich lächelnd. Anna stand auf.

„Wissen sie was, ich mache ihnen eine kleine Liste mit den Kräutern. Und wenn sie noch Fragen haben, wenden sie sich einfach wieder an mich. Vielleicht könnte ich ihnen ja in diesem Haus dann ein wenig behilflich sein. Oder ich könnte euch einige Mixturen anfertigen" Anna schien die Absicht des Medicus sehr zu begeistern. Auf einmal wurde sie etwas blass und rannte schnell hinaus. Nach kurzer Zeit kam sie wieder in die Küche und trank schnell einen großen Krug Wasser. Der junge Doktor sah Anna durch seine kleine Brille prüfend an.

„Haben Sie diese Übelkeit öfter?", fragte er sie. Anna nickte und setzte sich durchatmend wieder an den Tisch.

„Ja, aber erst in den letzten Tagen ist mir meist früh übel. Irgendwie muss ich mir wohl den Magen verdorben haben."
Der Doktor stand langsam auf und trat zögernd an Anna heran und fragte:

„Darf ich ihnen einen Augenblick in ihre Augen schauen?" Als Anna nickte, sah er in ihre Augen, indem er das Augenlid ein wenig hochzog und anschließend fühlte er den Puls. Dann nickte er und sah Anna freundlich lächelnd an.

„Nun, ich glaube junge Frau, sie sind in guter Hoffnung! Daher auch die Übelkeit am Morgen." Anna sah Anton und den Doktor entgeistert an. „In guter Hoffnung?", echote Anna leise zurück und sah ihren Mann erschrocken an. Auch Anton sah aus wie vom Blitz getroffen und bekam plötzlich einen roten Kopf.

„Oh lieber Gott, wir bekommen ein Kind!", stammelte er fassungslos. Und Anna nickte überrascht und errötete ebenfalls.

„Sie könnten Recht haben Herr Medicus, denn meine ... ist ausgeblieben. Und mein Kräutersud aus Wermut brachte auch keine Linderung", verhaspelte sie sich kurz und wurde dabei wieder rot bis über beide Ohren. Doch dann begann sie plötzlich zu lächeln und sah den immer noch fassungslos drein blickenden Anton an.

„Nun freu dich doch, Anton! Ich trage unser Kind unter dem Herzen! Danke Herr Medicus, vielen Dank!" Und im Überschwang ihrer Gefühle umarmte sie den jungen Arzt einmal kräftig und rannte dann aus dem Raum.
Der junge Arzt nahm verlegen die kleine Liste, die Anna angefertigt hatte und verabschiedete sich von Anton. An der Tür blieb er noch einmal stehen.
„Woher hat ihre Frau eigentlich diese Kenntnisse, sie ist ja noch sehr jung?", fragte er ihn. Anton wollte gerade sagen: „Im Kloster hat sie ...". Doch dann besann er sich noch im rechten Augenblick.
„Ihre Großmutter war eine kluge Frau und ihre Mutter ebenso, von ihnen hat sie das alles gelernt", entgegnet er. Der junge Arzt nickte verstehend.
„Gut. Ich glaube wir werden uns wiedersehen. Und wenn ihre Frau helfen möchte, nehme ich diese Hilfe dankend an und würde mich sehr darüber freuen. Und für die Kräuterelixiere würde ich sie natürlich entlohnen." Dann verließ er die Küche. Anton stand am Fenster und sah hinaus in den Garten, wo Anna und Dörte auf der kleinen Bank saßen und aufgeregt miteinander redeten. Anna erzählte Dörte sicher gerade die wunderbare Neuigkeit.
Sie würden also bald Eltern werden. Und plötzlich dachte er an sein Elternhaus, oben zwischen den Felswänden und den Wäldern unterhalb des Umbrailpasses. Jenseits der Grenze in seiner Heimat Italien. Er hatte sich dort sehr wohl gefühlt, bis er dem Wunsch seiner Mutter folgte und Mönch geworden war. Und plötzlich schlich sich da ein Gedanke in seinen Kopf ein, der ihn den ganzen Tag nicht mehr loslassen wollte.
Wie wäre es denn, wenn sie alle in sein Heimatdorf gehen würden? Dort war zwar der Winter genau so kalt wie hier oben in den Bergen, aber dafür waren der Frühling und der Sommer viel wärmer. Und seine Eltern würden sich bestimmt freuen, wenn er eine Frau mitbringt. Und sicher würden sie es auch irgendwann verstehen, dass er kein Mönch mehr sein wollte, sondern mit Anna und dem Kind leben wollte.
Doch noch ehe es ihm gelang mit Anna und Dörte darüber zu reden, kam eine neue Botschaft, die sie alle in Unruhe versetzen sollte.

Kurz nach der Abendmesse, die sie regelmäßig besuchten, hielt sie plötzlich Pfarrer Suttner am Ausgang mit ernster Miene zurück. Nach einigem Zögern begann er zu berichten.

„Also, ich hatte heute Nachmittag Besuch von einem Mönch aus Chur! Er bat mich um Auskunft über einen Mönch Anton Pontini und die Novizinnen Anna Schwanten und Dörte Pflügli. Es wäre dem Herrn Bischof zu Ohren gekommen, dass diese Drei sich hier oben in der Gegend aufhalten sollten. Diese Nachricht solle von einer alten Frau aus dem Hospiz in Samstetten stammen. Eine alte kranke Frau hatte auf dem Sterbebett erzählt, dass diese Drei im Hospiz des Klosters ein paar Monate ausgeholfen hätten, und danach weitergezogen wären, hier herauf in die Berge."

Die Drei sahen sich entsetzt an und Dörte begann mit einem Mal zu weinen. Pfarrer Suttner fuhr weiter fort.

„Zum Glück sind hier ja fast alle Protestanten, aber wir wissen natürlich, dass der Bischof von Chur hier auch ein paar Schäfchen hat. Zum Glück habe ich es versäumt, euch bis heute in das Heiratsregister der Gemeinde einzutragen. Und als er in dieses Register einsehen wollte, war von euch natürlich nichts zu finden! Manchmal kann so eine kleine Nachlässigkeit sogar Gutes bewirken!", setzte er noch hinzu. Anton hatte sich als erster wieder gefasst.

„Und wie ging die Sache nun aus, Hochwürden?" Pfarrer Suttner lächelte ein wenig.

„Nun, der hohe Herr war ein wenig später erbost darüber, dass man ihn in seinem Alter umsonst auf so eine beschwerliche Reise geschickt hat, und ist dann wieder nach Hause aufgebrochen. Wenn er also keine anderen Informationen erhalten hat, wird er dem Bischof davon unterrichten, dass es hier bei uns keine Novizinnen und keinen Mönch gibt." Dörte lief in die Dunkelheit hinein. Wenig später sah man sie auf dem Weg ins Dorf rennen. Anton sah seine Frau und den Pfarrer verwundert an.

„Sie wird wohl zu Samuel laufen und ihm alles erzählen", bemerkte er nachdenklich. Pfarrer Suttner sah Anton an.

„Wie heißt eigentlich Dörte mit richtigem Familiennamen? Ich frage das nur, weil mich dieser Gesandte aus Chur extra nach dieser Novizin Dörte gefragt hat. Um sie und um ihre

Herkunft muss es da ein wohlgehütetes Geheimnis geben, dass der Bischof um jeden Preis geheim halten will!" Er sah die beiden fragend an, und Anna nickte. Dann aber erzählte sie dem Pfarrer von ihrer Suche in der Bibliothek des Klosters und den Grund dazu. Der Pfarrer Suttner nickte verstehend. Er kratzte sich am Kopf.

„Der Herr Gesandte hat durchblicken lassen, dass Dörte unter einem falschen Namen im Kloster aufgewachsen sei. Er meinte dann jedoch, einen Fehltritt würde der liebe Herrgott schon verzeihen. Er sagte aber nichts darüber, wer diesen Fehltritt begangen haben soll. Er meinte nur, die Äbtissin des Franziskaner-Klosters soll äußerst besorgt und erregt über das Verschwinden der Novizin Dörte gewesen sein."

Er schloss die Tür des Kirchleins ab. Dann wandte er sich nochmals an Anna und Anton.

„Ich wollte euch natürlich nicht in Unruhe versetzen, aber seit in nächster Zeit ein wenig vorsichtig, wenn im Dorf Fremde auftauchen sollten." Er war schon im Begriff zu gehen, als Anton ihn doch noch einmal zurückhielt.

„Herr Pfarrer, noch eine Frage. Kennen sie vielleicht den Doktor Ortinger?", fragte er ihn. Pfarrer Suttner nickte.

„Ja, den kenne ich! Der junge Doktor ist ein aufrichtiger Mann und ein guter Medicus." Anton bedankte sich für die Auskunft. Langsam lief er mit Anna Hand in Hand zurück zum Haus.

Wenig später saß Anna auf der kleinen Küchenbank und grübelte vor sich hin. Und plötzlich meinte sie in die Stille hinein:

„Sag mal Anton, wäre es denn nicht möglich, dass Dörte eine Tochter der Äbtissin ist? Sie ist mit Dörte und dem Abt am gleichen Tag ins Kloster gekommen! Vielleicht war das der Fehltritt, von dem der Gesandte gesprochen hatte." Anton schüttelte erstaunt und gleichzeitig ungläubig den Kopf und sah seine Frau zunächst etwas sprachlos an. Dann meinte er nachdenklich:

„Ideen hast du manchmal! Aber du könntest natürlich mal wieder Recht haben! Aber warum saß dann Dörte beim Bischof im Kerker? Es sei denn, jemand wollte verhindern, dass Dörtes Nachforschungen Licht in diese Angelegenheit bringen würde.

Und deshalb sucht er nach ihr. Und nach uns sucht er, weil wir damals mit Dörte ein Stück des Weges gegangen sind, so wie ich es ihm erzählt habe."

Anna saß eine Weile stumm da und starrte die Wand an. Da setzte sich Anton neben sie und streichelte ihren kleinen Bauch unter der Schürze. Und dann nahm er allen Mut zusammen und sah Anna in die Augen.

„Höre mich mal an, Anna. Ich trage mich nämlich schon ein paar Tage mit einer Überlegung herum, die mir keine Ruhe lässt! Es ist, als wenn ich es vorher geahnt hätte, was nun passiert ist. Was würdest du denn sagen, wenn wir alle in den Süden zu meinen Eltern gehen würden? Erstens ist es dort wärmer und zweitens wären wir alle auch weit weg von dem Bischof! Außerdem gehört unser Weiler schon zu Italien!"

Anna sah ihren Mann beinahe entsetzt mit großen Augen von der Seite an.

„Aber wir sind doch gerade erst hier ein wenig heimisch geworden!", wandte sie traurig ein. Und so sahen sich beide schweigend an, und ein jeder hing seinen Gedanken nach.

Anna stand plötzlich auf, trat ans Fenster und sah eine Weile hinaus in den dunklen Garten. Sie drehte ihre beiden Zöpfe gedankenverloren mit den Fingern zu Kringeln. Das tat sie immer, wenn sie unschlüssig und ein wenig verwirrt war. Es würde bald Juli werden und damit die schönste Zeit hier oben. Sie drehte sich wieder zu Anton herum.

„Und was wird dann aus Dörte? Denn ich glaube, sie hat sich in Samuel verliebt. Da wird sie wohl ungern wieder von hier weggehen wollen", wandte Anna ein. Anton verzog sein Gesicht und schnaufte tief. Man sah ihm an, dass er über Dörte noch nicht nachgedacht hatte. Doch dann meinte er:

„Wir müssen mit beiden reden, Anna. Am besten noch heute, die Sache hat keine Zeit mehr!" Er wollte gerade den Vorschlag machen gleich nach Dörte zu suchen, als die Eingangstür zuschlug und die junge Frau wieder das Zimmer betrat. Sie schien traurig und bedrückt zu sein und ließ sich auf einen Stuhl fallen. Dann sah sie die Anderen mit großen Augen an.

„Was ist mit euch? Ihr schaut beide auch so traurig drein. Jetzt, wo wir doch bald zu viert sein werden." Anna setzte sich auf den Stuhl neben Dörte und legte ihr eine Hand auf den Arm.

„Weißt du, wir haben gerade darüber gesprochen, ob wir nicht wieder hier weggehen sollten. Der hohe Herr der bei Pfarrer Suttner war, hat nach uns gesucht. Du hast es doch gehört! Und irgendwann findet der Bischof uns hier!" Dörte wurde blass und Tränen traten ihr in die Augen.

„Schon wieder weggehen? Jetzt, wo ich gerade hier einen lieben Menschen gefunden habe? Samuel hat bereits davon gesprochen, dass er mich zu seiner Frau nehmen will. Da kann ich doch nicht schon wieder weggehen!" Sie brach in Tränen aus und Anna und Anton versuchten ihre Freundin zu trösten.

„Weißt du was, wir reden gemeinsam mit Samuel und auch mit seinen Eltern darüber. Samuel könnte doch sein Handwerk auch wo anders ausüben. Wagenräder, Dreschflegel und Holzrechen werden doch überall von den Bauern auf dem Land gebraucht!" Dörte schüttelte verzweifelt den Kopf und schien die Fassung zu verlieren. Schrill rief sie:

„Versteht ihr denn nicht! Er kann doch seine Eltern nicht so einfach wegen mir verlassen! Und der Bauernhof will ja auch bewirtschaftet sein. Lasst uns doch hier bleiben! Bitte Anton, bitte Anna!" Sie sah beide flehentlich an. Anton, der die ganze Zeit still zugehört hatte, stand von seinem Platz auf und setzte sich neben Dörte. Er legte einen Arm um ihre Schultern.

„Dörte, höre doch! Wir wissen doch auch keinen besseren Ausweg! Aber wenn dich der Bischof hier aufspürt, ist dein Leben in Gefahr und das unsere auch! Er hat dich schon einmal in den Kerker gesteckt!" Dörte sprang zornig auf.

„Aber warum denn? Ich habe doch keiner Menschenseele etwas getan! Warum verfolgt man mich dann dauernd?" Anton sah Anna an und nickte ihr zu. Da nahm er Dörte an die Hand und zog sie wieder zum Stuhl zurück.

„Hör mal zu Dörte was wir vermuten! Du entsinnst dich doch, dass in den Büchern des Klosters vermerkt war, dass der Abt, die Äbtissin und du zur gleichen Zeit ins Kloster eingetreten seid. Der hohe Herr sprach dem Herrn Pfarrer gegenüber von einem Fehltritt des Abtes. Wir vermuten nun, dass du die Tochter von Beiden bist, und der Bischof verhindern will, dass unser beider Nachforschungen das nun alles offenbart. Und aus dem Grund sucht er nach uns!"

Dörte war mit einem Mal ganz still geworden und starrte aus dem Fenster. In ihrem Kopf drehte sich alles. Wenn das stimmte, dann war ihr Leben keinen Pfifferling mehr wert. Sie würden alles tun, damit es nicht herauskam! Sie drehte sich wieder herum. Entschlossen sah sie auf einmal Anton und Anna an.

„Kommt, lasst uns sofort zu Samuel und zu seinen Eltern gehen!" Sie sah Anna an, die etwas bleich dasaß und schwieg.

„Ist dir wieder nicht gut, liebste Freundin?" Doch Anna schüttelte den Kopf.

„Es ist gleich wieder vorbei. Ich muss nur rasch ein paar Tropfen Wermut nehmen, dann geht es gleich wieder. Es ist nur die Aufregung." Und während sie sich mühsam erhob, sah sie ihren Anton an und lächelte.

„Unser Kind macht jetzt schon eine Menge Beschwerden. Aber Katharina hat mir gesagt, dass wird wieder vergehen. Nur schade, dass ich mich nicht mit meiner Mutter beraten kann." Als Anna das Zimmer verlassen hatte, meinte Dörte:

„Anna leidet sehr darunter, dass ihre Eltern so weit weg sind. Wenn wir wirklich in dein Heimatdorf gehen sollten, müssen wir Annas Eltern unbedingt davon unterrichten." Anton nickte schweigend und sah besorgt zum Fenster.

„Du hast sicher Recht, Dörte. Aber lange dürfen wir hier nicht mehr bleiben. Wenn der Bischof erst einmal weiß wo wir leben, sind wir in großer Gefahr!" Dörte drehte sich zu Anton herum. Mit einem Mal schien sie nicht mehr das ängstliche Mädchen zu sein. Sie wirkte irgendwie stolz und kampfeslustig.

„Und wenn ich zurück ins Kloster gehe, um dort mit der Äbtissin zu reden? Vielleicht erklärt sie mir alles! Wenn sie gar meine Mutter sein sollte, müsste sie doch etwas für mich empfinden. Außerdem währet ihr dann sicher vor den Nachstellungen des Bischofs und ihr könntet hierbleiben." Anton sah Dörte erst erstaunt an, doch dann schüttelte er traurig den Kopf und drückte sie sanft an sich.

„Das Risiko wäre viel zu groß, Dörte! Du weißt nicht was passiert, wenn der Abt davon erfährt. Sie haben dich schon einmal aus dem Kloster entführt!" Plötzlich stand Anna in der Tür und räusperte sich. Sie schien eben gerade eingetreten zu sein.

„Worüber redet ihr so vertraut? Ihr habt gerade sehr innig und vertraut gewirkt?" Anton verstand Annas Anspielung und nahm sie lächelnd in den Arm.

„Hab keine Angst, Anna! Wir haben nicht gestritten und wir sind nur gute Freunde, Anna. Dörte erwägt ernsthaft ins Kloster zurückzugehen, um dort eine Aufklärung über ihre Herkunft zu erhalten. Ich halte das für zu gefährlich." Anna sah ihre Freundin erschrocken an und schüttelte entsetzt den Kopf.

„Dörte, wie kommst du auf solch einen Gedanken? Wenn die Äbtissin gewollt hätte, dass du erfährst wer deine Eltern sind, dann hätte sie das längst tun können. Sie hat bis heute lieber geschwiegen, warum wohl?" Anton hatte still zugehört und schmunzelte. Er sah Dörte und Anna an, ehe er mit seinem Vorschlag herausrückte.

„Und wie wäre es, wenn wir gemeinsam in mein Heimatdorf gehen, und dann von da aus vielleicht ein Zusammentreffen zwischen Dörte und der Äbtissin zustande bringen würden?" Er sah die beiden jungen Frauen fragend an. Die wiederum sahen sich ernst an und wollten ihm gerade antworten, als es draußen an der Pforte im Hof klopfte. Anton ging nachschauen und kam wenig später mit Samuel zurück. Der betrat etwas gehemmt die Stube und sah Dörte scheu an. Anna bat ihn, doch Platz zu nehmen. Samuel, ja eigentlich ein großer stattlicher Kerl mit ziemlich kräftigen Schultern, knetete verlegen seine Mütze. Anna blickte ihn aufmunternd an.

„Willst du mit Dörte allein reden, Samuel?" Doch der schüttelte den Kopf.

„Nein, aber ich will mit euch reden", erwiderte er etwas zögerlich.

„Na dann sprich doch schon Samuel, du musst doch keine Angst haben. Wir wissen doch, dass du die Dörte gern hast", munterte Anna ihn wieder auf. Aber der so kräftige Bauernbursche schien mit sich zu kämpfen.

„Na ja, ich wollte euch fragen, ob sie meine Frau werden darf oder ob ihr etwas dagegen habt", entgegnete er nun schüchtern. Alle lachten erleichtert, Dörte stellte sich sofort neben Samuel und legte ihren Arm um seine Hüfte. Sie war sichtlich bewegt.

„Lieber Samuel, warum sollte denn jemand etwas gegen unsere Verbindung haben?", fragte sie ihn. Er zuckte ein wenig verlegen mit den Schultern.

„Nun ja, ihr seid ja sowas wie eine Familie. Und bei uns entscheidet immer die Familie, wenn es mal eine Hochzeit geben soll", entgegnete er und sah die Anwesenden fragend an. Anton musterte den jungen Mann, der kaum drei Jahre jünger war wie er selbst.

„Bei uns entscheidet jeder selbst, wenn er sich binden will, Samuel. Wenn Dörte einverstanden ist, dann soll sie sich zu dir bekennen. Wir wären sicher sehr froh, wenn sie dich zum Mann nehmen würde." Samuel atmete erleichtert auf und lächelte Dörte befreit an. Die gab ihm kurz entschlossen einen dicken Kuss und dann lachte sie.

„Ist das als Antwort ausreichend, Samuel Birgler?" Er nickte froh über Dörtes Antwort. Anton sah den jungen Mann ernst an.

„Samuel, wir müssen aber trotzdem noch über etwas mit dir bereden. Denn wenn du die Dörte zur Frau nehmen willst, betrifft es nun auch dich." Und dann erzählte er Samuel endlich die ganze Geschichte und warum sie hier oben, außerhalb von Tschierv, gelandet waren. Der junge Mann hörte aufmerksam zu und sah dabei immer wieder Dörte lächelnd an. Als Anton geendet hatte, herrschte einen Augenblick Stille in der Stube. Aber Samuel schien schnell zu begreifen, was dies auch für ihn und seine Liebe zu Dörte bedeutete.

„Und du kannst wirklich nicht hierbleiben?", fragte er noch einmal die junge Frau. Dörte schüttelte den Kopf und Tränen traten ihr in die Augen.

„Nein Samuel, ich kann nicht hier bleiben. Die Leute des Bischofs werden bald wieder hier auftauchen. Sie würden mich dann sicher mitnehmen." Samuel nickte bedächtig. Er sah Dörte an und stand entschlossen auf.

„Gut! Ich muss zuerst mit meinen Eltern reden, aber ich komme heute Abend noch einmal zu euch herauf, wenn ihr es erlaubt." Anna nickte.

„Natürlich Samuel, du kannst jeder Zeit kommen, wenn du willst!", antwortete sie gerührt. Dörte brachte Samuel hinaus. Draußen standen sie noch eine Weile eng umschlungen neben der Tür. Als Samuel dann endlich lostrabte, drehte er sich noch einmal um und warf Dörte einen Handkuss zu. Sie sah ihm nach, bis er hinter der Biegung verschwunden war.

Traurig ging sie zurück ins Haus und dann in den Stall zu den Ziegen und Schafen, die sie schnell umdrängten und gestreichelt werden wollten. Sogar der Esel Jacob gesellte sich dazu. Als wenn er Dörtes Leid verstehen würde, legte er ihr seinen Kopf leise schnaubend auf die Schulter. Und Dörte strich ihm liebevoll und sacht über das samtweiche Maul.

„Dich Jacob und Bonzo können wir bestimmt mitnehmen. Aber ihr anderen, ihr müsst wohl alle hier zurück bleiben", redete sie leise auf die Tiere ein, wobei sie jedes einzelne einmal kraulte und streichelte. Dabei tropften ihr unentwegt Tränen auf das Kleid. Warum musste das Leben immer so arg sein? Gerade hatte sie einen lieben Menschen gefunden, einen jungen Kerl, der sie sogar zur Frau nehmen wollte. Und nun sollte sie schon wieder Abschied nehmen. Ein Weinkrampf schüttelte ihre schmalen Schultern. Die Arme um Jacobs Kopf geschlungen, weinte sie eine Weile vor sich hin. Der Muli schnaubte ihr dabei sanft in die Ohren, als wenn er alles was ihm Dörte erzählte, auch verstehen würde.

Währenddessen saßen Anna und Anton traurig in der Küche am Tisch und beratschlagten, was nun als nächstes zu tun sei.

„Wir müssen unbedingt noch ein paar Tage warten Anton, die Kräuter sind in einer Woche endlich soweit, dass ich sie schneiden kann", warf Anna ein. Anton nickte, wusste er doch, dass ansonsten alle Arbeit der letzten Wochen dann umsonst gewesen wäre und Anna niemals ohne ihre Kräuter wieder von hier weggehen würde.

„Du hast Recht, solange können wir noch warten. Wir müssen auf jeden Fall mit Katharina und Balthasar reden, ob sie den Hof weiter unterhalten werden. Es wäre sehr schade, jetzt wo alles so hell und fröhlich im Haus aussieht, wenn alles wieder verstauben und verfallen würde." Anna wollte ihm gerade antworten, als es draußen am Hoftor erneut klopfte. Anton stand auf und sah aus dem Fenster hinaus in die Dunkelheit. Anna zuckte erschrocken zusammen. Doch Anton gab Entwarnung.

„Keine Angst Anna, Familie Birgler kommt zu Besuch. Sogar den Bello haben sie mit dabei." Bello war ein junger Sennenhund Rüde von ausnehmend stattlicher Statur, der ihrer Heidi auch zu gefallen schien. Denn immer wenn sie aufeinander trafen, schmusten sie und leckten sich die Schnauze. Anton ging öffnen. Im Nu füllte sich die Stube und Anna bot ihnen Platz und einen Tee an.

„Setzt euch doch liebe Nachbarn und nehmt einen Tee", begrüßte sie die Gäste. Als alle am Tisch saßen, sah sich Katharina Birgler kurz in der Runde um.

„Wo ist denn Dörte? Wegen ihr sind wir nämlich hier", begann sie. Anna stand auf.

„Ich habe sie vorhin in den Stall laufen sehen, ich werde sie sofort holen gehen."

Schon nach kurzer Zeit traten die beiden jungen Frauen wieder ein und setzten sich an den Tisch. Katharina sah erst ihren Mann an und nickte ihm zu. Balthasar räusperte sich zunächst einen Augenblick, ehe er bedächtig wie es seine Art war, zu sprechen begann.

„Also hört uns an. Samuel hat uns erzählt, wie es um Dörte und auch euch steht. Wir haben es ja schon immer vermutet, dass es um euch drei ein Geheimnis gibt. Aber ihr seid liebe Menschen, und so war es uns egal. Nun haben wir zu Hause gemeinsam beraten was wir tun könnten, um euch zu helfen. Eigentlich gibt es ja nur zwei Möglichkeiten. Entweder unser Samuel geht mit euch oder er nimmt Dörte noch in den nächsten Tagen zur Frau! Denn dann heißt sie natürlich mit Nachnamen Birgler. Was meint ihr dazu? Würde das helfen?" Er sah sich in der Runde um. Anton rieb sich unschlüssig die Hände, ehe er antwortete.

„Es ist eine großzügige Geste von euch, lieber Balthasar. Aber ich weiß nicht, ob es etwas nützt, wenn Dörte heiratet und wir weg gehen. Zu überdenken wäre es jedenfalls. Doch wenn beide mit uns mitgehen würden, wäre es mir ehrlich gestanden lieber! Aber du kannst wahrscheinlich schwerlich auf Samuel verzichten, und das verstehen wir natürlich auch." Katharina schüttelte resolut mit dem Kopf.

„Das ist nicht so schlimm, Anton! Wenn Samuel eine Frau aus einem anderen Tal nimmt, müssten wir ihn wohl auch entbehren, dessen sind wir uns längst bewusst. Samuel ist nun mal leider kein Bauer, er will in seine Bücher und in die Gestirne schauen und landwirtschaftliche Geräte bauen. Wenn wir beide unseren Hof nicht mehr bewirtschaften können, könnten wir ihn aufgeben und dann in dieses Haus hier ziehen. Der kleine Garten reicht uns völlig, um uns zu ernähren. Also, wenn die Beiden sich entschließen und mit euch mitgehen möchten, haben sie unseren Segen!" Samuel und Dörte umarmten sich zuerst heftig, dann umarmten sie die Eltern. Samuel stand auf und sah sich in der Runde um.

„Also hört mich an! Wir haben soeben beschlossen, dass wir nächsten Sonntag zum Altar gehen und uns trauen lassen. Danach können wir dann in den Süden reisen! Aber nun braucht Dörte noch ein schönes Kleid zur Hochzeit." Anna lachte.

„Gut, gut, ich gebe ihr mein Brautkleid. Das kann dann Katharina noch ein wenig abnähen, damit es ihr passt." Alle klatschten Beifall und Katharina nahm ihre künftige Schwiegertochter in ihre kräftigen Arme und gab ihr einen Kuss auf die Stirn.

„Sei herzlich in unserer Familie willkommen Dörte! Wir werden euch immer helfen, wenn es notwendig ist" Dörte schmiegte sich fest an ihre künftige Schwiegermama, die schon seit längerer Zeit, so etwas wie ihre Ersatzmutter geworden war.

„Danke Mutter!", flüsterte sie ihr zu, und beide wischten sich ein paar Tränchen der Rührung aus den Augen. Als man sich an diesem Abend verabschiedete, war schon ausgemacht, wie die Hochzeit werden sollte. Klein und nur im Kreise der Angehörigen und Freunde.

Etwa zur gleichen Tageszeit, als sich Dörte und Samuel am Sonntagmorgen in der kleinen Kirche von Tschierv ewige Treue schworen, brach ein Trupp Landsknechte, angeführt von einem Hauptmann aus der Residenz des Bischofs, auf. Ihr Ziel war der kleine Weiler Tschierv. Ihre Order lautete, zwei entwichene Novizinnen und einen Mönch sofort unter die Obhut des Bischofs zurückzuführen. Wenn das Wetter mitspielte, würden sie ihr Ziel in zwei, allerhöchstens drei Tagen erreichen. Eine unbedachte Äußerung von Schwester Alice, gegenüber einem Mönch aus der Residenz des Bischofs, hatte letztlich dazu geführt, dass der Aufenthaltsort der Drei nun doch noch dem Bischof bekannt geworden war.

Und während die kleine Hochzeitsgesellschaft ein bescheidenes Fest auf dem Hof des Bauern Birgler feierte, kam das Unheil mit jeder Stunde näher...

Anton hatte schon den ganzen Morgen ein komisches Gefühl. Irgendetwas in ihm trieb ihn zur Eile an. Als dann auch noch zwei Kolkraben im Garten saßen und krächzten, sah Anton das erst recht als ein böses Omen und mahnte alle zur Eile. Anna schüttelte über Antons unruhiges Verhalten den Kopf.
„Übertreibst du nicht ein wenig, Anton? Vielleicht bilden wir uns die Gefahr ja auch nur ein", erwiderte sie gähnend und blinzelte ihren Gatten verschlafen an. Ihre langen roten Haare lagen wie eine wallende Matte über das Kopfkissen verteilt und ihre gesunden roten vollen Wangen leuchteten aus dem Kissen heraus. Anna hatte zugenommen und Anton fand seine Frau von Tag zu Tag schöner.
„Es war doch so eine schöne Hochzeit gestern. Dörte sah reizend aus in meinem Kleid. Und jetzt sind sie ein Paar, genau wie wir, Anton. Sag, erinnerst du dich noch, als wir damals im Kloster über unseren Plan sprachen, gemeinsam wegzugehen?" Anton stützte seinen Kopf auf den Arm und nickte erst ein wenig brummig, dann stupste er mit dem Zeigefinger ihre Stupsnase mit den Sommersprossen an.
„Ich erinnere mich sogar sehr gut daran, Novizin Anna. Aber wir sind immer noch auf der Flucht! Wenn wir aber erst bei meinen Eltern zu Hause sind, dann werden wir endlich zur Ruhe kommen. Wir hätten wohl doch gleich dorthin gehen sollen. Jetzt haben wir einen langen schweren Weg vor uns. Zum Glück ist der Weg über den Umbrailpass jetzt im Juli gut begehbar. Aber der Weg ist trotzdem beschwerlich. Und ich sorge mich vor allem natürlich um dich, meine allerliebste Anna", raunte er ihr ins Ohr.
Die junge Frau lächelte geschmeichelt, dann strampelte sie die Bettdecke zurück und schob das Nachthemd ganz nach oben. Die strammen Schenkel und das Becken boten einen Anblick, den jedermann Mann auf sündhafte Gedanken bringen konnte. Aufmerksam betrachtete Anna ihren kaum gewölbten Leib und strich mit der Rechten sanft darüber.

„Sieh mal Anton, er ist noch kein Stück gewachsen. Bist du auch so aufgeregt, was es werden wird? Was wäre dir eigentlich lieber, ein Bub oder ein Mädel?" Anton setzte sich auf, schlang die Arme um ihren Unterleib und küsste dann zart Annas Bauchnabel. Dabei brummte er begehrlich.
„Hmmm, dieser Anblick erweckt eigentlich Wünsche in mir!" Doch Anna wehrte ihn lachend ab, weil sein Mund auf ihren Venushügel hinab rutschte und er sie ein wenig zu beißen versuchte.
„Hör auf Anton! Ich wollte doch nur von dir wissen, was dir lieber ist!" Sie schob seinen Kopf von ihrem Bauch und streifte das Nachthemd rasch wieder hinab bis zu den Knien. Anton lachte leise.
„Ach, das ist mir eigentlich egal. Hauptsache das Kind ist gesund und wird so hübsch wie du! Deine Übelkeit hat ja auch nachgelassen, genauso wie es die Katharina vorausgesagt hat." Anna lächelte verschmitzt.
„Wir sollten uns doch langsam einen Namen für das Kind aussuchen, Anton!" Der schüttelte grinsend den Kopf.
„Hör mal, noch haben wir beinahe acht Monate Zeit. Jetzt steh endlich auf, du schwangere Geiß! Wir müssen noch einiges packen, was wir mitnehmen wollen. Und morgen früh brechen wir auf! Balthasar hat Samuel und Dörte ein Muli und einen Wagen geschenkt. So können wir mit seinem und unserem Wagen eine Menge Hausrat mitnehmen. Vergiss aber nicht deine Kutte herauszunehmen, du brauchst sie morgen früh!" Anna sah Anton spitzbübisch lächelnd an.
„Wozu brauchen wir denn unsere Kutten, lieber Anton?" Er lächelte breit.
„Ganz einfach mein Liebes! Morgen, ganz früh bricht eine Reisegruppe bestehend aus zwei Novizinnen und zwei Mönchen auf. So kommen wir unerkannt bis an unser Ziel! Wir sind auf einer Wallfahrt!" Anna schüttelte den Kopf und sah Anton schmunzelnd an.
„Auf so eine Idee kannst aber auch nur du kommen! Der liebe Herrgott wird uns das hoffentlich verzeihen. Übrigens, woher habt ihr für Samuel eigentlich eine Kutte, Bruder Anton?"
Anton brummelte zunächst etwas vor sich hin, dann grinste er breit.

„Die Kutte habe ich von Pfarrer Suttner bekommen, er wollte in seiner Jugend mal Mönch werden. Und außerdem hat der liebe Herrgott allen Grund, wenigstens einmal seine schützende Hand über uns zu halten!" Mit diesen Worten entfernte er sich wortlos aus dem Schlafgemach. Anna sah ihrem Gatten nachdenklich hinterher. Warum war Anton in der letzten Zeit denn nur so mürrisch? Anton hatte in letzter Zeit schon des Öfteren dem Herrn gezürnt. Anna verstand es zwar, aber sie billigte es keinesfalls. Dafür war sie noch zu sehr die Novizin Anna. Sehr sanftmütig, gottergeben und eben auch duldsam. Aus der einst lebenslustigen und gut gebauten Bauerntochter Anna, war über die Jahre inzwischen eine selbstbewusste junge Frau, mit vielen Zweifeln geworden. Inzwischen nun schon achtzehn Jahre alt, hatte sie doch schon einiges erleben müssen. Gutes wie Schlechtes. Aber derzeit schien wohl das Schlechte wieder die Oberhand in ihrem Leben gewinnen zu wollen.

Über die schneebedeckten Berggipfel schob sich langsam der gelbliche Sonnenball und leckte an den dicken Nebelschwaden, die über dem kleinen Tal lagen.
In den letzten Julitagen war es am Tage stets herrlich warm gewesen. Sie hatten im Garten gearbeitet und bereits die ersten Kräuter geerntet. Aber nun hieß es für sie Abschied nehmen, von lieben Menschen und einem schönen Heim. Mit großer Trauer hatte Anna an Katharina den Garten und die kleinen Beete übergeben, aber auch die Ziegen und Schafe mussten zurück bleiben. Sehr zum Leidwesen Dörtes, die alle Tiere lieb gewonnen und jeden Tag versorgt hatte. Aber nun mussten sie fort, auch von der lieben Familie Birgler, die ihnen so viel geholfen hatte. Die Mädchen waren traurig, Anton dagegen freute sich.
Aus dem Hoftor des Bauern Birgler knarrten nacheinander zwei Wagen, mit je einem Muli davor. Beide Gespanne wurden von zwei Mönchen gelenkt. Auf dem ersten Wagen saßen Anna und Anton, auf dem zweiten Dörte mit Samuel. Die jungen Sennenhund Hündinnen Laura und Heidi liefen neben den Wägen her. Sie waren inzwischen kräftige Tiere geworden. Der alte Lechner Seppl hatte Laura Dörte zur Hochzeit geschenkt. Seitdem wichen die Hunde nimmer von Annas und Dörtes Seite. Und

seit Anna schwanger war, bewachten sie beide Anna förmlich, und Anton musste Heidi jeden Abend aus dem ehelichen Schlafgemach verbannen, was sie stets mit missmutigem Knurren geschehen ließ.

Nach einer herzlichen, tränenreichen Verabschiedung hatte Anton das Zeichen zum Aufbruch gegeben, und dann zuckelten die beiden Gespanne aus dem Dorf hinaus zum Talausgang.

Noch lange standen Katharina und Balthasar Birgler am Hoftor und sahen den sich langsam im Dunst entfernenden Gespannen nach. Balthasar schlug ein Kreuz.

„Möge der Herr sie beschützen!", flüsterte er vor sich hin. Seine Frau wischte sich mit der Schürze ein paar Tränen aus den Augen.

„Mein Gott, hoffentlich sehen wir unseren Sohn jemals wieder, Balthasar", meinte sie leise. Der Bauer strich sich mit der Hand über seine grauen kurzen Haare.

„Hab doch Zuversicht Frau! Die Vier halten zusammen wie Pech und Schwefel! Sie werden ihr Glück machen. Und wenn Gott es will, sehen wir auch noch unser Enkelchen aufwachsen! Wir müssen eben nur auf Gott vertrauen!" Katharina nickte.

„Ja, du hast Recht, auch wenn er es uns Menschen manchmal sehr schwer macht."

Der Weg führte talwärts durch dichtes Waldgebiet. Und so begegneten ihnen zu dieser frühen Stunde schon Rehe und Hirsche und sogar ein Auerhahn war zu hören.

An einer Weggabelung hielt Anton den Wagen an und sah sich zu Samuel um, der hinter ihnen fuhr.

„Wo müssen wir jetzt entlang fahren, Samuel? Ich kann mich beim besten Willen nicht mehr daran erinnern, wo wir auf dem Herweg heraus gekommen sind!", rief Anton nach hinten. Samuel hielt seinen Wagen neben dem von Anton an, stieg ab und kam nach vorn.

„Also Bruder Anton! Wenn wir den Hauptweg nehmen, den sonst die Händler aus dem Tal herauf nehmen, dann müssten wir uns links halten. Ich würde aber mal sagen, wir biegen hier nach rechts ab! Dieser schmale Weg führt uns immer an den Berghängen entlang. Und den nehmen um diese Jahreszeit eigentlich nur die Waldbauern, wenn sie Holz aus dem Wald holen." Anton nickte grinsend und schob die Kapuze der Kutte ins Genick.

„Ich würde sagen Bruder Samuel, deine Überlegungen sind nicht falsch. Aber was ich dir noch sagen muss, dein Schuhwerk passt überhaupt nicht zu einem Mönch! Oder hast du schon mal einen Mönch in Stiefeln gesehen? Du brauchst unbedingt noch ein Paar Sandalen, mein lieber Bruder Samuel!" Dörte sah auf einmal ihren Mann leicht erschreckt von der Seite an.

„Oh Gott, darauf habe ich nicht geachtet! Woher soll der Samuel das auch wissen. Die Schuld liegt bei mir!", verteidigte sie ihren Mann. Anna winkte lachend ab, weil sich Dörte dabei so erregte.

„Seine Kutte ist so lang, da sieht man doch die Stiefel kaum. Im nächsten Ort, unten im Tal, werden wir versuchen ein paar Sandalen zu finden. Und glaube mir, wenn wir erst über den Umbrailpass laufen müssen, wird Samuel froh sein, dass er noch Stiefel im Gepäck hat. Er ist eben noch ein junger Mönch, und erst kurz in unserem Orden", bemerkte sie lachend und stieg wieder hinauf auf den Wagen zu Anton, der sie, an einer Hand festhaltend, emporzog.

„Komm, meine schwangere Novizin! Jetzt fahren wir in die Freiheit! Also aufgestiegen, und los geht es!"

Gut eine Stunde später passierte der Reitertrupp des Landsknechthauptmanns Bertramer, in einer langen Reihe dahin reitend, die gleiche Weggabelung, die vor wenigen Stunden die beiden Gespanne der jungen Leute passiert hatten.
Aufatmend sah Hauptmann Bertramer hinauf zum Himmel, der langsam heller geworden war. Erste Sonnenstrahlen reichten hinab bis auf den Waldweg und erwärmten die Luft. Der Trupp war nach kurzer Rast in der Nacht, wieder aufgebrochen. Der Hauptmann wollte unbedingt am frühen Morgen in Tschierv sein und dann die angrenzenden Hügel mit ihren Gehöften erreichen. Er hoffte die Gesuchten quasi noch im Schlaf zu überraschen. Hätte auch nur einer von ihnen nur einige Meter weiter an der Abzweigung auf den Boden geschaut, hätten sie die Wagenspuren sehen müssen, die unsere Vier hinterlassen hatten. Doch der Trupp achtete nicht darauf, wollten sie doch so schnell wie möglich ihren Auftrag erfüllen und wieder nach

Hause reiten. Es ging ja nur um ein paar ungefährliche Novizinnen und einen Mönch.
Gegen sechs Uhr erreichte der Trupp den Dorfrand und hielt an. Der Hauptmann und seine Landsknechte stiegen vom Pferd, um sich die steifen Beine zu vertreten und die Pferde ein wenig ausruhen zu lassen. Vom nahe gelegenen Bach holten sie Wasser für die Tiere.

„Hört zu Männer, wir teilen uns auf! Immer zwei Mann durchkämmen die Häuser. Ich selbst suche nach dem Herrn Pfarrer, der wird wohl am ehesten wissen, wo sich diese Ausreiser aufhalten werden!"
Balthasar Birgler war gerade dabei die Kühe zu melken, als draußen im Hof kräftig gegen das Tor geschlagen wurde.

„Aufmachen! Aufmachen, im Namen des Bischofs!", erschall es, und Balthasar wurde einen Augenblick lang blass. Die Häscher des Bischofs waren schon da! Flink rannte er in die Küche, wo er auf Katharina traf, die zitternd hinter der Gardine stand und hinausschaute.

„Die Büttel des Bischoffs, Balthasar! Dass die so schnell kommen, hätte ich nicht gedacht! Sie müssten aber doch unseren Lieben begegnet sein!", flüsterte sie angstvoll. Doch Balthasar winkte grinsend ab und zog sie vom Fenster weg.

„Das glaube ich nun wieder nicht, denn Samuel wird den Weg am Bach entlang genommen haben! So konnten sie sich also nicht begegnen. Wir wissen jedenfalls von nichts, Frau! Hier gab es keine Mönche und keine Novizinnen, klar? Und nun lächle, Weib!", befahl er ernst und zwinkerte dabei seiner Frau schalkhaft zu. Dann trat er aus der Tür und ging über den Hof, um das Tor zu öffnen. Einer der Landsknechte schimpfte laut.

„Aufmachen, Bauernpack! Oder liegt ihr alle noch in den Federn! Macht endlich auf!", schallte es von draußen. Langsam öffnete Balthasar das stabile Tor. Sofort stellte einer von zwei Landsknechten seinen Stiefel zwischen die Tür und sah den Bauern streng an.

„Wir suchen zwei junge Novizinnen und einen Mönch. Wisst ihr, wo die sich aufhalten, Bauer?" Doch Balthasar schüttelte den Kopf. Langsam sprechend antwortete er:

„Soldat! Bei uns hier oben gibt es keine Novizinnen und auch keine Mönche. Wir haben nur einen Herrn Pfarrer, Herr

Soldat!". Dabei sprach er sehr langsam und sah den Landsknecht dabei treuherzig und einfältig lächelnd an. Der schob den alten einfältigen Kauz einfach beiseite und sah sich im Hof und dem Stall um. Nach einer Weile erfolgloser Suche machte er sich wieder wortlos von dannen. Balthasar schloss das Hoftor hinter ihm und grinste in sich hinein.

„Der Anton hatte also doch Recht mit seiner Eile", knurrte er leise vor sich hin und ging wieder zurück in den Stall zu den drei Kühen, um sie weiter zu melken.

Eine Stunde später trafen sich die Soldaten schwitzend und durstig wieder am Ortsrand, gleich neben einem einsamen unbewohnten kleinen Gehöft. Bertramer war wütend. Sie hatten nicht eine einzige Spur von den Gesuchten gefunden! Er deutete auf das einsame Gehöft am Hang.

„War da drüben schon jemand von euch?" Als alle die Köpfe schüttelten, stand er wieder ächzend von seinem Stein auf und sah den ältesten der Landsknechte an.

„Ignatz kommt mit, wir beiden Altgedienten gehen jetzt noch bis da hinüber und schauen uns dort um. Und danach ziehen wir sofort wieder ab! Mich treibt es zurück in die warmen Kissen meiner neuen Gespielin." Der alte Landsknecht trabte grinsend neben seinem Hauptmann her und beide erreichten das Haus. Doch plötzlich lauschten sie. Leise meckerte eine Ziege und einige Schafe blökten. Hauptmann Bertramer hob seine Augenbrauen.

„Na sieh mal einer an! So einsam und verlassen scheint die Hütte ja nun doch nicht zu sein! Sehen wir uns doch mal drinnen um!", brummte er.

Sie stiegen über den Gartenzaun. Alles war sehr sauber und akkurat, aber nirgendwo wuchs eine Pflanze. Dass hier schon geerntet worden war, das sah der Hauptmann sofort! Mit einem Tritt brach er die Tür zum Haus auf und trat ein. Auch hier war alles sauber und sehr ansehnlich. Hier musste es eine gute Hausfrau gegeben haben. Gerade als er sich umdrehte, um das Haus wieder zu verlassen, stand ihm plötzlich wie aus dem Boden gewachsen dieser einfältige Bauer wieder gegenüber. Doch diesmal hielt der eine Mistgabel in Brusthöhe und sah die beiden Landsknechte böse an.

„Was erdreistet ihr euch, Hauptmann! Ist es üblich, dass die Landsknechte des Bischofs schon die Türen eintreten!", schrie Balthasar den Hauptmann zornig erbost in voller Lautstärke an und war plötzlich überhaupt nicht mehr einfältig. Dieser zog des lauten Tons wegen einen Moment die Augenbrauen erstaunt empor.

„Oha! Und was macht ihr dann hier, Bauersmann? Ist das etwa auch euer Haus?", echote der Hauptmann Bertramer zurück. Balthasar stemmte seine Arme in die Hüften, trat dann einen Schritt auf den Hauptmann zu und sah diesem dabei völlig unerschrocken in die Augen

„Ihr seid im Hause meiner seligen Großtante, Schwester Ludowika, einer sehr gottesfürchtigen Nonne im Hospiz von Langstetten, Hauptmann! Ja, wir halten ihr Haus in Ordnung und bearbeiten auch ihren Garten!" Bertramer sah sich aufmerksam um.

„Und dann siehst es aus, als ob die Bewohnerin gerade eben das Haus verlassen hat? Ich kenne doch eure Bauernkaten!", erwiderte Bertramer schon etwas unsicher. Da er aber nichts finden konnte, beschloss er den Rückzug anzutreten. Wortlos ging er an Balthasar vorüber, ohne ihn auch nur eines Wortes zu würdigen. Draußen rief er seine Männer zusammen.

„Alles sofort antreten! Versorgt die Pferde, dann reiten wir zurück!", lautete sein Befehl. Als Balthasar sah, dass sich die Gefahr verzogen hatte, atmete er erleichtert auf und ging zurück zu seinem Hof, um seiner Katharina Bericht zu erstatten. Die aber war bereits in großer Sorge, als er bei ihr ankam und stand wieder am Fenster.

„Balthasar, ich habe gerade gesehen, wie der Hauptmann mit dem Ziegen-Achim geredet hat", erzählte sie ihrem Ehemann aufgeregt.

„Der einfältige Narr kam nach dir über die Wiese auf das Haus zu! Dieser einfältige Pinsel wird in seiner Beschränktheit alles ausplaudern. Schließlich war er ja öfters bei der Anna wegen seiner Wunde am Arm." Balthasar wurde blass und dachte einen Augenblick nach. Was war jetzt zu tun? Wenn der Depp geredet hatte, war alles aus, sie würden bestimmt zurückkommen!

„Du hast recht, Frau! Wir sollten eine Weile in den Wald verschwinden und auch alle anderen im Dorf warnen. Schnell, beeilen wir uns! Ich bin sicher, die Soldaten werden gleich zurückkommen!"

Hastig verließen sie den Hof durch das Tor im Garten. Rannten dann zu den Freunden im Dorf und warnten auch sie. Im Nu war alles was Beine hatte zum nahen Wald auf den Füßen. Von dort aus beobachteten sie, was unten im Dorf geschah. Balthasar dachte an seine Kühe im Stall. Die Ursel, Marie und Agnes waren gute Milchkühe, hoffentlich nahmen die Soldaten sie nicht mit! Es wäre nicht das erste Mal, dass sich die Soldaten derart bedienten.

Hauptmann Bertramer wollte gerade sein Pferd besteigen, als ein zerlumpter und etwas hinkender junger Bursche mit roten Haaren neugierig heran geschlendert kam und ihn grinsend ansah. Der Hauptmann machte mit dem Pferd eine halbe Drehung, und sah den Jungen streng an.

„Was willst du Rotznase, he?", fuhr er den Jungen an. Der grinste breit und verzog das Gesicht zu einer Grimasse, so wie es geistig behinderte zumeist tun.

„Gebt mir einen Groschen dann erzähle ich euch etwas Wichtiges Soldat!", erwiderte der Rotschopf und wrang die Hände vor der Brust. Seine dunklen Augen huschten dabei unaufhaltsam hin und her. Bertramer verzog zornig das Gesicht.

„Was willst du denn schon Wichtiges wissen, he?" Der Junge hielt die Hand auf.

„Erst einen Groschen, Soldat!" Hauptmann Bertramer griff in die Tasche und brachte ein Geldstück zum Vorschein. Das warf er dem Jungen zu und knurrte:

„Wenn du jetzt nicht wirklich etwas Wichtiges zu sagen hast, lass ich dich von meinen Männern da drüben im Bach ersäufen! Also, wie heißt du, und was weißt du nun so Wichtiges?" Der Rotschopf wischte den Geifer, der ihm aus dem Mund lief, mit dem Ärmel seines Hemdes ab.

„Ich bin der Ziegen-Achim, einfach nur Achim, lieber Herr Soldat! Heute ganz früh am Morgen, sind die von da drüben schon losgefahren. Sie haben zwei Gespanne und zwei schöne Madeln bei sich!" Danach drehte er sich weg und begann plötzlich zu singen:

„Ich bin der Ziegen-Achim und reite in die Welt ... Dann trottete der Junge quer über die Wiese davon. Landsknechthauptmann Bertramer begann plötzlich laut und gotteslästerlich zu fluchen. Er war also hinters Licht geführt worden von diesem Bauernpack!

„Ich habe es doch gewusst! Diese Bande hat uns die ganze Zeit zum Narren gehalten! Los! Bringt mir den Bauer und seine Alte her!", schrie er außer sich vor Zorn seine Soldaten an, und die rannten hastig davon. Schon nach wenigen Minuten kamen sie wieder zurück.

„Hauptmann! Keine Menschenseele ist mehr im Dorf zu finden! Das ganze Dorf ist leer! Die sind alle abgehauen!"
Bertramer nickte aufgebracht und seine Augen funkelten erbost. Wütend nahm er schnell eine Fackel aus seinem Gepäcksack, und zündete sie an. Dann ritt er langsam auf das Gehöft von Balthasar und Katharina zu. Mit einem weit ausholenden Schwung warf er die brennende Fackel in die offene Luke des Heustadls! Es dauerte nur wenige Augenblicke und es qualmte. Der Stadl begann sofort lichterloh zu brennen und in Windeseile fraßen sich die Flammen dann zur Scheune hinüber. Im Nu stand der ganze Hof in Flammen und die Tiere blökten laut und angstvoll. Kurze Zeit später jagten die Landsknechte aus dem Ort in Richtung Tal hinab. Die Hoffnung die Flüchtlinge doch noch einzuholen, trieb sie mit größter Eile vorwärts.
Balthasar Birgler, seine Frau Katharina und alle restlichen Dorfbewohner standen oben am Waldrand und sahen mit Entsetzen, wie der Hof lichterloh brannte. Katharina hatte sich auf die Knie fallen lassen, betete und weinte. Plötzlich aber kam Bewegung in die Männer!

„Schnell, wir müssen zumindest die Tiere retten!" Im Nu rannten alle querfeldein den Hang herunter, um noch zu retten was zu retten war.

„Los! Reiten wir ihnen nach und gerben ihnen das Fell!", brüllte einer der Jungs, und mehrere folgten sofort seinem Beispiel. Im Nu hatte jeder ein Pferd aus dem Stall geholt. Andreas, der kleinste von ihnen, kam mit einem Muli. Bewaffnet mit alten Musketen, Lanzen und Sensen jagten sie dem Soldatentrupp hinterher. Da sie sich hier oben im Gebirge besser auskannten, dauerte es auch nicht lange, und sie hatten die

Landsknechte über eine Abkürzung bereits überholt und ritten nun vor ihnen.

Martin Denner war ihr Anführer. Er war ein großgewachsener breitschultriger Bursche mit Händen, so groß wie Schaufeln. Er zügelte sein Pferd und wandte sich seinen Freunden zu.

„Hört mich an! Wie haben sie bereits vor einer viertel Stunde oben am Abzweig überholt! Da sie bestimmt auf der Suche nach Samuel und seinen Freunden sind, werden sie bis zur Abenddämmerung noch reiten, um sie einzuholen. Es muss einer von uns nach hinten die Verbindung halten. So wissen wir, wann und wo sie rasten werden. Die anderen warnen Samuel und seine Freunde!" Jost Hugi ließ sein Pferd ein wenig tänzeln, es war unruhig und solche gemeinsamen Ritte noch nicht gewohnt.

„Willst du die Landsknechte wirklich angreifen?", fragte er unsicher seinen Freund. Martin nickte entschlossen.

„Ja, Männer! Sie sollen wissen, dass man bei uns in den Bergen nicht ungestraft ein Haus anzünden kann! Und wir lassen keinen von ihnen entkommen! Also lasst es uns jetzt und hier schwören!" Martin sprang von seinem Pferd herunter und die anderen taten es ihm nach und bildeten einen Kreis.

„Reichen wir uns die rechte Hand zum Schwur, Brüder!", forderte Martin. Ein jeder streckte seine rechte Hand nach vorn aus und legte sie über die der Freunde.

„Wir schwören hiermit jede Schandtat an unserem Dorf und unseren Brüdern und Schwestern zu rächen!", sprach ihr Anführer Martin eindringlich und fest. Und die anderen sprachen ihm den Schwur nach. Dann wurde beschlossen, dass Reto Soltoi zurückbleiben solle. Schnell setzte sich der Trupp wieder in Bewegung. Hoffentlich hatten die Landsknechte die Gespanne ihrer Freunde noch nicht eingeholt …

Kurz vor Einbruch der Dunkelheit erreichten die beiden Fuhrwerke eine kleine, gut gedeckte Senke, unmittelbar an einem Waldrand. Sie berieten sich und beschlossen hier die Nacht zu verbringen. Dörte und Anna wollten gerade ein Feuer anmachen, um eine Suppe aufzuwärmen, doch Anton hielt sie sofort zurück.

„Haltet ein! Kein Feuer anmachen! Wir wissen nicht wer noch unterwegs ist in dieser Nacht. Ein paar Brotkanten müssen genügen!" Dabei sah er besorgt Anna an, als wollte er feststellen, ob es ihr auch wirklich gut ging. Die junge Frau rückte ihre viel zu enge Kutte ein wenig zurecht und lächelte ihren Mann an.

„Mach dir doch nicht so viel Gedanken um mich, mir geht es gut", flüsterte sie ihm zu und wollte schon wieder den Topf zurück zum Wagen bringen. Doch Anton nahm ihn ihr aus der Hand und schüttelte den Kopf.

„Du sollst dich aber trotzdem mehr schonen, Liebste!", entgegnete er ihr und stapfte mit dem Topf vor den beiden kichernden jungen Frauen wieder zurück zum Wagen.
Eingehüllt in dicke Decken lagen die Paare wenig später auf ihrem Wagen und betrachteten den Sternenhimmel. Die Heidi hatte sich ebenfalls ihren Platz oben auf dem Wagen gesichert und lag zu Annas Füßen. Ab und zu hob sie den Kopf und lauschte in die Nacht hinein, ehe sie ihren massigen Schädel auf die Vorderpfoten legte und ebenfalls zu schlafen schien.

Reto hatte seine Gruppe nach dem Dunkelwerden wieder erreicht und erstattete nun flüsternd Bericht.

„Die Landsknechte lagern drüben an der flachen Stelle des Baches, der aus den Bergen kommt. Wenn es heute Nacht richtig regnet, werden sie nasse Füße bekommen", lachte er leise. Martin Denner brummte:

„Typisch Städter! Wenn es oben in den Bergen richtig schüttet, dann spült es die ganze Bande da unten schneller weg als die aufwachen können. Aber leider ist wohl kein Regen in Sicht! So, was machen wir also?" Er sah sich in der Runde seiner Gefährten fragend um. Urs Nalacher richtete sich auf und setzte sich in die Hocke, die Arme um die Knie gelegt.

„Wenn wir verhindern wollen, dass diese Landsknechte Samuel und sein Gefolge einholen, müssen wir ihnen heute Nacht auf den Pelz rücken! Oder was meint ihr?" Er sah die Anderen an, und alle nickten einhellig. Martin selber nickte ebenfalls zustimmend.

„Gut, dann warten wir bis sie schön schlafen. Wir haben heute Nacht Vollmond. Wenn sie keine Wachen aufgestellt haben,

führen wir ihre Pferde weg. Und dann nichts wie drauf! Keiner von ihnen darf uns entkommen!"
Urban Hunziker, ein Riese von einem Kerl, wog grinsend seinen armdicken Knüppel in seiner Hand. Er warnte aber die anderen, es sich ja nicht zu leicht vorzustellen.
„Sie sind Landsknechte und das Kämpfen gewohnt! Also darf es kein Pardon geben, sonst sind wir im Arsch! Ich sage euch das nur, damit keiner denkt, wir machen heute ein kleines Spiel mit der Dorfjungend von Schlöns! Die Frage ist, entweder wir oder diese Söldner! Was ich also sagen will, habt kein Mitleid! Denn diese Bande wird mit uns auch keines haben!" Er wollte gerade aufstehen, als urplötzlich drei dunkle Gestalten auftauchten und stehen blieben und sich bemerkbar machten. Im Nu war alles erschrocken auf den Beinen!
„Wer seid ihr?", rief Martin halblaut in die Nacht hinein. Von drüben kam leises mehrstimmiges Lachen herüber.
„Wir sind eure Verstärkung! Zumal ihr ja nicht mal eine Wache aufgestellt habt!" Martin stutzte.
„Josef, bist du es?", rief er leise, und prompt kam es lachend zurück:
„Na was denkst du denn, du alte Schlafmütze!" Die dunklen Gestalten traten näher. Es waren der Schmied Josef, sein Schwager Emilio und Josefs Sohn Ernest. Alle drei waren richtig große, kräftige Mannsbilder aus dem Nachbardorf. Martin umarmte den Schmied freudig.
„Na, hat dich deine Gerlinde tatsächlich fortgelassen, Schmied?" Der lachte leise vor sich hin.
„Na ja, du kennst sie ja, die Weiber! Erst hat sie ein wenig gemosert, aber dann hat sie es eingesehen, dass wir Samuel und den Seinen helfen müssen. Sie haben halt immer Angst die Weiber, dass das Bett kalt bleibt!", lachte er leise. Martin erklärte ihnen, was er vorhatte und wie er die Landsknechte aufzuhalten gedachte.
„Sie werden in aller Herrgottsfrühe aufbrechen wollen, um Samuels Tross einzuholen. Das ist unsere Chance, denn sie müssen unbedingt durch den Hohlweg, drüben an der Radek-Klamm. Da müssen sie, einer hinter dem anderen reiten und haben kaum Raum für Bewegungen! Wir brechen also sofort auf und reiten hinüber. Am Ende des Hohlweges und oberhalb

verbauen wir den Weg! Und dann fallen wir über sie her! Wir sind vier Kämpfer mehr als sie, und werden sie garantiert überraschen! Was meint ihr zu meinem Plan?" Der Schmied feixte.

„Du bist ein ausgeschamter Hund, Martin! Aber die Idee ist genial, so machen wir es! Ich freue mich schon so richtig drauf, den verdammten Landsknechten mal richtig das Wams zu walken! Ha, ha", lachte er und rieb sich die Hände.

Landsknecht Hauptmann Bertramer schälte sich stöhnend aus seinen Decken. Missmutig sah er sich um. In der Nacht hatte es tatsächlich angefangen zu nieseln. Alles war feucht, klamm und die Steine des Weges waren glitschig. Ohne Feuer gab es nur einen Kanten trockenes Brot, und so war die Stimmung an diesem Morgen schon mehr als schlecht unter den Soldaten. Selbst die Pferde schienen missmutig zu sein. Und so trottete die Kolonne dann auch durch den nassen morgendlichen Wald. Noch war die Sonne um diese Zeit nicht über die Wipfel der Bäume gestiegen, alles war nur schemenhaft zu erkennen. Dicke Nebelschwaden zogen über den Reitweg und erzeugten so eine Menge Trugbilder. Hauptmann Bertramer ritt eingemummt an der Spitze und hielt kurz inne. Er sah sich um. Halblaut meinte er:

„Hört zu Männer! Wir reiten jetzt gleich wieder durch diesen verdammten Hohlweg! Bleibt also dicht zusammen und passt auf, dass sich kein Pferd die Haxen bricht auf den rutschigen Steinen! Ich schätze, wenn die Sonne aufgeht, werden wir die Lumpenhunde eingeholt haben! Die Weiber sind dann euer Finderlohn!", lachte er laut, worauf ihm sofort ein freudiges Lachen antwortete. Dieses kleine Zugeständnis hob nun mal die Moral der Truppe an diesem Morgen. Zumal die jungen Weibsbilder Nonnen sein sollten. Solcherart Kriegsbeute war bei den Landsknechten beliebt, und schon ritten sie auch sofort eine Idee forscher. Der Bischof hatte ihnen zwar aufgetragen, die Drei unversehrt zurückzubringen, aber dass man keinen kleinen Spaß mit den beiden Weibern haben könne, hatte er nicht gesagt.

Hauptmann Bertramer sah hinauf zum Himmel, der durch die großen Tannen kaum zu sehen war. Es war merklich dunkler und kühler geworden, und sie ritten langsam, einer hinter dem anderen, in den Hohlweg hinein. Der Hauptmann fröstelte unter seinem Umhang und schaute angestrengt nach vorn. Bertramer wollte gerade ein wenig das Kreuz strecken und sich im Sattel aufrichten, als ihm urplötzlich etwas Dunkles mit voller Wucht gegen die Stirn prallte! Die Wucht des Schlages riss ihn förmlich aus seinem Sattel und ließ ihn hinter seinem Pferd zu Boden plumpsen, wo er, wie eine auf dem Rücken gelandete Schildkröte, mit den Beinen strampelte. Gerade als er sich auf die Seite wälzen wollte, um wieder auf die Füße zu kommen, starrte er auf zwei nackte Füße die in Sandalen steckten, so wie sie die Bergbauern trugen. Als er durch das Blut über seinem Auge nun etwas erkennen konnte, sah er gerade noch einen jungen Kerl, der einen riesigen Knüppel mit beiden Händen hochhob. Noch ehe Bertramer diesem Hieb noch entscheidend ausweichen konnte, zerschmetterte dieser erst seinen Helm und danach noch seinen Schädel! Der Hauptmann war auf der Stelle tot! Und nicht viel anders erging es den fünf Landsknechten. Der Kampf hatte keine fünf Minuten gedauert! Aufgewühlt von diesem Sieg über die Landsknechte, sammelten sich die Angreifer, um alle Waffen und Pferde einzusammeln. Die Toten zerrten sie in eine Kuhle und deckten sie mit Tannenreisig gut zu.

Martin Denner sah zum Himmel hinauf und schlug ein Kreuz, dann wandte er sich an seine Kameraden.

„Freunde! Was heute hier passiert ist, darf keiner jemals erfahren! Die Waffen verstecken wir gut, nur die Pferde müssen wir leider loswerden! Denn sie würden uns sofort verraten."

Flori Nobs, ein dunkelhaariger breitschultriger Kerl, schob sich nach vorn.

„Hört zu Leute! Ich nehme die Pferde an mich und bringe sie zu meinem Schwager, drüben hinter der Grenze. Er kann sie verkaufen, den Gewinn teilen wir uns dann. Seid ihr damit einverstanden?" Alle nickten zustimmend. Martin bekam ein feierliches Gesicht.

„Hört mir zu, Freunde! Merkt euch diesen Tag! Denn heute haben sich die Bergbauern zum ersten Mal gegen die Frohn des Bischofs aufgelehnt! Lasst uns das zum Anlass nehmen, diesen Tag jedes Jahr zu feiern! In Zukunft werden wir uns nicht mehr alles gefallen lassen und uns wehren! Ihr kehrt jetzt nach Hause zurück. Ich werde Samuels Trupp suchen und ihn sicher mit ans Ziel geleiten. Sagt meinen Eltern und Eva zu Hause Bescheid, dass ich sicher in ein paar Tagen wieder zurück bin!" Er schwang sich auf sein Pferd, hob den Arm zum Gruß und galoppierte eilig im Halbdunkel davon.

Gerade waren die Wagen wieder beladen worden und man rüstete sich zum Aufbruch, als plötzlich Pferdegetrappel zu hören war. Während sich Dörte und Anna ängstlich sofort im Unterholz versteckten, stellten sich Anton und Samuel, jeder mit einem kräftigen Knüppel bewaffnet, auf den Weg. Im ersten Dämmerlicht des Tages tauchte ein einzelner Reiter über dem Hang auf, hielt das Pferd an und hob den Arm zum Gruß.

„Hallo Samuel! Hallo Bruder Anton! Ich bin der Martin aus Tschierv", rief der Mann und kam dann mit dem Pferd vorsichtig den Hang herab geritten. Tatsächlich kam da der Martin Denner aus dem Dorf, dass sie am Vortag heimlich verlassen hatten. Sie begrüßten sich freundschaftlich. Anton sah den jungen Mann unruhig ein wenig fragend an.

„Was treibt dich denn hierher in diese Gegend um diese frühe Stunde?" Martin ließ sich vom Pferd gleiten. Seine ernste Miene schien nichts Gutes zu bedeuten.

„Meine Freunde und ich folgen euch inzwischen seid ihr abgereist seid. Aber leider folgte euch auch ein Trupp Landsknechte des Bischofs! Sie waren zuerst im Dorf, und als sie euch nicht mehr finden konnten, nahmen sie dann die Verfolgung auf. Denn dieser blöde Ziegen-Achim hatte die Soldaten auf eure Spur gebracht! Er ist nun mal nicht ganz beisammen im Oberstübchen und weiß nicht was er redet." Samuel spürte, wie ihm etwas im Magen grummelte.

„Ist sonst was passiert im Dorf, Martin?", fragte er ihn deshalb vorsichtig. Der junge Mann nickte traurig.

„Ja Samuel, leider, diese Landsknechte haben dabei euern Hof abgefackelt!" Samuel stieß einen Schrei aus, sank auf die Knie und ballte die Fäuste. „Ich bringe diese Bande um!", schluchzte er unter Tränen. Martin half ihm wieder beim Aufstehen und nahm ihn tröstend in die Arme.

„Keine Angst Samuel, das haben wir schon für dich erledigt. Von denen lebt keiner mehr! Und deine Eltern leben, sie hatten sich vorher mit den anderen Dorfbewohnern oben im Wald versteckt", antwortete Martin. Dörte stellte sich an die Seite ihres Mannes und sah Samuel dabei traurig von der Seite an.

„Dann können deine Eltern ja in das Haus von Schwester Ludowika ziehen, in dem wir gewohnt haben. Dort werden sie sich bestimmt auch wohl fühlen. Grüße sie herzlich von uns, Martin!" Doch Martin schüttelte den Kopf.

„Ich werde euch begleiten bis ihr am Ziel seid!" Doch Anton wehrte entschieden ab.

„Das ist gut gemeint, Martin. Aber wir kommen da schon allein zurecht. Dich brauchen sie zu Hause! Denn es ist nicht ausgeschlossen, dass erneut Landsknechte kommen, wenn die anderen nicht zurückkehren. Wir sind nur Pilger, die durch das Land reisen. Ein Zivilist würde da auffallen. Also grüße alle ganz herzlich von uns!" Martin sah alle der Reihe nach an und nickte dann verstehend.

„Na gut, ich wünsche euch viel Glück und einen guten Weg in eure neue Heimat. Und vergesst uns nicht!" Sie umarmten ihn alle kurz, dann sprang er mit Schwung in den Sattel, grüßte noch einmal und galoppierte rasch den Waldweg zurück. Anton gab sichtlich bewegt das Zeichen zum Aufbruch. Neben Anna auf dem Kutschbock sitzend, dachte er nach, während die Pferde dahin trabten. Der Weg wurde etwas besser hier am Ausgang des Tales. Rechts und links stiegen die Bergwände bis in den Himmel empor. So sah es jedenfalls aus, wenn der Nebel die Bergspitzen einhüllte. Anna zupfte Anton am Ärmel und sah ihn bittend an.

„Anton, ich würde doch zu gerne noch einen Besuch bei meinen Eltern machen! Sie werden sich sicher freuen, zu hören, dass sie bald Großeltern werden." Anton sah Anna entgeistert an und zog die Zügel straff.

„Brrr! Brrr!" Sofort blieb der Wagen stehen und der Muli scharrte ungeduldig mit den Hufen.

„Was willst du? Bist du denn nicht gescheit! Dort werden sie zuerst nach dir suchen!", entfuhr es Anton ungehalten. Anna senkte den Kopf und bedeckte die Augen mit ihrer Kutte. Samuel und Dörte kamen nach vorn, um zu fragen, warum man anhielt. Als sie dann von Annas Wunsch hörten, nickte Samuel sofort.

„Verstehst du das nicht, Anton? Wenn Anna jetzt nicht einen Halt einlegt, kann es passieren, dass sie ihre Eltern viele Jahre nicht sieht! Ich verstehe sie, ich würde diesen Besuch auch machen wollen!" Dörte sah Anton ebenfalls bittend an und streichelte seinen Arm dabei.

„Anton, versteh das doch! Sie hat Heimweh! Wenn Anna zu Hause war, geht es ihr sicher gleich besser", redete sie auf Anton ein. Da alle Dörtes Meinung waren, lenkte Anton letztlich doch schweren Herzens ein.

„Also gut, aber wir müssen vorsichtig sein und fahren dann einzeln. Anna und ich fahren zuerst, ihr kommt eine Stunde später nach. Wenn wir die Ebene verlassen haben, treffen wir uns wieder und fahren dann zusammen hoch auf die Alm zu Annas Eltern!"

Melchior Schwanten und sein Sohn Johannes waren gerade dabei das wacklige Scheunentor zu richten, als sie plötzlich weit unten zwei Gespanne den Weg herauf fahren sahen. Johannes legte die Hand über die Augen.

„Sieht aus wie eine Gruppe Nonnen und Mönche, Vater. Aber was wollen die alle hier oben bei uns?". Melchior Schwanten winkte ab.

„Wer weiß was das wieder für Bettelmönche sind! Wir haben selber kaum genug zu essen, geschweige denn noch etwas zu verschenken! Aber deine Mutter wird es sich nicht nehmen lassen, die alle einzuladen, vermute ich mal", brummte er missmutig und legte sein Handwerkszeug beiseite, um vorsorglich das Tor zum Hof zu schließen.

Inzwischen hatte aber der erste Wagen das Hoftor bereits erreicht und fuhr einfach durch das noch offen stehende Tor auf den Hof. Melchior, zunächst sprachlos von so viel Dreistigkeit, war außer sich und wollte schon loswettern, was den Pfaffen einfiele, als er plötzlich einen Augenblick stutzte. Was waren denn das für Sitten? So etwas hatte er noch nie in seinem Leben gesehen! Ein groß gewachsener Mönch half einer Nonne vom Kutschbock, indem er sie einfach an der Hüfte umfasste, ihr dann sogar einen Kuss gab und sie einfach herunterhob! Und auch der zweite Wagen bog ebenfalls geradewegs auf den Hof ein und blieb nun auch mitten im Hof stehen.

„Aber nun ist es genug!", brummte er und wollte schon losdonnern, da schaute ihn die eine Nonne geradewegs in die Augen. Da durchfuhr Melchior Schwanten ein Stich bis ins Innerste! Als die Nonne dann gar auch noch ihre Haube zurückschob und ihr rotes wallendes Haar sichtbar wurde, breitete sich über sein Gesicht plötzlich ein breites Lachen aus.

„Anna! Du bist es wirklich! Gott, ist das eine Freude! Meine kleine Anna, komm her in meine Arme!" Und schon lagen sich Vater und Tochter in den Armen und herzten sich ungestüm. Melchior nahm das Gesicht seiner Tochter zwischen beide Hände und sah sie an.

„Meine kleine Anna! Ich glaube, du bist ein wenig voller als das letzte Mal bei deinem Besuch!", stellte er fest. Erst jetzt kam er dazu, auch die anderen zu begrüßen. Johannes hatte rasch die Mutter aus dem Stall geholt. Sie begrüßte zuerst Anna mit Tränen in den Augen.

„Ach Kind! Endlich bist du wieder einmal zu Hause! Willst du uns nicht deine Begleiter vorstellen!" Anna schmunzelte zunächst, dann nahm sie Anton an der Hand und zog ihn zu sich und ihren Eltern.

„Meine liebe Eltern! Das hier ist mein Mann Anton! Und die beiden drüben, das sind meine beste Freunde Dörte und ihr Mann Samuel!" Maria Schwanten und ihrem Mann blieb der Mund offen stehen. Die Mutter stotterte:

„Du, du bist verheiratet? Ja, warum denn das?", fragte sie völlig fassungslos. Anna legte ihren Umhang und dann ihre Kutte ab und strich sich über das kleine Bäuchlein. Mutter und Vater Schwanten starrten wortlos ihre Tochter an. Ihre Mutter schien jeden Moment in Ohnmacht fallen zu wollen.

„Du bist guter Hoffnung, Kind?", entfuhr es ihr und sie machte rasch drei Kreuze. Annas Bruder, Johannes Schwanten, war näher getreten und umarmte seine Schwester herzlich.

„Na du hast vielleicht immer Neuigkeiten! Alle Achtung, meine liebe Schwester! Und natürlich auch dir ein ganz herzliches Willkommen, lieber Anton! Ich hoffe, sie tanzt dir nicht zu sehr auf der Nase herum", lachte er und dann umarmte er auch Anton herzlich. Endlich konnte Anna nun auch Dörte und Samuel mit den Eltern bekanntmachen. Maria Schwanten konnte wenig später schon wieder lächeln.

„Na zum Glück habe ich heute schon vorgekocht, weil wir morgen das letzte Vieh von der Alm holen wollen. Also setzt euch alle, gleich bekommt ihr eine Stärkung", rief sie und eilte freudig in die Küche. Anna lief ihr nach, setzte sich an den Küchentisch und legte die Beine auf einen Stuhl. Ihre Mutter sah es und lächelte.

„Bekommst du schon dicke Beine?", fragte sie ihre Tochter. Sie rührte so eifrig in dem Hasenragout, als wollte sie die vielen Fragen überspielen. Anna begann zu erzählen. Von der Hochzeit, dem schönen Haus mit dem Garten, dann von dem Besuch des Beauftragten des Bischofs und schließlich von ihrer Flucht. Die Mutter hörte still zu und schüttelte immer wieder den Kopf.

„Als ob unsereins nicht auch in Frieden leben möchte", resümierte sie. Sie sah Anna lächelnd an.

„Und wann kommt euer Kind?! Anna lächelte und strich sich über den Bauch.

„Da dauert noch, erst im nächsten Februar, Mama". Ihre Mutter lächelte.

„Und, ist der Anton ein guter Mann?", fragte sie ihre Tochter weiter. Anna nickte.

„Oh ja Mama, er ist ein ganz lieber Mensch. Anton kann wunderbar zuhören, ist immer freundlich und hat für jeden ein gutes Wort. Jetzt wo er kein Mönch mehr ist, zeigt er allen sein freundliches Wesen." Maria Schwanten ging wieder zum Herd, um nochmals das Ragout umzurühren.

„Und nun wollt ihr also zu seinen Eltern über die Grenze gehen, ja? Wenn die aber so fromm sind wie du sagtest, wird es nicht einfach für dich werden. Aber immerhin, du hast ja jederzeit hier ein zu Hause", setzte sie noch hinzu und nahm den Topf vom Herd. Draußen saßen alle um den großen Tisch versammelt und die Männer fachsimpelten um Aussaat und Viehzucht. Nur Dörte saß etwas abseits von allen und sah über die Bergwelt. Anna trat zu ihr.

„Was ist Dörte, bist du traurig?", fragte sie ihre Freundin. Doch Dörte lächelte und schüttelte den Kopf.

„Nein, ich genieße die schöne Bergsicht und die Ruhe und den Frieden hier oben", antwortete sie. Anna nickte und setzte sich neben ihre Freundin auf die Bank. Es sah so aus, als ob Dörte etwas melancholisch geworden war.

„Du hast es schön, Anna. Du hast eine liebe Familie, eine Heimat und einen guten Mann", resümierte sie etwas nachdenklich. Anna lächelte.

„Ja, das stimmt Dörte! Aber mit Samuel kannst du dir doch jetzt auch eine Heimat und eine Familie schaffen. Ich bin mir ganz sicher, dass wir drüben hinter der Grenze unser Glück finden werden. Du musst nur auch ganz fest daran glauben." Dörte nickte betrübt.

„Ja, du hast ja Recht. Es wäre bitterböse, wenn ich das nicht glauben würde. Schon Samuel zuliebe muss ich ja daran glauben. Er hat wegen mir sein Dorf und auch seine Eltern verlassen. Und die haben wegen mir ihren Hof verloren! Das schmerzt mich sehr. Aber ich wüsste eben doch zu gerne, wer meine richtigen Eltern sind. Kannst du das verstehen?" Anna nickte wieder.

„Natürlich kann ich das verstehen, Dörte. Jeder will doch wissen wo seine Wurzeln sind."

Der Abend kam und man saß noch lange beisammen. Anton erzählte von seiner Heimat und was er früher dort gemacht hatte auf dem Hof seiner Eltern. Und da Melchior, Samuel und Johannes ebenfalls aus der Landwirtschaft stammten, kam bald ein reges Gespräch unter den Männern auf. Die Frauen sprachen zumeist über ihre Sorgen um die Familie, und besprachen, wie man sich gegenseitig helfen könnte.

Am nächsten Morgen aber hieß es schon wieder Abschied nehmen. Annas Eltern hatten Käse, Brot und einen kleinen Schinken zur Reiseverpflegung beigesteuert. Noch lange standen die drei Schwantens am Hoftor und sahen den beiden Fuhrwerken hinterdrein, bis diese wieder unten im Wald verschwunden waren.

Johannes stieß einen lauten Jodler aus, den Samuel sofort erwiderte. Beide hatten Freundschaft geschlossen und sie hatten sich versprochen, wenn es ginge, sich gegenseitig zu besuchen. Und noch einer schaute ganz betrübt den Davonfahrenden hinterdrein, und das war Joschi, der fünfjährige Sennenhund der Familie Schwanten. Er war am vergangenen Abend bis in die Nacht hinein mit Laura und Heidi herumgetollt, und alle drei hatten dann in der großen Hütte von Joschi die Nacht verbracht.

Eng aneinander gekuschelt hatten sie sich gegenseitig gewärmt. Und Anton hatte darüber noch einen Spaß gemacht, als er meinte:

„Na der gute Joschi hat aber ein Glück! Gleich zwei Frauen in seiner Hütte!" Worauf Anna ihn aus Spaß getadelt hatte.

Im Abstand von einer guten halben Stunde durchquerten die beiden Fuhrwerke das Val Müstair und nahmen dann Kurs auf den Umbrailpass. Eine Straße, die schon die Soldaten aus Italien benutzt hatten, als sie in das Schweizer Müstair einfielen, und welche jetzt von den Salzhändlern genutzt wurde. Und so konnten sie unbeschwert mit den Wägen vorwärtskommen. Trotzdem hatten sie gezittert, als ihnen eine Streife der bischöflichen Palastwache begegnete, obwohl sie vorerst die Kutten bei Annas Eltern ausgezogen hatten.

Mit einem Blick zum Himmel trieb Anton zur Eile an. Sie hatten gerade eben die erste Wegbiegung erreicht, als es plötzlich in der Ferne leise donnerte.

„Wir müssen uns beeilen, damit wir noch die kleine Hütte erreichen, die an der nächsten Bergkuppe steht, ehe uns das Gewitter erreicht!", rief er nach hinten und schnalzte mit der Peitsche in der Luft. Muli Bonzo und sein Freund Jacob schienen die Gefahr zu wittern und zogen kräftig an.

Sie hatten gerade die Hütte erreicht, die beiden Mulis abgeschirrt und in die Kammer geführt, der den Wanderern nachts zum Schlafen diente oder sie bei Schneesturm aufnahm, als das Unwetter losbrach. Blitze zuckten, Donner krachten und ein Regenguss brach sich bahn. Da es schon am späten Nachmittag war, beschlossen sie die Nacht noch zu bleiben.

Als das Sommergewitter endlich vorüber gezogen war, holte Dörte am nahen Bach Wasser und Anna kochte eine kräftige Suppe. Überhaupt schien die junge Frau mit ihren achtzehn Jahren so etwas wie die Mutter der Gruppe geworden zu sein. Alle ordneten sich ihr unter, und sogar Anton erledigte ohne zu murren von ihr übertragene Aufgaben.

Am nächsten Morgen lachte wieder die Sonne. Doch als sie die Tür öffneten stand nur noch ein Wagen davor! Samuel hatte es zuerst bemerkt als er aus der Tür trat.

„Schnell, kommt raus! Mein Wagen fehlt!", rief er, und entsetzt rannten alle vor die Tür. Tatsächlich! Der Wagen von

Dörte und Samuel war verschwunden! Anton ging um die Hütte herum, auf die Seite, wo der Weg herauf führte, den sie am Vortage gekommen waren. Von dort rief er die anderen herbei.

„Seht mal da hinunter! Da unten steht euer Wagen!", grummelte er, erzürnt über den unnötigen Aufenthalt schon am Morgen. Samuel senkte schuldbewusst den Kopf.

„Es liegt an mir, ich habe in der Eile vergessen einen Stein anzulegen. Anton nickte schon wieder besänftigt, denn er wollte keinen Streit mit Samuel.

„Gehen wir also runter und schauen, ob wir ihn wieder herauf holen können. Notfalls müssen die Mulis ran!"

Sie kletterten den steilen Abgang hinunter. Zum Glück hatte ein großer Felsen den Wagen aufgehalten, sonst wäre er wenig später in eine Schlucht gestürzt. Als sie unten ankamen, stellten sie erleichtert fest, dass alle vier Räder noch heil waren. Anton sah Samuel an und grinste.

„So, du Unhold kraxelst wieder hoch und holst die Mulis und zwei Seile!" Er sah Anna an, die dicht neben ihm stand.

„Und was willst du eigentlich hier unten, hm?", er sah sie ernst von unten herauf an, was er immer tat, wenn er mit ihr ein wenig schimpfte.

„Na schieben helfen, was sonst!", entgegnete sie burschikos. Anton schüttelte den Kopf und wurde nun tatsächlich laut.

„Novizin Anna! Du bist offensichtlich unbelehrbar! Gehe wieder hinauf und packe alle Sachen zusammen, und das Schieben überlässt du mal schön uns!", fauchte er sie dann sichtlich erbost, von so viel Unvernunft, an. Anna verzog das Gesicht, streckte ihm die Zunge heraus und stieg leise schimpfend wieder den Hang hinauf. Dörte, die alles mit angehört hatte, musste lachen. Anton drehte sich zu ihr herum.

„Und was lachst du da, he?" Dann winkte er ab und knurrte vor sich hin.

„Ach, ihr Weiber!" Dann wandte sich wieder dem Wagen zu. Dörte grinste breit und unterdrückte das Lachen.

„Ihr hört euch beide beinahe schon wie ein altes Ehepaar an, Anton!", erwiderte sie und Anton musste nun doch schmunzeln, vermied es aber Dörte dabei anzusehen. Endlich kam Samuel mit den Stricken und den beiden Mulis oben am Rand des Abhangs an. Beide Tiere bekamen einen Strick an ihrem Kummet befestigt, dann konnte es losgehen. Mit einem Mal begann Anton unvermittelt und wie wild zu brüllen.

„He, Hea! Vorwärts! Los! Zieht ihr Nichtsnutze!", brüllte er und knallte mit der Peitsche. Derart vom ungewohnten Gebrüll bis ins Mark erschreckt, legten sich nun die beiden Mulis in die Seile und zerrten den Wagen, mit kräftiger Unterstützung der Drei, wieder den Hang hinauf. Oben angekommen nahm sie dann Anna in Empfang und schimpfte sofort wütend auf Anton.

„Was brüllt der Mann denn die armen Mulis so an! Sie haben sich doch zu Tode erschreckt! Seht doch mal wie sie zittern!" Noch ehe Anton ihr antworten konnte, zog Dörte ihre Freundin mit sich fort in die Hütte hinein, und Anton wandte sich kopfschüttelnd ab.

„Anna! Anton musste so grob sein, sonst hätten wir den Wagen nie den Hang herauf bekommen! Denn nur durch sein Gebrüll, haben sie sich so ins Zeug gelegt. Du kennst doch die sturen Mulis!" Anna sah ihre Freundin zuerst unschlüssig an, doch dann lächelte sie verlegen und nickte.

„Entschuldige, ich weiß auch nicht, was mit mir in letzter Zeit los ist. Mama sagt, das kommt von der Schwangerschaft, da werden die Frauen manchmal unausstehlich." Dörte lachte und schob sie zur Tür.

„Na los geh schon, geh zu deinem Mann! Anton nimmt dir doch nichts übel." Anna nickte aufatmend und ging wortlos hinaus. Draußen waren Anton und Samuel gerade dabei die Mulis wieder anzuschirren. Anna vertrat Anton den Weg, der sie finster anschaute und sich einfach an ihr vorbei drücken wollte.

„Halt! Bleib mal stehen, Liebster! Ich wollte nicht so grantig sein! Aber das kommt wohl von der Schwangerschaft, sagt Mama." Antons Gesichtszüge entspannten sich und er nahm Anna in die Arme.

„Na komm her, du störrisches kleines Muli! Ich hab dich doch lieb!", erwiderte er und gab ihr einen Kuss. Und Dörte blinzelte Samuel verschmitzt zu. Der grinste nur, als wollte er sagen: Ja, ja, so sind die Weiber halt manchmal! Schnell zogen sie ihre Kutten wieder über, und dann setzten sie ihre Reise fort.

Der Weg führte von Serpentine zu Serpentine immer höher hinauf. Inzwischen halfen alle beim Schieben der Wägen, weil die Mulis keuchten und immer wieder stehen bleiben wollten. Die Hitze machte Mensch und Tier zu schaffen. Endlich hatten sie den Kamm erreicht, und legten eine kleine Rast ein. Hier oben wehte endlich eine frische Brise. Nach kurzer Erholung brachen sie wieder auf. Von nun ab ging es stetig bergab. Von hier oben aus hatte man eine wunderbare Sicht über die Täler zu beiden Seiten des Bergkamms. Ganz weit unten im Dunst lag das Tal, welches sie vor wenigen Stunden erst verlassen hatten. Aus der kahlen Bergregion heraus kamen sie langsam wieder in bewaldetes Gebiet.
Sie waren etwa eine gute Stunde durch die Kehren bergab gefahren, als Anton urplötzlich den Wagen anhielt, auf den Kutschbock stieg und zum Erstaunen aller, einen weithin schallenden Jodler ausstieß. Und dann gleich noch einmal.

„Wir sind in Italien, Freunde!", rief er und nahm lachend Anna in die Arme.

„Anna, Schatz! Jetzt ist es nicht mehr weit bis nach Hause! Noch eine Kehre und wir biegen vom Weg ab zu unserem Weiler Santa Maria!" Und so geschah es auch. Nach einer weiteren Kehre der Salzstraße bogen die Wägen vom Hauptweg ab in den Wald hinein, der hier oben gerade begann. Anton spornte den alten Jacob an, und der Muli lief plötzlich, als wenn er den Stall bereits riechen konnte. Und so erreichten sie eine große langgezogene Lichtung im Wald, und sahen sie die zahlreichen Bauernkaten. Sofort steuerte Anton seinen Wagen zielsicher auf eines der bunt bemalten Häuschen zu. Mit zinnoberrot bemalten Fensterläden und Blumenkästen davor. Dem Wohnhaus schlossen sich ein Stall und zwei kleinere Holzhütten an. Dahinter war dann ein kleiner Bauerngarten und dazu ein Ziegen- und Schafpferch.
Anton sah Anna kurz von der Seite an, lächelte sie dann überglücklich an und zeigte auf das Haus vor ihnen.

„Wir sind da, Anna! Endlich wieder zu Hause!", strahlte er und umarmte sie ungestüm. Plötzlich wurde die Tür der Kate aufgerissen und ein Junge und ein kleines Mädchen kamen herausgerannt.

„Anton! Bruder Anton! Du bist wieder da!", riefen sie auf Italienisch. Anton nahm sie in die Arme und herzte sie. Dann begrüße Anna die Kleinen und gab ihnen kleine Süßigkeiten, die beide schnell in die Tasche steckten.

„Rennt ins Haus und holt Mutter und Vater heraus, schnell!", rief Anton ihnen zu. Die Kleine sauste mit fliegenden Zöpfen wieder davon und Anton lachte.

„Die Kleine da ist meine Schwester Emma, und das hier ist Mattheo, der Sohn von meinem Bruder." Der Junge sah die fremde Frau in der Nonnentracht mit seinen großen dunklen Augen fragend an. Plötzlich traten eine Frau und ein Mann aus der Stalltür heraus. Die Frau hob die Hand über die Augen und winkte plötzlich.

„Anton! Mein Sohn, wo kommst du denn her! Ich wollte es erst gar nicht glauben, als Emma gerannt kam und rief, der Anton sei angekommen!" Der Mann neben Antons Mutter sah Anna mit seinen kleinen braunen Augen freundlich lächelnd an.

„Hallo Schwester, seit willkommen in Santa Maria!", dann reichte er Anna die Hand. Sie war knochig und schwielig und fühlte sich rau an. Antons Mama trat auf Anna zu und lächelte sie herzlich an.

„Herzlich willkommen, liebe ehrwürdige Schwester! Seid unser Gast und tretet ein in unsere bescheidene Hütte!" Und dann wollte sie plötzlich Anna die Hand küssen. Doch Anna zuckte erschrocken zurück. Und noch ehe Anton überhaupt zu einer Erklärung ansetzen konnte, wandte sich Anna auch schon an seine Mutter.

„Signoria Pontini, ich bin keine Nonne mehr! Wir tragen diese Kleidung alle nur, weil es notwendig war, unerkannt zu bleiben. Ich heiße Anna und bin Antons Weib." Die Frau stand zuerst einen Augenblick wie angewurzelt da, dann sah sie ihren Sohn Anton streng an. Wie einen kleinen Jungen, der gerade einen Unfug angestellt hatte.

„Was hat das zu bedeuten Anton? Wieso bist du kein Mönch mehr und hast plötzlich eine Frau? Was habt ihr denn verbrochen, dass man euch aus dem Kloster gejagt hat?" Ihre Stimme war lauter geworden, so dass ihr Mann ihren Arm ergriff, um sie zu beruhigen.

„Lass sie doch erst einmal eintreten, dann wird unser Sohn sicher alles erklären können. Siehst du nicht, dass die junge Frau von der langen Reise ermüdet ist? Also höre auf zu zetern und bitte deine Gäste zu Tisch, so wie es sich für gute Christenmenschen gehört!", redete er nun seinerseits energisch auf seine erzürnte Frau ein und ließ sie nicht mehr zu Wort kommen.
Als er sprach, hatte er die Stimme leicht gehoben, und seine Frau hatte sich wortlos umgewandt und war dann voraus gegangen. Anton legte seinen Arm um Annas Schultern, die den Tränen nahe war und schlucken musste.
„Gräme dich nicht, meine Mutter wird sich beruhigen. Sie ist nun einmal eine fromme Frau, deshalb musste ich auch Mönch werden. Es wird sich alles einrenken, glaube es mir. Ich werde mit ihnen reden und ihnen alles erklären!"
Dörte und Samuel hatten die ganze Zeit ein wenig abseits gestanden und Anton bat nun auch sie mit ins Haus. Als alle in der Küche um den großen Tisch saßen, lernten die Besucher nun auch Antons Schwägerin Viola und großen Bruder Andrea kennen. Wortlos löffelten alle schweigend ihre Suppe. Nachdem sie mit dem Essen fertig waren, stand Anton plötzlich auf und stellte sich hinter Annas Stuhl. Die Hände auf ihren Schultern begann er zu berichten.
„Nun hört zu liebe Eltern, warum wir hier sind, und was uns bewogen hat, das christliche Gelübde nicht zu leisten wie Anna und Dörte, oder wie in meinem Fall, es gar zu brechen." Und dann erzählte er die ganze Geschichte von Anfang an bis zu ihrer Ankunft im Weiler. Antons Mutter hatte, wie alle anderen, gebannt die ganze Zeit wortlos zugehört, und ihre Augen sahen immer wieder die verschüchterte Anna an, ihre neue Schwiegertochter. Und als Anton geendet hatte zog über ihr Gesicht nun doch ein sanftes Lächeln.
„Entschuldigt, dass ich euch so ungastlich empfangen habe. Ganz besonders bei dir, liebe Anna, möchte ich mich entschuldigen. Ich hoffe, du kannst mir verzeihen", meinte sie und man sah ihr an, dass sie es ernst meinte. Und Antons Vater sah seinen Sohn ebenfalls gutmütig lächelnd an.
„Ich habe eben gerade darüber nachgedacht, dass man die beiden Hütten vorerst als Unterkunft nutzen könnte. Ihr müsstet nur etwas Ordnung schaffen. Später können wir ja überlegen,

ob wir noch an das Haus anbauen könnten. Holz haben wir hier ja genug. Aber deine schwangere Frau braucht ein warmes Heim im Winter, also müssen wir in die Hütten einen Herd einmauern, der euch wärmt wenn es kalt wird." Anton nahm dankbar seines Vaters Hand in die seine.

„Hab Dank, lieber Vater! Wir wollen euch auch nicht zur Last fallen." Und dann erzählte er allen von Annas Kräuterwissen und was sie vorhatten. Dies wiederum entfachte nun die ganze Aufmerksamkeit von Antons Mutter, und sie zeigte endgültig ein freundliches Gesicht.

„Du bist eine Heilerin, Anna? Das ist ja wunderbar! Wir brauchen hier in unserem Tal unbedingt jemand, der sich damit auskennt. Kein Arzt kommt soweit von Bormio zu uns herauf. Du wirst reichlich Aufgaben finden, das glaube mir Anna." Auch Antons Schwägerin war voll des Lobes über Annas Plan. Im Nu hatte sich die Stimmung in der Stube gewandelt und alle machten sich nun gegenseitig bekannt. Dörte und auch Samuel hatten sofort die ganze Aufmerksamkeit von Antons Geschwistern.

Wenig später ging man schon daran, die beiden Hütten wohnlich herzurichten. Und so erfuhr Anton im Gespräch mit seinem Vater, dass die Hütten eigentlich für das Vieh im Winter gedacht waren. Er versprach ihm, gemeinsam mit Samuel und Andrea eine neue größere Hütte für das Vieh zu bauen.

Die Ankunft der Vier hatte in der ganzen Familie so etwas wie eine Euphorie ausgelöst. Jetzt wo der große Sohn mit seiner Frau da war, schien die Zukunft heller und schöner zu werden. Und besonders Mama und Papa Pontini freuten sich auf das zu erwartende Enkelchen. Und Pietro Pontini machte sich sogar schon am nächsten Tag heimlich an den Bau einer hölzernen Wiege für das Kleine. Aber noch sollten zahlreiche Hemmnisse auf die Bewohner des Weilers warten.

Bischof Bonifaz hatte den Abt Timoteo von Breswik zum Rapport in seinen Palast geladen. Das höchst unerfreuliche Gespräch fand in der bischöflichen Residenz im Arbeitszimmer des hohen geistlichen Herrn statt. Der Bischof, inzwischen schon etwas kurzatmig und von enormer Leibesfülle, hatte beide Hände über seinen beachtlichen Bauch gefaltet und sah seinen Gegenüber kritisch an.

„Bruder Abt! Wir hatten einst eine Vereinbarung getroffen. Damit war euer Fehltritt ja eigentlich schon aus der Welt geschafft!", schnarrte der Bischof, nahm einen Schluck Wein und fuhr fort.

„Wie ich aber höre, sind euch inzwischen zwei Schäfchen abhanden gekommen. Das Dritte hatte ich einstweilen bei mir in sicherer Verwahrung. Wo sind sie nun?"

Der Abt lehnte sich etwas in seinem tiefen Sessel zurück und besah seine Fingernägel. Dann aber hob er den Blick und sah den Bischof unverwandt an. Seine Stimme hatte eine Nuance von Überheblichkeit und Hinterlist.

„Ich meine gehört zu haben Eminenz, dass man euch aber dieses eine Vögelchen wohl wieder gestohlen hat!", erwiderte er süffisant lächelnd. Noch ehe der Bischof antworten konnte fuhr er fort.

„Ich habe auch gehört, dass man die ausgesandte Garde eurer Eminenz im Wald erschlagen aufgefunden hat. Ich kann mir aber nicht vorstellen, dass zwei Novizinnen und ein Mönch diese abscheuliche Tat vollbracht haben sollen!" Er schwieg eine kurze Weile und der Bischof dachte im Stillen:

„Du alter Intrigant versuchst das Thema zu wechseln, aber nicht mit mir!" Er wischte sich mit einem Tuch den Mund ab.

„Die Garde, verehrter Abt, ist mein Problem. Aber eure Verlustigungen oben im Kloster, so angenehm sie für euch auch sein mögen, sind letztlich auch mein Problem. Was ist, wenn wir wieder so einen kleinen Fehltritt wie einst in die Welt setzen? Und bedenkt bitte, eine oder auch zwei dieser Novizinnen haben sich offenbar für dieses Thema sehr stark interessiert! Das heißt aber auch, dass der Mönch ebenfalls davon weiß. Da sind es schon drei die darüber Wissen erlangt haben. Und wer noch? Wie wollt ihr das alles weiterhin unterbinden?"

Abt Breswik lächelte, und mit einer Mischung von Geringschätzigkeit und Hochmut, sah er seinen Bischof an. Im Normalfall war ein solches Verhalten undenkbar, aber hier saßen sich zwei gegenüber, von denen ein jeder genügend Dreck am Stecken hatte, wie man im Volksmund so schön zu sagen pflegte.

„Dieses Problem haben wir aber doch mit einer Lawine gelöst, Eminenz!", erwiderte er daher lächelnd.

„Eben nicht!", donnerte der Bischof plötzlich los, schob sich aus seinem Sessel heraus und sah dann den langsam erblassenden Abt von oben herab an.

„Alle Drei lebten eine ganze Weile ungehindert in Tschierv! Aber als unsere Garde dort ankam, waren sie schon wieder weg! Das ist das Problem, Bruder Abt!", donnerte der Bischof weiter und musste husten, weil er sich so aufgeregt hatte. Bei den letzten Worten des Bischofs war der Abt sichtlich bleich geworden. Schlagartig war ihm nun bewusst geworden, was es für ihn bedeutete, wenn diese Drei ihr Wissen weitergaben. Und mit einem einzigen Schlag war nun von seiner blasierten Überheblichkeit nichts mehr übrig. Er hatte versagt! Und Versager duldete der Bischof nicht in seiner Umgebung, auch wenn er doch manches übersah, wenn man es gut verbarg. Sein einziger Gedanke war: „Wie komme ich hier wieder heil heraus!" Und er reagierte sofort und unversehens.

„Eminenz! Die Äbtissin hatte die Aufgabe, diese beiden Novizinnen zu überwachen! Eine dritte kam zu Tode, aber warum? Was wusste diese, dass man ihr junges Leben abrupt beendete? Hier liegt die Ursache allen Übels! Den Mönch hatte ich stets unter meiner Kontrolle und ihn extra mit einer verantwortungsvollen Aufgabe betraut. Wie kam er dann aber nach Tschierv, wenn die Lawine ihn nicht getötet hatte, euer Eminenz?"

Bischof Bonifaz sah einen Augenblick mit großen Augen auf seinen Gegenüber. Für einen Moment war er über die Kühnheit dieses Mannes überrascht und sprachlos. Dieser Mann versuchte tatsächlich nun die Äbtissin verantwortlich zu machen, um sich reinzuwaschen. Aber was konnte er tun, um dieses Problem ein für alle Mal zu lösen? Er entschloss sich zu einer behutsamen Gegenmaßnahme. Man konnte ja nie wissen, wozu es gut war, manchmal nachsichtig zu sein.

„Hört zu, Bruder Abt! Wir schicken sofort Späher durch das Land. Irgendwo müssen sich die Drei ja aufhalten. Zwei Novizinnen mit einem Mönch müssen doch auffallen! Ihr geht nach Hause, betet fünfzig Vaterunser und lebt einen Monat in

Askese! Ich möchte von nun an, von eurem Kloster keinerlei schlechte Nachrichten mehr hören, habt ihr das verstanden!"
Timoteo von Breswik nickte eilfertig und freute sich auf die „Stillen Stunden in Askese". Er würde sie garantiert nicht alleine verbringen. Der Bischof riss ihn wieder aus seinen lüsternen Gedanken.
„Richtet der Äbtissin aus, ich möchte sie Übermorgen hier in der bischöflichen Residenz empfangen! Sie soll sich auf eine Woche einrichten, die sie dann im stillen Gebet hier verbringen wird, nachdem wir mit ihr gesprochen haben!"
Bei dem Gedanken, dass er sie dabei begleiten würde, lief dem Bischof der Speichel im Mund zusammen. Denn diese Äbtissin war fünfundvierzig Jahre alt, stand also noch in der Blüte ihrer Jahre und schien den irdischen Freuden des Lebens offenbar auch nicht abgeneigt zu sein.
Als der Abt die Nachricht des Bischofs überbrachte, war Klara von Lewante klar, was dies zu bedeuten hatte. Warum lies es der liebe Herrgott zu, dass sie allein für ein einmaliges Fehlen im Leben so bestraft wurde! Mit Ekel dachte sie daran, wie das „Stille Gebet" ablaufen würde. Der Bischof war ja bereits 80 Jahre alt, also ein alter Sabbergreis!

Das Leben im Weiler Santa Maria nahm wieder seinen gewohnten Lauf und die Tage und Wochen gingen ins Land. Es dauerte auch nicht lange, und zu Anna kamen schon die ersten Bauern der Umgebung, um sich für ihre Leiden bei ihr eine Kräuteressenz oder eine Salbe zu holen. Da die meisten arm waren, gab sie Anna entweder ganz umsonst ab oder im Tausch gegen Lebensmittel. Dies wiederum kam der Großfamilie zu gute. Immerhin waren sie zehn Personen, die auch im kommenden Winter wieder satt werden mussten.

Seit Tagen schon wütete der Sturm im Gebirge. Schwarze Wolkenfetzen jagten über Berg und Tal dahin, und der Himmel schüttete wahre Wassermassen auf das Land herab. Nur mit Mühe hatten sie die letzte Ernte noch in die Scheune gebracht. Pietro Pontini schaute missmutig aus dem kleinen Fenster der Stube, in das Inferno draußen. Im Herd knisterten die Holzscheite und die Funken stoben auf, wenn der Wind in den Schornstein fuhr.

„Jetzt ist es wohl nicht mehr weit bis zum ersten Schnee", murmelte er leise vor sich hin, und dachte dabei an seine schwangere Schwiegertochter drüben in der kleinen Hütte, die er lieb gewonnen hatte. Hoffentlich besserte sich bald das Wetter wieder, damit sie den neuen Pferch dann für die Ziegen und Schafe noch zu Ende bauen konnten. Denn der Winter stand vor der Tür und es konnte bald den ersten Schnee geben. Doch in diesem Jahr ließ sich der Winter zum Glück sehr viel Zeit. Außer vereinzelten Schneeflocken war bis jetzt nichts von einem Winter zu sehen, und das war in ihrer Höhe, in der sie lebten, doch ungewöhnlich.

Anton aber war jeden Tag ein wenig mehr unruhiger. Immer wieder sah er nach Anna, die in der Stube auf einem Ruhelager weilte. Meist hatte sie Gesellschaft von Dörte, die fleißig das Spinnrad drehte und Wolle spann. Das hatte sie gleich zu Beginn von Antons Mutter gelernt. Samuel hatte sich im neuen Stall eine kleine Ecke eingerichtet, wo er Harken, Rechen und allerlei andere Garten- und Feldgeräte herstellte. Da war ein Wagenrad das gebrochen war, dort eine Tür die nicht mehr schloss, Samuel hatte alle Hände voll zu tun und freute sich über seine Arbeit im Weiler.

Anton hatte währenddessen einen Hühner- und Entenstall gebaut und kümmerte sich auch sonst um Haus und Hof, sehr zur Freude seiner Eltern.

Antons großer Bruder Andrea war herrschaftlicher Jäger und viel im Wald unterwegs. Außerdem lag ihm das Bauer sein überhaupt nicht, und er war froh, dass Anton endlich wieder zu Hause war und ihm diese Arbeit abnahm.

Aber auch Anton ging immer wieder einmal in den Wald und kam erst nach Stunden zurück. Sein Vater sah es mit gemischten Gefühlen, denn irgendwann würden sich wohl der Jäger und der Wilderer in die Quere kommen. Und eines Tages geschah es dann auch wirklich! Anton hatte sich schon frühzeitig aus Annas warmem Bett verabschiedet. Im Halbschlaf hörte sie die Tür klappen, schlief aber beruhigt weiter. Anton strebte noch im morgendlichen Halbdunkel mit eiligen Schritten dem nahen Wald zu. Rasch holte er dort unter einer alten Baumwurzel einen kleinen Stutzen hervor. Der vorsintflutliche Vorderlader stammte noch von seinem Großvater. Leise, jedes Knacken vermeidend, schlich er auf eine kleine Anhöhe im Wald zu. Von hier oben aus hatte er eine gute Übersicht über eine Schonung weiter unten. An seinem Platz angekommen, legte er sich vorsichtig auf den Bauch und legte den Stutzen auf ein Stück Wurzel. Nun hieß es einfach warten!

Er mochte etwa eine halbe Stunde so verharrt haben, als es plötzlich im Unterholz der Schonung knackte. Und dann sah er ihn! Ein stattlicher Hirsch trat witternd heraus aus der Schonung und ließ ein lautes Röhren hören. Anton erschauerte ein wenig und senkte wieder den Stutzen. Nein, diesen König der Wälder wollte er auf gar keinen Fall töten! Soviel an Anmut, Kraft und Eleganz musste weiterleben! Plötzlich aber peitschte ein Schuss in die Stille des Morgens! Der Hirsch sank getroffen auf die Seite, zuckte noch ein paar Mal, dann war er tot. Wutentbrannt sprang Anton auf, und dann sah er seinen Bruder Andrea, wie er aus dem Wald heraus trat. Immer noch die rauchende Flinte in der Hand, ging er zu dem erlegten Hirsch. Anton schrie aus Leibeskräften schon von weitem den verdutzten Jäger wütend an:

„Bist du des Teufels, du Herrschaftsjäger! Ist dir dieses Geschöpf Gottes so wenig wert, dass du ihn unbedingt töten musstest!" Erschrocken sah Andrea den auf sich zustürzenden Anton mit großen Augen an. Doch dann hatte der ihn auch schon erreicht. Und von einem wuchtigen Faustschlag getroffen, ging Andrea zu Boden. Als er wieder aufstehen wollte, holte Anton nochmals aus, ließ aber dann seine Faust herunter hängen. Er zitterte vor Wut und Enttäuschung über seinen Bruder und trat einen Schritt zurück. Er stützte sich auf seinen Stutzen und atmete mehrmals tief durch.

„Bist du völlig übergeschnappt Mönch!", fuhr ihn sein Bruder wütend an und wischte sich das Blut von der Lippe ab.

„Diesen Hirsch hat mein Herr viele Jahre leben lassen, jetzt ist er alt genug und muss ausgesondert werden! Sonst vertreibt er alle Junghirsche aus seinem Gebiet!" Dann sah er Anton zornig an und deutete auf dessen Stutzen.

„Was rennst du eigentlich um diese Zeit und mit einem Stutzen im Wald herum, he? Eigentlich müsste ich dich jetzt zu meinem Jagdherrn bringen und du kämest ganz sicherlich ins Gefängnis! Mein Herr ist der Edle Conte von Elmino, er ist ein einflussreicher Mann hier." Anton lachte verächtlich auf.

„Ja, ja! Der Edle Herr sieht den Wald und das Vieh wohl als sein Eigentum an, he? Der Wald gehört uns allen, auch diesen armen Bauern!", erwiderte Anton. Doch Andrea schüttelte fassungslos mit dem Kopf.

„Was für aufrührerische Gedanken hast du Bruder Mönch nur aus deinem Kloster mitgebracht? Kein Wunder, dass du fliehen musstest!", entgegnete er und klopfte sich seinen Wams aus. Dann sah er Anton versöhnlich an.

„Hau endlich ab! Ich habe dich nicht gesehen! Aber komme mir nicht noch mal in die Quere, Mönch!" Plötzlich aber hielt er Anton am Ärmel fest und legte einen Finger auf den Mund.

„Psst! Siehst du da drüben an der dicken Kiefer die Wildsau?", flüsterte er und deutete etwa 50 Meter weiter auf die Lichtung. Als Anton hin sah, nickte er.

„Nun mach schon, schieß endlich!", raunte der Jäger. Und beinahe gleichzeitig rissen beide ihre Flinten hoch und drückten ab. Doch während Andreas Schuss in die Baumwipfel ging, traf Anton die Sau mit einem Blattschuss. Andrea aber zuckte mit den Schultern.

„Tja, leider mal wieder daneben!", war sein einziger Kommentar. Dann ließ er Anton einfach stehen und strebte wieder zu dem Hirsch, während Anton sich die Sau auf die Schulter lud und heimwärts stapfte. Dabei dachte er über seinen Bruder nach. Im Grunde war er ja ein guter Kerl, er wusste genau, dass Anton die Sau heim zur Familie brachte. So waren sie im Winter gut versorgt. Andererseits, wenn der Herrschaftsjäger ein anderer gewesen wäre, hätte das alles ziemlich dumm ausgehen können. Er musste also mit seinem Bruder unbedingt noch einmal in Ruhe reden.

Inzwischen war es Dezember geworden. Einen Tag vor Heiligabend ging Anton zu Samuel in die Werkstatt. Dieser hatte für beide jungen Familien eine kleine Krippe gebaut, und dazu auch einige Figuren von der Heiligen Familie geschnitzt. Anton hatte die kleinen Kunstwerke angemalt, und nun standen sie davor und betrachteten ihr beider Werk.

„Wenn wir solche schönen Sachen unten in Bormio auf dem Markt anbieten würden, wäre das eine Idee, Freund Anton?" Der rieb sich das Kinn und winkte dann aber ab:

„Nun, es wäre sicher eine gute Idee. Kaufen könnten es aber nur die paar Reichen, alle anderen haben dazu sicher kein Geld. Aber zu überlegen wäre es schon, da hast du Recht." Samuel sah ihn lächelnd von der Seite an und räumte dann sein Werkzeug weg.

„Du bist unruhig wegen Anna, stimmt`s?", fragte er. Und Anton nickte nachdenklich.

„Ja, du hast Recht. Immerhin haben wir ja noch gute acht Wochen Zeit, aber Anna hat ziemlich zugenommen. Ich nehme ihr schon alle schwere Arbeit ab. Aber du kennst sie ja, sie kann einfach nicht still sitzen." Samuel lachte vor sich hin.

„Ich habe mir auch in letzter Zeit schon so manches Mal vorgestellt, wie das mal bei uns werden wird. Dörte als Mutter, eigentlich kaum vorstellbar, so zierlich wie sie ist." Anton legte seinem Freund die Hand auf die Schulter.

„Ach weißt du, irgendwann ist es bei euch auch so weit. Und dann wirst du auch schlaflose Nächte haben", lachte er. Und so begannen sie von der großen Tanne, welche sie geschlagen hatten, die Äste für das Schmücken der Häuser vorzubereiten.
Jede Wohnung sollte festlich mit den Tannenzweigen geschmückt werden und diese von den Frauen mit allerlei Zierrat behängt werden.

Seit Tagen schneite es ununterbrochen. In einer Nacht fiel ein halber Meter Schnee und deckte die Landschaft zu. Die Bäume im Wald ächzten unter der Last und manchmal hörte man es in der Nacht im Wald krachen. Dann war wieder ein Baum unter der Last des Schnees gebrochen.
Wegen des vielen Schnees konnte Anna kaum noch das Haus verlassen. Selbst der kurze Weg zur Schwiegermama oder zu Dörtes Kate war beschwerlich, und nur begehbar, wenn die Männer fleißig die Wege geräumt hatten. Anna und Dörte saßen in dieser Zeit viel zusammen und freuten sich an der weißen Pracht draußen.
Und so verging der Heilige Abend und der Weihnachtsfeiertag brach an. In der großen Stube der Familie Pontini saßen alle

beisammen. Anton hielt eine kleine Andacht ab und die Kinder sagten jeder ein Gedicht auf. Zur Feier des Tages hatte Vater Pontini eine Gans geschlachtet, die von allen gelobt wurde. Nur Anna konnte kein Fleisch essen und aß nur etwas Brot und Soße. Anton betrachtete sie von der Seite. Annas Gesicht war voller geworden, seit sie endlich die notwendige Ruhe im Weiler gefunden hatte. Und er beglückwünschte sich heimlich, dass er damals seine Idee durchgesetzt hatte, hierher in seine Heimat zu gehen. Auch Dörte hatte sich merklich verändert. Sie hatte inzwischen auch eine gesunde Farbe der Haut von der vielen frischen Luft, und war merklich aufgeweckter und nicht mehr so in sich gekehrt, wie sie es früher war. Und so hatte sich also doch alles zum Guten gewendet. Und nun warteten sie nur noch auf das Kind ihrer Liebe, das in den Februartagen das Licht der Welt erblicken sollte.

Und so vergingen die Weihnachtstage und das neue Jahr wurde eingeläutet. Punkt um Mitternacht begannen im Tal die Glocken das neue Jahr zu verkünden. Anna und Anton standen dick eingepackt vor der Tür ihrer Kate und sahen hinauf zu den zahllosen Sternen, die oben am Firmament standen und ihnen zublinzelten. Anton hielt Anna fest umschlungen, und an die Hauswand gelehnt, sahen sie beide zum Himmel empor. Dörte und Samuel standen ebenfalls gegenüber an der Tür ihrer Kate und riefen herzliche Glückwünsche zum Jahreswechsel herüber.

„Wenn jetzt ein Stern vom Himmel fallen würde, könne man sich etwas wünschen, was dann in Erfüllung geht, hat meine Großmutter einmal behauptet", sagte Anna leise und Anton lachte verhalten.

„Ja das stimmt wohl, aber doch nicht zu dieser Zeit. Das geschieht meist erst Ende Juli." Anna staunte.

„Woher weißt du das alles?", fragte sie ihren Mann. Anton gab ihr einen kleinen Kuss.

„Ich habe es in einem der alten Folianten in der Bibliothek des Abtes gelesen. Irgendein Mann aus Italien hatte dazu etwas geschrieben, aber die Kirche hatte von ihm verlangt, seine Ansichten zu widerrufen, weil sie gegen das göttliche Gebot seien." Anna schüttelte den Kopf.

„Das finde ich nicht gerecht, jeder muss doch das glauben dürfen was er will, oder nicht?" Anton nickte.

„Ja, das glaube ich auch. Aber die Kirchenoberen dulden eben keine andere Meinung. Das hat viele schon auf den Scheiterhaufen gebracht. Du warst selbst einmal dabei."
Anna schüttelte sich, als sie daran dachte, wie die arme Magd damals verbrannt wurde. Sie gab Anton einen Kuss.
„Komm, lass uns reingehen, mir wird langsam kalt." Und so verging die Neujahrsnacht und ein neues Jahr begann. Dieses begann mit Sonnenschein und das gespannte Warten auf den neuen Erdenbürger. Und alle im Weiler drückten Anna und Anton die Daumen, dass es ein schönes und gesundes Kind werden sollte.

*Sechs Wochen später ...*

Anton hatte sich auf den Weg in den Wald gemacht. Zu Hause ging der Fleischvorrat langsam zu Ende. Und so holte er seinen alten Stutzen vom Speicher, verabschiedete sich von Anna und stapfte hinaus in den verschneiten Wald.
Schon alsbald fand er eine einzelne Spur von einer Wildsau und er wunderte sich. Denn Wildschweine waren meist in ganzen Rotten unterwegs. Also musste es sich bestimmt um einen alten Keiler handeln. Vorsichtig folgte er dessen Spur. Der alte Kerl hatte sich viel Zeit gelassen, denn die Spuren waren frisch und er hörte es schon entfernt Knacken im Wald. Vorsichtig schlich er sich näher. Und dann sah er ihn auf einer kleinen Lichtung. Schritt um Schritt pirschte er sich an den Keiler heran und wurde ein wenig enttäuscht. Denn das Wildschwein war noch ziemlich jung und auch nicht sehr schwer.
Einen Moment dachte er an seinen Bruder Andrea. Aber sie hatten sich friedlich geeinigt damals. Er hatte es ihm zwar versprochen, die Wilderei sein zu lassen, aber wenn einem der Magen knurrt, sind solche Versprechen Schall und Rauch. Hinter einer dicken Tanne stehend, legte er auf den Keiler an und drückte dann ab. Erst ein Knall und dann ein lautes Quieken, dann war es vorbei. Der Keiler lag im Schnee und zuckte noch ein paar Mal. Zufrieden lächelnd trat er hinter seiner Tanne hervor und brach den Keiler an Ort und Stelle auf. So hatten Fuchs und Bär ebenfalls noch etwas davon.

Als Anton mit dem Wildschwein auf dem Rücken die Haustür öffnete, sich die Füße abtrat und dann die Diele betrat, hörte er plötzlich Kindergeschrei. Ein Säugling plärrte aus voller Lunge! Das Kind! Ihr Kind war da! Er ließ die Sau einfach in der Diele zu Boden gleiten, und so wie er war, stürmte er in die Stube hinein, wo ihn aber eine aufgebracht Hebamme mit aufgekrempelten Ärmeln aufhielt.

„Halt! Bist du nicht gescheit! Zieh dich erst sauber an und säubere dich, Anton! Dann kannst du deine Tochter ja immer noch sehen!", blaffte sie ihn resolut an und schob ihn wieder aus der Tür hinaus. Anton wusste nicht, ob er lachen oder tanzen sollte. Eine Tochter hatten sie! Endlich! Das Kind war da!

Rasch hatte er sich gesäubert und ging auf Strümpfen in die Stube, wo schon die Familie und die Freunde versammelt waren. Anna lag im Bett, ein wenig erschöpft und lächelte. Im Arm hielt sie ein kleines Bündel, mit ganz schwarzem Haarschopf unter dem weißen Mützchen. Und Anna winkte ihren Mann heran.

„Komm her Anton! Nimm unsere Leonore in den Arm, deine Tochter will dich begrüßen." Vorsichtig trat Anton näher und die Hebamme legte ihm das kleine Bündel in den Arm. Die Nase und den Mund hatte sie von Anna, das sah man sofort! Die kleine Hand hielt seinen Finger ganz fest. Und dann gab Anton ihr ganz vorsichtig einen Kuss auf die kleine Nasenspitze. Aber da verzog die Kleine plötzlich das Gesicht und es sah aus, als wollte sie anfangen zu weinen. Alle lachten, und Anna meinte:

„Nun ja, mit dem Küssen hat sie es halt noch nicht so eilig!" Anton legte das Kind in den Arm der Hebamme zurück und gab Anna auch einen Kuss.

„Das hast du prima gemacht, Frau Pontini!", flüsterte er ihr zu. Anna strahlte über das ganze rote Gesicht. Als dann alle wieder die Stube verlassen hatten, erhob sich Anton von der Fensterbank und setzte sich zu Anna auf ihr Lager. Leonore schlief und Anton betrachtete sie eine Weile ganz versunken, bis er bemerkte, dass Anna ebenfalls eingeschlafen war. Auf Zehenspitzen verließ er den Raum.

Und so vergingen die Tage im Weiler „Santa Maria" und langsam wurde es wieder wärmer draußen, so dass Anna mit der Kleinen schon die ersten Spaziergänge machen konnte. Es würde ein schöner Frühling werden und Anna freute sich darauf, mit Leonore und ihrem Mann im Wald spazieren zu gehen.
Die beiden Hündinnen Heidi und Laura hatten hintereinander, im Abstand von nur wenigen Tagen, vergangenen Herbst Junge bekommen, die nun alle auf der Wiese herumtollten. Ihr Vater war offensichtlich und ohne Zweifel Joschi, der Sennenhund Rüde der Familie Schwanten. Immerhin hatten Heidi und Laura damals mit Joschi eine Nacht in seiner Hütte verbracht.
Ende April entschloss sich Anton über die Grenze zu gehen, um auch Annas Eltern die frohe Botschaft zu überbringen. Das Ansinnen Annas, mit dem Kind gar mitzugehen, hatte er strikt abgelehnt. Die Späher des Bischofs könnten sie aufspüren. Und so verabschiedete sich Anton eines Morgens von allen und gab Frau und Kind einen Kuss. Und mit einem:
„In vier Tagen werden wir uns spätestens wiedersehen!", verabschiedete er sich, nahm seinen Wanderstock und dann marschierte er los. Im Gepäck trug er kleinere Geschenke von Anna und natürlich ein paar heilende Essenzen und Salben für ihren Vater und für ihre Mutter.
Die kleine Leonore hatte ihn beim Abschied schon angelacht, und so wanderte Anton frohen Mutes bergan. Gegen Mittag erreichte er die Passhöhe und die kleine Hütte, in der sie einst übernachtet hatten. Kurz vor dem Dunkelwerden erreichte er endlich das Tal auf Schweizer Seite. Anton überlegte, ob er sich eine Übernachtung suchen sollte oder lieber weiterwandern sollte. Annas elterlichen Hof würde er wohl erst mitten in der Nacht erreichen. Am Ende entschloss er sich doch weiterzugehen. Und nach einer kurzen Rast und einer Wegzehrung schulterte er dann wieder sein Bündel und marschierte weiter.
Der Vollmond begleitete ihn auf seinem Weg, versteckte sich zwar immer wieder hinter dicken Wolken, kam aber immer wieder hervor und beleuchtete Antons Weg durch die Nacht. Er fühlte sich wohl und schritt kräftig aus, obwohl es nun wieder bergan ging. Er durchquerte einen Wald, hörte einen Hirsch röhren. Seine feine Nase nahm den Geruch von Rauch war. Je weiter er vorankam umso kräftiger wurde dieser Geruch. Dann

hatte er auch schon die kleine Anhöhe erreicht, von der aus man den Schwanten-Hof im fahlen Mondlicht sehen konnte.
Anton legte noch einen Schritt zu, und wenig später klopfte er an die Haustür der Schwantens. Erst nach dem zweiten Klopfen regte sich etwas hinter der Tür und ein Licht wurde im Haus angezündet. Dann hörte er auf einmal eine kräftige Stimme direkt hinter sich.

„Was macht ihr hier mitten in der Nacht, Fremder? Ich kann nur hoffen, dass ihr in Frieden kommt! Ansonsten hat euch mein Stutzen fest im Visier!" Es war Annas Vater der so sprach, und über ihnen ragte ein Flintenlauf aus einem der Fenster. Das musste Johannes sein. Anton drehte sich ganz langsam herum.

„Begrüßt man so seinen Schwiegersohn der frohe Kunde bringt, Vater Schwanten?", antwortete Anton und musste dabei lachen. Melchior Schwanten senkte seine alte Flinte und lachte nun ebenfalls halblaut erleichtert auf.

„Ach du bist das, Anton! Was treibt dich mitten in der Nacht von Italien herüber? Und von welcher frohen Kunde redest du da? Hat die Anna vielleicht schon ..." Den Satz vollendete Melchior nicht, weil Anton schon genickt hatte.

„Ja Vater, ihr seid inzwischen Großeltern einer sehr süßen kleinen Enkelin mit dem Namen Leonore geworden!" Melchior Schwanten umarmte ungestüm seinen Schwiegersohn und rief ins Haus:

„He, habt ihr gehört! Unsere Anna hat uns ein Enkelchen geboren!" Im Nu war das ganze Haus wach und man versammelte sich in der Küche um die frohe Kunde zu feiern. Melchior holte eine Flasche Obstler aus dem Vorratsraum und schenkte jedem ein Glas ein. Nun musste Anton berichten und schwärmte von seiner kleinen Tochter. Lange nach Mitternacht ging man zu Bett. Anton schlief im Zimmer von Johannes und sie plauderten noch eine ganze Weile.
Als es Morgen wurde, hing der Himmel voller schwerer dunkler Wolken. Johannes sah seinen Schwager an.

„Du willst wirklich heute schon wieder zurück?", fragte er Anton. Der nickte und schob die Decke zurück.

„Ich muss wieder zurück, Johannes. Niemand konnte ja ahnen, dass das Wetter auf einmal so umschlägt." Am Frühstückstisch hatte Melchior Schwanten eine Idee.

„Hör mal Anton! Johannes könnte dich ein Stück deines Weges begleiten. Wir brauchen sowieso neues Salz für die Tiere. So kannst du zumindest ein Stück auf dem Wagen mit-fahren." Johannes war sofort bereit und ging in den Stall um Muli und Wagen zu holen. Anton war so etwas wie ein großer Bruder für ihn geworden und er begleitete ihn gern. Wenig später zogen sie gemeinsam los.

Sie hatten gerade den Ortseingang von Müstair erreicht, als sie plötzlich von zwei Landsknechten aufgehalten wurden, die an der Straße standen und jedes Fuhrwerk gründlich kontrollierten. Anton sah das Unheil kommen! Aber zum Weglaufen war es zu spät, denn plötzlich umstanden den Wagen drei weitere Landsknechte. Sie mussten also die Ruhe bewahren und sehen was nun auf sie zukam.

„Steigt ab! Was habt ihr geladen?", rief der Anführer des Haufens. Johannes hielt den Wagen an und stieg ab.

„Ich bin Johannes Schwanten und auf dem Weg Salz für unser Vieh zu holen. Und das ist unser Knecht da auf dem Wagen!", sprach Johannes den Landsknecht resolut an. Der, von Johannes Auftreten doch etwas überrascht, gab den Befehl den Wagen zu durchsuchen. Zwei Landsknechte stiegen auf den Wagen, zogen die alte Plane ein Stück beiseite und deuteten auf einmal auf Antons prall gefüllten Rucksack.

„Und was ist das? Sieht ja aus wie reichlich schweres Marschgepäck!" Und schon öffnete einer der Landsknechte den Rucksack und brachte einen Schinken, ein Brot und dazu einige getrocknete Kräuter zum Vorschein. Als der Anführer die Kräuter sah, kam er langsam näher heran und sah Anton prüfend an.

„Wie heißt du, Knecht?", fuhr er ihn an. Anton stieg vom Wagen.

„Mein Name ist Anton ...!" Er biss sich auf die Zunge, wegen seiner Unbedachtheit. Ausgerechnet Anton! Der Anführer sah Anton gespannt ins Gesicht.

„Anton, und wie weiter?" Anton holte tief Luft. Warum sollte ausgerechnet dieser Landsknecht von ihm wissen wo einst seine Heimat war!

„Anton Pontini, Herr Hauptmann!", erwiderter Anton forsch. Der Anführer nickte leicht, und Anton glaubte schon alles sei überstanden, als einer der Landsknechte dem Hauptmann etwas ins Ohr flüsterte. Dessen Gesicht verzog sich urplötzlich zu einem Grinsen.

„Na sieh mal einer an! Der Mönch Anton Pontini! Lange haben wir nach euch gesucht! Und nun tappt ihr uns hier in die Hände! Der Herr Bischof wird sich freuen! Festnehmen und abführen!", brüllte er plötzlich los. Und noch ehe Anton sich versah, hatten ihn zwei kräftige Landsknechte auch schon überwältigt und führten ihn weg. Johannes wusste nicht gleich was er tun sollte. Dann aber wendete er den Wagen und fuhr rasch wieder nach Hause zurück. Die Nachricht von Antons Verhaftung löste Entsetzen aus im Hause Schwanten. Doch Johannes hatte schon einen Entschluss gefasst.

„Vater, ich muss unbedingt zu Anna und ihr die Nachricht bringen! Wir können Sie nicht noch tagelang auf Antons Rückkehr warten lassen!" Melchior Schwanten nickte etwas bedächtig.

„Du hast Recht, Sohn! Nimm das Muli und mache dich auf den Weg! Im Moment kommen wir hier alleine klar. Ich werde zum Pfarrer gehen und sehen ob ich etwas erfahren kann über Anton. Gehe mit Gott, Sohn! Tröste deine Schwester." Er umarmte Johannes und drückte ihn fest an sich. Danach kam auch seine Mutter und umarmte ihn weinend.

„Grüße meine kleine Anna und die Leonore von uns!", schluchzte sie und gab Johannes einen kleinen Talisman für die Kleine mit. Eine Stunde später war Johannes bereits auf dem Weg. Zum Glück hatte ihm Anton im nächtlichen Gespräch einiges über den Weiler jenseits der Grenze erzählt. Rasch schritt er aus und eilte förmlich hinab in die Stadt und von dort dann ich Richtung Umbrailpass. In der Nacht erreichte er im Schneegestöber die kleine Hütte oben auf dem Pass und blieb den Rest der Nacht dort, ehe er am Morgen weiterwanderte. Er ließ den Muli nebenher laufen, ohne sich darauf zu setzen. Das hatte mit dem Rucksack von Anton und dem eigenen Gepäck schon genug zu schleppen. Noch immer fielen Schneeflocken vom Himmel, es war eben typisches Aprilwetter.

Anton erhob sich von seiner Pritsche, auf der er die Nacht verbracht hatte. Ein Landsknecht hatte ihn ziemlich unwirsch aufgefordert, er solle mitkommen. Mit gefesselten Händen wurde er durch lange Gänge geführt, ehe der Landsknecht an einer Tür stehen blieb und vorsichtig klopfte. Ein leises „Herein" ertönte von drinnen. Der Landsknecht schob Anton zur Tür hinein und folgte ihm, sich tief verbeugend. Anton stand vor dem Bischof! Der musterte ihn mit seinen kleinen Augen blinzelnd und kam langsam auf ihn zu.

„Sieh an, sieh an! Ihr also seit der Mönch Anton Pontini aus dem Franziskanerkloster, ja?" Anton nickte trotzig, schwieg aber zunächst. Der hohe geistliche Herr sah ihn einen Moment an, dann setzte er sich schnaufend hinter seinen Schreibtisch, legte die Hände über den Bauch und gab Anton einen Wink mit dem Kopf, er solle sich ebenfalls hinsetzen. Dann musterte er Anton sekundenlang. Insgeheim dachte er darüber nach, wie gut es gewesen sei, dass er wieder nach Müstair in seine Winterresidenz gereist war und hier die nächsten Monate verbringen wollte. Sonst hätte man diesen Mönch wohl kaum wieder eingefangen.

„So, so Bruder Anton. Was hat euch eigentlich bewogen den Orden heimlich zu verlassen? Denn wie man mir berichtet hat, hattet ihr eine wichtige Aufgabe im Kloster. Also, warum seid ihr heimlich verschwunden?", fragte ihn der Herr Bischof wieder. Anton begriff, dass sein Leben von der nächsten Antwort abhängen würde.

„Die Liebe hat mich dazu getrieben, Hochwürden! Die Liebe zu einer Novizin, die keine Novizin mehr sein wollte. Wir hatten beschlossen gemeinsam wegzugehen. Als wir dann den Auftrag bekamen in das Hospiz zu gehen, um dort auszuhelfen, und uns eine Lawine um ein Haar getötet hätte, sahen wir den Zeitpunkt gekommen, endgültig unseren Plan in die Tat umzusetzen.", erwiderte er offen. Der Bischof hatte ihm die ganze Zeit still zugehört, nickte leicht und drehte dabei immer wieder den Ring an seinem Finger. Dann sah er auf.

„Und wie kamt ihr in die Gesellschaft der Novizin Dörte Pflügli?", fragte er weiter. Anton überlegte blitzschnell, das Zusammentreffen mit Dörte wie einen Zufall aussehen zu lassen.

„Jaaa, diese Novizin schloss sich uns eines Tages auf der Wanderschaft einfach an. Sie sah ziemlich mitgenommen und verwirrt aus, Hochwürden. Meine Fr...", Anton hielt inne. Um ein Haar hätte er „meine Frau" gesagt!

„Die Novizin Anna kannte sie aus dem Kloster, und daher beschlossen wir, dass sie uns doch ein Stück unseres Weges begleiten sollte. Aber wohin sie wollte, hat sie uns jedoch nie verraten. Aber wir wussten ja erst selbst nicht wohin wir gehen sollten"

„Ja, und wohin sollte euer Weg denn eigentlich führen?", fragte der Bischof sofort nach.

„In meine Heimat, Hochwürden! Nach Italien, in die Nähe von Bormio!" Der Bischof nickte wieder verstehend.

„So war das also. Und wo ist diese Novizin Dörte Pflügli abgeblieben?", fragte er leise aber interessiert. Anton zuckte mit den Schultern.

„Das weiß nur Gott allein, Hochwürden. Eines Tages war sie einfach wieder weg!", antwortete Anton. Der Bischof hob ein wenig die Augenbrauen an.

„Und wo ist dann die Novizin Anna jetzt?", fragte er schon etwas genervt. Anton lächelte ihn an.

„Die ist längst in Italien bei meinen Eltern, Herr Bischof."
Die nächste Frage des Bischofs ließ nicht lange auf sich warten.

„Und, ward ihr in Tschierv?" Anton begriff sofort wo der Bischof hinaus wollte, deswegen schüttelte er den Kopf. Dann sah er ihn fragend an und zuckte mit den Schultern.

„Sagt, wo liegt denn dieses Tschierv, Hochwürden?", fragte er ungezwungen. Doch der Gottesmann winkte ab.

„Schon gut, das ist nicht so wichtig Bruder Anton. Was mich aber noch interessiert. Man sagt, diese Novizin Dörte habe ein Geheimnis mit sich herum getragen. Hat Sie euch jemals davon erzählt?" Wieder schüttelte Anton den Kopf.

„Nein Hochwürden! Aber sie war sowieso etwas seltsam, glaube ich Hochwürden!" Der Bischof sah Anton mit seinen kleinen Augen an, dann nickte er wieder. Er wandte sich an den an der Tür stehenden Landsknecht.

„Nehmt nun Bruder Anton die Fessel ab und bringt ihn zum Kämmerer." Und zu Anton gewandt meinte er:

„Ihr Bruder Anton, werdet nun ein paar Tage unser Gast bleiben und einstweilen einen Raum, hier in diesem Hause, erhalten. Verbringt die Zeit im stillen Gebet, bis wir dann

entschieden haben, was weiter mit euch geschieht! Ihr könnt euch jetzt entfernen!" Damit war die Audienz beendet und Anton durfte gehen.
Er saß nun in keiner dunklen Zelle mehr, und konnte sogar zum Gottesdienst gehen, war aber trotzdem ein Gefangener. Er dachte an Anna und Leonore, an seine Eltern und an seine Geschwister. Wenn der Bischof es wollte, würde er dieses Haus entweder als alter Greis oder auch nie wieder lebend verlassen. Er war ihnen in die Falle gegangen!
Die Nachricht von der Gefangennahme von Bruder Anton erreichte das Kloster des „Heiligen Franziskus" wenige Tage später. Abt Timoteo von Breswik rieb sich die Hände, als man ihm die Nachricht überbrachte. Der erste Ausreißer war also wieder in der Obhut der Mutter Kirche! Einer weniger, der Unruhe verbreiten konnte! Aber nun musste er warten, was der Bischof entschied. Kam der Mönch wieder ins Kloster zurück, war dessen Schicksal besiegelt. Denn manchmal sterben eben auch junge Männer plötzlich dahin.

Seit drei Tagen wartete Anna schon mit größter Unruhe auf die Rückkehr ihres Mannes, als es plötzlich am Nachmittag gegen die Scheiben der Stube klopfte.
Sofort legte Anna ihre Tochter Leonore in die Wiege zurück, rannte zur Tür und riss diese in Erwartung Antons auf. Doch erschrocken fuhr sie zurück, als ihr Bruder vor ihr stand.
„Johannes! Bruder! Wo ist Anton? Sag, hat er sich noch versteckt?", rief sie erfreut und schaute nach draußen. Doch Johannes schüttelte betrübt den Kopf und schälte sich aus seiner nassen Kleidung.
„Nein Anna, Anton ist nicht mitgekommen. Man hat uns in Müstair angehalten und Anton ist erkannt worden. Man hat ihn in die Bischöfliche Resistenz abgeführt. Vater will mit dem Herrn Pfarrer reden, ob der Erkundigungen einziehen kann, was mit Anton geschehen ist", erwiderte er traurig. Mit einem Schrei lehnte sich Anna gegen die Wand und bedeckte das Gesicht mit den Händen. Sie begann haltlos zu weinen.
„Nein! Nein!" schrie sie immer wieder voller Entsetzen und Tränen liefen über ihre Wangen.

„Sag bitte, dass das nicht wahr ist Bruder!", wimmerte sie und schlug mit den Fäusten immer wieder voller Verzweiflung gegen die Wand.

Plötzlich traten Dörte, Samuel und Antons Eltern in die Stube ein. Johannes stellte sich ihnen vor und berichtete von Antons Festnahme. Auch Mutter Pontini begann laut und herzzerreißend zu weinen. Vater Pontini fluchte ganz fürchterlich. Samuel sah Dörte an, die versuchte Anna zu trösten.

„Es war unklug, dass Anton selbst gegangen ist! Ich hatte ihn gewarnt und mich angeboten rüber zu gehen. Aber jetzt müssen wir überlegen, wie wir Anton da wieder heraus bekommen", meinte er. Zornig wandte sich Anna von der Wand ab und wollte ihren Umhang anlegen und die Haube aufsetzen.

„Wo willst du denn jetzt hingehen, Mädchen?", fragte sie Pietro, ihr Schwiegervater.

„Ich gehe sofort zum Bischof! Er muss meinen Mann doch wieder freilassen! Wir haben doch alle drei nichts verbrochen!", schrie sie aufgebracht mit Zorn in den Augen. Vater Pontini nahm sie in die Arme und drückte sie an sich.

„Das ist doch Unsinn, liebe Anna! Sie würden auch dich wieder in das Kloster stecken und was bitte soll dann aus deiner Tochter werden? Soll sie ohne Eltern aufwachsen?" Anna schluchzte an seiner Schulter weiter. Und zum ersten Mal zog ihre Schwiegermutter sie sanft an sich und umarmte sie.

„Er wird schon wiederkommen, Anna!", versuchte sie die junge Frau zu trösten. Doch Anna schüttelte verzweifelt den Kopf. Plötzlich stand Dörte von ihrem Stuhl auf. Mit zitternder Stimme sagte sie:

„Ich werde morgen wieder zurück ins Kloster gehen und mich stellen! Wegen mir seid ihr in dieses Unglück geraten, sie wollen ja eigentlich nur mich! Also muss nur ich gehen, damit Anton wieder frei kommt", sprach sie entschlossen und nahm dabei Samuels Hand.

„Entschuldige mein liebster Samuel, aber es ist meine Christenpflicht! Ich will nicht dafür verantwortlich sein, dass andere für mich so ein Unglück erleiden. Ich liebe dich über alles, aber ich muss gehen", presste sie unter Tränen heraus. Samuel war plötzlich blass geworden, und er hielt Dörtes Hand ganz fest.

„Wenn du gehst Dörte, dann gehe ich auch mit! Ich kann ohne dich doch nicht mehr leben! Aber was soll dann aus unserem Kind werden?", fragte er Dörte mit zitternder Stimme. Alle sahen sich erstaunt an.

„Du bist guter Hoffnung, Dörte?", war die Frage aller Anwesenden. Und Dörte nickte verschämt. Da trat Anna zu ihrer Freundin und umarmte sie.

„Liebste Dörte, es würde niemandem helfen, wenn du nun auch gehen würdest. Sie würden nur darauf warten, dass sie auch mich noch eines Tages zu fassen bekommen. Anton käme dadurch auch nicht frei. Nein! Wir müssen uns etwas anderes einfallen lassen, um Anton zu befreien, so wie wir dich damals aus dem Kerker des Bischofs befreit haben. Wir müssen den kleinen Benjamin wieder finden, der uns damals schon einmal geholfen hat."

Und so vergingen Antons Tage in Eintönigkeit und großer Sorge um seine Liebsten zu Hause. Und wenn Anton seine Kammer verließ, folgte ihm ein Bruder auf Schritt und Tritt. Meist ging er in das Skriptorium oder auch ab und zu in den Innenhof der bischöflichen Abtei. Einige der Mönche übten hier ein Handwerk aus.

Anton wischte den Staub von einer Bank und setzte sich hin. Seine Gedanken waren bei Anna, dem Kind und der Familie. Er hätte damals auf Samuels Angebot eingehen sollen, dann wäre niemanden etwas passiert. Weit weg mit seinen Gedanken, sah er einem Mönch zu, der ein Wagenrad reparierte. Plötzlich räusperte sich jemand. Als er aufsah stand Bruder Barnabas vor ihm. Er sah Anton mit seinen kleinen Augen an und blinzelte in einer Tour.

„Sieh an, haben sie dich also doch geschnappt, Bruder Anton!", bemerkte er und setzte sich einfach neben Anton auf die Bank. Anton nickte und rutschte ein Stück zur Seite.

„Ja, sie haben mich geschnappt. Was deine Lawine damals nicht geschafft hat oben am Pass, haben sie nun durch meine Dummheit doch noch erreicht", erwiderte Anton wütend. Bruder Barnabas war ernst geworden und dann sah er seinen Mitbruder traurig an. Plötzlich rutschte er von der Bank herunter und kniete sich vor Anton hin.

„Vergebt mir Bruder Anton! Vergebt mir! Ich verstehe, dass ihr wütend auf mich seid. Aber auch ich bin in ihrer Hand oder besser gesagt in der Hand unseres Bruders Abt", erwiderte er leise und man sah den Gram in seinen Augen. Da fiel aller Hass auf diesen Menschen von Anton ab, und er bat Bruder Barnabas wieder aufzustehen. Der begann plötzlich zu erzählen, als wenn er sich endlich von einer Last befreien wollte.

„Ihr solltet damals nie in dem Hospiz ankommen! Die ganze Sache hatte sich der Abt ausgedacht, die Mutter Oberin wusste nichts davon. Und ich sollte sein Werkzeug sein! Sowohl der Abt als auch die Äbtissin hatten bemerkt, dass jemand in den Büchern der Bibliothek gesucht hatte. Als eines dann gar fehlte, bekamen beide es mit der Angst zu tun. Und so fasste der Abt den Plan, euch rüber zum Hospiz zu schicken. Denn wer außer euch konnte es gewesen sein, der in den Aufnahmebüchern des Klosters gestöbert hatte! Und da man auch euer Verhältnis zu dieser Novizin Anna bemerkt hatte, war auch sie zu einer Gefahr geworden!" Anton begehrte auf.

„Was denn für eine Gefahr, verflixt noch mal!", sagte er laut und sah sich im gleichen Moment erschrocken um. Bruder Barnabas schüttelte lächelnd den Kopf.

„Ihr habt immer noch nicht begriffen worum es eigentlich geht, Bruder Anton?", fragte er ihn belustigt. Und Anton schüttelte vehement den Kopf.

„Nein! Wir wissen nur, dass alles im Zusammenhang mit der Novizin Dörte stehen muss! Aber welches Geheimnis umgibt sie denn?" Bruder Barnabas stand auf und klopfte sich den Staub von der Kutte ab.

„Kommt, lasst uns ein paar Schritte im Innenhof gehen! Hier schauen uns zu viele Augen zu. Dann erzähle ich euch was es mit der Novizin Dörte auf sich hat, und welches Geheimnis es um sie gibt." Anton sah Bruder Barnabas von der Seite an. Irgendwie war sein Zorn auf ihn verflogen. Sie hatten ihn auf Grund seiner Vergangenheit zu ihrem Werkzeug gemacht.

„Was hat euch denn eigentlich hierher in die Residenz verschlagen?", fragte er ihn. Bruder Barnabas rieb sich seine rote Knollennase.

„Ja wisst ihr, wenn man die Aufträge seiner Eminenz nicht erfüllt, dann ist man erledigt. Als sie euch festnahmen war klar, dass mein Bericht im Kloster falsch gewesen sein musste. Das hat mir der Abt übel genommen und mich dann hierher versetzen lassen. Jetzt darf ich Einkäufe erledigen, das Auditorium säubern und so vieles mehr." Er lachte leise vor sich hin.

„Zumindest muss ich nicht mehr im Winter über den Pass gehen. So hat der liebe Herrgott mit mir armen Sünder doch letztlich noch ein Einsehen gehabt. Aber vielleicht kann ich euch sogar helfen, Bruder Anton. Ich muss nur darüber nachdenken wie."

Im Gespräch vertieft, waren sie an der kleinen Kirche der Abtei angekommen, in der die Brüder ihre Andacht hielten. Anton blieb stehen, und Barnabas drehte sich langsam zu ihm herum. Er stand nur wenige Schritte, mit dem Rücken zur Kapelle, von Anton entfernt da.

„Ihr wollt also wissen was es mit dieser Novizin Dörte auf sich hat, ja? Und was passiert dann, wenn ihr es wisst?"

Und Anton wollte gerade antworten, dass er dann vielleicht etwas unternehmen könne, als es plötzlich über ihnen laut knirschte und polterte. Gerade hob Anton seinen Kopf und wollte sehen wo der Krach herkam, als er sah, dass Bruder Barnabas etwas auf den Kopf prallte und der zu Boden ging. Der Mönch fiel zuerst auf die Knie, dann aber kippte er mit einem dumpfen Laut um. Blut quoll aus seinem Mund und er riss die Augen weit auf und fasste nach Antons Hand, der sich neben ihn hingekniet hatte. Er röchelte und hustete und kaum hörbar:

„... sie ist das Kind des Abtes und der Äbtissin ...!" Dann fiel sein Kopf leblos zur Seite. Anton schlug ein Kreuz über ihm und schloss ihm dann seine Augen. Der Herr hatte seinen Knecht Barnabas gerade zu sich genommen. Einen Augenblick war Anton unfähig sich zu rühren. Und erst als er mehrere Stimmen um sich hörte, wachte er aus diesem Alptraum auf und sah sich um.

Neben Barnabas lag eine Büste aus Sandstein mit dem verzerrten Antlitz eines Teufels, die aus einer Mauerkrone gebrochen war. Anton erhob sich mit zitternden Knien. Nur weil dieser gottlose Abt und die Äbtissin einen Fehltritt begangen hatten, waren inzwischen schon zwei Menschen gestorben. Und man jagte all jene, welche darüber Bescheid wussten. Das

war also die Lösung von Dörtes Geheimnis! Und Anton entschloss sich zu handeln. Er musste aus diesem Gefängnis heraus kommen. Alle Welt musste erfahren, was hier für ein Unrecht geschehen war! Anton war fest entschlossen dieses Gefängnis wieder zu verlassen.
Während die anderen Brüder bereits den Leichnam Barnabas wegtrugen, ging Anton zurück in seine Kammer. Er verschloss die Tür von innen und begann zu beten.
Anton hatte sich am Vortage für die Arbeit in der Wäscherei gemeldet und der alte Prior Pater Anselm hatte ihn sehr freundlich begrüßt. Da in der Abtei alle Gewerke, die mit der Versorgung der Brüder zu tun hatten vorhanden waren, war die Wäscherei die einzige Möglichkeit, diese auch zu verlassen. Man musste nur abwarten, bis man die Wäsche des Hospizes wieder frisch gewaschen zurück brachte. Aber natürlich konnte Anton nicht wissen, dass man dem Prior aufgetragen hatte, ihn niemals aus der Residenz gehen zu lassen. Aber die Wege des Herrn sind manchmal doch so wundersam, auch wenn man dabei etwas Geduld aufbringen muss.

Währenddessen begab sich Melchior Schwanten auf den Weg zum Pfarrer um ihn zu bitten, dass er doch etwas über Anton im Bischöflichen Palast in Erfahrung bringen sollte. Zu dieser Zeit war Annas Bruder Johannes schon wieder auf dem Heimweg. Er hatte den Bewohnern des Weilers Santa Maria versprochen, dass er den kleinen Jungen finden wollte, der damals im Hospiz zurück geblieben war und nun dort aufwuchs. Und Antons Bruder Andrea hatte ihm zugesagt, notfalls auch rüber zu kommen, wenn man Näheres über Antons Verbleib erfahren hatte.
Und so vergingen die Tage und Wochen. Es wurde Sommer und wieder Winter und Anna hatte schon alle Hoffnungen auf ein glückliches Wiedersehen mit Anton aufgegeben.
Aus der fröhlichen und aufgeschlossenen Anna, war eine stille in sich gekehrte Frau geworden, die trotzallem ihre Pflicht erfüllte. Und sie trug seit Wochen einen Gedanken mit sich herum. Wie wäre es, wenn sie mit Dörte ein eigenes Hospiz errichten würde. Es gab so viele Arme und Kranke in den Bergdörfern, da wäre ein solches Haus ein Segen. Irgendwann sprach sie mit Mutter Pontini und deren Mann darüber. Und alle

fanden diese Idee sehr gut und versprachen ihr dabei zu helfen. Von Anton aber hatte sie in all den Wochen und Monaten kein einziges Lebenszeichen mehr erhalten. Anna war sich ganz sicher, dass man Anton entweder im bischöflichen Palast eingekerkert oder gar in das Kloster zu Abt Breswik zurückgeschickt hatte. Und dort war er, so lange er noch lebte, eine Gefahr für den Abt und die Äbtissin. Sie hatte allen Glauben daran verloren, ihren Mann Anton jemals lebend wiederzusehen.
In den Bergen lag schon wieder der Schnee, der den Umbrailpass bereits schwer passierbar machte. Alles sah danach aus, dass Anna und Leonore auch dieses Weihnachtsfest ohne Anton verbringen mussten. Die sonst so lebenslustige Anna war noch stiller und in sich gekehrter geworden. Aber ihre Arbeiten verrichtete sie weiterhin wie gewohnt. Und es kamen immer mehr Kranke in den kleinen Weiler, so dass Pietro sich entschloss, im Frühjahr noch eine Hütte zu bauen, extra für Anna und die Kranken. Es sollte der Anfang des neuen Hospizes werden.

In der Nacht war Anna zu einer in Wehen liegenden Frau gerufen worden, die ein Kind gebären sollte, dessen Lage aber eine normale Geburt verhinderte. So etwas war hier oben in den Bergen, weitab von jedem Arzt, ein Todesurteil für Mutter und Kind. Als Anna in der Kate der Familie ankam, herrschte große Aufregung. Alle Frauen der Familie sowie eine Nachbarin füllten den Raum und beteten inbrünstig seit Stunden. Die Schwangere lag schwitzend und weinend im Bett. Sie klagte herzzerreißend und Anna schickte alle hinaus. Und den Männern gab sie Anweisung, eine große Wanne zu bringen und dann viel heißes Wasser bereit zu halten.
Dann musste die von Schmerzen geplagte Frau in das warme Wasser steigen. Wenig später schien sie sich bereits wohler zu fühlen, denn Anna hatte damit begonnen ihren Leib sanft zu massieren. Immer wieder und immer wieder glitten ihre zarten Hände geschmeidig über den dicken Bauch der Gebärenden. Stetig musste man warmes Wasser herbei bringen. Und Anna arbeitete bis zur Erschöpfung und massierte eine Stunde lang den Leib der schwangeren Frau. Und dann geschah das Wunder, das Kind drehte sich und kam in die richtige Lage. Und

sofort verabreichte Anna der Schwangeren eine Mixtur aus Herzgespann, Wermut und Beifuß, welche nun die Wehen noch verstärken und die Geburt voran bringen sollte.
Zwei Stunden später, es war bereits früher Morgen, hörte man in der Kate plötzlich Babygeschrei. Ein kräftiger Junge war geboren worden, und die Wöchnerin und ihr Mann strahlten über das ganze Gesicht. Von diesem Tage an verbreitete sich Annas Wundertat wie ein Lauffeuer durch die Täler am Pass.

Und so kam der erste Advent.
In der kleinen Küche saßen alle beisammen und beteten und sangen leise. Pietro hielt eine kleine Rede zum Gedenken an seinen Sohn Anton, der zur gleichen Zeit wohl einsam in einer kleinen Klause sitzen würde und sicher ebenfalls an sie dachte.
Anna war leise mit Leonore auf den Arm hinaus auf den Hof und von dort ein Stück den Berg hinauf gegangen. Doch der viele Schnee hinderte sie daran, ihren Platz zu erreichen, an dem sie früher schon oft gesessen und an Anton gedacht hatte. Es war eine kleine rote Bank unter einer mächtigen Tanne. Da ihr der Schnee bis zu den Hüften reichte, musste sie doch wieder umkehren.
Am Hoftor wieder angekommen, blieb sie stehen und sah hinauf in den sternenübersäten Himmel. Die Kleine im Arm wiegend, begann sie leise zu beten.
„Lieber Herrgott im Himmel, errette meinen lieben Anton aus seiner großen Not! Er war immer ein gottesfürchtiger Christ und hat im Namen des Herrn vielen armen Menschen geholfen. Jetzt braucht er deine Hilfe! Du kannst doch nicht wollen, dass unser Kind ohne seinen Vater aufwächst. Herr, hilf uns armen Sündern!", betete sie und betrachtete die Kleine, die sie mit wachen Augen ansah. Anna streichelte ihre kleinen Pausbacken.
„Dieses Weihnachten müssen wir beide ganz fest an den Papa denken, mein Liebling! Dein Papa ist ein guter Christ und ein guter Vater. Er wird dich immer in seinem Herzen tragen, so wie ich es auch tue. Schicken wir ihm also noch einen Gruß, ja", sprach sie und sah hinauf zu den Sternen und dachte dabei ganz fest an ihren lieben Anton. Sie hatte gerade aufgehört zu beten, als plötzlich Dörte neben ihr stand.

„Ach hier bist du", sagte sie leise. „Wir haben uns schon Sorgen um dich gemacht. Anton wird bestimmt jetzt auch an dich denken, Anna. Man kann Menschen zwar trennen, aber ihre Liebe bleibt bestehen. Ich glaube fest daran, dass Anton wiederkommen wird." Anna schnäuzte sich und wischte sich die Tränen aus den Augen.

„Ich weiß liebe Dörte, aber es ist so schwer ohne ihn zu sein und nicht zu wissen, ob er jemals wiederkommen wird. Manchmal habe ich einfach keine Lust mehr zu leben", erwiderte sie leise. Dörte fasste sie an beiden Oberarmen und schüttelte Anna.

„Was redest du da für einen Unsinn, Anna! Du hast doch noch die Kleine! Soll sie auch noch ohne Mutter, hier bei fremden Leuten aufwachsen? Nein Anna, wir müssen alles tun, damit Anton wieder frei kommt! Denn lieber gehe ich freiwillig zum Bischof!" Anna musste lächeln.

„Und wie willst du mit deinem dicken Bauch über den Pass kommen? Rede keinen Unsinn Dörte, ihr erwartet bald euer Kind, auch das braucht seine Eltern! Auch wenn wir alle weit entfernt von unserer Heimat und unseren Lieben zu Hause sind. Lass uns wieder hinein gehen, mir wird kalt und die Kleine braucht ihre Mahlzeit."

Leise ertönten die Glocken unten im Tal und ihr Klang überwand die Täler und die Berge.

Genau zur gleichen Zeit kniete Anton in seiner kleinen Kammer am offenen Fenster und betete inbrünstig. Und in sein Gebet schloss er Anna, die kleine Leonore und alle anderen mit ein, die jetzt sicher auch an ihn dachten.

Die Glocke der kleinen Kirche, vor der Bruder Barnabas vor Wochen ums Leben gekommen war, rief zur Andacht. Als sich alle Mönche versammelt hatten, öffnete sich noch einmal die Tür und der Bischof trat ein. Langsam schritt er an den Reihen vorbei und nickte gnädig nach links und rechts. Plötzlich verharrte er einen Augenblick vor Anton, der als erster in der Reihe saß und schaute ihn eindringlich an. Dann schlug er ein Kreuz über Anton und ging weiter nach vorn zur Kanzel. Der Chor der Abtei sang das Lied „Sei uns willkommen, Herr Christ". Danach begann der Bischof seine Predigt. In diesem Moment schweiften Antons Gedanken ab und sein Geist flog über Mauern hinweg, hinauf in die Berge, dort wo seine Liebsten wohnten und jetzt sicher auch an ihn dachten.

Mit dem Lied „Mein Geist erhebe dem Herrn mein" ging die Andacht zum 1. Advent zu Ende, und der Herr Bischof schritt wieder zum Ausgang. Vor Anton blieb der hohe Herr noch einmal stehen. Leise sprach er ihn an:

„Bruder Anton! Kommt morgen früh nach der Andacht zu mir!" Dann ging er mit würdiger Haltung weiter. In Anton keimte neue Hoffnung auf, nun doch bald zurück zu seinen Lieben gehen zu dürfen. Unruhig wälzte er sich in der Nacht auf seinem Strohsack hin und her und dachte nach, stellte sich vor wie er Anna und die Kleine in seine Arme nehmen würde bei seiner Ankunft. Vielleicht war er zum Jahreswechsel ja doch schon wieder zu Hause bei all seinen Lieben im Weiler.

Am nächsten Morgen, die Andacht war kaum vorbei, eilte er mit schnellen Schritten die Treppen hinauf zu den bischöflichen Räumen. An der Tür nahm ihn ein Sekretär schon in Empfang und führte ihn in das Arbeitszimmer des Bischofs. Anton musste warten und sah sich um. Er staunte über die vielen goldenen Gefäße, die großen Heiligenbilder in ihren Goldrahmen und die schweren Brokatvorhänge an den Fenstern. Plötzlich öffnete sich die Tür und der Bischof trat ein. Anton kniete nieder und küsste demutsvoll seinen Ring. Der beleibte Gottesmann setzte sich an seinen großen Tisch und Anton durfte sich auf den Stuhl davor setzen. Der Herr Bischof holte ein Schreiben aus einer Mappe und legte es vor sich hin.

„So mein lieber Bruder Anton! Ihr habt die letzten Monate im stillen Gebet unter unserem Dach verbracht, und ich habe viel Lob vom Prior über euch gehört." Er machte eine kleine Pause und Anton rutschte unruhig auf seinem Stuhl hin und her, ehe der Bischof fortfuhr.

„Ihr habt schwer gesündigt, indem ihr euch unerlaubt aus eurem Kloster davongestohlen habt. Und nicht nur das, ihr habt eine junge Novizin kurz vor ihrer Profess auch dazu angestiftet mit euch zu gehen. Auch dies war eine schwere Sünde wider dem Herrn." Wieder machte er eine kurze Pause, nahm dann das Blatt Papier wieder auf und sah dabei Anton mit hartem Blick an.

„Da ihr noch sehr jung an Jahren seid, und dem Herrn noch viele lange Jahre dienen könnt, um sein Verzeihen zu erheischen, habe ich beschlossen, dass ihr zurück in euer Kloster gehen dürft. Hier ist eure Genehmigung, dass ihr nun die bischöfliche Residenz verlassen dürft. Ihr werdet schon am kommenden Sonntag in Begleitung eines Bruders dorthin aufbrechen! Gott sei mit euch, Bruder Anton! Ihr dürft euch jetzt wieder entfernen."

Bei den letzten Sätzen des Bischofs glaubte Anton der Boden würde sich unter ihm auftun und ihn verschlingen! Hasserfüllt schaute er dem Bischof in die Augen und sprang von seinem Stuhl so heftig auf, dass dieser laut polternd nach hinten umkippte. Seine Backenknochen mahlten und er musste seine ganze Willenskraft aufbieten, um dem Gottesmann nicht an die Gurgel zu gehen. Breitbeinig vor dem Schreibsekretär des Bischofs stehend, keuchte er halblaut:

„Ihr und euer sauberer Herr Abt glaubt, dass ihr euch jede Ungerechtigkeit erlauben dürft! Und notfalls wird sogar jemand umgebracht. So, wie neben Bruder Barnabas und auch die Novizin Agnes Birnauer sterben musste, weil sie euer und des Abtes Geheimnis kannte. Pfui Teufel! Ihr seid eine Schande für die ganze Christenheit, Bischof! Die Welt draußen sollte es erfahren! Ihr seid der Antichrist in Person!" Vor dem Bischof ausspuckend, drehte er sich abrupt um und wollte nur noch das Zimmer verlassen. Die Hand mit dem Ring außer Acht lassend, die ihm noch huldvoll entgegen gestreckt wurde, verließ er den Raum und die Tür fiel mit einem lauten Knall hinter ihm ins Schloss.

Der Bischof stand kerzengerade und kreidebleich an seinem Tisch und starrte ungläubig auf die Tür, welche sich mit lautem Knall hinter Bruder Anton geschlossen hatte. So etwas war ihm noch nie widerfahren!

Anton rannte förmlich den Gang entlang, die Treppen hinab und begegnete so manchem Bruder, der den Kopf schüttelte über ein derartiges Verhalten eines Mitbruders. In seiner Zelle warf er sich auf sein Bett und begann dann plötzlich laut zu brüllen:

„Höllenfürst! Du Höllenfürst!" Er erhob sich wieder und trat voller Zorn immer wieder mit den Füßen gegen die Wand. Dieser Wutanfall dauerte eine ganze Weile an. Als er sich dann endlich beruhigt hatte, klopfte es plötzlich leise gegen seine Kammertür. Anton horchte auf und öffnete die Tür. Draußen im Flur stand der Bruder Hieronymus, ein junger Mann um die Zwanzig, mit dem Anton in der Wäscherei schon Freundschaft geschlossen hatte. Er sah Anton mitleidig an.

„Darf ich reinkommen, Bruder Anton?" Der nickte und ließ den Mitbruder eintreten. Anton deutete auf den Stuhl. Bruder Hieronymus sah an Antons Gesichtsausdruck, dass es keine freudigen Neuigkeiten gab.

„Was hat der Bischof gesagt, Bruder Anton", fragte er ihn voller Mitgefühl. Anton begann laut zu lachen.

„Man schickt mich wieder zurück in mein Kloster! Man will mich mundtot machen! Und wahrscheinlich werde ich dann überraschend sterben, aber das haben die sich alle so gedacht!", setzte er noch leise hinzu. Bruder Hieronymus schüttelte enttäuscht den Kopf. Leise sagte er:

„Das ist eine Ungerechtigkeit! Und was willst du nun tun?" Anton lief auf und ab, und blieb dann am Fenster stehen.

„Wie ein Vogel davonfliegen müsste man! Und wenn ich die Landsknechte am Tor umbringen muss, ich werde hier weggehen! Egal wann und egal wie!" Bruder Hieronymus sah ihn erschrocken an und bekreuzigte sich schnell.

„Bist du denn von Sinnen, Bruder Anton! Du läufst doch geradewegs ins Verderben! Der Herrgott wird uns bestimmt helfen, glaube es mir!" Anton lachte lauthals auf.

„Ach Bruder, wache auf! Der Herrgott kümmert sich nicht um uns Schafe! Nur die Leithammel beschützt er, egal was sie tun! Ganz gleich, ob sie sich der Unzucht schuldig machen oder der Völlerei und die Armen bestehlen! Unsereins darf doch nur die Backe hinhalten und bekommt noch einen Tritt ins Hinterteil dazu!", fauchte Anton wütend. Der junge Bruder Hieronymus bekreuzigte sich wieder, denn solch derbe Worte hatte er noch nie gehört. Doch bei gründlichem Nachdenken, musste er Bruder Anton Recht geben. Und plötzlich stahl sich ein Lächeln auf sein Gesicht und er stand auf. Er hielt Anton an beiden Armen fest und sah ihn in die Augen. Dann flüsterte er Anton zu:

„Hört zu, Bruder Anton! Heute Nachmittag darf ich für zwei Stunden meine kranke Mutter in der Stadt besuchen. Ich bringe dir ein schönes Kleid von ihr mit. Das ziehst du dann an, nimmst einen Korb auf den Rücken und verlässt so die Residenz. Es kommen und gehen an jedem Tag sehr viele Mägde von den Bauern der umliegenden Dörfer und sie bringen alle Nahrungsmittel. Du siehst, der liebe Herrgott gab uns gerade eine gute Idee! Also, nun habe auch du wieder Vertrauen in den Herrn!" Anton umarmte den jungen Mönch voller Zuversicht und Hoffnung.

„Wann immer du Hilfe brauchst Bruder Hieronymus, du kannst dich immer an mich, meine Familie drüben im Weiler Santa Maria oder auch an die Familie meiner lieben Frau wenden!" Plötzlich hielt er inne und sah den jungen Mönch an.

„Könntet ihr mir noch einen Wunsch erfüllen?" Der junge Mönch nickte.

„Gut, dann gehe doch bitte sobald du kannst zu meinen Schwiegereltern und sage ihnen, dass ich wieder frei bin. Sie wohnen oben im Weiler St. Ignatz. Sie sind gottesfürchtige Menschen." Der junge Mönch nickte wieder.

„Am Samstag schwärmen wir immer aus, um unseren Klingelbeutel zu füllen. Ich werde diesen Weg auf mich nehmen aus Freundschaft zu dir, Bruder Anton". Und wieder umarmten sie sich. An der Tür blieb Bruder Hieronymus noch einmal stehen.

„Erwarte mich heute Abend gegen Neun in der Sakristei. Dort werde ich dir ein Kleid meiner Mutter übergeben. Verstecke es gut. Und entferne dir vorher noch den Bart. Eine Magd mir Bart würde wohl auffallen", lachte er leise und dann verließ er Antons Zelle. Anton ließ sich auf sein Bett fallen und verschränkte die Hände hinter dem Kopf. Und ganz im Stillen flüsterte er:

„Anna, ich komme doch noch vor Heiligabend nach Hause!"

Dieser Sonntagmorgen des zweiten Advents war kalt und ungemütlich. Die Torwachen traten von einem Bein auf das andere, um sich zu erwärmen. Wo sonst um diese Zeit ganze Scharen von Mägden und Knechten das große Tor passierten, war heute kaum jemand zu sehen.
Anton war beim Hellwerden aufgestanden und gerade dabei in das Kleid zu schlüpfen, das ihm der Bruder Hieronymus mitgebracht hatte. Dazu einen Mantel und eine große graue wollene Haube. Seine Füße zierten dicke Wollstrümpfe und je ein Ziegenfell, dessen gegerbte Seite, mit Bändern befestigt, nach

außen getragen wurde. So konnten die Mägde auch bei Kälte und Schnee das Haus verlassen. Anton betrachtete den Korb, in dem einige leere Kartoffelsäcke lagen. Hieronymus hatte an alles gedacht. Um fünf Uhr früh klopfte es leise an Antons Tür und Bruder Hieronymus huschte flugs in dessen Kammer. Er betrachtet eine Weile Anton in seiner ganzen Pracht und lächelte dann belustigt.

„Nun ja, eine Schönheit von einer Magd bis du wirklich nicht Bruder Anton! Ich würde sagen, du bist eher ziemlich hässlich. Aber da lassen dich die Torwächter wenigstens in Frieden ziehen", meinte er und sah einen Moment aus dem Fenster. Draußen wurde es schon langsam etwas heller.

„Du solltest jetzt gehen! In zwei Stunden schon, also um sieben Uhr, wird man dich abholen, um dich ins Kloster zu bringen, wie ich gehört habe. Es sollen extra zwei starke Mönche mitgehen. Also eile mein Freund, eile!" Sprachs und umarmte dann Anton kurz. Der bedankte sich herzlich bei ihm.

„Hab Dank, Bruder Hieronymus. Der Herr wird dich einst hoffentlich für deine gute Tat belohnen." Hieronymus winkte ab und lächelte.

„Verlassen will ich mich darauf nicht, Bruder Anton. Dir zur Freiheit verholfen zu haben, ist mein schönster Lohn. Also leb wohl und vergiss mich nicht in deinen Gebeten!" Noch einmal gaben sie sich die Hand und umarmten sich.

### *Antons Heimkehr*

Anton hatte zunächst eine Weile aus einer Nische das Tor beobachtet. Als gerade mehrere Mägde mit ihren Körben und zwei Knechte mit kleinen Schubkarren dem Tor entgegen strebten, fasste er Mut. Offenbar hatten sie alle ihre Waren bereits abgeliefert. Jetzt galt es! Rasch schloss sich Anton der Gruppe an. Stur nach unten schauend lief er auf das Tor zu. Sein Herz schlug ihm bis zum Hals, und er meinte förmlich, dass die Wachen das laute Bum, Bum hören mussten. Schon passierten sie die Wachen am Tor und Anton hörte einen der Landsknechte gerade lachend sagen:

„Gunter, schau mal da drüben die lange kräftige Alte! Wenn du sowas im Bett hast, hat dich der Herrgott aber gescheit gestraft!" Beide lachten herzhaft. Dazu meinte ein Dritter:
„Ich kann mich nicht entsinnen, diese hässliche Alte schon einmal hier gesehen zu haben. Mein Gott, dieser Bauer braucht wirklich keinen Wachhund! Die vertreibt ja alle mit ihrem hässlichen Gesicht!" Die drei Landsknechte lachten aus vollem Halse und Anton musste an sich halten um nicht einfach loszurennen. Erst als er das Tor endgültig verlassen hatte und um die nächste Wegbiegung verschwunden war, atmete er auf und lief nun kräftig ausschreitend weiter Richtung Müstair. Und von dort zur Passstraße nach Italien.
Endlich war er wieder in Freiheit! Er hätte laut singen mögen vor lauter Freude im Herzen. Aber er nahm sich vor nicht aufzufallen, eine Magd wie er durfte nicht hüpfen und nicht singen.

Der Bischof hatte gerade sein Frühstück beendet, als es an seiner Tür klopfte. „Herein!", rief er ärgerlich. Am Sonntag wünschte er eigentlich in Ruhe gelassen zu werden. Die Tür öffnete sich und der Kämmerer trat ein und verbeugte sich tief.
„Eure Eminenz, wir können den Mönch Anton Pontini nicht finden! Die Brüder Emanuel und Joshua, der ihn auf seinem Weg zurück zum Kloster begleiten sollten, haben ihn auch in seiner Kammer nicht angetroffen." Der Bischof sah ärgerlich auf und musterte den Kämmerer einen Augenblick von oben bis unten.
„Vielleicht ist er in der Kirche um ein letztes Gebet zu sprechen, habt ihr da nachgesehen?" Monsignore Kolum nickte demütig. Der Bischof schüttelte den Kopf und knurrte:
„Er muss doch aufzufinden sein. Er kann doch nicht durch den Schornstein davon geflogen sein! Also sucht nochmals gründlich!", schnarrte der Bischof, verärgert darüber, dass man ihn schon am Morgen mit solchen Nebensächlichkeiten behelligte.

Inzwischen war es Mittag geworden. Der einsetzende leichte Schneefall hatte langsam aufgehört. Anton überlegte gerade, ob er nun seine Verkleidung ablegen konnte, als ihn ein Schlitten mit einem Pferd erst überholte und dann auf einmal stehen blieb. Ein älterer Mann mit Pelzmütze sah ihn vom Bock herunter an.

„Na Mütterchen, kann ich euch ein Stück mitnehmen? Aber kurz bevor es zum Pass hinauf geht, muss ich dann vom Wege abbiegen. Wohin wollt ihr?", fragte er Anton freundlich. Anton reizte die Versuchung doch ein Stück des Weges auf dem Kutschbock mitzufahren. Und so begann er mit Gesten und Stammeln dem Mann zu erklären, dass er noch weiter musste, aber gerne mitfahren würde. Der Bauer nickte und meinte dann mitfühlend:

„Ach herrje! Du armes Geschöpf kannst nicht reden! Macht nix, steigt auf!" Und dann meinte er aber noch etwas leiser, mehr zu sich als zu Anton:

„Na ja, euer Mann hat es wenigstens gut, ihr könnt nicht den ganzen Tag keifen und ihn kommandieren wie meine Alte!" Anton verbiss sich das Lachen und stieg auf, während der Bauer ihn immer wieder verstohlen von der Seite ansah. Diese alte Magd war ihm irgendwie nicht geheuer! Ob sie vielleicht nur der Teufel war, dem er zufällig begegnet war? Trotzdem plapperte er weiter und Anton wusste am Ende der Fahrt den halben Lebenslauf des Mannes. An einer der Abzweigungen im Wald musste Anton absteigen, wenn er hinauf zum Pass wollte. Der Bauer schüttelte den Kopf über die stumme Alte. Wo die nur mit ihrem Korb hinwollte, hier mitten im Wald und um diese Zeit zum Sonntag. Und dann wollte die wahrscheinlich auch noch hinauf auf den Pass! Er knallte mit der Peitsche, trieb das Pferd an und machte, dass er mit seinem Schlitten davon kam. Es sollte ja immer wieder vorkommen, dass Hexen in Menschengestalt auftauchten oder auch der Teufel sein Unwesen trieb. Im Wegfahren sah er noch mal zurück und bekam um ein Haar einen Herzanfall. Die alte Magd, die soeben abgestiegen war, hatte just in dem Augenblick als er zurück sah, mit dem rechten Bein wie ein Pferd gescharrt und ihm nachgewunken! Schreiend knallte er mit der Peitsche und trieb die Pferde an. Er war tatsächlich dem Teufel in Frauenkleidern begegnet! Und diese Geschichte erzählte er zu Hause jedem der sie hören wollte.

Als das Fuhrwerk endlich um eine Biegung verschwunden war, öffnete Anton ein wenig seine Verkleidung und lachte aus vollem Halse. Er hatte das arme Bäuerlein zu Tode erschreckt, was ihm nun schon wieder leid tat. Er schritt dann rüstig aus. Der Weg nach Hause war noch lang und mühsam und es ging stundenlang bergauf.

Am späten Nachmittag lief der Bischof Benedikt unruhig in seinem Salon auf und ab. Draußen hatte sich der Himmel verdunkelt, Schnee fiel in dichten Flocken und Sturm kam auf. Die Bergspitzen waren von der Residenz aus schon kaum noch zu erkennen, so fegte das Schneegestöber über die Berge. Eine Suchaktion im gesamten Kloster nach Bruder Anton war bisher ergebnislos geblieben. Bischof Benedikt dachte angestrengt nach. Sollte dieser renitente Mönch gar schon die Residenz verlassen haben, ohne dass eine der Wachen es bemerkt hatte? So wurden die Wachen sofort angewiesen jeden Mönch der die Residenz verließ, gründlich zu kontrollieren. Er nahm die Glocke auf seinem Schreibpult zur Hand und läutete. Sofort trat sein Sekretär ein und verbeugte sich tief.
„Schickt sofort die Garde in die Stadt, die jeden Mönch und jedes Fuhrwerk kontrollieren soll, egal wen sie auch antreffen! Macht einen Aushang und dann setzt eine Belohnung von zwei Batzen aus, für den, der dienliche Angaben über den Verbleib dieses Mönches machen kann!", ordnete er an. Und so geschah es. Auf einmal sah man überall Männer in dunkeln Wams und Stiefeln in der Stadt. Die Garde hatte ihre Arbeit aufgenommen. Aber dieser Mönch blieb nach wie vor unauffindbar.

Johannes, der um diese Zeit unten in der Stadt war um eine Sau für eine Hochzeit abzuliefern, bemerkte die vielen Männer in dunkler Kleidung, die plötzlich unterwegs waren und jeden Mönch und jedes Fuhrwerk kontrollierten. Auch bei ihm schauten sie nach.
Als er auf dem Rückweg einen Mönch mitnahm, der in sein Dorf wollte, erfuhr Johannes, dass ein Mönch aus der Residenz verschwunden war. Sofort war ihm klar, dass es nur Anton sein konnte den sie suchten! Er war also tatsächlich getürmt, dieser Teufelskerl!

Zu Hause angekommen, erzählte er den Eltern von dem Vorfall, und alle waren voller Zuversicht, dass Anna nun ihren geliebten Anton bald wieder zurückbekam.

Seit zwei Tagen schon orgelte der Schneesturm im Gebirge und wahre Schneemassen fielen vom Himmel. Die neue Woche begann unfreundlich, kalt und stürmisch, so wie die letzte aufgehört hatte.
Anna hatte alle Mühe die Alten und Kranken aufzusuchen. Nur weil Antons Vater und sein Bruder sie unterstützten, konnte sie ihre Krankenbesuche auf den einsamen Höfen am Pass machen. Samuel wich Dörte nicht mehr von der Seite, weil ihr die Schwangerschaft viele Mühen bereitete, und Anna machte sich insgeheim große Sorgen um ihre Freundin. Jeden Tag besuchte sie Dörte, redete ihr gut zu, und gab ihr dann beruhigende Kräutertees zu trinken. Noch waren es fast sechs Wochen, also zu früh für einen Geburtsvorgang!
Anna hatte indessen einen wirklich großen Plan gefasst. Am Samstagabend hatte sie alle zusammengerufen und bekannt gegeben, dass sie im Frühjahr mit Hilfe von Vater Pontini ein Hospiz bauen wolle. Dazu benötigte sie zwar die Genehmigung des Regenten der kirchlichen Regionalversammlung in Bormio, aber sie war sich sicher, die Kirche für ihren Plan gewinnen zu können. Immerhin hatte sich ihr guter Ruf bis hinunter in die Ebene nach Bormio herum gesprochen. Vor wenigen Tagen war sogar ein Vertreter des Ständerates mit seiner Tochter bei ihr erschienen, die über eine arge Schlaflosigkeit und schlechte Träume klagte. Als Lohn erhielt Anna zwei Batzen, eine Menge Geld in diesen Zeiten. Der Edle Herr Graf von Agostino versprach ihr, sie bei ihren Plänen im Ständerat zu unterstützen, so angetan war er von ihrem Können und ihrem Vorhaben.
Auch Dörte und Samuel waren voller Zuversicht für diese Aufgabe. Selbst Annas Schwiegermutter war schon voll des Lobes über ihre Pläne. Zu lange hatten die Frauen und die Alten in den Weilern ohne medizinische Hilfe auskommen müssen. Und die erfolgreiche Geburt der jungen Frau aus dem Weiler, hatte die letzten Zweifler überzeugt. Man wollte im Frühjahr zusammenkommen und bereden wie man mithelfen konnte.
Anna hatte schon längst begonnen, jeden Groschen beiseite zu

legen, den sie entbehren konnte. Oft saß sie in dieser Zeit am Abend erschöpft von der Tagesarbeit am Bett ihrer Tochter und dachte voller Inbrunst an Anton. Der Bischof hatte ihn wahrscheinlich nicht gehen lassen. Ein Leben ohne ihren Anton, wie sollte das aussehen? So war sie sich nun beinahe endgültig im Klaren, dass sie Anton nie wiedersehen würde. Denn solange dieser Bischof und dieser Abt sowie diese Äbtissin von Lewante bestimmten, was im Kanton geschah, würde man Anton nicht frei lassen. Diese Gewissheit hatte ihr Anfangs allen Lebensmut genommen. Nun aber sah sie es als ihre Aufgabe an, gerade deswegen dieses Hospiz zu errichten. Anton hätte sie ganz bestimmt dabei unterstützt! Und manchmal, ja manchmal hoffte sie ganz im Stillen für sich, auf ein kleines Wunder. Mit dem kleinen Talisman in der Hand lag sie oft stundenlang des Nachts wach im Bett und dachte inbrünstig an ihren lieben Anton und Tränen rannen ihr über das Gesicht.

Es war der Montag nach dem zweiten Advent. Anna war heute schon sehr früh aufgestanden, weil Dörte des Nachts über Leibschmerzen geklagt hatte, und Samuel sie aus dem Bett geholt hatte.
Anna heizte den Herd an, kochte Brei für die kleine Leonore, so wie sie es jeden Morgen machte. Anschließend wollte sie die Kleine zur Großmueti Sofia bringen und sich dann den Kranken widmen, die morgens an ihre Tür klopften. Draußen war über Nacht noch mehr Schnee gefallen, nur der Sturm hatte gottlob endlich aufgehört.
Anna strich dem alten Gründler, Antonio etwas Salbe auf sein entzündetes Bein und verband es wieder fein säuberlich. Der alte Mann lebte allein und hatte niemand der für ihn sorgen konnte. Die Menschen im Weiler gaben ihm oft etwas zu Essen ab und sorgten dafür, dass er im Winter genügend Holz in seiner Kate zum Heizen hatte. Er drückte dankbar Annas Hand an seine runzlige Wange.
„Du hast ein gutes Herz, meine Tochter. Gott beschütze dich! Du bist eine Heilige", nuschelte er voller Dankbarkeit und stand danach mühsam mit Annas Hilfe wieder auf. Gerade als Anna den Alten zur Tür begleiten wollte, wurde diese aufgerissen und zwei Bauern standen voller Schnee auf der Kleidung in ihrer

Tür und riefen nach ihr. Anna wollte schon losschimpfen, weil sie so viel Schnee in die Stube getragen hatten, ohne die Stiefel abzutreten.

„Schwester, du musst uns unbedingt helfen! Wir haben oben unterhalb des Passes am Wegesrand eine alte Frau gefunden, sie ist halb erfroren und ohnmächtig! Ich glaube sie atmet kaum noch!", keuchte der alte Bauer aufgeregt und außer Atem.

„Bringt sie schnell in die warme Stube, rasch!", rief sie ihnen zu und machte das Lager frei. Wenig später brachten der Bauer und sein Sohn die Frau auf einem Seitenteil des Wagens, das als Trage diente, zur Tür herein, und legten sie auf dem Boden ab. Rasch öffnete Anna den Mantel der Frau, fühlte ihre Stirn und betrachtete dann ihr Gesicht. Plötzlich stutzte sie einen Moment, irgendwie kam ihr dieses Gesicht doch bekannt vor! Hastig und mit zitternden Fingern nahm sie der Frau die Haube ab und stieß einen lauten Schrei aus.

„Anton! Mein Gott, Anton, bist du es wirklich?", rief sie aus und schälte ihn dann vollkommen aus dem teilweise schon gefrorenem Mantel heraus. Hastig flößte sie Anton ein paar Tropfen heißen Tee ein und massierte seine Hände und Füße, solange bis Anton leise zu stöhnen anfing und langsam die Augen öffnete. Sein Gesicht verzog sich zu einem mühsamen Lächeln.

„Anna! Liebste Novizin Anna, ich bin ihnen doch entkommen", flüsterte er und versuchte wieder zu lächeln und griff nach ihrer Hand. Anna gab ihrem Gatten einen Kuss und dann streichelte sie unaufhörlich sein Gesicht und küsste ihn auf die Wangen. Schnell schickte sie einen Buben zu Antons Eltern und wandte sich dann wieder ihrem Mann zu.

„Ach Anton, ich dachte ich sehe dich nie mehr wieder", flüsterte sie und wischte sich die Freudentränen ab. Sie konnte sich nicht satt sehen an seinem Gesicht. Plötzlich klopfte es erneut und die Eltern von Anton kamen herein und begrüßten ihren schon verloren geglaubten Sohn. Sofort begannen Anna und Antons Mutter ihm eine kräftige Suppe zu kochen. Nachdem er gegessen hatte musste sich Anton erst einmal hinlegen und etwas schlafen.

Am Abend war Anton schon wieder so gestärkt, dass sie sich gemeinsam zu einem Besuch bei Dörte und Samuel auf den

Weg machen konnten. Anton trug die kleine Leonore auf dem Arm und herzte sie immer wieder. Und die Kleine schlang inbrünstig ihre kleinen Arme um Antons Hals und herzte ihren Papi.

Als sie in Samuels und Dörtes Kate eintraten war die Freude groß, und Dörte lachte zum ersten Mal an diesem Tag. Die junge Frau lag im Bett und alle saßen um sie herum und Anton begann zu berichten, was ihm wiederfahren war, und wie ihm Bruder Hieronymus bei seiner Flucht aus dem Palast des Bischofs geholfen hatte. Und dann erzählte Anton was er über Dörte erfahren hatte. Sie saß aufgerichtet im Bett und hing förmlich an Antons Lippen.

„Also liebe Dörte! Wir wissen jetzt endlich was es mit deiner Vergangenheit auf sich hat. Du bist tatsächlich die Tochter von Abt von Breswik und der Äbtissin Klara von Lewante. Als Bestrafung für ihr Vergehen, hatte sie der Bischof in das Kloster geschickt und dich gleich mit." Dörte schlug die Hände vor ihr Gesicht und begann zu weinen und Anna versuchte sie zu trösten.

„Sieh mal, jetzt weißt du endlich wer deine Eltern sind. Das wolltest du doch immer in Erfahrung bringen", redete Anna mitfühlend auf ihre Freundin ein.

„Aber warum haben sie mich dann in der Bischofsresidenz eingesperrt und so schlimm behandelt?", fragte sie weinend und Anton strich ihr über die Hand. Auch dafür hatte er eine Erklärung.

„Der Bischof hat erst später erfahren wer du wirklich bist. Aber dein Vater der Abt, der wollte dich aus seinem Leben verbannen. Und so hat er dich entführen und beim Bischof einkerkern lassen. Deine Mutter die Äbtissin aber hatte von dieser Freveltat kein Wissen!" Dörte war einerseits untröstlich, aber andererseits nun auch wieder zufrieden. Nun hatte man ihre Eltern gefunden, und dann stellte sich heraus, dass es dieser verhasste Abt und die Äbtissin des Klosters waren. Würde sie jemals mit ihnen darüber reden können? Würde sie jemals ihre Mutter fragen können, warum man sie so übel behandelt hatte in all den vergangenen Jahren? Andererseits verstand sie nun aber auch, warum die Äbtissin an ihr immer sehr viel Interesse gezeigt hatte, was ihre Ausbildung betraf. Dörte wischte sich die Tränen ab und versuchte zu lächeln.

„Ich bin tief in eurer Schuld, Anna und Anton. Ich habe euch mit meinen Sorgen belastet und ihr musstet darunter sehr leiden. Bitte verzeiht mir!", seufzte Dörte und griff nach Antons und Annas Hand. Anton aber lächelte, und gab ihr einen kleinen geschnitzten Engel aus Holz.

„Hier liebe Freundin, dies soll ab sofort euer Schutzengel sein! Eigentlich hatte ich ihn ja für die kleine Leonore angefertigt in den vielen einsamen Stunden in meiner Kammer. Aber nun soll er euch Glück bringen, so wie er uns Glück gebracht hat."

Dörte bedankte sich artig und Anna schickte die beiden Männer hinaus, weil sie Dörte noch einmal untersuchen wollte.

„Du musst unbedingt die nächsten Wochen noch schön im Bett liegen bleiben, Dörte, wenn das Kind gesund zur Welt kommen soll", schärfte sie ihrer Freundin nochmals eindringlich ein ehe sie wieder ging.

### *Acht Wochen später ...*

Der Januar und die erste Woche des Februar vergingen. Im Weiler herrschte Winterruhe, die Menschen versorgten das Vieh im Stall und gingen nur hinaus, wenn es unbedingt nötig war. Es war frostig kalt geworden und der Schnee knirschte unter den Schuhen. Lange dicke Eiszapfen hingen von den Dächern und den Bäumen im Wald, und der Schnee lag teilweise bis unter die Fenster der Katen.

In einer dieser stürmischen Nacht von Samstag auf Sonntag klopfte es mitten in der Nacht heftig an Annas Fenster im Schlafgemach. Anna sprang schlaftrunken aus dem Bett und öffnete das Fenster, um nachzuschauen, wer da solchen Lärm verursachte. Draußen stand zähneklappernd Samuel.

„Anna schnell, du musst kommen, es geht los", rief er aufgeregt und schwenkte die Laterne. Rasch zog sich Anna an und stapfte hinter Samuel durch den tiefen Schnee, der über Nacht erneut gefallen war. Im Haus angekommen, musste Samuel einen Wasserzuber holen und mit warmem Wasser füllen. Im

Herd bullerte das Feuer und Eimer mit Schnee standen darauf, um jederzeit neues warmes Wasser für den Zuber zu haben. Anna hatte Samuel inzwischen aus dem Zimmer geschickt.
Dörte musste sich in die Wanne setzten. Doch jedes Mal wenn die Wehen einsetzten, schrie Dörte wie am Spieß und Anna musste sie beruhigen. Draußen stand Samuel, hielt sich jedes Mal die Ohren zu und stapfte von einem Fuß auf den anderen. Inzwischen hatte sich aber auch Antons Mutter eingefunden, die Anton in aller Eile geweckt hatte. Eine Stunde später krähte plötzlich eine kräftige Babystimme durch die Kate. Ein kleiner gesunder Junge von fünf Pfund war geboren worden. Mutter und Kind waren beide wohlauf. Dörte hatte sich den Namen Andreas gewünscht. Den zweiten Namen ihres Schwiegerpapas. Endlich durfte Samuel das Zimmer betreten und seinen Sohn zum ersten Mal auf seinen Arm nehmen. Vor lauter Aufregung zitterten ihm die Knie und er musste sich auf Dörtes Bett setzen. Sie waren überglücklich, und Samuel gab Dörte einen langen Kuss.
„Das hast du ganz wunderbar gemacht, mein Liebling!", flüsterte er ins Ohr und sie schmusten noch eine Weile zu dritt.
Schon am nächsten Tag kamen Antons jüngere Geschwister zu Besuch, um den kleinen Jungen zu begrüßen und Glück und Segenswünsche zu überbringen. Auch Leonore ließ es sich nicht nehmen und stand lange am Bettchen des kleinen Buben und machte einen langen Hals um ihn zu sehen. Anton witzelte, dass sich hier offenbar eine neue Liebe anbahnen würde und sie irgendwann noch verwandt sein würden.
Und so war ein neues kleines Leben in den Weiler Santa Maria eingezogen.

Der neue Jahresanfang hatte für die Familien im Weiler Santa Maria viel Freude, aber auch so manches Leid parat. Doch der Mai schien ein warmer Monat zu werden. Die Wiesen waren grün und die Kühe konnten den ganzen Tag auf der Weide bleiben.
Antons Vater hatte noch einige Ziegen und Schaflämmer dazu gekauft, die von den größeren Kindern auf der Weide überwacht wurden. Denn immer wieder tauchten plötzlich Wölfe auf und versuchten eines der Lämmer zu reißen.

Anton war gerade wieder einmal auf dem Weg in den Wald, als er weit oben in einer der Serpentinen plötzlich eine Gruppe Menschen zu Pferde sah. Weil sie noch zu weit entfernt waren, konnte er sie nicht genau erkennen. Also blieb er einfach hinter einer der dicken Tanne stehen und beobachtet den Trupp weiter. Plötzlich hüstelte jemand hinter ihm. Als Anton sich umdrehte, stand sein Bruder Andrea hinter ihm.

„Bist du etwa wieder auf der Jagd, Bruder? Was beobachtest du?", fragte er Anton leise. Anton lachte leise.

„Ach du bist es! Warum schleichst du dich so an?", fragte er zurück. Andrea grinste vor sich hin.

„Na ja, ich bin Jäger, ich kann das eben", erwiderte er leise. Anton zeigte nach oben zum Pass.

„Schau da hinauf und warte einen Augenblick, dann weißt du warum ich hier stehe", antwortete er. Tatsächlich tauchte plötzlich hinter einer Kehre ein Teil des Reitertrupps wieder auf. Andrea pfiff leise durch die Zähne.

„Verdammt, die haben uns jetzt gerade noch gefehlt! Wir müssen unsere Leute im Weiler warnen". Anton sah ihn an.

„Du kennst sie? Was sind das für Leute?" Andrea verzog das Gesicht: „Eine ziemlich gefährliche Räuberbande! Es sind ehemalige Soldaten, die seit langem die Berge durchstreifen und die Dörfer überfallen. Schnell, lass uns rasch nach Hause eilen, wir müssen alle warnen bevor es zu spät ist! Vor allem muss das Vieh verschwinden, denn das rauben sie am liebsten!"
Gemeinsam rannten sie quer über die Wiese den Hang hinab. Als erstes erreichten sie die Herde von Vater Pietro. Als er seine Jungs kommen sah, stand er langsam von seinem Melkschemel auf.

„Was ist los? Warum hetzt ihr so den Hang herab?", fragte er arglos. Andrea holte tief Luft um wieder zu Atem zu kommen.

„Die Freischärler kommen wieder über den Pass herunter! Es sind ungefähr zehn Reiter." Pietro Pontini fluchte.

„Verdammt, auch das noch! Warnt sofort alle im Weiler, sie müssen in den Wald laufen und sich verstecken! Die Männer sollen sich alle unter der großen Kiefer sammeln und alles mitbringen, womit man kämpfen kann! Lauft Jungs, ich treibe inzwischen unser Vieh in den Wald!"

Anton und sein Bruder Andrea rannten keuchend weiter hinab ins Dorf. An einer großen Kiefer in der Mitte des Weilers hing die Alarmglocke. Anton hängte sich an das Seil und begann zu ziehen. Die Glocke kam ins Schwingen und weithin hallten die Glockenschläge durch den Weiler. Jeder wusste was dies bedeutete. Im Nu versammelten sich die Bewohner und Andrea gab ihnen Bescheid, warum man Alarm geläutet hatte. Hastig eilten die Leute davon in ihre Häuser und Scheunen, um das Vieh in den Wald zu treiben und verrammelten alle Türen und Fenster so gut es in der Eile nur ging.
Danach zogen die Frauen und Kinder in den Wald. Dorthin wo sich in einer engen Schlucht eine Berghöhle befand, in der sich Mensch und Vieh gut verbergen konnten.
Die zurückgebliebenen Männer versteckten sich alle rund um den Weiler im dichten Gebüsch. Nach einem genauen Plan hatten sie sich rasch in Gruppen geteilt, und jeweils zwei von ihnen versteckten sich. So konnte man schnell Nachricht geben, wenn die Freischärler etwa vorhatten, den Weiler zu umgehen, um dann ins Dorf einzudringen. Wobei es nur drei Seiten gab, von wo aus sie kommen konnten. Die vierte Seite war der Wald, wo sich die Höhle und hohe Felsenflanken befanden, die steil aufragten. Von dort drohte ihnen keine Gefahr.
Anton lag neben seinem Bruder und dem Vater unter einem Busch, die alten Flinten schussbereit in den Händen. Sie beobachteten die Zufahrtsstraße zum Weiler. Vater Pietro fragte Anton leise:
„Hast du geschaut, ob auch alles Vieh weg ist?" Anton nickte wortlos, legte seine Hand auf des Vaters Arm und deutete nach vorn auf den schmalen Waldweg. Soeben tauchte dort der erste Reiter auf und blieb stehen. Offenbar trauten sie der Ruhe des Waldes nicht, vor allem, weil keinerlei Laute aus dem Weiler kamen. Denn höchstens ein Hahn krähte laut und vernehmlich oder einer der Hunde bellte noch aufgeregt. Eine unheimliche Spannung lag über dieser Szenerie. Mücken surrten und anderes Getier machte es den drei im Verborgenen liegenden Männern schwer, ruhig zu bleiben. Plötzlich tauchte noch ein zweiter Reiter auf. Beide unterhielten sich leise. Sie sprachen Schwyzerdütsch und Anton verstand einige Worte davon.

„Sie beratschlagen sich noch, ob sie einfach in den Weiler hinein reiten und in den Häusern Feuer legen sollten", übersetzte Anton es Andrea und seinem Vater. Dem stieg augenblicklich die Zornesröte ins Gesicht. Und ehe sich Anton und Andrea versahen und ihn abhalten konnten, hatte der Vater die Flinte hochgehoben, angelegt und abgedrückt! Der Schuss halte durch den Wald und der erste Reiter fiel getroffen seitlich vom Pferd. Der andere machte rasch kehrt und verschwand wieder vom Wege. Anton schalt leise seinen Vater.

„Vater! Das war übereilt! Jetzt wissen sie, dass wir sie hier erwarten! Das macht die Lage nicht besser." Der Alte aber schüttelte den Kopf und murmelte: „Was weißt du Mönch schon vom Krieg führen, he? Das ist einer weniger, Sohn!" Andrea fuhr leise dazwischen.

„Hört auf euch zu streiten, ich krieche nach vorn und hole mir sein Gewehr und das Pferd!" Und schon kroch er auf allen Vieren bis zum Wegesrand und blickte hinaus auf den Weg. Da nichts zu sehen war sprang er auf, rannte gebückt zu dem Toten, nahm dessen Gewehr und griff auch nach den Zügeln des Pferdes. Plötzlich peitschten zwei Schüsse durch den Wald. Anton sah gerade noch wie Andrea mit einem Hechtsprung und dem Gewehr in der Hand in das Gebüsch zurück sprang. Wenig später erreichte er keuchend seinen Bruder und Vater wieder. Das Pferd hatte er leider zurücklassen müssen.
Aus einer Wunde am rechten Oberarm tropfte Blut. Eine Kugel hatte ihn gestreift. Vater Pietro schüttelte den Kopf und zeigte seinem Sohn wortlos einen Vogel, wegen seines Leichtsinns. Anton deutete nach rechts von ihnen auf zwei Gestalten, die gebückt durch den Wald schlichen und sich offenbar daran machten, sie zu umgehen. Andrea nahm das neue Gewehr auf und suchte sich eine gute Stelle, während Anton auf die andere Seite schlich. So hatten sie die beiden Lumpen im Kreuzfeuer. Vater Pietro war stolz auf seine Jungs, die wie wirkliche Männer handelten. Völlig erstaunt war er über Anton. Obwohl dieser einige Jahre im Kloster gelebt hatte, war ihm das Abenteuerliche wohl geblieben, und das machte Pietro stolz. Genau wie seine Schwiegertochter, deren Ruf schon weit über die Grenzen des Weilers hinaus gedrungen war. Wieder knallten zwei Schüsse kurz hintereinander und ein Schrei hallte durch

den Wald. Irgendjemand musste getroffen worden sein! Hoffentlich war es nicht einer seiner Jungs. Plötzlich hörte er es hinter sich rascheln und drehte sich blitzschnell mit der Flinte im Anschlag herum. Doch Samuel schob sich durch das dichte Gebüsch. Pietro Pontini schimpfte leise mit ihm.

„Bist du denn lebensmüde Junge! Ich hätte dich doch glatt erschießen können, so ein Leichtsinn! Warum kommst du hier her?" Samuel setzte sich erst einmal auf den Waldboden und atmete kräftig durch.

„Wir haben noch zwei von ihnen erwischt. Einer ist aber tot, den anderen haben wir an einen Baum gebunden. Der sagt aber kein Wort. Anton und Andrea kümmern sich gerade um ihn." Pietro nickte.

„Gut Junge, jetzt gehe wieder zurück an deinen Platz. Hoffentlich haben diese Tagediebe bald die Nase voll und hauen wieder ab."

Seit dem ersten Aufeinandertreffen mit den Freischärlern waren inzwischen vier Stunden vergangen. Es war schon weit nach Mittag, der Sonne nach zu urteilen. Plötzlich tauchte Anton aus den Sträuchern auf. Auch er hatte einen Gefangenen bei sich, der am Bein verwundet war und neben ihm her humpelte. Anton strahlte seinen Vater an und umarmte ihn kurz.

„Es ist vorbei Vater, der Rest der Bande ist getürmt! Der hier konnte nicht mitrennen, also haben sie ihn einfach so zurück gelassen. Was machen wir mit ihm?" Pietro zuckte mit den Schultern.

„Wir werden im Weiler darüber beraten, Junge. Aber wo ist Andrea?" Anton zeigte mit dem Daumen hinter sich in den Wald.

„Der bleibt den Herren noch bis zum Pass auf den Fersen, Vater. Die werden sicher nicht so schnell wiederkommen. Allerdings haben sie wohl die Laura erwischt und mitgenommen. Dörte wird sehr traurig sein, es war ihre Lieblingshündin" Pietro sah seinen Sohn stolz an.

„Du bist ein ganzer Kerl geworden, Junge. Ich bin stolz auf dich! Jetzt bringen wir aber den Herren da runter in den Weiler. Dann können wir die Frauen zurückholen. Und von dem Hund erzählst du erst mal nichts! Manchmal finden die Tiere auch ihren Weg zurück."

Am Abend feierte man ein Fest auf dem großen Platz im Weiler, der auch als Versammlungsstätte diente.

Die beiden Gefangenen hatte man zunächst ins Backhaus eingesperrt und ihnen zu essen und zu trinken gegeben. Die einen wollten sie gleich am nächsten Baum aufknüpfen, die Anderen wollten sie wieder nach Hause schicken. Und so beschloss man, sich am nächsten Tag noch einmal zusammenzusetzen, um zu beratschlagen.

Anton tanzte ausgelassen mit Anna um das Feuer herum, während Leonore bei ihrer Großmueti saß und zuschaute was die Großen so trieben. Dörte und Samuel saßen mit ihrem kleinen Sohn Andreas daneben. Seit Tagen schon gab es bei ihnen nur ein Thema. Samuel wollte doch unbedingt seinen Eltern die Nachricht von der Geburt des kleinen Andreas bringen, wobei Dörte mit dem Kind aber im Weiler bleiben sollte. Antons Verhaftung hatte sie alle Vorsicht gelehrt. Dörte hatte wenig Lust, sich von ihrem Mann zu trennen. Doch Tage später kam ihnen der Zufall zu Hilfe.

Ein Handelsmann kam in den Weiler. Er hatte viele schöne Sachen und so kam er dann auch mit Samuel schnell ins Gespräch. Samuel hatte eine wunderschön geschnitzte Marienstatue bei ihm gesehen und zeigte sie Dörte. Und sie unterhielten sich eine Weile mit dem Mann, der erst am nächsten Tag weiterziehen wollte. Samuel drehte die Statue in den Händen und dann stutzte er plötzlich, als er sie umdrehte und von unten betrachtete. Das Zeichen CV kam ihm bekannt vor.

„Sag Handelsmann, woher hast du diese schöne Statue der Mutter Maria? Ich glaube das Zeichen hier zu kennen!" Er hielt dem Händler den Fuß der Statue entgegen. Der schmunzelte vor sich hin und kratzte sein graues wallendes Haar.

„Wenn du einen Christian Volland kennst, dann ist es der Schnitzer, der sie angefertigt hat", erwiderte der alte Mann und zog an seiner Pfeife. Samuel grinste breit.

„Natürlich kenne ich ihn, er stammt aus meinem Heimatort, aus Tschierv!" Der Alte nickte gelassen.

„Ich sehe ihn nächste Woche wieder, soll ich ihm was ausrichten?" Samuel schüttelte den Kopf.

„Nein, aber eine Bitte hätte ich doch an euch. Könntet ihr bei der Familie Birgler vorbeigehen? Ich würde euch ein Papier mitgeben für meine Eltern. Sie wissen noch nichts von meinem Sohn hier." Er deutete auf den kleinen Andreas in Dörtes Armen. Der Alte stand auf, ging kurz zu seinem Wagen, holte einen großen Bogen Papier, ein Zeichenbrett und dazu noch einen Kohlestift. Dann lächelte er Dörte zu.

„Bleibt so sitzen, junge Frau! In weniger als einer halben Stunde habt ihr ein Konterfei von euch, das könnt ihr mir dann für die Eltern mitgeben." Und schon begann er fleißig zu zeichnen, und nach kurzer Zeit, sahen ihm einige der Dorfbewohner über die Schultern.

Als er wirklich nach einer halben Stunde fertig war, ertöntes lautes Oh und Ah, wie schön das Bild gelungen war. Selbst der kleine Andreas war gut getroffen. Samuel gab dem Händler hocherfreut ein Geldstück. Und sofort baten andere darum, ebenfalls gezeichnet zu werden, und der Alte hatte bis spät in den Abend hinein noch zu tun.

Als er sich am nächsten Morgen von den Bewohnern des Weilers verabschiedete und mit Wagen und Esel wieder davon zog, winkten ihm noch die zahlreiche Dorfbewohner nach, und Samuel nahm Dörte in den Arm und lächelte sie verliebt an.

„Jetzt musst du keine Angst mehr um mich haben. Ich bleibe hier bei euch, und ich bin mir sicher, meine Eltern werden sich bestimmt auf den Weg machen, um uns bald zu besuchen wenn sie erfahren, dass sie Großeltern geworden sind."

Seit Tagen schon fühlte sich Abt Timoteo von Breswik nicht wohl und musste das Bett hüten. Ein Aderlass und die Einnahme mehrerer Pulver änderten aber nichts an seinem schlechten Gesundheitszustand. Und so musste der Prior Bruder Nicolaus überraschend die Leitung des Klosters übernehmen. Dessen erster Besuch galt natürlich der Äbtissin im Nachbarkloster der Franziskanerinnen.

Die Ordensfrau empfing den Mönch persönlich am Tor und begleitete ihn zu ihrem Arbeitsraum. Bruder Nicolaus setzte sich auf den dargebotenen Stuhl und faltete die Hände. Mit seinen braunen Augen musterte er die Äbtissin, ehe er zu sprechen begann.

„Mutter Oberin, ihr habt vor einiger Zeit eine Anfrage an die bischöfliche Kammer in Chur gestellt. Der dort verantwortliche Monsignore Aurelius hat leider aus Versehen den Antwortbrief an unser Kloster geschickt und der wurde dadurch versehentlich von mir geöffnet." Er reichte der Mutter Oberin einen Brief, dessen Siegel bereits gebrochen war, über den Tisch. Klara von Lewante nahm ihn mit spitzen Fingern und sah den Mönch ernst an.

„Ihr kennt den Inhalt, Bruder Nicolaus?", fragte sie leise, während sie ihn mit zusammengekniffenen Augen dabei starr ansah. Bruder Nicolaus nickte ergeben.

„So ist es, Mutter Oberin! Wie ich schon sagte, es tut mir sehr leid", antwortete er und senkte ergeben den Blick.
Klara von Lewante überflog kurz das Schreiben, dann legte sie es in den Schreibtischkasten und lehnte sich in ihren Stuhl zurück. Ein kurzes Lächeln überzog dabei ihr Gesicht. Wortlos musterte sie den vor ihr sitzenden Mönch. Der Gottesmann war recht groß, sehr schlank und hatte noch volles schwarzes Haar. Er mochte auch nicht älter als fünfunddreißig Jahre alt sein. Und mit einem Mal veränderte sich ihr Gesichtsausdruck zu einem sanften Lächeln, und das gab ihr damit doch ein frauliches Aussehen.

„Prior, wie lange seid ihr schon im Kloster?", fragte sie ihn lächelnd ansehend.

„Zehn Jahre, Mutter Oberin", war die prompte Antwort. Sie beugte sich leicht nach vorn, legte die Unterarme auf die Tischplatte und sah dem Mönch starr und unverwandt in die Augen.

„Dann habt ihr also gute Aussichten, da drüben irgendwann das Amt des Abtes zu übernehmen", meinte sie. Und das war eher eine Feststellung, denn eine Frage an den Mönch. Bruder Nicolaus hob die Schultern, lächelte ein wenig verlegen und erwiderte dann:

„Wenn es dem Herrn gefällt wird es so sein, Mutter Oberin. Warten wir es ab." Klara von Lewante nickte leicht und lächelte wieder, ehe sie fortfuhr. Ihre Stimme klang einschmeichelnd.

„Wie ich hörte, geht es eurem Abt seit Tagen nicht gut? Was fehlt ihm?" Bruder Nicolaus machte eine unbestimmte Geste und versuchte dabei ein Lächeln zu verbergen.

„Nun, das Alter, der Wein und seine doch aufopferungsvolle Arbeit für die Mutter Kirche hat seiner Gesundheit doch recht geschadet." Klara von Lewante nickte wieder.

„Und so führt ihr jetzt seine Geschäfte?", fragte sie ihn wieder weiter. Bruder Nicolaus nickte wieder ergeben.

„So gut ich kann, Mutter Oberin", antwortete er. Klara von Lewante stand auf, sah einen Augenblick aus dem Fenster auf den Klostergarten. Gegen das Fenster gelehnt, die Arme verschränkt, meinte sie dann lächelnd:

„Nun, dann könntet ihr doch auch an den stillen Gebeten an jedem Freitagabend teilnehmen, um dann euren Abt dort würdig zu vertreten, oder?" Prior Nicolaus sah erschrocken auf die Äbtissin und bekam einen puterroten Kopf. Sie lachte leise und stellte sich dann neben den Stuhl des Mönchs. Ihre Hand berührte zuerst leicht seine Schulter, dann aber seinen Hals und den Haaransatz, ehe sie die Hand schnell wieder wegzog. Sie sah ihn lächelnd an. Und wieder begann sie mit einschmeichelnder Rede den jungen Pater zu umgarnen.

„Ihr traut euch das doch zu, Bruder Nicolaus?", gurrte sie förmlich. Der Prior nickte nach einem Augenblick Bedenkzeit, ehe er antwortete:

„Ich glaube schon, Mutter Oberin. Ich werde bestimmt kommen!" Klara von Lewante nickte gnädig, und ganz Ordensfrau, schritt sie zur Tür um sie zu öffnen. Und mit den Worten:

„Gut Bruder Nicolaus, dann sehen wir uns am Freitagabend in der Kapelle im Keller eures Hauses. Gott sei mit euch, Bruder Nicolaus", verabschiedete sie den Mönch. Sich mehrmals verbeugend, verließ Bruder Nicolaus den Raum der Äbtissin. Die setzte sich wieder in ihren Stuhl, rieb sich die Hände und lächelte vor sich hin. Der Bruder Nicolaus brauchte keinen Vergleich mit Bruder Breswik zu scheuen. Außerdem war er gezwungen, über den Inhalt des Briefes zu schweigen, wenn er an den abendlichen Betstunden im Keller teilnahm. Und sie hatte so vorgesorgt, falls dem alten Abt doch etwas zustoßen sollte. Sie würde den Bischof bitten, sich für den Bruder Nicolaus einzusetzen, wenn es um die Besetzung des Stuhles von Abt Timoteo von Breswik ging.

Vor sich hin lächelnd, nahm sie den Brief wieder aus der Schublade und las ihn erneut. Nun wusste sie also doch, wo die

Novizin Dörte Pflügli und ihre Freundin Anna Schwanten abgeblieben waren, wobei sie die kleine Schwanten eher weniger interessierte. Die Dörte Pflügli aber schon! Nach einigem Überlegen fasste sie einen Entschluss. Dem Abt würde sie davon aber kein Sterbenswörtchen sagen!

## *Überraschende Besuche*

Inzwischen war es warm geworden. Der Schnee war oben auf dem Pass so gut wie geschmolzen, und auch die Wiesen verwandelten sich in bunte Teppiche.
Anna und Anton waren eifrig dabei, Vorbereitungen für das neue Hospiz zu treffen. Annas erster Besuch bei Monsignore Aurelio in Bormio war ein voller Erfolg geworden. Die Vorsprache des Edlen Conte von Agostino, dessen Tochter sie geheilt hatte, war dabei eine große Hilfe gewesen, und Anna war frohen Mutes und voller Zuversicht. Und mit der ihr eigenen Zuversicht steckte sie alle in der Familie an. Vor allem aber war aus der kleinen scheuen Novizin Anna Schwanten eine kluge, zupackende Frau geworden, und Anton staunte manchmal nicht wenig, wenn er sah, wie Anna alles anpackte. Seit er wieder da war, schien es keinerlei Zweifel mehr für Anna zu geben.
Eines Nachmittags rumpelte ein Fuhrwerk den Waldweg entlang und näherte sich dem Weiler. Die vier braunen Welpen rannten bellend auf das Gefährt zu. Und schon bald war das Fuhrwerk von vier jungen und einem älteren, bellenden Sennenhund umringt, und niemand getraute sich von dem Wagen zu steigen. Anton hörte das laute Bellen im Ziegenstall und ging sofort nachschauen, wer da kam. Als er genauer hinsah, erkannte er Samuels Vater und dessen Mutter und begrüßte sie herzlich. Dann pfiff er Heidi zurück, die sich schnell mit ihrem Nachwuchs trollte. Anton führte sie zu Dörtes und Samuels Kate und klopfte kräftig an die Tür. Von drinnen kam ein kräftiges „Herein!" Doch Anton klopfte noch einmal. Und plötzlich schimpfte jemand laut hinter der Tür:

„Na sind denn heute alle taub!", und die Tür ging auf. Samuel stand seinem Vater gegenüber, der die Arme ausbreitete. Samuel war außer sich vor Freude und rief nach Dörte.

„Dörte! Komm heraus! Schnell, Besuch ist da!" Und nun erschien auch Dörte in der Tür. Auf dem Arm hatte sie den kleinen Andreas, der aufmerksam die fremden Leute ansah und lachte. Im Nu versammelte sich die ganze Familie in der Küche. Katharina schaukelte ihr Enkelchen auf dem Schoß und war vor lauter Freude ganz rührselig. Wenig später kamen noch Anton, Anna und die kleine Leonore dazu.

Samuel entschloss sich kurzerhand zur Feier des Tages ein Schaf zu schlachten. Und so saßen am Abend die Familien Pontini und Birgler friedlich zusammen und feierten ein wenig. Und Vater Pontini hatte für den Abend noch ein kleines Fass Wein spendiert.

Am nächsten Tag rannten die Hunde schon wieder bellend umher, weil sich erneut ein Wagen, mit einem Muli davor gespannt, dem Weiler näherte. Neben dem Kutscher saß eine Frau auf dem Kutschbock.

Anna kam gerade mit Leonore aus dem Garten und hörte das Bellen der Hunde. Neugierig geworden wer da wohl schon wieder kam, ging sie nach vorn und sah das Fuhrwerk. Sofort erkannte sie ihren Vater! „Papa! Mama!", rief sie und stürmte mit der Kleinen auf dem Arm auf ihre Eltern zu. War das eine Freude! Ihr heimlicher Wunsch war in Erfüllung gegangen. Nur ihr Bruder Johannes fehlte, denn der musste auf den Hof und das Vieh aufpassen.

Samuel und Anton entschlossen sich eine große Tafel auf zwei Böcken unter der großen Kiefer mit der Glocke aufzustellen. So hatten beide Familien genügend Platz und konnten ordentlich feiern. Zumal auch das Wetter es gut mit ihnen meinte.

Lange hatte Anna auf Anton einreden müssen, damit er eine kleine Predigt unter der Eiche hielt. Anfangs hatte er sich zwar heftig gesträubt, aber Annas Überredungskünste hatten ihn letztlich bewogen, nachzugeben. Manchmal fragte er sich sowieso schon heimlich, wer eigentlich das Oberhaupt in der Familie war. Aber seine Liebe zu Anna ließ ihn immer wieder nachgeben. Aber auch Anna tat alles um Anton eine gute Frau zu sein, so wie sie es sich einst vor dem Traualtar versprochen hatten.

Anton hatte zur Feier des Tages und zu Annas Erstaunen noch einmal seine Mönchskutte angezogen. Seine kurze Predigt war rührend und eindringlich, denn er ermahnte alle, auch in Zukunft, sich gegenseitig zu helfen und immer beizustehen, in guten wie in schlechten Zeiten. Er lobte die Liebe und was sie alles bewegen konnte, wenn es darauf ankam. Vor allem aber beschwor er die Treue und die Zuverlässigkeit zu den Nächsten. Nach der Predigt versammelten sich alle wieder. Und man diskutierte immer noch über Antons Predigt, und ob man Anton nicht einfach zum Seelsorger dieses Weilers wählen sollte. Den Vorschlag dazu hatte Samuel gemacht. Und so herrschte an diesem Mittag Freude und Eintracht im Weiler.

Niemand hatte dabei die einzelne Frau im schwarzen Übermantel bemerkt, die unter einer Tanne stehend, still der Predigt gelauscht hatte. Dabei liefen ihr Tränen über das Gesicht und sie schnäuzte sich. Anna bemerkte die Frau als erste. Sie stieß Anton leicht an.

„Anton sieh mal! Da steht eine alte Frau dort drüben unter der Tanne. Wollen wir sie nicht zu uns bitten, damit sie mit uns essen kann? Es ist doch genug für alle da!"

Anton legte die Gabel beiseite, gab seiner Anna einen Kuss und meinte dann:

„Ich geh sie fragen, Liebling!" Er stand auf und ging zu der Frau hinüber, die unschlüssig auf ihrem Platz verharrte, als Anton auf sie zukam. Als der nun genauer hinsah, stockte sein Schritt für einen kurzen Augenblick. Das war doch ...! Die Frau trat nun langsam aus dem Schatten der Tanne hervor und schob ihre schwarze Kapuze zurück. Da erkannte Anton genau, wer vor ihm stand! Die Frau versuchte ein wenig zu lächeln, was ihr aber nicht gut gelang.

„Mutter Oberin!", flüsterte Anton. Die Frau nickte erst, kam dann aber zögernd auf Anton zu und gab ihm die Hand.

„Woher wisst ihr denn, dass wir hier wohnen, Mutter Oberin?", fragte Anton leise, aber immer noch misstrauisch. Doch die Ordensfrau sah Anton beinahe bittend an.

„Habt keine Angst, ich möchte hier nur meine Tochter Dörte besuchen und ein altes Unrecht endlich aus der Welt schaffen,

Bruder Anton. Es weiß natürlich niemand, dass ich hier bin", antwortete sie stockend. Anton schüttelte den Kopf.

„Ich bin nicht mehr Bruder Anton, Mutter Oberin! Ich bin nur noch Anton, der Mann von Anna Pontini! Aber kommt, begleitet mich zu den anderen. Für Dörte wird der größte Wunsch in Erfüllung gehen. Ihr habt bereits ein Enkelchen, einen Jungen mit dem Namen Andreas. Nun kommt, die anderen schauen schon zu uns herüber."

Anton war noch keine fünf Schritte mit der Mutter Oberin über den Platz gelaufen, als plötzlich ein gellender Schrei ertönte und eine junge Frau am Tisch hochfuhr. Atemlos, mit weit aufgerissenen Augen stand Dörte plötzlich auf und fauchte die Mutter Oberin dann laut an:

„Sieh an, meine leibliche Mutter gibt sich die Ehre eines Besuches! Habt ihr vielleicht auch gleich die bischöfliche Garde mitgebracht, die mich zurück ins Kloster bringen soll? Niemals gehe ich dorthin zurück, lieber sterbe ich!", schrie sie die Mutter Oberin an. Klara von Lewante streckte die Hand nach Dörte aus, doch die wich einen Schritt zurück. Die Mutter Oberin hatte Tränen in den Augen.

„Verzeih mir Tochter, was wir dir angetan haben! Es war eine große Sünde, ich weiß es! Wir haben dir großes Leid zugefügt, weil wir zu feige und zu stolz waren, uns zu dir zu bekennen. Hab Mitleid mit deiner armen Mutter! Ich will versuchen alles wieder gut zu machen, obwohl ich weiß, dass dies kaum möglich ist. Verzeih mir Kind, bitte!", bat sie Dörte weinend. Und dann geschah es, dass die Äbtissin Klara von Lewante vor ihrer ehemaligen Novizin Dörte auf die Knie fiel und bittend ihre beiden Hände entgegen streckte. Diese Geste erweichte plötzlich Dörtes Herz. Und als habe sie sich plötzlich besonnen, griff sie nach der Hand ihrer Mutter.

„Steh auf liebe Mutter, bitte! Zulange habe ich doch von diesem Augenblick geträumt, wenn ich einsam und allein war. Jetzt ist die Zeit des Verzeihens gekommen! Aber wo ist mein Vater?", fragte sie mit zitternder Stimme und die Äbtissin nahm Dörte in den Arm.

„Dein Vater ist vor zwei Wochen verstorben, mein Kind. Er hätte mich aber sicher auch nicht begleitet! Er war es, der dich damals in den bischöflichen Kerker bringen ließ und mir nichts

davon sagte. Er war bis zu seinem letzten Atemzug ein harter Mensch ohne Herz. Aber nun hat ihn Gott zu sich geholt, und du solltest auch ihm irgendwann verzeihen, wenn du das überhaupt kannst". Dörte nickte nachdenklich und dann legte sie ihren Sohn Andreas der Ordensfrau in den Arm. Und so hatte nun die Mutter Oberin zum ersten Mal ihr Enkelchen auf dem Arm. Der Kleine besah sich die fremde Frau erst, dann lachte er und griff mit seinen kleinen Händchen nach ihrer Brille.
Im Laufe des Abends erfuhr die Äbtissin von Annas Plänen, hier oben in den Bergen ein eigenes Hospiz zu gründen. Und insgeheim bewunderte sie die junge entschlossene Frau, und sagte Anna jede erdenkliche Hilfe zu. Und sie versprach auch, dass niemand erfahren sollte wo die beiden Novizinnen und der Mönch abgeblieben waren. Die waren zwar nun in Italien, also jenseits der Zuständigkeit des Herrn Bischofs Bonifaz, aber die Arme der Mutter Kirche waren lang und zahlreich. Anna aber blieb der Äbtissin gegenüber sehr kühl und zurückhaltend. Zuviel hatte diese Frau ihnen angetan.
Schon am nächsten Morgen verabschiedeten sich Annas und Samuels Eltern wieder, und die Mutter Oberin konnte ein Stück des Weges mit ihnen zurückfahren.

### *Annas großer Traum wird wahr*

Inzwischen war es Juli geworden. Pietro hatte auch Wort gehalten und eine Menge Bauholz aus dem Tal herauf geholt. Alle Männer des Weilers hatten sich versammelt und errichteten den Rohbau für das Hospiz. Laut hallten die Schläge der Äxte und Hämmer durch den Wald. Immer wieder sah Anna nach dem Rechten, brachte da etwas zu trinken oder dort zu essen für die Bauleute, während Anton gemeinsam mit Samuel den Bau überwachte. Dörte hatte am Tage Leonore zu sich genommen, die sich als Andreas Schwester fühlte und mit ihm schon zu spielen versuchte. Auch Dörte war am Tage immer hilfreich zur Stelle.
Eines Tages hörte sie plötzlich zur Mittagszeit im Wald ein leises Bellen und Jaulen! Dann kroch eine abgemagerte Hündin aus dem Gebüsch auf den Weg und legte sich einfach hin, als

wollte sie ihren letzten Atemzug machen. Dörte erkannte sie sofort und rief nach ihr.

„Laura! Laura, komm steh auf und komm zu mir Liebes!" Schnell lief sie hin und versuchte die Hündin aufzuheben, doch sie war für Dörte zu schwer. In diesem Augenblick kam gerade Anton vorbei und half ihr. Sie brachten die völlig entkräftete Hündin zu Anna.

„Sie ist ihnen ausgerissen, diesen Halunken", resümierte Anton und streichelte das struppige Fell. Dann lächelte er.

„Sie hat sicher einen weiten Weg hinter sich gebracht. Aber sie hat es genauso gemacht wie ich, sie liebt eben auch die Freiheit hier bei uns im Weiler!" Ab da wurde Laura von allen verwöhnt, und es dauerte nicht sehr lange und sie war wieder auf den Beinen und tollte mit den anderen Hunden umher.

Die Tage im Weiler vergingen und das neue Haus wuchs von Tag zu Tag. Am zehnten Tag des Julis feierte man das Richtfest. Vor dem Haus hatte man Bänke und Tische aufgestellt und zahlreiche Bewohner des Weilers hatten etwas mitgebracht. Und so wurde bis in die Nacht hinein fröhlich gefeiert.
Als die meisten der Leute gegangen waren, saßen Anna und Anton gemeinsam auf ihrer Bank unter der großen Tanne. Der Wind rauschte leise durch den Wald und die Sterne blinzelten von einem wolkenlosen Himmel. Anna hatte sich eine Decke umgelegt und an Anton geschmiegt. Sie sahen hinauf zu den Sternen. Anna war ein wenig melancholisch.

„Hättest du dir damals im Kloster je vorstellen können, wie unser gemeinsames Leben aussehen könnte?", fragte sie Anton leise. Anton schüttelte den Kopf und umfasste sie mit noch mehr Inbrunst.

„Nie hätte ich in meinen kühnsten Träumen gewagt, mir so etwas vorzustellen, Anna. Ich war viel mehr ängstlich und überhaupt nicht sicher, ob du tatsächlich auch mitgehen würdest. Noch am letzten Tag habe ich gebangt und öfters gebetet, und war dann heilfroh, als wir uns doch auf den Weg machten." Anna schob ihren Kopf an seine Brust und lachte leise vor sich hin.

„Warum lachst du?", fragte Anton sie. Und Anna streichelte seine Wange.

„Ich habe auch nie geglaubt, dass eine Novizin und ein Mönch einfach ihr Kloster verlassen, um gemeinsam als Eheleute zu leben. Damals dachte ich, dass vielleicht mein Glaube an Gott nicht fest genug sei, weil ich ein solches Verlangen verspürte. Aber jedes Mal, wenn ich dich sah, hüpfte mein Herz wie verrückt. Da muss ich der Schwester Johanna noch nachträglich sehr dankbar sein, dass sie mir den richtigen Weg wies damals. Sie sagte, ich solle auf mein Herz hören, und Gutes tun könne man auch wenn man keine Nonne ist." Anton nickte in Gedanken versunken vor sich hin.

„Ich hatte leider niemand, mit dem ich mich beraten konnte. Erst im Gewahrsam des Bischofs traf ich auf einen guten Freund, der mir dann auch half zu fliehen. Es war Bruder Hieronymus, der mir die Kleider seiner Mutter besorgte. Von ihm kam die Idee, mich als Magd zu verkleiden. Anna schmiegte sich noch fester an Anton. Sie witzelte lächelnd.

„Na ja, eine hübsche Magd warst du ja nicht gerade. Ich habe mich richtig erschrocken, als ich dich so daliegen sah." Und nach einer kurzen Pause setzte sie noch hinzu:

„Ich hätte nie ohne dich leben können, Anton! Noch heute zerreißt es mir fast das Herz, wenn ich daran denke, wie damals mein Bruder die Nachricht überbrachte, dass du in der Stadt festgenommen worden seist. Es war so schrecklich, ich hätte den ganzen Wald zusammenschreien mögen." Anton wischte sich plötzlich Tränen aus den Augen. Ein Schluchzen unterbindend sagte er leise:

„Mir ging es nicht anders. Besonders als der Bischof mir dann eröffnete, ich müsse wieder zurück ins Kloster. Da hätte ich toben können und wünschte mir, ich wäre ein Vogel, der einfach wegfliegen könnte. Aber du kennst ja diesen Spruch Anna:

Wenn du glaubst es geht nicht mehr, dann kommt irgendwo ein Lichtlein her! -- Und die gute Idee von Bruder Hieronymus war dann das Lichtlein für mich! Der Herr ließ durch ihn dieses Licht entstehen." Anna richtete sich wieder auf. Im hellen bläulichen Licht des Vollmondes konnte sie Antons Gesicht sehen, und wischte ihm die Tränen von der Wange. Noch nie hatte sie ihren Anton weinen sehen und war darüber sehr gerührt.

„Wir werden uns nie wieder trennen, ja!" Anton nickte und gab Anna einen langen Kuss. Dann meinte er wieder gefasst und mit Nachdruck:
„Nein, wir beide werden uns nie wieder trennen Anna! Bis das der Tod uns scheidet!" Anna stand auf und nahm Antons Hand.
„Dann lass uns nach Hause gehen, bevor ich vor Hunger sterbe, mein liebster Anton!" Dabei lachte sie ihn verführerisch an und zog ihn mit sich zurück zum Haus.

Der August kam und mit ihm eine große Hitze, die Mensch und Tier erlahmte, und jede Arbeit draußen zum Martyrium machte. Die Tiere hatte man in den Wald geführt, wo sie auf den kleinen Grasflächen fressen konnten. Alle Bäche waren so gut wie ausgetrocknet, nur drüben in den Felsformationen rieselte hier und da noch ein Rinnsal, und man ging sparsam damit um.
Jacob, dem Muli, ging es schon tagelang nicht gut und die Aurelia, die Eselin, stand neben ihm und beäugte ihn immer traurig. Vater Pontini meinte, man müsse ihn wohl doch bald schlachten, um ihn von seinen Leiden zu erlösen. Doch das stieß auf Annas vehementen Protest, und dann kümmerte sie sich täglich um das Tier. Sie gab ihm sogar besondere Kräuter, die sie extra im Wald und in den Bergen gesammelt hatte. Und tatsächlich ging es Jacob von Tag zu Tag langsam wieder besser und alle waren froh. Denn Jacob war wie einer von ihnen, er hatte mit Bonzo die beiden Wagen nach Hause ziehen müssen, als sie auf der Flucht aus Tschierv waren.
Besonders aber die Kinder mühten sich um ihn, brachten besonders saftiges Gras und manchmal auch etwas Milch. Die beiden Esel wurden so immer mehr zu Freunden der Kinder. Ab und zu machte sich Vater Pontini am Sonntag den Spaß und ließ die Kinder auf ihnen reiten. Und so dauerte es nicht lange und Jacob konnte wieder wie gewohnt seinen Wagen ziehen. Und die Aurelia trabte mit fröhlichem Iah, Iah, Iah, neben ihm her.

Ende August war dann auch das Werk vollbracht und endlich das neue Haus fertiggestellt.
Aus dem Tal war extra ein Pfarrer gekommen und weihte das Haus in einer kleinen Feier ein. Besondere Glückwünsche

bekam Anna sogar von der Äbtissin, die war herüber gekommen und ging staunend von einem Zimmer in das Nächste. Die Betten hatte man aus Holz gebaut, und die Strohsäcke waren dick und weich. Und dann kamen an einem Montag in der Früh die ersten Alten, die kein richtiges zu Hause oder keine helfende Familie hatten und oft krank waren. Ab diesem Tag begann für Anna und die ihren der Ernst ihrer Aufgabe.
Bereits im Frühjahr hatte sie von den Frauen des Weilers Beete anlegen lassen. Denn der karge Boden in den Bergen ergab nicht viel Ertrag. Und so war man auch auf Spenden angewiesen. Und auch diesmal zeigte sich der Edle Conte von Agostino als edler Spender. Der allein mit seiner Tochter lebende Adlige kam immer wieder hinauf zu ihnen, um nachzuschauen was ihnen fehlte. Dabei war aber nicht zu übersehen, dass er auch Anna den Hof machte. Als Anton Anna daraufhin ansprach, wehrte sie zunächst ab, musste aber wenig später zugeben, dass der Graf versucht hatte, sie heimlich zu treffen, als sie im Tal unten war um etwas zu erledigen. Zum ersten Mal verspürte Anton so etwas wie Eifersucht auf den sechzigjährigen Mann, der eigentlich ja Annas Vater hätte sein können.

An einem Sonntagnachmittag saßen Anton und Samuel am Waldrand und genossen die Sonne. Und Samuel bemerkte Antons schlechte Laune. Nach einer Weile fragte er ihn, was ihn bedrücke. Anton richtete sich auf und nahm dann den Strohhalm aus dem Mund.

„Hast du schon mal Eifersucht verspürt wegen Dörte?", fragte er Samuel. Der richtete sich ebenfalls auf und lachte breit.

„Eifersucht? Ja warum denn?" Und Anton schüttelte unwirsch den Kopf über Samuels Heiterkeitsausbruch.

„Na vielleicht, weil Dörte irgend einem Kerl schöne Augen macht, zum Beispiel!" Samuel sah seinen Freund zunächst sprachlos an, dann schüttelte er den Kopf.

„Nun mach aber einen Punkt! Wie um Gottes Willen kommst du auf solch eine absurde Idee, Anton?" Doch der verzog weiter verdrießlich das Gesicht.

„Na weil der Edle Conte aus dem Tal Anna die ganze Zeit schöne Augen macht, deswegen!", brach es aus ihm heraus.

„Was? Dieser alte adlige Gockel?", fragte ihn Samuel entgeistert. Anton nickte wütend.

„Genau der, Samuel!" Einen Augenblick musste auch Samuel diese Nachricht erst verdauen.

„Ach so, jetzt begreife ich erst! Deshalb bist du in den letzten Tagen so unausstehlich zu Anna. Jetzt verstehe ich erst warum." Er rieb sich nachdenklich das Kinn.

„Sprich mit ihr, Anton! So etwas darf zwischen Eheleuten nicht unausgesprochen bleiben, sonst wird es bestimmt schlimmer!" Anton schüttelte wieder ärgerlich mit seinem Kopf und winkte ab.

„Sie streitet doch alles ab wenn ich sie darauf anspreche!", erwiderte er grimmig dreinschauend. Samuel sah seinen Freund von der Seite an.

„Machst du ihr nur Vorwürfe oder versuchst du ihr eine Möglichkeit zur Erklärung zu geben?", fragte er Anton bestimmt, und nickte ein wenig.

„Hör mal zu mein Lieber! Meine eigene Mutter wäre vor Jahren um ein Haar davongelaufen, weil sie meinen Vater auch mal verdächtigte. Und dabei war an der Sache nix dran! Mach keinen Fehler Anton! Mädels wie Anna sind treue Geschöpfe, aber wenn man sie schuldlos verdächtigt, kann das schlimme Folgen haben!" Und so musste Anton seinem Freund versprechen mit Anna zu reden.

Etwa zur gleichen Zeit arbeiteten Anna und Dörte in der Küche des Hospizes wortlos neben einher. Dörte sah ihre stille Freundin an, die sonst immer vor Freude und Übermut sprühte.

„Sag mal, was ist eigentlich mit dir los?", fragte Dörte in die Stille hinein. Anna legte das Messer beiseite, mit dem sie gerade Gemüse geputzt hatte und sah ihre Freundin einen Moment nachdenklich an, ehe sie antwortete.

„Der Conte Agustino macht mir dauernd den Hof! Und der Anton hat es bemerkt! Der Alte hatte mir doch tatsächlich in Bormio aufgelauert und wollte mich dann in sein Chalet einladen, der Edle Herr Conte!" Dörte sah ihre Freundin mit großen Augen entgeistert an.

„Der könnte doch dein Vater sein, Anna!", entfuhr es Dörte. Sie sah Anna durchdringend an und leise fragte sie:

„Hast du die Einladung etwa angenommen?" Doch Anna schüttelte vehement den Kopf.

„Was denkst du denn von mir, he! Natürlich nicht! Nur Anton glaubt anscheinend, ich habe was mit ihm! Er spricht seit Tagen kaum ein Wort mit mir. Und wenn, dann faucht er mich nur an und geht seiner Wege. Nicht mal streiten kann man sich mit ihm! Es ist zum Verzweifeln mit dem Mann!" Anna schien tatsächlich verzweifelt zu sein. Dörte nahm ihrer Freundin das Messer aus der Hand und umarmte sie.

„Hör mir zu! Geh zu Anton und rede mit ihm, Anna! Das ist das Einzige was euch hilft. Wenn du dir nichts vorzuwerfen hast, wird sich alles wieder einrenken. Na geh schon zu ihm, los! Ab mit dir, die Arbeit wird auch ohne dich fertig!" Sie schob Anna zur Tür.

Gerade als Anton und Samuel zurück zum Weiler gingen, trat auch Anna aus der Tür des Hospizes. Plötzlich sah sie die beiden Männer kommen, und blieb einfach stehen. Sie winkte ihnen zu. Samuel gab seinem Freund einen Klaps in den Rücken und flüsterte:

„Na los jetzt Anton. Die Gelegenheit ist günstig. Sieh mal sie wartet sogar auf dich." Dann winkte er Anna zu und ging zu Mutter Pontini, welche auf die beiden Kleinen aufpasste, um den kleinen Andreas abzuholen. Anton blieb vor Anna stehen, die Hände tief in den Hosentaschen vergraben, sah er sie ernst dreinblickend an. Da der liebe Anton einen Kopf größer war, musste Anna immer wieder zu ihm aufschauen. Sie lächelte ihren Mann an.

„Holst du mich etwa ab?", fragte sie ihn, obwohl sie wusste, dass Anton nicht wissen konnte, wann sie kommen würde. Anton hob die Schultern, sagte aber kein Wort. Anna sah ihn an und fragte dann leise:

„Krieg ich denn keinen Kuss mehr von dir, so wie früher?" Er gab ihr einen kurzen Kuss auf die Wange. Anna hängte sich bei ihm ein und atmete erleichtert auf. Es würde schon wieder alles gut werden. Sie zog ihn leicht mit sich.

„Komm, lass uns noch ein wenig spazieren gehen. Wir beide müssen wohl unbedingt miteinander reden." Anton nickte zustimmend und knurrte dann:

„Das, meine liebe Anna, glaube ich auch, wir müssen sogar unbedingt reden!" Anna tat als sei nichts geschehen, und so liefen sie ein Stück in den Wald hinein und dann zu ihrem Platz, oben auf einem Felsen mitten im Wald. Von da oben aus hatte man eine herrliche Aussicht über das Tal und den Wald. Anna setzte sich hin und schlang die Arme um ihre Knie. Anton setzte sich daneben und schwieg immer noch und kaute auf einem Halm. Eine Weile schwiegen sie beide, als wartete jeder, dass der andere anfangen würde zu sprechen. Anna hielt es nicht mehr aus und sah Anton geradewegs in die Augen.

„Bist du etwa mit mir böse, Anton?", fragte sie ihren Mann. Anton knurrte so etwas wie:

„Gibt's denn einen Grund um dir böse zu sein?" Anna sah ihren Mann von der Seite an und amüsierte sich ein wenig über sein griesgrämiges Gesicht. `Wie ein großer trotziger Junge´, dachte sie im Stillen. Aber da sie wusste, was der Grund des Streites war, begann sie zuerst und von sich aus nun zu reden.

„Höre mir bitte zu Anton! Es gibt überhaupt gar keinen Grund eifersüchtig zu sein! Du bist mein Mann, und dem werde ich immer treu sein! Ja, es stimmt, der Graf hat mir in der letzten Zeit öfters den Hof gemacht. Er hat mich sogar, als ich in Bormio auf dem Markt war, abgepasst und mich in sein Chalet eingeladen. Ich habe das aber abgelehnt und ihm gesagt, dass ich meinem Mann immer treu sein werde!" Noch ehe Anna weiterreden konnte, hatte Anton sie auch schon umfasst, auf den Rücken gedrückt und küsste sie herzhaft. Anna schnappte nach Luft und musste lachen.

„Mir wäre jetzt gleich die Luft weggeblieben", japste sie lachend und streichelte Antons Gesicht.

„Du Dummer, glaubst du denn wirklich, dass mich ein Conte beeindrucken könnte? Ein Bauernmädchen und ein Conte? Und dazu ist der schon so alt, dass er mein Großvater sein könnte! Auch sein vieles Geld könnte mich da nicht umstimmen. Was ist schon sein Geld, gegen unsere Liebe?", setzte sie noch hinzu, ehe sie nun ihrerseits Anton küsste.
Nach einer Stunde gingen sie Hand in Hand nach Hause, um Leonore bei der Großmutter abzuholen. Der häusliche Frieden war endlich wieder hergestellt. Die nächsten Wochen waren angefüllt mit viel Arbeit. Anton half zu Hause auf dem Hof und

im Hospiz, wenn man ihn brauchte. Dörte betreute die Kranken, die im Bett lagen, und Samuel reparierte wenn etwas kaputt war und baute fleißig alles was die Bauern zum Arbeiten brauchten. Ob Wagenräder, Sensen, Gabeln, alles richtete er wieder. Dazu hatte er sich hinter der Kate einen kleinen Raum hergerichtet, wo er ungestört werkeln konnte.
Mutter Pontini spielte Kinderfrau und beaufsichtigte am Tag Leonore und Andreas. Antons Bruder Andrea kam wieder öfters vorbei, nachdem Anton ihm versprochen hatte, nicht mehr zu wildern. Dafür brachte er stets ein Stück Wildbret mit, wenn er zu Besuch kam.

Und doch ballten sich nach einem Jahr ihres Bestehens schon wieder schwarze Wolken über der Bergidylle und dem Weiler Santa Maria zusammen! Und diese düsteren Wolken kamen diesmal in der Gestalt des Abgesandten des Apostolischen Administrators Generalvikar Ernsto Lazzeria, der eines Tages unangemeldet plötzlich mit seinem Gefolge auftauchte, und alles wieder in Frage stellte, was Anna und die ihren aufgebaut hatten. Es fehlte ihnen einfach nur der kirchliche Segen des Oberhirten zu diesem Vorhaben.
Der Wind wehte an diesem grauen Vormittag schon ziemlich kalt. Anton trat aus dem Haus und sah zum Himmel hinauf, der grau und wolkenverhangen war. Nicht mehr lange und es würde zu schneien beginnen, was wiederum hier oben auf dieser Höhe nichts Außergewöhnliches war im Oktober.
Anton führte Leonore an der Hand und ging hinüber zu seiner Mutter, welche die Kleine tagsüber betreute. Die Kleine war inzwischen schon ein Stück gewachsen und plapperte wie immer munter drauf los. Ihre rotblonde Lockenpracht war unter einer kleinen Haube versteckt.
„Papi heute Wald gehen. Rehe schaun?", fragte sie ihren Vater und sah ihn dabei bittend an. Anton musste lachen, und meinte dann:
„Wenn du etwas willst kannst du deine blauen Augen so verdrehen wie deine Mama! Aber wenn Papa und Mama heute Nachmittag Zeit haben, gehen wir bestimmt wieder in den Wald. Versprochen, mein kleiner Liebling!" Die Kleine strahlte und wollte ihrem Papa einen Kuss geben. Dazu musste sich

Anton aber tief bücken. Mit Schwung hängte sich der kleine Fratz an seinen Hals und dabei verlor Anton das Gleichgewicht und sie purzelten um und lachten herzhaft. Als sie sich wieder aufrappelten fragte die Kleine ganz fürsorglich:

„Papa aua gemacht?" Anton stand wieder auf und klopfte sich die Hose vom Staub ab.

„Na komm schon, du Wirbelwind! Die Großmueti wartet schon auf uns." Und da strich sie mit ihren kleinen Händchen über Antons Hosenbeine und meinte plötzlich: „Papi sich nicht schmutzig machen!" Dabei ahmte sie Anna nach wenn sich Leonore schmutzig gemacht hatte. Anton musste lachen und nahm den kleinen Fratz auf den Arm um endlich schneller vorwärts zu kommen. Wenig später übergab er sie der Großmueti und Leonore rief dann schon von weitem: „Großmueti! Großmueti, Leo kommt!", und dann rannte sie in die ausgebreiteten Arme ihrer Großmutter. Nach einigen Worten verabschiedete sich Anton wieder und die Kleine rief ganz laut hinterher:

„Papi - Schätzeli! Papi - Schätzeli, Addio!" und winkte heftig. Anton winkte zurück und ging zum Hospiz, wo Anna schon auf ihn wartete. Die empfing ihn mit den Worten:

„Du kommst aber heute spät, hat dich unser Schätzeli wieder so lange aufgehalten?" Anton nickte und erzählte ihr, wie sie mitten auf dem Weg im Staub gelegen hatten. Anna gab Anton rasch einen Kuss.

„Du bist der beste Papa der Welt, Anton!", meinte sie und drückte ihm den Holzkorb in die Hand.

„Aber jetzt brauche ich Holz für den Ofen, Liebling. Das Feuer geht mir gleich aus!" Anton lachte herzhaft an der Tür stehend.

„Das konnte ich aber heute Nacht nicht feststellen, dass dir das Feuer ausgegangen ist!", erwiderte er schalkhaft. Anna drohte ihm mit der Holzkelle, mit der sie gerade die Mittagssuppe umrührte und Anton machte sich rasch und lachend aus dem Staub.

Er war gerade dabei die Holzkloben in seinen großen Korb zu legen, als es draußen auf dem Hof unruhig wurde und Stimmen zu hören waren. Er nahm seinen Korb auf, trug ihn in die Küche und sah dann aus dem kleinen Fenster hinaus. Draußen stand

Anna und drei Reiter stiegen gerade von ihren Pferden ab. Der eine sah aus wie ein kirchlicher Würdenträger, die anderen beiden schienen ebenfalls Kirchendiener zu sein. Anton bekam unweigerlich ein Grummeln in der Magengegend. Wenn solche Leute kamen, dann gab es meist Ärger! Er entschloss sich gerade hinauszugehen, als Anna die Gäste in das Haus bat und in den kleinen Raum führte, wo sie ihre Unterlagen aufbewahrte. Sie bat die Gäste Platz zu nehmen. Anton, der ebenfalls eingetreten war, blieb an der Tür stehen und sah Anna fragend an. Die schien, genau wie er, ebenfalls beunruhigt zu sein und sah ihn kurz an und hob ihre schönen dichten Augenbrauen für einen Moment an.

Der Kirchenmann mit der roten Kopfbedeckung öffnete seine Tasche, die ihm einer der beiden Begleiter gereicht hatte, und entnahm dieser ein Schriftstück und reichte es Anna über den Tisch hinweg.

„Donna Pontini! Sie sind hier die Mutter Oberin?", fragte er und sah Anna an, als kenne er aber schon deren Antwort. Anna schüttelte lächelnd den Kopf. Im Stillen dachte sie: -Jetzt kommt das, was ich schon von Anfang an befürchtet habe -. Sie schüttelte den Kopf.

„Nein Herr Generalvikar, wir sind kein kirchliches Haus und deshalb bin ich auch keine Nonne." Der Kirchenmann nickte bedeutungsschwer und sah seine beiden Begleiter kurz an, ehe er weitersprach.

„So, so, ihr seid also keine Ordensfrau mehr! Das ist sehr schade, Donna Pontini!", erwiderte er leise und rieb sich am Kinn. Er richtete sich in seinem Stuhl auf.

„Tja, dieser Weiler und alle anderen in diesem, unserem Bezirk, unterstehen dem Bistum Lugano. Der Bischof von Lugano hat den Apostolischen Administrator aufgefordert, Klarheit über dieses Hospiz zu erlangen. Und dieser hat wiederum mich beauftragt, dass ich mir vor Ort ein Bild verschaffen soll. Es gibt bisher keine Hospize, die nicht von der Kirche geleitet werden. Aber das wisst ihr ja sicherlich, ihr wart ja einst Novizin und habt in Samstetten im Hospiz gute Arbeit geleistet", erwiderte der Generalvikar nun seinerseits, mit spöttischem Lächeln im Gesicht. Anna war es, als wenn sich unter ihr die

Erde auftun würde! Man hatte sie selbst bis hierher verfolgt! Der Generalvikar fixierte Anna und meinte dann leise zu ihr:

„Stimmt es eigentlich, dass ihr das Alraunerl verwendet in eurer Behandlung? Man hat uns berichtet, dass ihr auch die Schwangeren darauf beißen lasst, um den Geburtsvorgang einzuleiten." Dabei sah er Anna an, wie die Schlange das Kaninchen fixiert, und Anna erkannte sofort die Gefahr, in der sie schwebte! Entrüstet schüttelte sie den Kopf.

„Wer erzählt einen solchen Unsinn, Monsignore?", begehrte sie erregt auf, griff in den Tischkasten, brachte aus diesem eine Holzwurzel zum Vorschein, die Anton schön blank geschnitzt hatte, und legte diese ziemlich heftig auf den Tisch.

„Nennt ihr das vielleicht ein Alraunerl, Hochwürden? Ich würde sagen, dass ist ein Stück Holz! Darauf beißen die Gebärenden, wenn sie Schmerzen bei der Geburt erleiden müssen, um nicht zu schreien! Ich lade euch gerne dazu ein, einer solchen Geburt beizuwohnen, Monsignore!", erwiderte sie lauter als es sonst ihre Art war. Sie sah Anton kurz an, der mit hochrotem Gesicht an der Tür stand und die Fäuste ballte. Und noch ehe sie es verhindern konnte, stand er mit drei Schritten neben Annas Stuhl und sah die drei Gäste wütend an.

Die Kirchenmänner waren von seinem Auftauchen derart überrascht, dass zwei von ihnen erschrocken aufsprangen und sich ängstlich gegen die Wand lehnten. Der Herr Generalvikar hatte plötzlich Schweißperlen auf der Stirn, aber Anna drückte fest Antons Hand und sah ihn beschwörend an. Nur Anton war nicht mehr zu bremsen.

„Was soll dieser Besuch Hochwürden? Wollt ihr etwa meine Frau der Hexerei anklagen?", schrie er hochrot im Gesicht. Der Generalvikar war kreidebleich aufgestanden. Seine Unterlippe zuckte leicht und etwas Speichel tropfte heraus, den er schnell mit einem Tuch abwischte.

„Gott bewahre! Niemand, wirklich niemand klagt eure Frau an, Signor Pontini! Ich sagte es ja eingangs bereits, der Apostolische Administrator hat mich beauftragt, mich hier umzusehen und Unklarheiten auszuräumen. Irgendjemand muss euch nicht gut gesonnen sein und hat diese Geschichte mit dem Alraunerl dem Bischof zugetragen. Aber das haben wir ja, so glaube ich, soeben ausgeräumt." Anna versuchte die Situation wieder zu beruhigen und sah Anton dabei an und schüttelte unmerklich mit dem Kopf.

„Monsignore, wollt ihr euch nicht erst einmal unser Haus besichtigen und mit den Insassen reden? Gern lade ich euch zu einem Teller Suppe ein. Schaut euch gerne um und redet mit den alten Leuten, wir haben hier nichts zu verbergen." Der Kirchenmann nickte um einige Nuancen freundlicher, aber mit einem scheelen Seitenblick auf Anton, und ließ Anna vorangehen. Und so gingen sie dann von Zimmer zu Zimmer, redeten mit den Alten und Kranken, und der Generalvikar erfuhr nur Gutes über das Leben im Hospiz und die aufopferungsvolle Hilfe aller, die hier täglich arbeiteten.

Nach zwei Stunden, zwei Tellern Suppe und zwei Gläsern Rotwein verließ der Beauftragte des Apostolischen Administrators in froher Stimmung wieder das Hospiz. Beim Aufsteigen auf sein Pferd, mussten ihm aber seine beiden Begleiter behilflich sein. Noch einmal winkte er ihnen zu und dann verließen sie den Weiler. Anna und Anton sahen ihnen noch eine Weile hinterdrein. Anton schnaufte leise und legte seinen Arm um Annas Schultern.

„So ist das immer! Du versuchst Gutes zu tun und irgendjemand schwärzt dich an! Am Ende musst du auch noch aufpassen, nicht als Hexe verbrannt zu werden! Eine Schande ist das!", schimpfte er. Anna strich dabei ihrem Mann gedankenverloren über seine Hand.

„Ich glaube Anton, wir müssen vorsichtig sein! Es gibt jemand, der gegen uns interveniert, daher auch dieser heutige Besuch." Anton sah seine Frau an.

„Was meinst du mit interveniert?", fragte er. Anna lachte hellauf und antwortete:

„Na ja, du kannst auch anschwärzen sagen, Anton!" Er lächelte sie an.

„Ach so!" erwiderte er und dann meinte er liebevoll zu seiner Anna:

„Was ich doch für eine kluge Frau habe, vor allem so gebildet." Anna sah ihn schmunzelnd an und ein kleiner Schalk lag in ihrem Blick.

„Willst du mich jetzt wieder einmal veralbern, Anton Pontini?" Er schüttelte vehement den Kopf.

„Aber, aber! Das würde ich mir doch nie erlauben, Frau Pontini!" Lachend gingen sie wieder ins Haus zurück.

Seit Tagen hatte der kleine David hohes Fieber. Seine Mutter brachte ihn verzweifelt mitten in der Nacht zu Anna. Aber trotz aller Bemühungen, wollte das Fieber nicht endgültig weichen. Anna war verzweifelt. Am dritten Tag entschloss sie sich einen Arzt aus Bormio holen zu lassen und schickte Samuel am frühen Morgen mit dem Eselskarren los.
Am späten Nachmittag kam er mit dem Medicus zurück. Der Herr Doktor war ein junger Mann von dreißig Jahren, welcher vor einigen Wochen erst die Stelle seines Vaters als Medicus übernommen hatte. Erstaunt betrat der Medicus das Hospiz und sah sich kurz um. Doktor der Medizin Carlo Hasenhüttl betrat das Krankenzimmer des Kleinen und ließ sich zunächst von Anna berichten, was sie gegen das Fieber unternommen hatte. Seine Augen wurden immer größer, als Anna erzählte, dass sie dem Jungen Kapuzinerkresse und Meerrettichsaft gegeben habe, wonach das Fieber erheblich gesunken war. Er sah die junge Frau erstaunt an.

„Ihr habt eine erstaunliche Kenntnis von diesen Pflanzen, Frau Pontini." Anna zuckte mit den Schultern.

„Aber ich glaubte, David habe sich erkältet, und so habe ich ihm frische Kapuzinerkresse und eben auch Meerrettichsaft gegeben. Danach ist das Fieber zwar gesunken, aber es geht einfach nicht weg." Medicus Hasenhüttl untersuchte den Jungen. Plötzlich hielt er inne, holte seine Lupe heraus und besah sich eine leicht rote Stelle in der rechten Hüfte, die aussah wie eine Beule und mit etwas Schorf bedeckt war. Er bat Anna eine Kerze zu bringen, um besser sehen zu können und deutete auf die Beule.

„Habt ihr diese kleine Beule schon mal gesehen?" Anna schüttelte den Kopf, und auch seine Mutter die anwesend war, verneinte die Frage. Seine Finger drückten leicht auf die Beule, die ziemlich weich zu sein schien. Er richtete sich langsam auf und sein Gesicht war ernst.

„Lasst bitte heißes Wasser und saubere Tücher holen, Frau Pontini!" Anna beeilte sich das Gewünschte herbei zu holen. Dann nahm der Medicus ein kleines Fläschchen aus seiner

Tasche und gab dem Jungen etwa die Hälfte davon zu trinken. Danach legte sich der kleine David in sein Kissen zurück und schloss die Augen und schlief schnell ein.
Anna kam zurück mit einer Schüssel heißem Wasser und zwei weißen Tüchern. Sie sah dem Medicus fragend an.

„Was habt ihr dem Jungen eben gegeben, Doktor?". Der Medicus lächelte und flüsterte Anna ins Ohr:

„Ich habe ihm eine Essenz aus dem Alraunerl gegeben, damit er den Schmerz nicht so stark spürt, wenn ich die Beule öffnen werde." Dabei zwinkerte er Anna zu, die natürlich selbst erfahren hatte, was es hieß, wenn die Kirche davon erfahren würde.
Der Medicus nahm ein kleines, an der Spitze abgeflachtes Messerchen aus seiner Tasche, nachdem Anna eines der weißen Tücher unter die Hüfte des Jungen gelegt hatte. Das Messer hielt er kurz in die Flamme der Kerze und wischte es wenig später mit dem Tuch sauber. Anna hielt den Atem an, als der Medicus das kleine Messer ansetzte, einen kurzen Schnitt machte und dann die Wunde ausdrückte. Zuerst quoll übel riechender Eiter heraus und dann kamen plötzlich kleine gelbliche Maden zum Vorschein. Anna hielt sich die Nase zu und sah entsetzt, was da aus der kleinen Wunde kam. Der Medicus nickte ernst und begann nun die Wunde mit einer wässrigen Lösung auszuspülen. Als er alles für sauber befand, nahm er einen Streifen Leinen und verband die Wunde.

„So Frau Pontini, jetzt müsste das Fieber wieder langsam zurückgehen. Gebt dem Kleinen weiterhin Kapuzinerkresse und vor allem Meerrettichsaft. Das wird der Heilung sehr dienlich sein und eine Entzündung verhindern. Das Leinen muss bei einem neuen Verband wieder gekocht worden sein." Davids Mama bedankte sich sehr herzlich bei dem Medicus.

„Herr Doktor, habt herzlichen Dank. Was kann ich euch geben als Lohn? Nehmt ihr ein Huhn zum Dank von mir an?" Medicus Hasenhüttl winkte dankbar ab.

„Lasst es gut sein liebe Frau, geholfen zu haben und etwas bewirkt zu haben, ist Lohn genug", erwiderte er und gab der Frau zum Abschied die Hand. Anna begleitete ihn hinaus. Draußen im Hof setzten sie sich auf eine Bank und Anna schüttelte den Kopf.

„So etwas habe ich noch nie gesehen, Herr Medicus!" und sie schüttelte sich insgeheim. Der Medicus nickte.

„Ja, der Bub hatte sich wahrscheinlich verletzt, hat dabei Schmutz in die Wunde bekommen, und des Nachts hat sich eine Fliege auf diese Wunde gesetzt und ihre Eier abgelegt. Von daher kam auch das Fieber. Mit eurer Kapuzinerkresse und dem Meerrettichsaft habt ihr die Entzündung zwar aufgehalten, aber lange hätte es nicht mehr geholfen." Anna war beeindruckt.

„Wie kann man das erlernen?", fragte sie unsicher den Medicus. Der lächelte freundlich.

„Ihr interessiert euch für die Medizin, Frau Pontini?" Anna nickte.

„Ja, klar! Ich zeige euch gerne meine Kräuteressenzen und wozu sie gut sind", erwiderte sie erfreut. Dabei glänzten ihre Augen vor Aufregung. Der Medicus sah kurz zum Himmel hinauf.

„Ich glaube, das wird heute zu spät. Es wird bereits langsam dunkel. Ich muss sehen, wie ich noch nach Hause komme", gab er zu bedenken und erhob sich.

„Wartet eine Frau auf euch und Kinder?", fragte ihn Anna unverblümt. Der Medicus sah sie erst einen Augenblick verwirrt an, doch dann schüttelte er den Kopf.

„Nein, auf mich wartet niemand unten im Tal, außer meine Kranken natürlich", erwiderte er unsicher. Anna strahlte ihn an.

„Na dann könntet ihr doch die eine Nacht hierbleiben. Ein Zimmer im Hospiz ist derzeit frei, und mein Mann würde sich bestimmt freuen, euch kennenzulernen Herr Medicus! Und wir könnten noch eine Weile zusammen plaudern." Der Medicus zuckte mit den Schultern.

„Ja, warum eigentlich nicht! Wir hätten noch etwas mehr Zeit uns über ihre Kräuter zu unterhalten, und ich könnte morgen früh sehen, wie es dem kleinen David geht. Danke, ich nehme diese Einladung gerne an, Frau Pontini".

Anna gab den Herrn Medicus in die Obhut von Dörte und begab sich wieder an ihre Arbeit. Wenig später kam Anton mit Leonore vorbei, die den Herrn Medicus mit ihren großen blauen Augen musterte. Zuerst hatte sie ihren Freund David besucht, wie immer seit der im Hospiz lag. Und nun erweckte der fremde Mann ihre Neugier.

„David sehr krank", bemerkte sie altklug und mit sehr ernster Miene.

„Ja, natürlich! David ist sehr krank und muss sich jetzt ausruhen. Du darfst also nicht mit ihm herumtoben!", erwiderte der Medicus ebenso ernsthaft. Die Kleine nickte und sah den Fremden an, als wollte sie sagen: -Na das weiß ich doch selber-. Und wieder sah sie den Medicus forschend an.

„Mama darf Bauch aufneiden?", fragte sie ihn nun ihrerseits. Medicus Hasenhüttl musste sich das Lachen verbeißen.

„Nein Kleines, das darf deine Mama nicht. Sie ist doch kein Medicus und hat nicht studiert!" Leonore kratzte sich an ihrem roten Haarschopf.

„Und wenn suddiert, darf sie?", fragte sie ihn weiter. Der Medicus verbesserte die Kleine.

„Das heißt s t u d i e r t, kleine Prinzessin!" Und Leonore schüttelte den Kopf, und mit großem Ernst meinte sie dann:

„Na hat Leonore doch gesagt, Onkel!" Carlo Hasenhüttl musste sich wieder das Lachen verkneifen und Anton versuchte schnell das Thema zu wechseln.

„Zeig doch dem Herrn Medicus mal unsere Tiere, Schatz! Er wird sich bestimmt freuen." Leonore hielt dem Doktor ihre kleine Hand hin.

„Komm mit Onkel, in Stall gehen!" Gemeinsam liefen sie zu dritt hinüber zum Stallgebäude. Unterwegs kamen der Doktor und Anton ins Gespräch.

„Eure Frau hat exzellente Kenntnisse von den Heilkräutern, Herr Pontini, das muss ich schon sagen!" Anton nickte und lachte vor sich hin.

„Was glaubt ihr wie viel Beete ich schon ausgestochen habe, damit meine Frau und ihre Freundin Frau Birgler all die Kräuter anbauen konnten. Aber es stimmt wirklich, ich staune manchmal selbst darüber, wie viel sie inzwischen darüber weiß."
Carlo Hasenhüttl nickte und blieb plötzlich stehen. Er sah Anton erst ernst an, dann lief er langsam weiter.

„Ich muss euch trotzdem warnen, Herr Pontini! Ihre Frau hat mächtige Feinde! Dieser Conte Agostino läuft herum und erzählt, eure Frau würde mit dem Alraunerl wahre Wunder vollbringen. Er hätte es an seiner Tochter selbst erlebt." Anton hielt erschrocken die Stalltür fest, die er gerade eben geöffnet hatte.

„Was sagt ihr da? Der Conte steckt hinter all dem Ärger, den wir in letzter Zeit hatten?" Der Doktor nickte zustimmend, und Anton war wütend.

„So ein scheinheiliger Kerl! Erst wollte er uns mit dem Hospiz helfen, dann wollte er meine Frau verführen und nun das!" Carlo Hasenhüttl schüttelte belustigt den Kopf.

„Er ist als alter Schürzenjäger bekannt. Seine Familie wollte ihn deshalb bereits vor Jahren entmündigen lassen. Aber dieser Mann hat einflussreiche Freunde im Ständerat, besonders aber in Lugano! Ein Neffe von ihm ist dort in der Diözese sehr einflussreich." Er schüttelte wieder den Kopf.

„Ich weiß nicht, warum der Klerus so erzürnt ist über die Heilwirkung der Alraune! Ich selbst verwende sie ebenfalls, sonst wäre der kleine David nicht so schnell eingeschlafen. Außerdem lindert diese Essenz die Schmerzen. Aber diese Hexenjäger sind überall und verbreiten nur Angst und Schrecken!" Er atmete tief durch. Carlo Hasenhüttl streichelte ein Zicklein, das sich an seiner Hose zu schaffen machte. Anton, die Arme verschränkt, sah den Medicus fragend an.

„Ich habe Angst um meine Frau, Herr Medicus! Was kann man nur tun?" Doktor Hasenhüttl sah Anton freundlich an.

„Nun, am besten wäre es natürlich, wenn sie Medizin studieren würde! Dann wäre diesen Leuten aller Wind aus den Segeln genommen, Herr Pontini." Anton schüttelte den Kopf.

„Das können wir aber leider nicht bezahlen. Was wir hier verdienen, reicht gerade zum Leben und noch zum Erhalt des Hospizes. Und das auch nur, weil es Menschen gibt, die uns sehr helfen." Carlo Hasenhüttl nickte sinnend, plötzlich erhellte sich sein Gesicht.

„Ich hätte da eine Idee, aber die müssen wir mit ihrer Frau gemeinsam bereden, Herr Pontini!" Anton sah ihn zuerst abwägend, dann aber schmunzelnd an.

„Solange meine Frau dabei nicht wieder verführt werden soll, bin ich sehr interessiert, Herr Medicus!", lachte er. Der Medicus lächelte ein wenig verlegen und meinte dann:

„Wisst ihr, ich bin zwar nicht im Ehestand, aber die Ehe ist mir heilig! Meine Großmutter und mein Großvater waren sechzig Jahre lang miteinander verheiratet, bevor sie beide kurz hintereinander starben. Mein Großvater wollte ohne meine

Großmutter nicht mehr leben. Da ist er einfach früh nicht mehr aufgewacht!" Dann hielt er Anton seine Hand hin.

„Meine Hand drauf, ich habe eine Idee, wie man ihrer Frau helfen könnte!" Anton nickte zufrieden.

„Gut, dann lassen sie uns nach Hause gehen. Meine Frau wird sicher schon daheim sein und warten."

Als sie zu Dritt die Stube betraten war Anna schon dabei den Tisch zu decken.

„Setzt euch zu uns Herr Hasenhüttl! Gleich kommt die Mahlzeit. Mein lieber Mann hat wiedermal ein Schaf geschlachtet, damit die Hausbewohner auch eine ordentliche Mahlzeit bekommen. Es ist etwas übrig geblieben." Der Doktor lobte überschwänglich die Kochkünste der Hausfrau und die lachte aus vollem Herzen.

„Dieses Lob gebührt meinem Anton, Herr Doktor! Er ist bei uns der Koch, sonst gäbe es immer nur Suppe", lachte sie und nahm Platz am Tisch. Leonore hatte die ganze Zeit still zugehört. Plötzlich fragte sie Anna:

„Mama, wenn du suttierst, darfst du Bauch aufneiden?" Anna sah ihre Tochter zuerst erschrocken an, doch Anton klärte sie auf, was es damit auf sich hatte. Anna lachte und schüttelte den Kopf.

„Nein kleiner Liebling, deine Mama ist doch nur eine ganz einfache Nov...". Sie beendete den Satz nicht und sah Anton erschrocken an. Der Medicus lächelte und legte sein Messer auf den Tisch zurück.

„Frau Pontini, ihr müsst keine Angst haben! Ich weiß, dass ihr früher Novizin und ihr Mann ein Mönch ward. Die Heilkünste der Klöster sind allseits bekannt, und deshalb bin ich auch gerne zu euch herauf gekommen." Anna sah den Hasenhüttl dankbar an und Anton erzählte ihr nun von der Rolle des Conte Agostino. Anna war bei diesen Worten bleich geworden. Als Anton ihr nun davon erzählte, dass der Herr Medicus vielleicht eine Idee hatte, standen Tränen in ihren Augen. Carlo Hasenhüttl nahm einen Schluck Wasser zu sich.

„Frau Pontini, wenn ihr die Medizin studiert hättet, wären eure Kritiker bald ziemlich ratlos. Bisher seid ihr eine ehemalige Novizin, die geheime Kräuter verwendet. Das macht euch in den Augen der Kirchenmänner natürlich verdächtig. Die

Eiferer sind überall, das wissen wir. Also verfasst bald eine Schrift und schreibt eure Erkenntnisse auf! Ich sorge dafür, dass sie gedruckt und verteilt wird. Aber ich habe noch eine andere Idee!" Er lehnte sich zurück, verschränkte die Arme über der Brust und hielt einen Moment inne. Dann erzählte er weiter.

„Ich habe seit langem die Idee ein Haus zu gründen, in dem mehrere Ärzte und Schwestern der Kirche zusammen arbeiten, zum Wohle der Alten und Kranken. In Bormio habe ich dafür keine Kollegen gefunden, die sich beteiligen würden. Das verbietet ihr Standesdünkel, zumal sie sich gegenseitig argwöhnisch beobachten. Euer Haus wäre bestens geeignet, so etwas zu gründen. Und ihr wäret aus den Augen der Kirche und könntet euch mit meiner Hilfe, noch viele Dinge aneignen. Was sagt ihr dazu?"
Anna hatte die ganze Zeit dagesessen und den Worten des Doktors gelauscht. Als er geendet hatte, schien sie aufzuwachen und sah mit großen Augen zuerst ihren Mann Anton und dann den Doktor an.

„Und was sagst du dazu, Anton?" Der aber schüttelte langsam mit dem Kopf.

„Zuerst musst du sagen was du davon hältst, Schatz. Es ist dein Haus, deine Arbeit und dein Traum, den du dir schwer erarbeitet hast!", erwiderte er. Im Grunde war er schon einverstanden, doch eine solche Entscheidung musste Anna selbst treffen. Anna saß da und war zunächst überwältigt. Sie kleines Mädchen vom Dorf in den Bergen sollte mit dem berühmten Medicus Hasenhüttl zusammenarbeiten? Nie hätte sie sich das mal träumen lassen. Als sie die interessierten Gesichter von den Männern sah, musste sie lachen. Dann aber nickte sie.

„Wenn ihr meint, dass ich das kann, dann will ich es auch wagen! Ich hoffe aber ihr habt Geduld mit mir!", erwiderte sie und Anton meinte trocken:

„Und streng genug dich zu bremsen, wenn du wiedermal über das Ziel hinaus schießen willst!" Alle lachten. Doch plötzlich wurde Anna wieder ernst und sah Anton an.

„Erinnerst du dich noch an den Doktor in Tschierv? Der hatte doch damals so ähnlich gesprochen, wie unser lieber Medicus Hasenhüttl hier! Erinnerst du dich noch an ihn?" Anton nickte sichtlich überrascht von Annas Idee.

„Du hast recht, Liebling! Der wäre der richtige Mann! Wir könnten Samuel rüberschicken. Dabei könnte er gleich seine Eltern besuchen und mit dem Doktor reden!" Und dann erzählte Anton von dem Medicus von Tschierv.

Erst spät in der Nacht begaben sich alle zur Ruhe. Leonore war schon lange auf der kleinen Bank eingeschlafen. Anna brachte sie ins Bett und Anton begleitete Hasenhüttl noch zu seinem Nachtquartier. Auf dem Rückweg traf er auf Samuel, der vor der Haustür saß und sein Pfeifchen schmauchte. Anton setzte sich zu ihm.

„Na, auch noch wach!" Samuel seufzte vernehmlich und blies den Qualm in den Himmel.

„Hm, Dörte und der Kleine schlafen schon. Meine Dörte ist jeden Abend total kaputt von der Arbeit und hat keine Lust mehr auf die Liebe", bekannte er sinnend. Anton grinste.

„Irgendwie kenne ich das auch, Freund Samuel! Nun, aber dafür haben wir doch kluge und sehr arbeitsame Frauen getroffen, also sei dem Schicksal dankbar. Oder wäre dir eine lieber, die dauernd mit dir schimpft?" Samuel nickte bedächtig.

„Ja, das stimmt wohl, aber so ein kleines süßes Mädel wie ihr habt, hätte ich schon auch noch gerne", bekannte er. Anton stieß ihn an und grinste.

„Kommt Zeit, kommt Rat, Bruder! Es wird schon noch klappen." Und dann erzählte er von den Ideen des Medicus. Als er geendet hatte, strahlte Samuel. Denn die Vorfreude seine Eltern wieder zu sehen war allzu groß.

„Morgen früh rede ich mit Dörte. Wenn sie das hört, ist sie aus dem Häuschen. Und wird dann wohl noch müder sein!", endete er, sah Anton an und grinste.

„Aber vielleicht muss sie dann doch weniger schuften in diesem Hospiz, oder?" Anton zuckte mit den Schultern.

„Kann sein, kann nicht sein Bruder Samuel! Das weiß man nie so genau vorher." Samuel erhob sich schmunzelnd und reckte sich.

„So richtig Mut machen kannst du einem aber auch nicht, Bruder Anton!" Dabei grinste er und gab Anton einen freundschaftlichen Klaps auf die Schulter.

„Gute Nacht, Bruder! Wir sehen uns ja Morgen wieder. Na sagen wir mal heute früh!", lachte er leise und begab sich in seine Kate zurück.

Beim gemeinsamen Frühstück am Morgen im Hospiz, war der Vorschlag des Doktors ein heißes Thema. Man erwog das Für und Wider. Bis jetzt war es ja „ihr" Haus, aber wenn es so kommen sollte, wie vom Doktor vorgeschlagen, waren sie nur noch dessen Handlanger, und das wollte gut überlegt sein.
Der Doktor, der mit am Tisch saß und die ganze Zeit still zugehört hatte, machte eine Bewegung mit der Hand, als wolle er sich zu Wort melden. Sie sahen ihn alle erstaunt an, und er lächelte ein wenig.

„Ich verstehe natürlich ihre Einwände! Sie haben sich hier etwas Schönes aufgebaut und endlich ihre Ruhe gefunden. Aber was die Besitzverhältnisse betrifft, kann ich sie dabei alle beruhigen. Natürlich bleibt das Hospiz ihr Eigentum! Man kann dies bei einem Advokat schriftlich niederlegen, dann ist es amtlich und kann nicht angefochten werden. Es wäre dann so, dass ihr das Haus besitzt und eure Schwestern die Kranken pflegen. Da sie dann einen Medicus im Hause haben, kann ihnen niemand misstrauen, was die ärztliche Kunst betrifft. Und die Mutter Kirche wäre praktisch das Dach, unter dem alles stattfindet. Damit wären allen Kritikern der Wind aus den Segeln genommen." Er sah sich in der Runde um und allgemeines Kopfnicken wurde sichtbar. Carlo Hasenhüttl erhob sich und bedankte sich artig für das Frühstück und die freundliche Aufnahme.

„Ich werde vor den Weihnachtstagen noch einmal zu ihnen heraufkommen. Bis dahin können sie sich beraten." Und so verabschiedete sich der Medicus mit einem freundlichen

„Auf Wiedersehen! Wir sehen uns bald wieder." Anna und Anton brachten ihn noch zur Tür.
Draußen war es in den Morgenstunden schon ziemlich kühl und Nebelschwaden zogen durch die Täler. Nicht mehr lange und es würde wieder schneien. Als der Doktor dann hinter einer Wegbiegung verschwunden war, legte Anton seinen Arm um Annas Schultern.

„Nun mal im Ernst Anna, was meinst du heute zu der ganzen Sache?", fragte er seine Frau und biss sie ganz sanft in ihr Ohrläppchen. Anna legte ihrerseits nun den Arm um seine Hüfte.

„Das klingt alles sehr erfreulich, meine ich. Und wenn der Medicus das ernst meint, könnte es uns sehr helfen. Aber vor allem, weil ich so gar keine Lust habe, einmal auf dem Scheiterhaufen als Hexe verbrannt zu werden", antwortete sie nachdenklich. Anton lachte leise.

„Na ja, eine kleine Hexe bist du schon, meine ich. Denn sonst säßen wir beide vielleicht jetzt noch im Kloster", bekannte er und Anna gab ihm einen Rippenstoß.

„Von wegen, verhext hast du mich damals, lieber Bruder Anton!", lachte sie. Doch dann wurde sie wieder ernst.

„Über so etwas sollte man keine Späße machen, Anton! Ich habe immer noch die Magd von damals vor den Augen, als man sie verbrannte. Und sie hatte ja nichts getan was den Herrn hätte zürnen lassen."

Und nach einer kurzen Denkpause meinte sie dann:

„Ich denke wir sollten dieses Angebot annehmen und auch Samuel rüberschicken zu seinen Eltern. Er muss dort den Doktor Ortinger ausfindig machen, und wenn es geht zu uns holen! Dann hätten wir die richtige Verstärkung und alles wäre gut!" Anton nickte zustimmend.

„Wird gemacht, Mutter Anna! Ich eile um euern Wunsch dem Samuel mitzuteilen!" Sie lachten beide und gingen dann zurück zu den anderen. Im Grunde war es ja auch so, Anna war die Herrin geworden, der alle folgten.

Am nächsten Tag machte sich Samuel bereits nach dem Hellwerden auf den Weg in seine Heimat. Auf dem Rückweg sollte er auch bei Annas Eltern vorbei gehen und sehen wie es ihnen ging. Anna hatte einfach Sehnsucht nach ihren Lieben.

Vier Tage später war Samuel zu Haus bei seinen Eltern angekommen. Die lebten inzwischen im Haus von der Schwester Ludowika und waren beide wohlauf. Als sie ihren Sohn in die Arme schließen konnten, war die Freude groß. Als Samuel erzählte, wie sich der kleine Andreas inzwischen entwickelt hatte und wie es im Hospiz zuging, waren sie sehr froh. Samuel erzählte den Eltern auch von den Plänen die sie hatten. Vater Balthasar verzog das Gesicht, als sein Sohn geendet hatte.

„Da habt ihr aber große Pläne, Sohn! Aber ich weiß nicht, der Doktor hat vor zwei Monaten geheiratet. Ob er da von hier weggehen will? Außerdem wäre es schade, er ist unsere einzige Hilfe hier im Tal, wenn es uns mal nicht gut geht. Wenn er geht, gibt es hier niemand mehr der helfen könnte", endete er und sah seine Frau fragend an. Katharina nickte.

„Da hat Vater Recht, Junge! Es wäre schade wenn er weggehen würde, aber fragen musst du ihn schon selbst. Er wird morgen früh ins Dorf kommen und seine Besuche machen. Schade, dass wir hier nicht so ein Haus haben wie ihr da drüben", meinte die Bäuerin nachdenklich.
Und so kam es dann auch. Schon sehr zeitig am Morgen klopfte es an der Tür und der Doktor trat ein und legte seinen nassen Hut ab. Die junge Frau neben ihm, stellte er als seine Ehefrau vor, die sich sehr für Medizin interessierte und ihn deshalb immer begleitete, wenn er Krankenbesuche machte. Als er Samuel sah, begrüßte er ihn sehr herzlich, und dieser ergriff sofort die Gelegenheit.
Der Doktor und seine Frau hatten aufmerksam zugehört. Zu Samuels Erstaunen, war ausgerechnet die Frau des Doktors ziemlich begeistert von dem Vorschlag. Er selbst rieb sich nachdenklich das Kinn und schmunzelte.

„Da hat es die Frau Pontini doch tatsächlich geschafft!", bekannte er erfreut und sah seine Frau fragend an.

„Was meinst du dazu Gundel? Du müsstest lange Zeit auf deine Eltern verzichten. Außerdem, das Leben in so einem Weiler ist ziemlich eintönig", bekannte er. Sie zuckte mit den Schultern und sah auf ihre blanken Stiefelspitzen.

„Das stimmt sicherlich, Peter. Andererseits wäre es sicher eine aufregende Arbeit für dich! Aber jetzt, wo wir ein Kind erwarten, ist es schon ernsthaft zu überlegen."
Doktor Ortinger nickte eine Weile überlegend. Dann meinte er plötzlich:

„Aber das ist nur die eine Seite, Gundel! Die andere Seite ist noch erheblicher in seiner Konsequenz. Was soll aus den

Kranken hier im Tal werden? Ich kann sie nicht einfach im Stich lassen! Das geht einfach nicht!"

Balthasar Birgler atmete insgeheim auf. Er war sich so gut wie sicher, dass der Doktor nicht weggehen würde. Und so kam es, zu Samuels Enttäuschung, dann auch. Der Medicus bedankte sich bei Samuel für das in ihn gesetzte Vertrauen, bei solch einer verantwortungsvollen Aufgabe mitwirken zu dürfen.

„Habt vielen Dank für euer Vertrauen, Samuel. Aber wir können hier nicht alles stehen und liegen lassen und zu euch kommen. Vielleicht klappt es ja mal später, ihr werdet mich doch sicher über den weiteren Verlauf eures Vorhaben unterrichten?" Samuel nickte enttäuscht, und man sah ihm seine Enttäuschung auch an.

Zwei Tage später, von Vater und Mutter etwas getröstet, war Samuel schon wieder auf dem Heimweg. Als er gegen Mittag auf dem Hof von Annas Eltern ankam, war niemand zu sehen. Samuel wunderte sich und rief lautstark:

„Hallo! Ist denn keiner zu Hause?" Plötzlich öffnete sich die Haustür und eine junge Frau mit verweinten Augen in schwarzer Kleidung stand da.

„Was wünscht ihr?", fragte sie schluchzend. Samuel stellte sich rasch vor.

„Ach ihr seid das!", erwiderte die junge Frau, bat ihn einzutreten und führte ihn in die Stube. Samuel erschrak bis ins Mark! Mitten im Zimmer standen ein Altar, auf dem eine Kerze brannte und alle Fenster und der Spiegel war verhangen. Plötzlich betrat Annas Bruder die Stube und stutzte einen Moment.

„Ach du bist es, Freund Samuel!" Er umarmte ihn mit traurigem Gesicht.

„Du bist gerade in einem traurigen Moment gekommen. Wir haben unseren Vater vor einer Woche zu Grabe getragen, und meine Mutter liegt ganz schwach und hoffnungslos in ihrem Bett und weint sich die Augen aus." Samuel trat an den Altar und verbeugte sich tief. Als er sich dann zu Johannes umwandte, gab dieser ihm ein Zeichen mitzukommen. Samuel verbeugte sich noch einmal und folgte Johannes nach draußen.

Sie brannten sich eine Pfeife an und schwiegen eine ganze Weile, jeder für sich in Gedanken versunken. Samuel blies die Rauchschwaden aus.

„Und wie geht es nun bei euch weiter?", fragte er den jungen Johannes. Der zuckte mit den Schultern.

„Wie schon, ich muss den Hof übernehmen. Schade, dass Anna jetzt nicht hier sein kann", bekannte er traurig. Samuel nickte und erzählte kurz, was ihn veranlasst hatte herüber zu kommen. Johannes winkte ab.

„Da kommt Anna auf keinen Fall wieder nach Hause, so gut kenne ich sie ja. Außerdem wäre sie ihres Lebens hier auch nicht sicher! Nur gut, dass du wenigstens deine Dörte nicht mitgenommen hast. Dieser verruchte Bischof lässt noch immer nach den Beiden suchen!" Und so berichtete er von den Kontrollen in der Stadt und sah Samuel ernst an.

„Du als der Ehemann einer dieser Gesuchten, solltest es ebenfalls vermeiden, in eine Kontrolle zu kommen! Man kann nie wissen was den Landsknechten einfällt, wenn sie dich kontrollieren." Samuel schüttelte den Kopf.

„Was sollten sie schon von mir wollen? Niemand kennt mich hier im Ort! Aber ich werde natürlich deinen Rat befolgen, Johannes." Dieser nickte nachdenklich.

„Du könntest noch bis morgen früh hier bleiben, und dann in aller Frühe losmarschieren. So früh haben die Landsknechte noch nicht ausgeschlafen, und du könntest heute Abend meiner Mutter etwas von Anna erzählen. Vielleicht muntert sie das ein wenig auf", bekannte er. Johannes zog Samuel mit sich.

„Komm, lass uns zu meiner Mutter gehen. Ich glaube sie ist inzwischen aufgestanden." Und so war es dann auch. Maria Schwanten saß in Schwarz gekleidet im Lichte einer Kerze am Altar. Die Nachbarsfrauen waren alle inzwischen gegangen. Als sie Samuel erkannte als er eintrat, huschte ein Lächeln über ihr nasses Gesicht.

„Welche Freude dich zu sehen, Samuel. Was führt dich zu uns?" Und so berichtete er wie es Anna, Anton und der kleinen Leonore ging. Plötzlich sah sie zu Samuel auf.

„Wenn wir Vaters Sachen geregelt haben, werde ich für einige Zeit zu Anna kommen. Er hat seiner Lieblingstochter ein

Erbstück hinterlassen, ich musste es ihm am Totenbett versprechen, dass ich es Anna persönlich überbringe."
Johannes schüttelte missbilligend den Kopf und trat hinter seine Mutter, um ihr beide Hände auf die Schultern zu legen.

„Mutter, um diese Jahreszeit kannst du nicht mehr über den Pass gehen! Wir haben schon Ende Oktober und da oben ist bereits der erste Schnee gefallen." Maria Schwanten wehrte sich dagegen und sah ihren Sohn dabei liebevoll an.

„Papperlapapp, Johannes! Als junges Mädchen bin ich im tiefsten Winter über den Pass nach Bormio gegangen. Und Samuel ist ja auch hier, wie du siehst!" Johannes lachte mehr aus Verzweiflung als aus Freude über die Sturheit seiner Mutter. Er kniete sich neben sie hin und sah sie bittend an.

„Mama, sei nicht unvernünftig. Du bist 66 Jahre alt, deine Knochen tun dir jeden Tag weh, warte doch lieber bis es Frühling wird. Und allein lassen wir dich sowieso nicht gehen!", setzte er noch hinzu.

Maria Schwanten stand langsam auf und schlug ein Kreuz. Dann meinte sie:

„Na dann kommt ihr beiden, begleitet mich an Vaters Grab und lasst uns dort für sein Seelenheil beten." Und dann ging sie mit den beiden jungen Männern aus der Trauerstube hinaus in den Hof. Sie lächelte Samuel mit traurigen Augen von der Seite an. Leise meinte sie:

„Du musst nämlich wissen, der Johannes hat endlich eine feste Freundin. Sie heißt Johanna und stammt aus dem Nachbardorf. Ihre Eltern haben dort ein kleines Schneidergeschäft. Sie und Johannes bemuttern mich den ganzen Tag wie ein Kleinkind, seit Melchior gestorben ist. Ich weiß ja, dass sie es gut mit mir meinen. Aber ich bin noch kräftig genug und der Kopf ist auch noch bei klarem Verstand, also werde ich tun was ich für richtig halte. Was meinst du dazu, Junge?" Johannes sah Samuel durchdringend an und blinzelte mit den Augen. Samuel versuchte sich herauszureden.

„Ach wissen sie liebe Frau Schwanten, im Grunde haben Johannes und seine Braut schon Recht. Wenn man jetzt nicht unbedingt muss, sollte man jetzt lieber zu Hause in der warmen Stube bleiben." Frau Schwanten sah Samuel wieder von der Seite an und verzog das Gesicht dabei.

„Feigling! Du willst es dir nur nicht mit deinem Freund Johannes verderben", bekannte sie dann lächelnd. Dann hängte sich bei beiden jungen Männern ein.

„Kommt ihr Beiden, gehen wir an das Grab unseres Melchiors. Ich rede übrigens jeden Tag eine Weile mit ihm, weil ich mir sicher bin, dass er mir zuhört." Gemeinsam liefen sie schweigsam bis zu dem kleinen Friedhof der Dorfgemeinschaft. Ein schlichtes Holzkreuz und ein paar Herbstblumen schmückten das Grab. Nebeneinander stehend verweilten sie ein Stück und Maria Schwanten sprach leise ein Gebet. Danach liefen sie wieder zum Hof zurück. An der Tür blieb Maria stehen und hielt Samuel am Ärmel fest, nachdem Johannes bereits ins Haus gegangen war.

„Würdest du mich morgen früh mitnehmen wenn du gehst?", flüsterte sie. Samuel nickte unmerklich.

„Natürlich nehme ich sie mit, Frau Schwanten. Ich glaube aber, Johannes und die Johanna werden mit uns ziemlich schelten", bekannte er offen. Maria Schwanten winkte ab. Trat sich die Füße ab und ging wieder in die Stube.

„Ich regle das schon mit den Beiden! Dann haben die auch endlich mal Zeit, ein Kind zu zeugen, wenn ich nicht da bin.", lachte sie leise. Und schon am Abend verkündete dann Maria Schwanten ihren Entschluss. Der zukünftigen Schwiegertochters Pausbacken glänzten rot, so aufgeregt war sie.

„Aber Mutter Schwanten, warum setzt ihr euch so einer Gefahr aus! Im Frühjahr könnt ihr doch immer noch diese Reise antreten. Stimmt es nicht, Johannes?" Sie sah ihren Verlobten an und der schüttelte den Kopf.

„Lass sie Johanna! Mutter ist alt genug, um zu wissen, was sie tut. Außerdem beruhigt es mich, wenn ich weiß, dass der Samuel bei ihr ist." Die junge Frau mit dem langen, dicken, blonden Zopf umarmte Maria herzlich.

„Du kommst aber wieder zu uns zurück, ja?", fragte sie traurig. Maria lachte zum ersten Mal wieder an diesem Tag.

„Natürlich komme ich wieder zurück, du Liebste aller Schwiegertöchter! Schließlich will ich ja noch erleben, dass ihr beide mir ein Enkelkind schenkt. Ich will es ja noch auf den Arm nehmen, bevor ich zu meinem lieben Melchior gehe."

Johanna wurde bei diesem Thema rot bis über beide Ohren und Johannes suchte einen imaginären Punkt an der Decke und verkniff sich ein Lachen. Maria streichelte Johannas Wangen.

„Du wirst bestimmt mal eine gute Mutter, das weiß ich ganz bestimmt. Aber ihr müsst halt bald mal anfangen, damit ich es noch erlebe!" Wieder wurde Johanna puterrot im Gesicht und Johannes lachte nun aus vollem Herzen.

„Ach Mutter! Lass uns doch erst einmal heiraten. Denn wir haben uns gedacht, dass die erste Maiwoche des nächsten Jahres gut wäre." Maria Schwanten nickte und hatte Tränen der Rührung in den Augen.

„Wenn das der gute Melchior noch erlebt hätte ...", flüsterte sie schluckend und schlug rasch ein Kreuz.

Zum Glück waren Samuel und Mutter Schwanten mit einem Muli und einem Karren mit zusätzlichen Kufen, einer Art Schlitten, aufgebrochen. Denn kaum hatten sie die ersten Höhenzüge des Umbrailpasses erreicht, als sie auch schon mitten im Schnee waren. Über Nacht hatte es mindestens zwei Handbreit Neuschnee gegeben und so kamen sie trotz alledem zügig voran. Die kräftige Mulidame Mechthild zog den alten Schlitten ohne zögern und schien sogar Spaß zu haben, denn ab und zu iaahte sie während des Laufens und wackelte dabei mit den Ohren. Aber neben Geschenken, die Mutter Schwanten eingepackt hatte, saß auch ein kleiner Sennenhund Rüde mit im Wagen. Den wollte sie der kleinen Leonore schenken.
Sie hatten gerade die höchste Stelle des Passes erreicht, als der Wind auffrischte und Schneewolken die Sicht erschwerten. Samuel trieb Mechthild an, damit sie noch schneller lief. Das aber wiederum passte der eigenwilligen Mulistute überhaupt nicht und sie blieb auf einmal abrupt stehen und weigerte sich beharrlich weiter zu gehen. Samuel stieg vom Wagen, kramte aus einer kleinen Kiste ein paar Karotten heraus und gab sie geduldig Mechthild zu fressen. Genüsslich kaute sie eine Karotte nach der anderen, spielte dann mit den langen Ohren und sah Samuel immer wieder mit ihren großen Glupschaugen an. Der nahm ihren Kopf in den Arm und streichelte ihn eine Weile. Samuel redete leise auf Mechthild ein.

„Komm meine Schöne, bring uns nach Hause, bevor wir im Schneetreiben feststecken. Außerdem wartet doch der Jacob auf dich, und in seinem Stall ist es doch auch schön gemütlich warm. Du wirst es dort gut haben!"
Als wenn Mechthild jedes Wort verstanden hätte, schüttelte sie kurz ihren massigen Kopf und trabte einfach los, so dass Samuel Mühe hatte, noch auf den Schlitten aufzuspringen.
Dick eingemummt in ihren Fellumhang lachte Mutter Schwanten über das eigenwillige Vieh. Samuel lachte ebenfalls und meinte dann trocken:
„Ja, ja, so eigenwillig sind die Weibsleut nun manchmal. Da hilft oft nur gutes Zureden." Eine Stunde später erreichten sie den Weiler Santa Maria.

Anna ging gerade mit einem Korb Wäsche aus der Haustür und wollte sie zu ihrer Schwiegermutter tragen, als sie plötzlich auf dem Waldweg das leise Gebimmel einer Fuhrwerksglocke vernahm. Gespannt hielt sie Ausschau, wer da zu ihnen in den Weiler kam. Als das Gespann die letzte Kurve erreichte, konnte Anna Samuel auf dem Kutschbock erkennen. Sie wollte ihm schon zuwinken, als sie sah, dass eine weitere Person auf dem Kutschbock saß. Aber wer war das? Anna stellte den Korb ab und wartete bis das Gespann heran war. Samuel sprang ab, lachte ihr zu und half der tief vermummten Person ebenfalls vom Kutschbock. Und dann schlug diese in Fell gekleidete Person die Kapuze zurück und Anna erkannte ihre Mutter.
„Mama! Was für eine Freude!", rief sie und umarmte ihre Mutter ungestüm. Anna war vor Freude außer sich, drehte sich um und rief nach Anton. Der kam wenig später aus dem Haus und begrüßte seine Schwiegermama ebenso herzlich. Anna eilte rasch zu Mutter Pontini, lieferte dort eilig die Wäsche ab und kam dann mit Leonore wieder zurück. Während dieser Zeit war Anton mit Mutter Schwanten schon zu ihrer Kate gegangen und brühte ihr einen heißen Tee auf. Er setzte sich zu seiner Schwiegermutter an den Tisch.
„Du bist ganz schön waghalsig, um diese Jahreszeit über den Pass zu reisen. Wenn es ganz arg kommt, ist der Weg morgen früh schon zugeschneit und dann kommst du aber nicht mehr nach Hause." Maria Schwanten nickte. Sie wollte gerade

beginnen alles zu erklären, als die Tür aufging und Leonore hereinstürmte und der Großmutter um den Hals fiel.

„Großmueti! Liebes Großmueti!", rief sie aus und strahlte über das ganze kleine Gesicht. Maria Schwanten nahm die Kleine auf den Schoß und deutete in eine Ecke der Stube, wo der kleine Sennenhund saß und alle treuherzig mit seinen kleinen braunen Knopfaugen anschaute.

„Sieh mal Leonore, den hat die Großmueti dir heute mitgebracht. Er wird immer schön auf dich aufpassen, und du musst ganz lieb zu ihm sein und dich auch schön um ihn kümmern."
Rasch rutschte die Kleine vom Schoß ihrer Großmueti und setzte sich neben den jungen Sennenhund auf den Boden. Der kleine Welpe wedelte mit dem Schwanz und ließ sich sofort von Leonore streicheln. So waren sie im Nu Freunde geworden. Und Leonore taufte ihn auf den Namen Daniel was Anna und Anton zum Lachen brachte, und so erzählten sie von Leonores ersten Freund Daniel, der hier einige Zeit krank im Hospiz gelegen hatte. Anna setzte sich zu ihrer Mutter und Anton an den Tisch und sah diese freudig und erwartungsvoll an.

„Was treibt dich um diese Jahreszeit zu uns herüber, liebe Mutter?", fragte sie. Maria Schwanten griff bedächtig in ihre kleine Tasche im langen Rock und schob Anna dann ein kleines Päckchen über den Tisch.

„Hier, das ist ein Geschenk deines Vaters. Ich musste ihm versprechen, es dir eigenhändig zu geben." Dabei traten ihr Tränen in die Augen und Anna stutzte. Unruhig geworden fragte sie:

„Was ist mit Papa, Mama?", fragte sie leise und sah ihre Mutter dabei angstvoll an. Marie Schwanten, die sich noch vorgenommen hatte nicht zu weinen, rollten nun doch ein paar Tränen über die Wangen.

„Wir haben deinen lieben Papa vor einer Woche zu Grabe getragen, Anna!", erwiderte sie leise und schluchzte dabei heftig. Anna wurde kreidebleich im Gesicht.

„Was sagst du da? Papa ist gestorben? Nein, das kann doch nicht sein! Er war doch noch so kräftig!", stieß Anna weinend hervor. Maria Schwanten wischte sich die Tränen ab.

„Er hatte sich stark erkältet, bekam Fieber und dazu großes Schütteln, und in der Nacht hörte sein Herz einfach auf zu schlagen", erzählte sie nun schon etwas gefasster. Anton versuchte Anna zu trösten. Die stand plötzlich auf, holte eine Kerze aus dem Schrank, zündete sie an und stellte sie auf das Fensterbrett. Eine Weile stand sie davor und schien zu beten. Als sie sich wieder umdrehte, sah sie ihre Mutter mit Tränen in den Augen traurig an.

„Und wie geht es jetzt zu Hause weiter? Wer hilft euch nun?" Maria Schwanten stand ebenfalls auf und umarmte ihre Tochter.

„Der Johannes hat Gott sei Dank seit ein paar Wochen eine Braut und die hilft mit auf dem Hof. Sie heißt Johanna und ist ein liebes Ding. Die beiden wollen im Mai heiraten. Wenn ihr nichts dagegen habt, würde ich aber gerne den Winter über hier bei euch bleiben und euch ein wenig zur Hand gehen. Und ihr habt doch sicher sehr viel Arbeit im Hospiz, oder?" Anna nickte sichtlich erfreut und wischte sich die Tränen ab. Dann aber öffnete sie vorsichtig das kleine Päckchen. Es enthielt ein kleines goldenes Kreuz mit Kette. Und Anna küsste das Geschenk ihres Vaters und hängte es sich um den Hals.

„Das wäre sehr schön Mama, wir können jetzt jede Hilfe gebrauchen", erwiderte sie. Und dann erzählte sie, was sie vorhatten und Mutter Schwanten war sprachlos.

„Was ihr euch so zutraut ist kaum zu glauben! Du willst wohl tatsächlich noch eine Studierte werden, Tochter?" Anna lächelte geschmeichelt und erzählte ihr dann, was die Hintergründe der ganzen Sache waren. Als sie geendet hatte schüttelte Mutter Schwanten erbost den Kopf.

„Diese Pfaffen! Überall müssen sie sich einmischen und die Menschen unglücklich machen. Dabei hat der liebe Herrgott doch gesagt, dass alle Menschen sich gegenseitig helfen sollen! So eine Schande!" Da erzählte Anna ihrer Mutter auch von den bösen Verleumdungen des Conte Agostino und das er sie versucht hatte zu verführen. Maria Schwanten war empört.

„Weißt du Anna, es gibt nichts Törichteres, als dumme Vorurteile. Aber leider besteht diese Welt nun mal aus lauter Vorurteilen! Du musst immer tun, was dir dein Herz sagt und aufrichtig sein. Man sollte aber nie Böses mit Bösem vergelten." Anna lächelte ein wenig.

„Das stimmt schon Mama, aber alles darf man sich auch nicht gefallen lassen, selbst wenn es die Obrigkeit betrifft!"

Maria Schwanten sah ihre Tochter mit Stolz an. Was war doch inzwischen aus der kleinen rothaarigen Novizin von einst geworden! Eine erwachsene Frau, die keiner Herausforderung aus dem Weg ging. Melchior würde seine Freude an diesem Mädel haben, die immer sein Liebling gewesen war. Mutter Schwanten sah lächelnd auf das goldene Kreuz, dass Anna nun um den Hals trug und sie immer an ihren Vater erinnern sollte.
An diesem Abend redeten sie noch lange über ihre Pläne und ihre Ängste. Und Anton war inzwischen längst mit der Kleinen zu Bett gegangen, als Anna die Kerze löschte. Ein neuer Tag konnte beginnen.

Doch der nächste Tag begann bereits früh am Morgen mit einem traurigen Ereignis. In der Nacht war der alte Mosleitner, Alfredo gestorben. Als man ihn früh wecken wollte, lag er kalt und steif in seinem Bett. Anna war ein wenig böse auf Dörte, die als Erste früh im Hospiz gewesen war und sie nicht sofort benachrichtigt hatte.
„Anna! Nun sei aber nicht ungerecht!", empörte sich die Freundin.
„Was hätte es denn gebracht, wenn ich dich im Morgengrauen geweckt hätte. Und so habe ich eben alles veranlasst, was notwendig war. Hätte er noch gelebt, wäre ich natürlich sofort zu dir gekommen, aber so war das doch unnötig", entgegnete Dörte sichtlich verschnupft. Und Anna erinnerte sich an das nächtliche Gespräch mit ihrer Mutter, und es tat ihr leid, Dörte so angefahren zu haben. Sie ging zu ihr ans Fenster, wo die Freundin stand und hinausschaute.
„Entschuldige liebste Dörte! Aber ich habe gestern Abend erfahren, dass mein lieber Papa vor zwei Wochen verstorben ist. Kannst du mir noch einmal verzeihen?" Dörte drehte sich herum und lachte schon wieder.
„Das tut mir sehr leid. Natürlich verzeihe ich dir, du Dummchen!", meinte sie leise und umarmte Anna herzlich. Anna machte sich wieder frei und grinste ihre Freundin an.
„Selber Dummchen!", erwiderte sie leise und dann mussten sie beide lachen. Anton trat ein und blieb an der Tür stehen.

„Mir ist zu Ohren gekommen, hier gibt es Krieg?", fragte er mit hochgezogenen Augenbrauen. Die jungen Frauen sahen sich erstaunt an und schüttelten einhellig die Köpfe.

„Wie kommst du darauf, Anton", fragte Dörte lächelnd. Der grinste nur und ging wortlos wieder hinaus. Hinter sich hörte er das Lachen der beiden Frauen und schmunzelte vor sich hin. Diese beiden unzertrennlichen Frauenzimmer hielten immer zusammen, egal was passierte!

Am späten Nachmittag, gerade zur Zeit des Betens, gab es plötzlich ein Riesengeschrei im Weiler! Als Anton aus dem Fenster schaute, sah er einige Leute, die schnell zu ihren Katen rannten und die Türen flugs verschlossen. Rasch ging er nach draußen, wo gerade ein junger Kerl vorbeistürmte und Anton schnell zurief:

„Im Weiler sind zwei Bären! Sie haben schon einen der Bienenstöcke zerstört!"

Das Bären um diese Zeit in die Nähe von Menschen kamen, war hier oben nichts Ungewöhnliches. Der Hunger trieb sie oft vorwärts und notfalls kamen sie dann auch in die Dörfer.

Anton rannte auf den Speicher und holte rasch seinen alten Stutzen unter den Dielenbrettern hervor, den er seit seinem Ärger mit dem großen Bruder nicht mehr benutzt hatte. Mit dem Gewehr in der Hand verließ er das Haus, schloss die Tür gut ab und machte sich auf den Weg zum Hospiz. Um Leonore musste er sich nicht sorgen, die war bei seiner Mutter und seinem Vater. Und der hatte ebenfalls ein Gewehr in einem Versteck, damit es sein Großer nicht in die Hände bekam.

Der Herr Herrschaftsjäger verstand da nämlich keinen Spaß, nicht mal bei seiner Familie, das wusste Pietro ganz genau. Aber im Falle einer Gefahr, konnte man ja auch nicht warten bis der Jäger gerade mal auftauchte. Wer weiß, wo der dann gerade in diesem Augenblick war.

Anton sah sich aufmerksam um und dann sah er schon die Bärenspuren im Schnee! Diese führten ihn geradewegs in Richtung Hospiz! War ja klar, denn dort roch es immer nach Essbarem. Anton folgte der Spur der beiden Bären. Den Tatzen nach zu urteilen, mussten es ein ausgewachsenes und ein ganz junges Tier sein. Offenbar war eine Bärenmamma mit ihrem Kind unterwegs. Anton schlich sich langsam näher. Plötzlich hörte er aus der Richtung des Hospizes lautes Scheppern und jemand schimpfte lautstark. Als Anton näher heran kam, sah er plötzlich wie Schüsseln aus dem Fester der Küche geworfen wurden. Anna stand auf dem Fensterbrett, im Arm einen Stapel Essschüsseln und warf diese laut schimpfend auf die beiden Bären.

„Haut ab ihr verfressenes Gesindel!", schrie sie und warf wieder eine Schüssel nach der Bärin. Die bekam eine davon gegen den Kopf und brummte unwirsch. Und plötzlich richtete sie sich kerzengerade auf und begann zu brüllen. In dieser Haltung rutschte sie langsam auf das Fenster zu, in dem Anna stand. Die Bärin musste großen Hunger haben, denn sie wich nicht zurück. Anton erkannte sofort die Gefahr! Denn wenn die Bärin erst einmal am Fenster ankam, würde sie auch unweigerlich hineinklettern und alle im Haus waren in Gefahr. Sie musste wirklich hungrig sein. Denn um diese Zeit im Winter schliefen eigentlich Bären in ihren Höhlen. Also warum war diese Bärenmama mit ihrem Bärenkind noch unterwegs?

Anton konnte es sich nicht erklären. Er hob das Gewehr, hielt den Lauf in den Himmel und drückte ab. Der laute Knall wiederholte sich mehrmals, als Echo verstärkt durch die Felsen am Rande des Weilers. Die Bärin fiel wieder auf die Tatzen zurück und rannte dann geschwind in Richtung Wald. Das kleine Bärenkind hatte Mühe seiner Mutter zu folgen und schrie kläglich. Anna schaute ganz erschrocken aus dem Fenster und erkannte Anton.

„Sind sie endlich weg?", rief sie ihm zu. Anton bejahte und begann die Schüsseln wieder einzusammeln. In der Küche angekommen, packte er alle Abfälle in einen Eimer, gerade als Anna wieder eintrat.

„Was machst du da, Anton? Die Hühner sind heute schon gefüttert worden", fragte sie ihn.

„Ja, ich weiß dass, Liebling, aber ich bringe jetzt der armen Bärenmama etwas zu fressen in den Wald. Sie muss wohl unheimlichen Hunger haben, sonst würde sie jetzt um diese Zeit in einer Höhle liegen und tief und fest schlafen." Anna verließ kurz die Küche und kam dann mit einem Sack voller Bucheckern zurück.

„Hier mein Schatz, die sind schon zu alt, um sie noch zu essen. Aber nimm lieber den Samuel mit, vier Augen sehen mehr als zwei! Wenn sie so hungrig sind, greifen sie auch schon mal Menschen an. Ich will doch nicht, dass die Bärin noch meinen Liebsten auffrisst!", antwortete sie mit Schalk in den Augen. Anton umarmte Anna an der Hüfte.

„Hast wohl Angst um mich, ja?", fragte er sie schelmisch lächelnd. Anna nickte.

„Na klar, oder soll ich etwa unsere Tochter und unseren Sohn alleine groß ziehen, hm?", meinte sie leichthin. Anton stutzte augenblicklich.

„Wieso Sohn Anna, wir haben doch noch gar keinen?", entgegnete er verwirrt. Anna sah zu ihm auf und lächelte ihn an. Ihre blauen Augen glitzerten wie kleine Sterne. Sie schlang die Arme um seinen Hals und gab ihm einen Kuss.

„Nein, haben wir noch nicht. Aber so in acht Monaten glaube ich, kannst du schon damit rechnen!", erwiderte sie augenzwinkernd. Anton war baff.

„Du bist wieder guter Hoffnung? Warum hast du denn nichts gesagt? Deshalb warst du in den letzten Nächten so müde, ja?" Anna umfasste Anton an den Hüften und legte ihren Kopf an seine Brust.

„Ich war wirklich müde, Anton. Ich bin eigentlich zurzeit immer müde", bekannte sie. Anton strich ihre eine kleine rote vorwitzige Haarlocke aus der Stirn und küsste sie.

„Du musst mehr auf dich Acht geben, Anna! Lass die schweren Arbeiten andere machen. Bitte schone dich, wir wollen doch ein gesundes Kind, oder?" Und Anna nickte ihm lächelnd zu.

„Ja, Vater Anton! Ich werde natürlich ab sofort deinen Rat befolgen", entgegnete sie, sich bei ihm festhaltend und grinste verschmitzt. Anton wurde nachdenklich.

„Da wird es aber eng in unserer Kate, weißt du das! Ich glaube, da müssen wir im Frühjahr doch noch anbauen." Anna lachte leise.

„Na ja, wir haben ja noch etwas Zeit. Samuel und sicher auch dein Vater helfen uns bestimmt. Am besten wird es sein, ihr baut gleich noch zwei Zimmer an!" Anton sah sie verdutzt an.

„Wieso nun jetzt gleich zwei Zimmer?" Anna schmunzelte verschmitzt.

„Na ja, vielleicht bekommen wir irgendwann noch ein Kind, oder es werden Zwei, dann haben wir zumindest vorgesorgt, oder?" Anton nahm ihr Gesicht in beide Hände. Zuerst küsste er ihre Stupsnase, dann die einzelnen Sommersprossen. Anna kicherte albern.

„Hör auf Anton, wenn jemand herein kommt!" Doch er schüttelte den Kopf.

„Ich werde nie aufhören dich und deine Sommersprossen zu küssen! Und jeden Tag danke ich dem lieben Herrgott, dass er dich mir geschickt hat." Anna wurde rot.

„Ach komm! In der Stadt gäbe es bestimmt mehr junge und hübschere Frauenzimmer als mich. Hier oben ist die Auswahl eben ziemlich karg." Anton schüttelte den Kopf.

„Dich würde ich gegen keine andere Frau der Welt mehr eintauschen wollen. Auch wenn du manchmal störrisch wie ein altes Muli bist und immer Recht haben willst!" So in Gedanken versunken, standen sie eng umschlungen eine Weile stumm im Zimmer, als sich plötzlich hinter ihnen jemand räusperte. Erschrocken drehten sie sich um. Samuel stand in der Tür.

„Ich will euch ja nicht stören, aber ich sollte herkommen. Was ist los?" Anton deutete auf den Eimer und den Sack.

„Hast du etwas Zeit? Wir müssten mal in den Wald gehen und die arme Bärin füttern. Wenn wir draußen eine Futterstelle anlegen, kommt sie vielleicht nicht mehr zu uns ins Dorf! Gib also deiner herzallerliebsten Dörte Bescheid, in einer Stunde sind wir ja wieder zurück." Sein Freund Samuel verzog etwas das Gesicht, als wollte er sagen: - Sie wird mir mal wieder den Kopf waschen, weil wir uns in Gefahr begeben -. Doch er schwieg und sagte zu, mitzukommen.

Wenig später stapften Anton und Samuel durch den tiefen Schnee in den Wald. Beide hatten eine Flinte dabei. Samuel hatte sich Antons Vater seine ausgeliehen. Sie mussten sich beeilen, denn es war bereits am späten Nachmittag und es würde zeitig dunkel werden. Doch vorsorglich hatten sie zwei Fackeln mitgenommen. Der Pfad führte durch hohes verschneites Gestrüpp bergauf, und sie mussten über halb zugefrorene Bäche steigen. Im Wald war es inzwischen windstill geworden

und lauter kleine Schneeflocken schwebten vom Himmel herab. Plötzlich stießen sie auf zwei Bärenspuren! Nach nur wenigen Metern kam eine kleine Lichtung und sie beschlossen, unter einer mächtigen Tanne, welche Kratzspuren aufwies, eine Futterstelle anzulegen.
Sie packten gerade den Sack mit Futter aus, als sie irgendwo in ihrer Nähe plötzlich das Knacken von Ästen hörten. Anton gab Samuel ein Zeichen das sie sich nun ganz schnell zurückziehen mussten. Vorsichtig auftretend, entfernten sie sich von der eben angelegten Futterstelle. Anton bemerkte dabei, dass in seinem Sack noch das Stück einer alten Honigwabe hängen geblieben war. Gerade als er es aus dem Sack herausholen wollte, ertönte plötzlich hinter ihnen ein lautes Brüllen! Als sie sich erschreckt umsahen, stand hinter ihnen aufrecht die alte Bärin und fauchte sie böse an. Als Samuel die Flinte anlegen wollte, drückte sie Anton nach unten und schüttelte mit dem Kopf. Leise sagte er zu seinem Freund:
„Bleib ganz ruhig stehen! Rühre dich nicht vom Fleck! Die Bärin kann schneller laufen als wir in diesem Schnee!" Auf einmal tauchte wenige Meter neben ihnen tatsächlich auch das Bärenjunge auf. Dieser drollige kleine Kerl blieb stehen und sah sie neugierig mit seinen Knopfaugen an. Anton griff in den Sack, holte das Stück Bienenwabe heraus und warf es dem Kleinen direkt vor die Pfoten. Und wieder brüllte die Mutter auf. Doch als sie sah, dass der Kleine etwas davon fraß, ließ sie sich auf einmal auf ihre Pfoten herunterfallen und sah stumm und unverwandt eine Weile zu den Menschen herüber.
Das Bärenjunge schleckte derweil genüsslich die Bienenwabe aus. Anton stieß Samuel an und deutete mit dem Kopf nach hinten. Langsam Schritt für Schritt zogen sie sich nun zurück. Die Alte hatte inzwischen ihr Junges erreicht und leckte ihm die Schnauze ab. Und auf einmal drehte sie sich herum und sah den beiden Menschen hinterdrein. Diesmal aber so schien es, war ihre Miene wesentlich freundlicher. Gerade so, als wollte sie sich für die Nahrung bedanken.
Samuel und Anton machten sich auf den Heimweg. Inzwischen war es schon so dunkel geworden, dass sie die beiden Fackeln anzündeten, und so strebten sie eilig nach Hause.

Anna stand am Fenster und starrte hinaus in die Finsternis. Samuel und Anton waren immer noch nicht da. Inzwischen hatte sich auch Dörte mit Andreas auf dem Arm schon bei ihr eingefunden. Dörte war wie immer sehr besorgt und unruhig.
„Wo sie nur bleiben? Hoffentlich ist den Beiden da draußen nichts passiert!", jammerte sie leise. Der kleine Andreas und Leonore spielten derweil auf dem Fußboden. Samuel hatte ihnen aus Holz kleine Tiere geschnitzt. Langsam trat Dörte zu Anna ans Fenster, ihre Unruhe wuchs von Minute zu Minute. Doch plötzlich sahen sie einen gelben Lichtschein am Waldrand auftauchen, der sich langsam dem Weiler näherte. Die beiden Frauen atmeten erleichtert auf.
„Sie kommen! Sieh doch, sie kommen!", entfuhr es Dörte. Wenig später polterten die Männer in die Stube und lachten, als sie die besorgten Gesichter ihrer Frauen sahen.
„Habt ihr Angst um uns gehabt? Ja, das nenne ich aber wirklich Liebe!" Samuel grinste breit und nahm seine Dörte einfach in den Arm. Er gab ihr einen Kuss. Dann erzählten sie ausführlich was sie im Wald beide erlebt hatten.

Inzwischen war es Anfang Dezember geworden und der Winter machte seinem Namen alle Ehre. Der Schneefall hatte tagelang nicht aufgehört und so die Landschaft in ein kaltes Weiß eingehüllt. Kein Laut war zu hören. Nur wenn die kleine Glocke ertönte, die zur Messe rief, kam etwas Bewegung in den tief verschneiten Weiler Santa Maria im tiefen Wald.
Maria Schwanten hatte sich rasch eingewöhnt und half ihrer Tochter wo sie konnte. Ob im Haus oder auch im Hospiz, Maria war unermüdlich, und die Arbeit machte ihr sichtlich Freude. Vor allem aber staunte sie darüber, dass sowohl Anna als auch Dörte darauf bestanden hatten, dass die Gebetszeiten aus dem Kloster zumindest am Tage eingehalten wurden. Des Nachts verzichteten sie darauf, weil sie sonst nie zur Ruhe kommen würden.
Anna aber wartete immer noch ungeduldig auf den Medicus Hasenhüttl, der ihr versprochen hatte, vor Weihnachten noch einmal in den Weiler zu kommen. Denn besonders im Winter war es schwierig, die zwölf Alten und Kranken im Hospiz zu versorgen, obwohl Anna und Dörte bereits im Sommer vorge-

sorgt hatten. Sie hatten Kraut gestampft, Möhren in Sand verbuddelt und reichlich Mehl besorgt.

Zu Weihnachten wollten sie gemeinsam mit den Alten im Hospiz eine Mette abhalten. Anton hatte sich bereits einverstanden erklärt, sie diesmal durchzuführen, immerhin war er ja einmal ein Mönch gewesen.

Immer wieder dachte Dörte an ihre Mutter im Kloster. Nur einmal hatten sie sich gesehen, und Dörte bedauerte es, damals so zurückhaltend gewesen zu sein. Die Tage vergingen und so wurde es Weihnachten.

Man schrieb den 24. Dezember anno 1677. Es war ein Freitag. Anna hatte gemeinsam mit ihrer Mutter und Dörte für die Alten im Hospiz Früchtekuchen gebacken. Und ein jeder bekam einen schönen roten Apfel. Zu Hause werkelten die Männer noch, und die Frauen schmückten das Haus mit Tannenzweigen.

Auch im Hospiz hatte man alle Räume mit Tannen- und Mistelzweigen geschmückt. Am späten Abend wollte man sich im Hospiz treffen und dort dann gemeinsam mit den Alten den Heiligen Abend begehen.

Als um neun Uhr am Abend dann die Glocke ertönte und zur Christmette rief, war es bereits finster und alle kamen mit ihren Laternen zum Hospiz. Vor dem Haus hatte man einen kleinen Holzstoß aufgeschichtet, den sie nun anzündeten. Zwei der größeren Buben mussten auf das Feuer aufpassen, während sich alle anderen Bewohner des Weilers im Hospiz versammelten und darauf warteten, dass Anton seine Predigt hielt.

Als alle schon auf ihren Plätzen saßen, öffnete sich noch einmal die Tür und eine Frau trat ein. Über und über mit Schnee bedeckt, schüttelte sie den Mantel ab und setzte sich allein in die letzte Reihe. Alle drehten sich um, neugierig, wer die Fremde wohl war, die da angekommen war. Als die Frau ihre Haube ablegte, sprang Dörte von der ersten Bank auf und eilte nach hinten! Die Frau breitete die Arme aus und Dörte fiel ihr förmlich um den Hals.

„Mutter! Liebe Mutter! Was für eine Überraschung, ich hätte nie gedacht dich dieses Jahr noch einmal zu sehen!", sprudelte sie überglücklich heraus und zog die Frau an der Hand bis nach vorn zur ersten Bank. Die Äbtissin folgte Dörte und setzte sich neben Samuel. Der nickte ihr ganz freundlich zu und reichte ihr die Hand.

„Willkommen Mutter! Du machst Dörte sehr glücklich mit deinem Besuch", flüsterte er. Die Äbtissin Klara von Lewante sah plötzlich in die Augen von Anna, die sie starr und unverwandt anschauten. In diesem Moment trat Anton vor die Versammelten. Einen kurzen Augenblick sah er auf die grauhaarige Frau in der ersten Reihe. Als er sie erkannte, nickte er freundlich und lächelte ihr zu. Anna aber würdigte die Äbtissin keines Blickes mehr.

Anton begrüßte alle und begann mit dem Vorlesen der Geburt Jesu aus dem Evangelium. Dann sprach er sehr eindringlich vom Heiland und seiner Liebe zu allen Menschen. Nach der Predigt beteten alle gemeinsam und anschließend stand Anna auf, trat nach vorn und winkte einigen Kindern zu, ihr zu folgen. Und während alle Kinder des Weilers zu ihren Füßen saßen, stimmte Anna das Ave Maria an. Klar und hell klang ihre Stimme durch den Raum und so mancher wischte sich verstohlen eine Träne aus den Augen. Und unten im Tal läuteten die Glocken und ihr Klang trug der Wind bis zu ihnen herauf auf den Berg. Und über allem blinzelten zahllose Sterne vom Himmel herab, und ein heller großer Mond beschien mit seinem gelblich-blauen Licht die Berge und die Wälder.

Nach der Christmette trafen dann Annas Mutter Maria und die Äbtissin aufeinander. Das Gespräch war anfänglich eher noch ein wenig zurückhaltend, doch Maria versuchte zu verstehen, warum die Mutter Oberin es den beiden Novizinnen so schwer gemacht hatte. In einer Ecke sitzend, sprachen sie lange miteinander, um sich dann am Ende die Hand zu geben. So war der Frieden geschlossen und Maria verstand nun auch ein wenig besser, warum die Äbtissin so gehandelt hatte. Ihre Abbitte kam aus ehrlichem Herzen und Maria kam nicht umhin, dieser Frau zu verzeihen zumal sie ja auch Mutter war.

Maria stand auf und ging zu ihrer Tochter, nahm sie an der Hand und zog die Widerstrebende zu der Äbtissin, die inzwischen mit Dörte und Samuel zusammen saß und sich angeregt unterhielt.

„Anna, sprich bitte mit der Mutter Oberin! Denn auch in deinem Herzen soll zum Weihnachtsfest kein Groll mehr sein.

Denke bitte daran, was wir beide vor Tagen über das Vergeben gesagt haben. Es gibt Tage des Verzeihens und Tage des Vergessens. Heute zur Heiligen Nacht solltest auch du vergeben."
Noch etwas widerwillig setzte sich Anna dann neben die Äbtissin, und nach und nach kamen sie doch ins Gespräch. Anton staunte nicht schlecht, als er seine Frau und Dörte so einträchtig neben der Mutter Oberin sitzen sah. Ausgerechnet neben der Frau, die ihnen in der Vergangenheit so viel Unrecht zugefügt hatte. Aber es war ja Weihnachten, das Fest der Liebe und der Versöhnung!
In dieser Nacht erfuhren die beiden ehemaligen Novizinnen, dass Klara von Lewante inzwischen den Austritt aus dem Kloster beim Bischof beantragt hatte, und künftig nur noch allein in einem kleinen Weiler, unmittelbar an der Grenze leben wollte. Und Dörte mischte sich sofort im Überschwang ihrer Gefühle ein und bat ihre Mutter, doch für immer bei ihnen zu bleiben und mit ihnen zusammen zu leben. Klara von Lewante war überrascht. Sie sah Samuel fragend an. Doch der stimmte ebenfalls zu. Anfänglich noch zögernd willigte sie dann aber ein. Und gerade dieser Entschluss, sollte sich noch als ein großes Glück für die Existenz des Hospizes erweisen...

Als Anna und Anton dann eng aneinander geschmiegt nebeneinander im Bett lagen, kam die Sprache wieder auf die Äbtissin. Anna war noch viel zu aufgewühlt, um schon schlafen zu können. Sie stupste Anton an.
„Schläfst du schon, Anton?" Der dreht sich zu ihr herum und murmelte schlaftrunken:
„Jetzt nicht mehr, Anna. Warum kommst du nicht endlich zur Ruhe, es ist doch schon nach Mitternacht." Anna rutschte dichter an ihren Gatten heran und streichelte sein Gesicht.
„Ich kann doch nicht schlafen. Das Gespräch heute mit unserer Mutter Oberin geht mir nicht aus dem Kopf. Ich verstehe trotzdem einfach nicht, warum sie so böse zu Dörte war und sie verleugnet hat." Anton gähnte verhalten und stützte sich auf beide Ellenbogen auf.
„Anna, als Dörte auf die Welt kam, war sie doch die Frucht einer Sünde, wie es die Kirche sah. Und so nahm die Äbtissin Dörte eben als Findelkind mit ins Kloster und konnte so stets

über sie wachen. Denn niemand durfte die Wahrheit erfahren. Also war sie auch besonders streng zu Dörte. Aber sie konnte ja nicht ahnen, dass der Abt ein so abscheuliches Verbrechen plante. Und als dann der Herr Bischof erfuhr, wer da in seinem Kerker saß, musste der es auch vertuschen. Und so geriet Dörte zwischen die Mühlen der Obrigkeit. Dass die Äbtissin jetzt alles gut machen will ist doch sehr anständig von ihr, oder etwa nicht?" Anton sah Anna an, weil sie ihm nicht antwortete und musste lächeln. Seine Anna war schon eingeschlafen!

„Na endlich!", murmelte er und legte sich leise wieder in sein Kissen zurück. Aber nun war er wach und in seinem Kopf kreisten viele, mehr oder weniger wichtige, Gedanken. Doch irgendwann forderte auch sein Körper Schlaf und Erholung.
Am nächsten Tag, dem 25. Dezember feierten sie alle gemeinsam im Hospiz das Christfest, die Geburt Jesu. Dazu brachten alle kleine Köstlichkeiten zum Essen mit. So auch Anna und Dörte, die ihren Früchtekuchen und für jeden einen Apfel bereithielten.


*Ein Vierteljahr später ...*

Anna hatte die Familien zusammen gerufen. Im Hospiz hatten sie keinen Platz mehr und dennoch begehrten immer wieder Arme und Kranke die vor der Tür standen Einlass.
So saßen sie in der Laube im Garten, dort wo Anna sonst ihre Kräuter aufbewahrte und berieten sich. Anna war unruhig, weil sie immer noch nichts vom Medicus Hasenhüttl gehört hatten, der ihnen ja helfen wollte. Antons Vater winkte ab.

„Auf die Städter ist sowieso kein Verlass. Wir sollten uns Gedanken machen, ob wir nicht noch zwei Zimmer anbauen sollten. Genug kräftige Burschen haben wir ja im Weiler!", resümierte er mehr zu sich, als zu den anderen. Auch Anton stimmte seinem Vater zu.

„Du hast Recht Vater, wir sollten das schöne Wetter nutzen und schon morgen damit anfangen." Samuel rieb sich erfreut die Hände. Denn das Arbeiten mit Holz bereitete ihm immer wieder große Freude, und so war er Feuer und Flamme. Anna

atmete erleichtert auf. Doch ein großes Problem hatten sie schon seit Wochen. Die Vorratskammer war so gut wie leer.
Als Anna mit ihrem Mann darüber sprach, lächelte der nur und meinte dann:
„Mach dir keine Sorgen Liebes, da schaffen wir schnell Abhilfe. Du kannst den Leuten nicht immer nur Kohlrübensuppe und Kraut zu essen geben. Das verpestet doch die Luft in den Zimmern", lachte er seine Frau an.
Anna sah ihm sinnend hinterdrein, als er die Stube verließ. Was hatte sie doch mit Anton für ein Glück gehabt! Er war ein liebender Gatte und ein ganz lieber Papa für die kleine Leonore. Und die schien Antons Anlagen geerbt zu haben. Immer versuchte sie den anderen Kindern zu helfen. Und natürlich war der kleine Andreas ihr bester Freund. Täglich spielten sie zusammen und verbrachten den ganzen Tag bei der Großmueti.
Noch vor dem Hellwerden zogen am nächsten Morgen der Anton und Samuel, die Flinten über der Schulter, los. Als es hell wurde hatten sie die Felsenregionen erreicht und suchten sich einen schönen Standort gegenüber einem Wildwechsel aus. Es dauerte nicht lang und die ersten Gämsen tauchten aus dem Nebel auf. Die wenigen noch grünen Stellen suchend, sprangen sie von einem Felsen zum nächsten. Samuel deutete auf einen gut genährten Bock, der sich gerade mit einem jüngeren Kontrahenten eine kleine Rangelei lieferte. Der junge Bock wollte das Regime über die Damen übernehmen und versuchte den alten Bock auf einen Felsvorsprung zu drücken. Seine Absicht war eindeutig, er wollte den Alten von der Klippe stürzen. Der Zweikampf der Beiden wurde immer heftiger. Anton sah Samuel an und zuckte mit den Schultern, weil die Sache verfahren schien. Ließen sie die Beiden den Kampf bis zu Ende ausfechten, würde der alte Bock mehrere hundert Meter in die Tiefe stürzen und war verloren. Gaben sie aber einen Schuss ab würde die ganze Gesellschaft auf und davon stürmen und sie gingen leer aus.
Doch Samuel schien eine Idee zu haben. Denn er deutete Anton an, dass er einen Schuss in die Luft abgeben würde. Das bedeutete, dass Anton den alten Bock sofort aufs Korn nehmen musste, wenn die Flucht begann. Anton nickte zum Zeichen das er verstanden hatte. Samuel hob die Flinte an und drückte ab.

Der Knall kam vier- oder fünffach als Echo wieder zurück. Augenblicklich ließen die beiden Kämpfer voneinander ab und stoben davon. Genau in diesem Augenblick drückte Anton ab. Ein Knall, ein Feuerstrahl aus dem Lauf und die Kugel traf den alten Bock genau ins Blatt. Sich mehrfach überschlagend blieb er zuckend liegen.

„Getroffen!", jubelte Samuel und lachte breit. Anton war nun mal der bessere Schütze und Samuel erkannte das neidlos an. Aus diesem Grunde hatte er auch nur den Schuss in die Luft abgegeben. Nach zehn Minuten hatten sie den Bock erreicht. Mit noch glasigen Augen sah er Anton an. Mitleidvoll strich Anton ihm mit der Hand über die Augen.

„Entschuldige, mein Freund! Aber die alten Leute zu Hause haben seit Tagen Hunger, und du hattest ein langes und bestimmt auch schönes Leben hier oben. So konnten wir dich zumindest davor bewahren, mit zerschmetterten Gliedern in einer Schlucht zu liegen und noch lange zu leiden." Dann schlug er ein Kreuz und beide setzten ihre Hüte wieder auf. Noch an Ort und Stelle begannen sie den Bock auszuweiden. Die Gedärme verscharrten sie in einer kleinen Grube. Als sie fertig waren, lud sich Samuel das Tier auf den Rücken und Anton nahm beide Flintenüber die Schulter. In gut einer Stunde würden sie wieder im Weiler sein.
Herrschaftsjäger Andrea Pontini war gerade beim Aufstieg durch eine Klamm, als er es kurz hintereinander zweimal knallen hörte! Das mehrfache Echo machte es unmöglich die Richtung zu bestimmen, aus der die Schüsse kamen. Fluchend legte er einen Schritt zu. Die ganze Zeit war in seinem Revier Ruhe gewesen, und nun schienen wieder zwei Wilderer unterwegs zu sein. Und dabei dachte er einen Augenblick an seinen Bruder Anton. Doch der hatte ihm ja versprochen, die Wilderei sein zu lassen. Dafür brachte er den Leuten im Weiler ab und zu ein Stück Wildfleisch. Es dauerte noch eine Viertelstunde, ehe er die Klamm wieder verlassen konnte. Dann sah er sich um, konnte aber nichts erkennen. Diesmal waren diese Halunken schneller gewesen als er.

Samuel und Anton hatten mit ihrer Jagdbeute gerade den Waldrand erreicht und sahen bereits die ersten Katen, als sich eine Kutsche dem Weiler näherte. Sie legten die Beute ab und versteckten sich erst einmal, um zu sehen wer da kam. Anton wurde es warm unter seinem Wams, die Kutsche trug eine Krone und ein Kreuz an der Tür. Das bedeutete nichts Gutes! Kurz entschlossen deckten sie den Bock mit Reisig ab und liefen rasch hinüber zum Hospiz. Samuel fluchte leise vor sich hin.

„Würde mich nicht wundern, wenn das wieder so ein Pfaffe des Bischofs ist! Warum lassen die uns nicht einfach in Ruhe!" Anton schnaufte mit rotem Kopf vom schnellen Laufen. Tatsächlich, als sie am Hospiz ankamen, entstieg der Kutsche ein Kuttenträger mit rotem Birett. Ihm folgte noch ein zweiter mit schwarzen Birett und schwarzer Quaste. Und zum Schluss entstieg dem Wagen doch tatsächlich der Medicus Hasenhüttl! Anton erschrak und dachte rasch nach. Die Besucher waren auf jeden Fall höhere Würdenträger! Aber was hatte der Besuch zu bedeuten? Er überlegte nicht lange und rannte los.

„Ich muss nur rasch nach Hause laufen!", war alles was er Samuel zurief. Der war verwundert.

„Ausgerechnet jetzt? Sie werden uns brauchen, Anton!" Der nickte nur schnell.

„Eben deshalb, Samuel! Ich bin gleich wieder da! Geh du schon vor!", rief er ihm noch zu und stürmte dann davon. In Samuels Kate angekommen, rief er nach der Äbtissin. Die kam verwundert aus dem Garten.

„Warum schreist du so, Bruder Anton?" Anton winkte heftig und außer Atem ab.

„Ich bin doch kein Bruder mehr, aber ihr müsst uns jetzt helfen! Zieht rasch eure Soutane an und kommt mit. Wir haben eben Besuch aus Bormio oder Mailand bekommen! Rasch! Rasch, zieht euch um!" Klara von Lewante eilte in ihre Kammer und kam schon wenig später wieder zurück. Jetzt war sie die Mutter Oberin! Und Anton strahlte die verdutzte Frau auf einmal an.

„Was für ein Glück, dass ihr da seid!", lachte er. Doch die Mutter Oberin verstand zunächst überhaupt nichts. Erst als sie das Hospiz betrat, wurde ihr klar, warum es der Anton so eilig gehabt hatte. Die beiden Monsignore waren gerade dabei das Haus zu besichtigen. Anna und Dörte führten sie herum und beantworteten jede Frage. Nach Ende des Rundgangs setzte man sich in Annas Arbeitsraum wieder zusammen. Der Abgesandte des Kardinals Monsignore Fontana schlug die Beine übereinander und sah Anna und Dörte mit seinen kleinen blauen Augen an.

„Schwester Anna, so heißt ihr doch, oder?", fragte er Anna. Diese nickte aufgeregt.

„Ihr habt ein bemerkenswertes Haus. Sehr schön und auch sehr sauber, ein wirkliches Vorbild", begann er seine Ausführungen.

„Nur leider lastet auf eurem Haus ein Makel, es ist kein Haus Gottes, obwohl ich keinen Augenblick daran zweifle, dass ihr gottesfürchtige Menschen seid. Aber es ist nur der Heiligen Mutter Kirche gestattet, ein solches Haus zu betreiben. Zumal es euch ja auch noch an jeglichen ärztlichen Kenntnissen mangelt, wie mir der Herr Medicus Hasenhüttl hier berichtete." Er deutete auf den Medicus, der den Kopf gesenkt hielt, um ja niemand ansehen zu müssen. In Anton stieg die Wut hoch. Wieder so ein verfluchter und verlogener Helfer in der Not! Der wollte doch nur erreichen, dass die Kirche das Haus übernahm, und er dann zum Medicus in diesem Haus ernannt wurde! Der wollte Anna hintergehen! Gerade als Anton sich zu Wort melden wollte, weil er sah, dass Anna zu weinen begann, ertönte plötzlich eine laute Stimme von der Tür her.

„Ihr irrt euch Monsignore Fontana! Die Heilige Mutter Kirche wird hier durch mich repräsentiert! Denn ich bin die Äbtissin Klara von Lewante und ich bin die Oberin des Klosters „Zum heiligen Franziskus." Dieses Haus ist eine Spende meines Ordens für diesen Weiler! Auch wenn dieses Haus hier in Italien steht! Und was die ärztliche Kunst betrifft, meine Herren, unser Medicus kommt in zwei Tagen hier an. Er war zu Hause bei seinen Eltern im Tessin!" Sie trat näher und stellte sich demonstrativ neben Anna und Dörte und lächelte den Gesandten an. Diese kleine Lüge konnte sich die Äbtissin nicht verkneifen und bat den Herrn inständig um Vergebung dafür. Medicus Hasenhüttl war erbost von seinem Stuhl aufgesprungen und schnappte nach Luft. Sein Gesicht verfärbte sich und sein Kopf sah aus wie eine überreife Tomate. Der Monsignore Fontana stand nun ebenfalls auf. Er begann sich bei Anna

umständlich zu entschuldigen. Er meinte, er habe da wohl einen falschen Bericht erhalten. Dann setzte er rasch sein rotes Birett auf und schritt wieder würdevoll aus dem Raum.
Der Monsignore Giordano folgte ihm und warf Hasenhüttl dabei einen giftigen Blick zu, der den zwei Herren missmutig folgte. Als die drei Besucher wieder die Kutsche bestiegen hatten, hörte man drinnen heftiges Gezeter. Der Kutscher knallte mit der Peitsche und der Wagen fuhr Staub aufwirbelnd den Waldweg entlang aus dem Weiler hinaus.
Klara von Lewante sah Anna und ihre Tochter ernst an, dann aber lächelte sie beiden zu.

„Das war wohl das mindeste was ich für euch tun konnte, meine Lieben! Ich habe mir gerade überlegt, dass ich nochmals zurück ins Kloster reise. Von dort bringe ich euch dann ein amtliches Schreiben mit dem Siegel des Klosters mit. Damit gehört euch das Haus ohne Wenn und Aber. Wir werden uns aber etwas einfallen lassen müssen, wie wir bald einen Medicus hierher bekommen. Ich bin mir aber sicher, man wird euch in Zukunft in Ruhe lassen, meine Kinder."
Einer inneren Regung folgend, nahm sie beide junge Frauen in ihre Arme. Zum ersten Mal sah man nun die beiden mit der Äbtissin in freundschaftlicher Umarmung. Anton sah es und staunte wortlos. Klara von Lewante bat Dörte und Anna ihr zu folgen.

„Kommt mit mir nach draußen, meine Lieben. Gehen wir ein Stück", bat sie beide. Verwundert folgten die beiden jungen Frauen der Äbtissin, die sie zu ihrer Bank am Waldrand führte und sich dort setzte. Die Äbtissin schien offenbar etwas auf dem Herzen zu haben.

„Hört mich an, Kinder! Ich weiß, ich habe große Schuld auf mich geladen, weil ich deinem Vater blindlings vertraut habe, Dörte. Heute weiß ich, dass es falsch war, mich nicht zu dir zu bekennen. Aber ich war gerade geweiht worden, da hätte ein Kind mein Leben zerstört. Nicht selten sind schon Novizinnen, die ein Kind bekamen, von der Obrigkeit bei lebendigem Leib eingemauert worden, nachdem sie das Kind bekommen hatten. Der Bischof ließ mir keine Wahl! Es war schon so ein großes Glück, dass ich dich mit in das Kloster nehmen durfte, und es bedurfte einer großen Überredungskunst deines Vaters. Dieses eine Mal half er uns. Aber ich will etwas anderes sagen, Dörte." Sie sah ihre Tochter eindringlich an.

„Ich werde bald beim Bischof vorsprechen und ihn darum bitten, dass er dir eine Geburtsurkunde ausstellen lässt, mit der dir der Name von Lewante zusteht. Meine Vorfahren waren adlige Chorherren und hatten ein großes Vermögen. Und einen Teil dieses Vermögens wirst du eines Tages, wenn mich der Herrgott zu sich geholt hat, erben. Den Namen deines Vaters aber tilge aus deinen Erinnerungen, er ist es nicht wert. Wenn ihr mir in eurem Weiler Unterkunft gewährt, wird immer die schützende Hand der Kirche über euch sein. Ich werde morgen früh abreisen, um dann alles Notwendige zu erledigen. In einer Woche bin ich bestimmt wieder zurück." Dörte hatte atemlos mit großen Augen zugehört. Nun aber umarmte sie ihre Mutter zum ersten Mal mit großer Liebe und dankte ihr für alles. Klara von Lewante wandte sich Anna zu.

„Nun zu dir lieben Anna. Ich hoffe auch du kannst mir verzeihen. Ich bin mir sicher, du wärst bestimmt eine gute Nonne geworden und hättest eines Tages ein Kloster leiten können. Was ich hier gesehen habe, zeugt von einer großen Willenskraft. Sei stolz darauf, dass du deinen Weg gegangen bist und einen so guten Mann gefunden hast. Und wann immer ihr meine Hilfe braucht, verfügt über mich. Ich werde euch voller Dankbarkeit helfen wo ich kann." Erstaunt und auch dankbar sah Anna die Äbtissin an, weil ihr nun eine große Last von ihren Schultern genommen worden war.

„Eine Bitte habe ich aber noch, Mutter Oberin! Wäret ihr damit einverstanden, meinen Bruder zu besuchen, wenn ihr in Müstair seid? Er will heiraten und wir werden wohl nicht dabei sein können. Aber ich habe ein Geschenk für das Brautpaar. Würdet ihr das mitnehmen?" Die Äbtissin nickte lächeln.

„Natürlich werde ich eure Grüße überbringen und das Hochzeitsgeschenk mitnehmen, liebe Anna." Und so trennten sie sich in Frieden, die zwei ehemaligen Novizinnen, von ihrer Äbtissin Klara von Lewante.

Johannes war gerade dabei Heu aus dem Stadl in den Stall zu den Kühen zu schaffen. Mit der Gabel und einem dicken Ballen

Heu über der Schulter ging er geradewegs zum Stall, als ihn plötzlich eine Nonne anrief.

„Hallo! Seid ihr der Bruder von Anna Schwanten?", fragte sie und kam näher. Johannes lächelte und nickte.

„Ja Schwester, ich bin der Bruder von Anna. Was wollt ihr von mir?" Die Nonne stellte sich vor.

„Ich bin die Äbtissin Klara von Lewante und ich komme geradewegs von eurer Mutter und eurer Schwester. Ich soll euch herzlich grüßen und dieses Geschenk übergeben", antwortete sie so unbefangen wie möglich. Doch bei der Erwähnung ihres Namens zuckte Johannes zusammen und seine Miene wurde eine Spur unfreundlicher.

„Ach, ihr seid die Äbtissin, die den beiden Mädchen das Leben so schwer gemacht hat?", fragte er nochmals zurück. Die Äbtissin nickte.

„Ja so ist es! Leider! Aber ich habe mich mit meiner Tochter Dörte inzwischen ausgesprochen und wir haben an Heiligabend Frieden geschlossen", erwiderte sie bereits etwas unbefangener. Johannes nickte schon wieder etwas freundlicher und nahm das Geschenk in Empfang, nachdem er die Gabel mit dem Heuballen abgelegt hatte.

„Kommt ins Haus, Mutter Oberin! Trinkt einen Tee mit uns und erzählt uns, wie es denen da drüben im Weiler so geht", bat er die Äbtissin. Und so erfuhren Johanna und Johannes auch die ganze Wahrheit. Johanna rannen sogar vor lauter Rührung ein paar Tränen über die Wangen.
Nach einiger Zeit verabschiedete sich die Äbtissin wieder und begab sich auf ihren schweren Weg zum Bischof von Chur. Es würde nicht leicht werden, ihm wieder gegenüber zu treten. Sie hatte sich vor einiger Zeit im Streit getrennt.

Die Äbtissin war eine Woche später wieder in den Weiler zurückgekehrt und hatte zwei Dokumente mitgebracht. Das Erste war Dörtes Geburtsurkunde, das Zweite war die Bestätigung des Ordens der Franziskanerinnen, dass das Haus „Santa Maria" ein Geschenk des Franziskanerordens an die beiden Novizinnen Anna Pontini und Dörte Birgler, geb. von Lewante war. Die feierliche Namensverleihung sollte am 19. Mai zu Christi Himmelfahrt von den Abgesandten der Bischöfe von

Chur und Bormio vorgenommen werden. Anna und Dörte lagen sich überglücklich in den Armen, nun endlich hatten sie es geschafft! Und Anton und Samuel waren stolz auf ihre Frauen.

*Das Hospiz wird geweiht ...*

Der Winter war vergangen und der Frühling hielt Einzug im Weiler Santa Maria. Christi Himmelfahrt war an einem Donnerstag, und es war ein sonniger Maientag. Alle Katen des Weilers und auch das Hospiz waren festlich geschmückt. Abordnungen aus naheliegenden Klöstern waren gekommen, um gemeinsam an dieser feierlichen Weihe teilzunehmen.
Der Prälat von Bormio hatte es sich nicht nehmen lassen, selbst zu erscheinen, ebenso sein Glaubensbruder aus der Schweiz, Monsignore Lukas.
Auf dem Dorfplatz hatten Anton, sein Vater sowie Samuel lange Bankreihen aus Brettern und Baumstümpfen aufgebaut. Mit den Kindern des Weilers hatten Dörte und Antons Mutter einige Lieder einstudiert. Das von Anna aufgestellte Programm sah vor, dass sich die Gemeinde und alle Gäste am Ortseingang zu einer feierlichen Prozession aufstellen sollten. Und angeführt von den beiden geistlichen Oberhirten, zog man dann auf den Dorfplatz. Als alle sich gesetzt hatten, begannen die Kinder ihr erstes Lied zu singen. Danach sprachen die beiden Prälaten vor der Weihe des Hospizes ein Gebet und danach begann die feierliche Namensgebung. Das Hospiz erhielt den Namen des Weilers „Santa Maria". Nach einem anschließenden Gottesdienst war der offizielle Akt beendet. Zur Feier des Tages hatten die Prälaten jeder ein Schwein gespendet und der Jagdherr einen Rehbock. Die Sauen wurden am Spieß gegart und ein großes Schmausen begann.
In einer kleinen Dankesrede bedankten sich Anna und Dörte recht herzlich bei allen, die sie tatkräftig unterstützt hatten.
Da Anna schon kurz vor der Geburt stand, zog sie sich am Nachmittag zurück und überließ Anton, der Oberin und Dörte die weitere Aufsicht über das Fest.
Als am Abend alle Gäste wieder abgereist waren, saßen sie alle, beim Schein eines kleinen Feuers, auf dem Dorfplatz noch eine

ganze Weile zusammen. Anna, eingehüllt in eine Decke, lehnte sich an Anton an und lächelte vor sich hin. Anton sah es.

„Was lächelst du so selig, Anna?", fragte er seine Frau. Die gab ihm einen Kuss auf die Wange.

„Weil ich so glücklich bin, Anton! Alles ist gekommen, wie wir es uns vorgestellt haben. Und sogar Dörte ist nun mit sich und ihrem Leben zufrieden. Sie hat endlich ihre Mutter gefunden und einen guten Mann hat sie auch, genau wie ich!"
Anton lachte leise und sah in die Funken, die in den Himmel stoben.

„Und, bist du mit deinem Mann zufrieden?" Sie richtete sich ein wenig auf und ihre hellblauen Augen leuchteten im Schein des Feuers.

„Du bist der Allerbeste! Auch wenn wir manchmal unterschiedlicher Meinung sind und ich meinen Sturkopf durchsetzen will, ich hätte keinen besseren finden können, Bruder Anton!", meinte sie scherzhaft auf den ehemaligen Mönch anspielend. Anton umarmte sie sanft.

„Na dann komm meine Novizin, du musst zu Bett gehen, du bist nämlich schwanger!" Anna erhob sich mühsam.

„Oh ja, du hast Recht, Mann. Ich komme mir langsam vor wie eine schwangere Kuh. Dein Sohn muss wohl ein Hüne werden!" Anton lachte aus vollem Halse.

„Woher weißt du denn, dass es ein Junge wird?", fragte er sie. Anna zuckte nachdenklich mit den Schultern.

„Ach weißt du, so wie er mich dauernd unsanft tritt, kann es eigentlich nur ein Junge sein. Die sind doch immer so ungestüm, das weiß ich von meiner Mama!" Anna blieb plötzlich einen Moment stehen.

„Anton, eine kleine Bitte habe ich aber noch an dich!", meinte sie plötzlich. Er sah seine Frau lächelnd an.

„Es gibt nichts auf der Welt, was ich dir abschlagen könnte, meine kleine rothaarige Göttin!", erwiderte er und lachte dabei. Anna schüttelte den Kopf.

„Göttin! Also sag mal, wieso bin ich denn eine Göttin? Die tragen immer einen Heiligenschein und schwanger werden sie auch nicht. Also übertreib nicht immer so, Anton. Ich bin eine ganz normale liebende Frau, mit immer anderen Flausen im Kopf, oder?" Er schmunzelte vor sich hin.

„Na gut, belassen wir es dabei, du schwangere liebende Frau! Aber was hast du nun für eine Bitte? Sprich ruhig!" Anna trat vor ihn hin und hielt sich an seinen Armen fest.

„Also, ich habe mir gedacht, du könntest ab heute unser Buch über das Hospiz und seine Bewohner schreiben. Und natürlich auch über das Leben hier im Weiler. Wer wurde geboren, wer ist gestorben, wer ist mal ausgerissen und in den Wald gelaufen, und so weiter. Du kannst das doch so wunderbar! Denn immerhin hast du in der Klosterbibliothek ja die Bücher geführt." Anton dachte einen Augenblick lang nach, dann nickte er.

„Gut, ich werde es tun, dazu brauchen wir nur noch ein schönes dickes Buch." Anna lachte leise.

„Das haben wir schon! Es liegt zu Hause bei uns im Schrank unter der Wäsche versteckt, Anton. Die Mutter Oberin hatte es auf meinen Wunsch hin mitgebracht", entgegnete sie schelmisch lächelnd. Anton nickte.

„Ja, ja, so ist sie nun mal meine kleine Anna. Na gut, die erste Eintragung beginnt mit der Weihe des Hospizes und die Geburt eines neuen Erdenbürgers im Weilers, mit dem Namen Pontini. Den Vornamen finden wir ja noch, wenn das Kind da ist."

Und so kam es dann auch. Einige Zeit später gebar Anna Pontini, geborene Schwanten, einen sechs Pfund schweren Jungen und sie nannten ihn Florian, den zweiten Namen von Annas Vater. Und Schwester Leonore machte ihm schnell deutlich, dass sie seine große Schwester ist. Immerhin half sie der Mama ja schon fleißig bei deren Gartenarbeit und im Haus.

*Ein Jahr später ...*

Anton hatte gerade mit Leonore die Ziegen und Schafe im Pferch gefüttert, als ein junger Mann aus dem Weiler kam und Anton bat, ihm zu helfen. Sein Pferd war am Waldrand gestürzt und wollte nicht mehr aufstehen. Anton überlegte kurz, was er mit Leonore machen sollte. Die Großmueti hatte keine Zeit und Anna war, genau wie Dörte, beschäftigt. Und Samuel war auch nirgends zu sehen. Er kniete sich zu Leonore hinab und redete eindringlich auf sie ein.

„Hör zu Schatz, Papa muss schnell jemand helfen und kommt gleich zurück! Du bleibst bitte hier bei den Zicklein und passt schön auf sie auf, bis Papi zurückkommt! Daniel ist auch bei dir und hilft dir. Aber lass ihn nicht aus dem Pferch heraus, damit er nicht wegläuft! Hast du mich verstanden?" Leonore sah ihn treuherzig an und nickte.

„Hab ich doch verstanden!", antwortete sie ernsthaft, als wollte sie sagen: -Na ich bin doch kein kleines Kind mehr!- Anton gab ihr einen Kuss und folgte dem jungen Mann hinüber zum Waldrand. Mit einiger Mühe gelang es ihnen, das Pferd wieder zum Aufstehen zu bewegen. Zum Glück war es nicht verletzt und wahrscheinlich nur sehr erschrocken. Und so hatte es sich anfangs geweigert wieder aufzustehen. Der noch junge Bertrand bedankte sich bei Anton ganz herzlich. Immerhin hatte der ihm mit seiner Hilfe eine Standpauke seines Vaters erspart. Anton lief rasch zurück zu seiner Tochter, um sie am Pferch wieder abzuholen. Doch als er dort wieder ankam, sah er sich erschrocken um. Denn von Leonore und dem kleinen Sennenhund Daniel war weit und breit nichts zu sehen! So laut Anton auch nach beiden rief, keiner meldete sich.

Da rannte er zuerst zu Anna, aber dort im Hospiz war sie auch nicht. Danach suchte er seine Mutter auf, die gerade dabei war, Speck einzusalzen. Aber auch die hatte Leonore nicht gesehen. Mit jeder Minute wuchs seine Unruhe. Inzwischen traf er auf Samuel, aber auch der hatte die Kleine nicht gesehen. Gemeinsam durchsuchten sie gemeinsam den Weiler, doch nichts war von der kleinen Ausreißerin und dem Hund zu sehen. Nun gesellten sich Vater Pontini und noch einige Helfer aus dem Weiler dazu. Alle suchten in jedem Winkel, fanden jedoch nichts. Vater Pontini kam auf die Idee, dass Leonore vielleicht rüber zur Höhle im Wald gelaufen sein konnte. Also gingen er und seine Frau los, um sie dort zu suchen. Aber sie kehrten wenig später ohne Erfolg wieder zurück. Jetzt wurden alle wirklich unruhig, denn es begann langsam dunkel zu werden. Inzwischen waren es mehrere Menschen, die beim Suchen halfen. Anna, Dörte und die ganze Familie suchten immer noch weiter, bis hinein in den späten Abend. Doch nirgends konnten sie das Kind finden.

Plötzlich kam ein kleiner Junge zu Anton angelaufen und erzählte, dass er Leonore und den Hund gesehen hatte, wie beide in den Wald gelaufen waren. Den kleinen Hund hatte wohl der Jagdtrieb gepackt und so war er plötzlich ausgerissen. Leonore war ihm nachgelaufen, hinauf wo der Hochwald endete und die Felswände aufstiegen.

Anna rang um Fassung als sie das hörte. In den Wald war die Kleine gelaufen! Was konnte dort alles passieren! Sie konnte einem der Bären begegnen, oder in eine der vielen Abgründe stürzen, die es oben in den Bergen gab. Verzweifelt machten sich Anton, Samuel und Vater Pontini mit Laternen auf die Suche im dunklen Wald. Immer wieder hörte man ihre Rufe durch den Wald schallen.

„Leonore! Hallo! Hallo! Leonore!" Doch alles Suche blieb erfolglos, und die alten Frauen im Weiler sprachen schon davon, dass der Alraun, ein Wichtel aus dem Wald, die Kleine zu sich geholt hätte. Laut Überlieferung soll der kleine Wichtl aus den Bergen angeblich junge Mädchen in seine unterirdische Höhle entführen und sie dort gefangen halten.

Ein großer bläulich-weißer Vollmond leuchtete hell über dem Wald, als wollte er bei der Suche mithelfen. Der Wind beugte die Tannenwipfel und verscheuchte die Wolken. Und noch immer irrten Anton, sein Vater und Samuel mit Laternen durch den Wald. Sie suchten an Stellen, die sie schon oft mit Leonore besucht hatten, und fanden dennoch nichts! Inzwischen war es bereits Mitternacht geworden.

Anton setzte sich am Ende seiner Kräfte einen Augenblick auf einen Baumstumpf. Noch nie war er so verzweifelt, wie in dieser Nacht. Nicht einmal als er beim Bischof fest saß, war er so verzweifelt gewesen wie jetzt. Wo sollte man in der Dunkelheit noch suchen? Das Kind blieb verschwunden und niemand wusste Rat! Anton sah Samuel verzweifelt an, der neben ihm saß. Er machte sich heftigste Vorwürfe, denn es war schon öfters in der Vergangenheit passiert, dass ein kleines Kind in den Wald gelaufen war, um nie wieder aufzutauchen, wie die Alten erzählten.

„Warum habe ich die Kleine denn nicht mitgenommen, als ich ging, um dem jungen Mann zu helfen!", stöhnte er ein ums andere Mal, und selbst Samuel fand auch kein Wort des Trostes mehr.

„Wir können nur warten bis es wieder hell wird und dann noch einmal zu suchen beginnen", antwortete er Anton leise. Da fiel Anton auf seine Knie.

„Lieber Herrgott, beschütze meine kleine Leonore! Und gib uns ein Zeichen, wo wir suchen sollen. Rette uns aus unserer großen Not, Herr!", betete Anton leise und Samuel und Vater Pontini knieten neben ihm nieder und beteten ebenfalls mit. Als sie wieder aufgestanden waren meinte Samuel ernsthaft:

„Vielleicht bewahrt sie das Selige Fräulein vor Ungemach und großer Not, Freund Anton!"

Das Selige Fräulein war eine Sagengestalt aus den Bergen und lebte in Höhlen und half den armen Menschen, die sich verirrt hatten, genau im Gegenteil zum Alraun, der Wichtel aus den Bergen. Doch Anton glaubte schon lange nicht mehr an solche Gestalten. Er war viel zu aufgeklärt und zu belesen. Und so verging eine unruhige Nacht. Keiner der Drei konnte an schlafen denken, und so lauschten sie in die Nacht hinein. Da knackte ein Ast, dort ertönte der Laut eines Tieres, und so manches Mal schien es ihnen, als ob sie Leonore hörten. Doch jedes Mal stellten sie fest, dass sie sich geirrt hatten.

Langsam wich die Nacht dem Tag und die Drei begaben sich wieder auf die Suche.

Unten im Weiler saßen derweil Anna und die Familie beisammen und beteten inbrünstig, dass Leonore gefunden werde. Auch hier hatte keiner in dieser Nacht ans Schlafen denken können. Doch Anna und Dörte mussten sich am Morgen wieder um die Kranken kümmern und konnten nicht mit auf die Suche gehen, was Anna beinahe zur Verzweiflung brachte.

Kaum das es heller geworden war, brachen Anton, Samuel und Vater Pontini wieder auf. Antons Vater kannten sich hier oben im Gebirge bestens aus. Jede noch so kleine Höhle hatte er schon besucht, jede noch so tiefe Schlucht kannte er. Und seine Sorge war groß, dass Leonore irgendwo hinein gestürzt war. Aber er schwieg darüber, um Anton nicht noch mehr zu quälen und zu verunsichern.

Sie umrundeten gerade einen großen runden Felsblock, als sie plötzlich in einer Senke eine tote Bärin entdeckten! Samuel hatte sie zuerst entdeckt und rief die anderen herbei und stieg dann hinab.

„Seht mal, da liegt die alte Bärin die bei uns im Dorf war! Sie ist schon sehr alt und war wohl krank. Aber wo ist dann ihr Junges? Denn die Bärenkinder gehen eigentlich nicht weg von ihren toten Eltern!" Er stieg wieder aus der Senke herauf und sah sich um. Aber irgendetwas trieb Anton weiter in den kleinen Hohlweg zwischen die Felsen hinein. Vater Pontini wollte ihn schon zum Umkehren bewegen, doch Anton ließ sich einfach nicht beirren.

„Vater! Wir müssen doch jeden Winkel durchsuchen! Und wenn ich das ganze Gebirge auf den Kopf stellen muss! Ich höre nicht auf, in jedem Winkel zu suchen, bis ich sie gefunden habe! Ich kann doch nicht ohne Leonore nach Hause zurückkommen!", rief er erregt zurück und stapfte einfach weiter. Und so blieb Samuel und Vater Pontini nichts weiter übrig, als Anton zu folgen, wenn sie ihn im Gewirr der Felsen nicht verlieren wollten.

Der schmale Gang zwischen den beiden steil aufsteigenden Felswänden schlängelte sich immer weiter. Und dann kam eine Stelle, wo sich dieser Pfad teilte. Anton blieb stehen und sah sich verzweifelt nach seinem Vater um.

„Kennst du diesen Abzweig, Vater? Wohin führen diese beiden Wege?", fragte er ihn voller Verzweiflung. Pietro Pontini deutete nach links.

„Da links müsste bald eine kleine Höhle kommen! Es ist nicht mehr weit. Ich glaube, das war mal eine Bärenhöhle. Als ich dort war vor langer Zeit, wäre ich um ein Haar mit einer großen Bärin zusammen geraten." Anton sah seinen Vater an.

„War es etwa die Bärin, die wir vorhin gefunden haben?", fragte er. Pietro Pontini zuckte mit den Schultern.

„Das kann schon sein, aber das liegt schon Jahre zurück. Gehen wir am besten nachsehen, Junge! Lass uns weitergehen!" Und der alte Mann stürmte förmlich mit langen Schritten an Anton und Samuel vorbei. Sie näherten sich sehr vorsichtig der Höhle und schlichen leise voran. Als Anton um die Felskante herum sah, blieb ihm beinahe das Herz stehen! Er konnte nicht glauben was er da sah, und winkte seinen Begleitern zu. Gleichzeitig machte er eine Geste, die bedeutete, dass sie ganz leise sein sollten. Und so schauten sie nacheinander ganz vorsichtig um die Felskante herum. Und dort saß doch tatsächlich gegen die Felswand gelehnt, Leonore und schien zu schlafen. Auf ihrem Bein lag der Kopf des kleinen Hundes und auch der kleine Bär schlummerte friedlich neben Kind und Hund! Drei kleine Geschöpfe friedlich vereint und schlafend. Beim Anblick dieses Bildes fielen sie auf die Knie und dankten dem Herrn. Denn er hatte Leonore offenbar zwei kleine Beschützer geschickt, die sie die ganze Nacht gewärmt und beschützt hatten. Vorsichtig ging Anton als erster zu den drei Schlafenden. Daniel erwachte zuerst, sprang auf und begann freudig zu bellen und mit dem Schwanz zu wedeln. Davon wurden nun auch Leonore und der kleine Bär munter. Leonore sprang auf und rannte in Antons ausgebreitete Arme.

„Papi! Liebster Papi! Daniel ist weggelaufen! Leo hat ihn gesucht! Der kleine Bär hat aber keine Mama mehr! Leo hat große Angst gehabt, es war sehr dunkel!", plapperte sie los und verwendete immer wieder dabei ihren Kosenamen „Leo". Und tatsächlich, der Bärenjunge blieb einfach sitzen und sah sie mit seinen Knopfaugen ganz zutraulich an. Er schien überhaupt keine Angst vor den Menschen zu haben.
Und als Samuel ihm gar etwas von seinem Brot gab, fraß er es gierig. Der kleine Kerl schien großen Hunger zu haben. Und weil sich Daniel noch dazu gesellte, blieb für Samuel am Ende nichts mehr von seinem Brot übrig. Vater Pontini band dem kleinen Bären einen Strick um den Hals und nahm ihn mit sich.

„Den kleinen Kerl können wir nicht hier allein zurück lassen, sonst überlebt er den Winter nicht", meinte er und lachte, weil der kleine Bär zutraulich hinter ihm her tapste. Und so marschierten sie frohen Mutes wieder durch den Wald zurück nach Hause in den Weiler.
Es war kurz vor Mittag als sie endlich im Weiler ankamen. Ihre Ankunft verbreitete sich wie ein Lauffeuer durch alle Katen. Als erste kam Anna freudestrahlend angelaufen und umarmte ihren kleinen Liebling und bedeckte sie mit Küssen, ehe sie auch die Männer herzlich umarmte und jedem einen Kuss gab. Danach kam auch Dörte mit dem kleinen Andreas herbei und es herrschte ausgelassene Freude im ganzen Weiler. Samuel und Anton beschlossen am Sonntag einen Dankgottesdienst abzu-

halten. Die Errettung von Leonore musste gefeiert werden. Anna verzichtete darauf, ihrem Anton Vorhaltungen zu machen, denn sie war einfach nur glücklich! Für Leonore war dieser Tag wie ein Geburtstag, denn sie bekam von vielen im Weiher ein kleines Geschenk. Anna aber redete eindringlich mit ihr, künftig nicht noch einmal allein in den Wald zu laufen. Was die Kleine altklug mit den Worten kommentierte:

„Na das weiß Leonore doch!" Anna schaute zu ihrem Anton und lächelte ihn dankbar an.

„Danke, dass du unseren kleinen Sonnenschein wieder nach Hause gebracht hast. Ihr kleiner Bruder und ich wären untröstlich gewesen, wenn ihr sie nicht gefunden hättet. In Zukunft müssen wir noch besser auf die Kinder aufpassen trotz unserer vielen Arbeit hier! Ach Anton, du weißt gar nicht wie sehr ich diese Nacht gelitten und gebetet habe", seufzte sie leise vor sich hin. Und während sie Antons hand umfasste und Florian auf dem Schoß hin und her wiegte, legte sie ihren Kopf an seine Brust, während Leonore mit dem kleinen Hund und dem kleinen Bären inzwischen mit ihrer Großmueti und dem Großätti nach Hause ging und den Eltern noch einmal lachend zuwinkte. Anton sah seine Frau nachdenklich an.

„Doch, ich weiß wie sehr du gelitten hast, Anna! Genau so sehr wie ich, als ich sie vergeblich suchte. Meine allerliebste Novizin Anna! Lass uns Leonores Errettung feiern und dem Herrn danken, dass er ein wachsames Auge auf unsere Kleine hatte", erwiderte Anton und gab seiner Anna einen liebevollen Kuss. Dabei streichelte seine Hand die Pausbacken des kleinen Florian, der ihn mit seinen großen dunklen Augen ansah.

Der Weiler Santa Maria und das gleichnamige Hospiz aber wurden weit über die Grenzen hinaus bekannt. Es kamen jahrein jahraus Alte und Kranke aus den Weilern am Umbrailpass und wurden freundlich aufgenommen und mit Hingabe gepflegt.

*Ende*

Und so liebe Leser verlassen wir nun den Weiler Santa Maria in den italienischen Alpen.
Heute ist dieses kleine ehemalige Hospiz eine Einkehrstätte an der Passstraße zwischen dem Stilfser Joch und dem Umbrailpass.
Im 15. Jahrhundert bezeichnete man diesen Passübergang auch als Wormser Joch. Er ist mit 2105 m der höchste Bergpass der Schweizer-Alpen. Salü, liebe Leser – bis zum nächsten Mal.

Liebe Leserinnen und Leser,

In unruhigen Zeiten wie diesen, ist der Gedanke an die Hilfe für Arme und Kranke oder auch für Flüchtlinge gerade heute sicher nicht weit hergeholt.
Und so sollte diese Geschichte auch an die Hilfsbereitschaft von uns Menschen erinnern, die ein Dach über den Kopf, eine warme Stube und jeden Tag eine warme Mahlzeit haben.
Wir alle sollten es als unsere Pflicht ansehen, Menschen zu helfen, denen es nicht so gut geht wie uns, und nicht davor Angst haben, dass diese Menschen uns vielleicht etwas von unserem Lebensstandard wegnehmen.
Zu den in diesem Buch geschilderten Zeiten war es eine Selbstverständlichkeit, dass man sich gegenseitig half. Wir sollten uns doch ab und an wieder daran erinnern!

Alle in diesem Buch genannten Personen und Geschehnisse und Orte sind fiktiver Natur und vom Autor erfunden. Etwaige Übereinstimmung mit tatsächlich lebenden Personen oder Geschehnissen wären rein zufällig und nicht beabsichtigt.

*Ich danke an dieser Stelle der Oberin des Klosters Müstaire, der Priorin Sr. Domenica, recht herzlich für die Freigabe des Bildes für die Covergestaltung und die guten Wünsche zum Gelingen dieses Buches.*

*Der Autor*

## Bereits erschienene Bücher von Hans-Peter Ackermann

2007 bis 2008 (Nicht mehr im Handel erhältlich)   ISBN 978-3-8370-1381-8

2009   2010   2011
ISBN 978-3-8391-1346-2   ISBN 978-3-8391-8116-4   ISBN 978-3-8685-8725-8

2012   2013   2014
ISBN 978-3-86858-894-1   ISBN 978-3-86858-999-3   ISBN 978-3-95631-167-3

2015
ISBN 979-3-734 - 756